SOPHIE EDENBERG

DER SCHWEIGEPAKT

Thriller

Umschlaggestaltung: ©Cover Up Buchcoverdesign,
Hamburg
Lektorat: Emma Sommerfeld, Wandlitz
Korrektorat: Mike Schröder, Berlin

ISBN: 978-3-7597-7847-5

Verlag: BoD • Books on Demand GmbH, In de Tarpen 42,
22848 Norderstedt
Druck: Libri Plureos GmbH, Friedensallee 273, 22763
Hamburg

*Für meinen Freund, den besten Partner,
den man sich nur wünschen kann*

PROLOG

Rufus – es reicht! Komm endlich her, verdammt!«
Ich kneife die Augen zusammen und lasse den Blick
zwischen den Baumstämmen hin- und herschweifen.
Immer dasselbe Theater mit dem Vieh.
Missmutig laufe ich weiter, den moosbewachsenen
Weg entlang, tiefer in den Wald hinein. Durch die dichten Baumkronen dringt kaum Licht auf den Waldboden,
die knorrigen Äste ragen über den schmalen Trampelpfad,
versperren mir die Sicht. Keine Menschenseele weit und
breit. Nur gelegentlich meine ich, ein Knacken im Unterholz zu vernehmen.
»Rufus? Bist du das?«
Meine Worte hallen von den Bäumen wider, ansonsten – nichts. Keine Spur von dem Köter, nur eine Amsel,
die sich, aufgeschreckt durch meine Stimme, in die Lüfte
erhebt. Ich fluche leise. Seit gut einer Stunde irre ich nun
schon hier umher, doch Rufus ist und bleibt wie vom Erdboden verschluckt. Immer wieder rufe ich laut seinen Namen, aber der unfolgsame Bernhardiner denkt gar nicht
daran, zu mir zurückzukehren. Wahrscheinlich hat er ein
Reh aufgestöbert, dem er jetzt hinterherjagt. Nicht, dass er
auf seine alten Tage eine echte Chance hätte, es zu fassen
zu kriegen.
Dämliche Töle. Na warte, wenn ich dich erwische!
Ich beiße die Zähne zusammen und stolpere weiter. In
dem Gestrüpp komme ich nur langsam voran, der Weg
vor mir ist hinter Unkraut und Efeu kaum noch zu erkennen. Ich konzentriere mich nun auf meine Füße, gebe acht,
nicht auszurutschen auf dem unebenen Grund, der jetzt

ganz allmählich abfällt. Aus der Ferne dringt ein Rauschen an meine Ohren, und der Geruch nach feuchter Erde und verfaultem Laub liegt in der Luft – irgendwo hier muss es Wasser geben. Langsam werde ich nervös. Der Wienerwald ist riesig, und es dämmert schon. Wenn ich Rufus nicht bald finde, bleibt mir nichts anderes übrig, als ohne ihn kehrtzumachen. Die Vorstellung, Axel erklären zu müssen, dass ich seinen treuen Freund verloren habe, gefällt mir gar nicht. Ich könnte mich ohrfeigen. Hätte ich ihm doch nur nicht die verdammte Leine abgenommen!

»Rufus! Schluss mit dem Unsinn. Es wird bald dunkel, wir müssen nach Hause – Rufus!«

Nichts.

Schwer atmend halte ich inne. Die Bäume stehen hier nicht ganz so dicht beieinander, und im schwindenden Tageslicht kann ich in einigen Metern Entfernung eine Böschung ausmachen. Dahinter eine breite Schlucht, in deren Mitte ein schmales Flüsschen plätschert.

Ein mulmiges Gefühl regt sich in meiner Magengegend. Ob Rufus da hineingeraten ist und den Rückweg jetzt nicht mehr schafft? Seine Kräfte sind begrenzt – er hat ein schwaches Herz.

Dann sehe ich auf einmal unter mir etwas Braunweißes aufblitzen.

»Da bist du ja endlich.« Ich seufze erleichtert. »Komm her, ja? Dein Herrchen wartet bestimmt schon auf uns.«

Doch Rufus beachtet mich nicht. Mit der Nase wühlt er wenige Meter vom Flussbett entfernt im Laub – irgendwas dort scheint seine Aufmerksamkeit erregt zu haben.

Ich verziehe das Gesicht. »Im Ernst? Muss ich dich wirklich holen kommen?«

Vorsichtig trete ich näher, auf die Böschung zu. Der Boden unter meinen Füßen ist aufgeweicht, Wurzeln und abgerissene Farne ragen aus dem abgesunkenen Hang. Doch während ich noch überlege, wie ich Rufus dazu bewegen soll, aus freien Stücken zu mir hochzukommen, spüre ich, wie meine Sneakers auf dem feuchten Blätterwerk abrutschen. Ich rudere mit den Armen, will das Gleichgewicht nicht verlieren und stoße überrascht den Atem aus, als ich mit dem Hintern hart auf der Erde aufschlage. Meine Finger krallen sich in den Boden, greifen nach den Wurzeln – vergebens. Am Fuße des Hangs, nur Zentimeter von den Steinen entfernt, die den Rand des Flusses säumen, endet meine Rutschpartie.

Mein Herz pocht wie wild, während ich mich hochrappele, mir die schmutzigen Hände an den Jeans abwische. Beinahe wäre ich ins Wasser gefallen.

Dann besinne ich mich. »Hab ich dich endlich.« Mit einer blitzschnellen Bewegung greife ich nach Rufus' Halsband. »Schluss mit lustig. Wir gehen.«

Doch der sture Bernhardiner macht immer noch keine Anstalten zu gehorchen. Die Pfoten hat er in den Erdboden gestemmt, die Nackenhaare aufgestellt, während er sich mit jedem Gramm seines fülligen Leibes gegen mein Zerren sträubt.

Resigniert lasse ich von ihm ab und stütze schnaufend die Hände auf die Knie. Rufus wiegt fast fünfzig Kilo, keine Chance, ihn zu irgendwas zu bewegen, das er nicht will.

»Was ist denn mit dir? Was hast du?«

Da bemerke ich den verblichenen blauen Stofffetzen, der zwischen seinen Pfoten hervorlugt. Ich runzle die Stirn. Bei näherem Hinsehen stelle ich fest, dass es der Griff eines Rucksacks sein muss. Verschlissen, dreckverkrustet, alt.

»Aus!«

Zu meiner eigenen Überraschung lässt Rufus tatsächlich von dem Stoffteil ab, nur um in unmittelbarer Nähe plötzlich wie wild zu graben. Ich lasse ihn gewähren. Hin- und hergerissen zwischen Ekel und Neugierde umfasse ich den Haltegriff, und mit einem Ruck befördere ich auch den Rest des Rucksacks aus der Erde. Der Reißverschluss ist kaputt, und aus der Öffnung lugt neben einer Handvoll Stiften und Schreibblöcken ein kleines, in Leder einge- fasstes Notizbuch hervor. Vorsichtig ziehe ich es heraus, streiche über den fleckigen Einband. Wem das wohl ge- hört hat? Gerade als ich es aufschlagen will, höre ich hinter mir Rufus' aufgebrachtes Bellen. Ungeduldig wende ich mich zu ihm um. »Was ist denn nun schon wieder?«

Rufus hebt den Kopf. Zwischen seinen Zähnen kann ich einen länglichen Gegenstand ausmachen. Seufzend stecke ich das Buch in die Gesäßtasche meiner Jeans, um es später genauer in Augenschein zu nehmen, dann stapfe ich durch das aufgewühlte Erdreich auf ihn zu.

Nie wieder. Soll Axel sich von nun an selbst um das dämliche Vieh kümmern.

Als ich erkenne, was er da im Maul hat, zucke ich zu- rück. Ein Zittern überläuft meinen Körper. Beinahe wäre ich doch noch in den Fluss gefallen.

Was zum ...

Jähes Entsetzen überkommt mich. Denn das, was ich auf den ersten Blick für einen Stock gehalten habe, ist in Wahrheit ein Knochen. Und er sieht aus wie ein mensch- licher Knochen. Ich blicke zu Boden. Zwischen den ver- dreckten und zerlöcherten Resten eines T-Shirts ragen noch weitere Knochenfragmente aus dem Erdreich empor. Die Überreste eines Skeletts. Und auf einmal dämmert mir, wer das gewesen sein muss.

Nur mühsam kann ich einen Aufschrei unterdrücken, während die Erinnerungen wie Kanonenschläge auf mich einprasseln. Flugblätter an den Bäumen. Darauf ein junges Mädchen, blondes Haar, ein unschuldiges Lächeln im Gesicht. Die Suchtrupps, die Gerüchte, die Verleumdungen. Meine eigenen Vermutungen, was wirklich geschehen ist. *Vierzehn Jahre. Und all die Zeit war sie hier? Direkt vor unserer Nase?* Dann setzt mein Verstand aus. Ohne noch einen Blick zurückzuwerfen, mache ich auf dem Absatz kehrt. Ich krieche mehr, als dass ich laufe, während ich mich die Böschung hochkämpfe. Rufus, der meine Panik offenbar gespürt hat, folgt mir hechelnd. Meine Arme und mein Gesicht sind von Schrammen übersät, als ich endlich oben ankomme, mein gesamter Körper sieht aus, als hätte ich mich im Schlamm gewälzt. Doch ich achte nicht darauf. In meinem Kopf ist nur ein einziger Gedanke, während ich den Weg zurückrenne, den ich gekommen bin.

Nur weg von hier. Nur weg.

KAPITEL 1

Moritz

Ich glaub's einfach nicht.« Stöhnend fahre ich mir mit der Hand übers Gesicht. »Und Sie sind ganz sicher, dass es Clara ist?«

»Ich fürchte, daran besteht kein Zweifel.«

»Und was bedeutet das genau?« Mein Blick ist flehend, während ich mich an den letzten mir verbliebenen Hoffnungsschimmer klammere. Dass bloß ein Irrtum, ein Missverständnis vorliegt. Dass es sich bei den menschlichen Überresten, die im Wald gefunden wurden, auf keinen Fall um die meiner kleinen Schwester handeln kann.

Franziska Dortmund, eine hagere junge Frau mit wässrigen Augen und hervorstehenden Schneidezähnen, nestelt unbehaglich am Saum ihrer Bluse und wirft ihrem älteren Kollegen einen hilfesuchenden Blick zu. Ich kenne ihn noch von früher, erinnere mich nur zu gut daran, wie er das letzte Mal bei uns im Wohnzimmer gesessen hat, denselben traurigen Ausdruck in den braunen Augen.

»Wir haben einen Abgleich der Zahnunterlagen vorgenommen«, antwortet Dieter Wolfer, der aussieht wie ein in die Jahre gekommener Leistungssportler, prompt an ihrer Stelle. »Und die Kleider, die wir bei der Leiche gefunden haben, passen ebenfalls. Ein gelbes Tanktop, abgeschnittene Jeansshorts, das war es doch, was ...«

»Schon gut«, sage ich und hebe abwehrend die Hände. »Ich glaube Ihnen.«

Einen Moment lang starre ich die beiden Polizisten wortlos an. Sehe zu, wie Frau Dortmund unruhig auf dem Sofa hin und her rutscht, wie Herr Wolfer nach der Kaffeetasse greift, die vor ihm auf dem Tisch steht, und einen Schluck daraus trinkt. Bemerke die verstohlenen Blicke, die sie einander zuwerfen.

»Wie ist es – passiert?«, bringe ich stockend heraus.

»Woran ist sie gestorben?« Schon jetzt graut mir vor der Antwort, aber es führt kein Weg daran vorbei – ich muss es wissen.

»Ihre Schädeldecke war eingedrückt«, murmelt Frau Dortmund. »Wir warten noch auf die Ergebnisse der Forensik. Doch auf den ersten Blick sieht es so aus, als wäre sie erschlagen worden.«

»Erschlagen?« Ich spüre, wie ich erbleiche. »Aber – könnte es nicht auch ein Unfall gewesen sein? Vielleicht ist sie gestürzt und – und ...«

Herr Wolfer seufzt nur. »Unwahrscheinlich.«

»Oh, mein Gott.« In meinem Kopf dreht sich plötzlich alles, und ich umklammere den Stoff meines Lehnstuhls. Clara – tot. Ermordet. Erschlagen. Ich kann es einfach nicht glauben. »Aber wir haben damals doch alles nach ihr abgesucht! Die vielen Suchtrupps – wie kann es sein, dass wir sie nie gefunden haben?«

»Es tut mir ehrlich leid, Herr Schmidt. Uns ist bewusst, was das für ein Schock für Sie sein muss. Selbst nach all der Zeit.« Er sieht mich mitfühlend an. »Wir haben Clara in einem entlegenen Waldabschnitt gefunden, ein gutes Stück von unserem damaligen Suchradius entfernt. Eine Spaziergängerin ist auf ihre Knochenreste gestoßen, als sie dort nach ihrem Hund gesucht hat. Purer Zufall, wenn Sie mich fragen.«

Ich nicke nur, den Blick starr auf meine Knie gerichtet. Die Wut verpufft so rasch, wie sie gekommen ist, und in meinem Kopf herrscht auf einmal nichts als Leere. Als wäre dort ein schwarzes Loch, das jede Gefühlsregung, jeden Gedanken verschlingt.

»Können Sie mir sagen, wo Ihre Eltern sind?«, fragt Frau Dortmund behutsam. »Wir würden gerne mit ihnen sprechen.«

»Sie sind nicht da.« Ich kann mir ein bitteres Lachen nicht verkneifen. »Mein Vater lebt schon lange nicht mehr bei uns, wie Sie sicher wissen.« Ich werfe Herrn Wolfer einen Blick zu. Der senkt betroffen den Kopf. Die hässliche Trennung, die noch hässlichere Scheidung. Natürlich hat auch er damals davon gehört. Jeder im Ort hat das. »Und meine Mutter ist auf Besuch bei einer Freundin in Berlin. Sie wollte erst in ein paar Tagen zurück sein.«

»Sollen wir sie anrufen? Oder ...«

»Danke, aber das erledige ich lieber selbst.«

Allein bei dem Gedanken an meine Mutter dreht sich mir der Magen um. Sie hat Claras Verschwinden nie verwunden, noch heute verbringt sie die meiste Zeit des Jahres bei Freunden im Ausland, wo sie nicht ständig an ihre älteste Tochter erinnert wird. Meine Eltern waren an dem Wochenende, als Clara verschwand, nicht zu Hause – und noch immer macht Mama sich deswegen schreckliche Vorwürfe. Genau wie ich. Ich war ihr großer Bruder, Herrgott noch mal! Wäre es da nicht meine Aufgabe gewesen, auf sie aufzupassen?

Na, das hast du ja großartig hinbekommen!

»Nun, ich versichere Ihnen, wir werden alles Menschenmögliche tun, um den Mörder Ihrer Schwester zu finden.« Herr Wolfer macht ein bekümmertes Gesicht. »Aber ich will ehrlich sein – die meisten Beweise sind inzwischen wohl vernichtet, und mit dem Erinnerungsvermögen der Leute steht es nach über zehn Jahren auch nicht mehr zum Besten. Trotzdem – wir tun, was wir können. Darauf zumindest gebe ich Ihnen mein Wort.«

»Okay«, erwidere ich halbherzig. *Als ob das irgendwas ändern würde.* Schon nach Claras Verschwinden waren die Ermittlungen viel zu spät und dann auch nur schleppend in Gang gekommen. Am Ende führten sie nirgendwohin. Ich kann mir beim besten Willen nicht vorstellen, weshalb diesmal mehr dabei herauskommen sollte.

»Vierzehn Jahre«, murmele ich gedankenverloren. »Vierzehn Jahre. Und die ganze Zeit über war sie in Wahrheit hier. Tot. Ermordet.« Eine Gänsehaut läuft mir den Rücken hinunter.

Die beiden nicken nur.

»Ich wäre Ihnen dankbar, wenn Sie jetzt gehen«, sage ich und stehe abrupt auf. »Ich muss ein paar Anrufe erledigen. Meine Familie informieren, wenn Sie verstehen.«

»Natürlich, wie Sie wünschen.« Frau Dortmund sieht erleichtert aus.

»Wie gesagt – mein herzliches Beileid.« Herr Wolfer reibt sich mit der rechten Hand den Rücken. »Wir würden uns bei Gelegenheit gerne in Ruhe mit Ihnen und Ihrer Schwester unterhalten, aber das hat erst mal Zeit. Falls Ihnen in der Zwischenzeit etwas einfällt, das uns weiterhelfen könnte – rufen Sie mich an.« Etwas umständlich langt er in seine Hosentasche und zieht eine Visitenkarte daraus hervor, die er mir hinhält. »Jederzeit. Selbst der kleinste Hinweis könnte von Bedeutung sein.«

Ich begleite die Beamten noch zur Tür, dann kehre ich mit hängenden Schultern ins Wohnzimmer zurück. Ohne recht zu wissen, was ich jetzt tun soll, trete ich ans Fenster und starre den beiden hinterher, wie sie zu ihrem Wagen stapfen und davonfahren.

Vierzehn Jahre. Verdammte Scheiße.

Trauer und Wut kämpfen in meinem Inneren um die Oberhand. Auf einmal sehe ich sie wieder deutlich vor mir. Claras leuchtend blaue Augen, die leicht nach oben gezogenen Mundwinkel, das blonde Haar, das ihr morgens immer in alle Richtungen vom Kopf abstand. Das selige Grinsen, als sie als Achtjährige mit ihrer Freundin Miriam über die Wiese hinter unserem Haus getobt ist. Die Erinnerungen schmerzen, und ich hole einige Male tief Luft, um die Tränen zurückzudrängen, die in meinen Augenwinkeln brennen.

Sie war doch erst achtzehn, Herrgott noch mal!

In all den Jahren habe ich mich an den Gedanken geklammert, dass sie noch irgendwo dort draußen ist. Dass es ihr gut geht, sie einfach die Schnauze voll von allem hatte, sich fernab von hier ein schönes Leben aufgebaut hat. Das war es zumindest, was Herr Wolfer, was alle glaubten. Doch tief in meinem Herzen wusste ich immer, dass das nichts als Wunschdenken war.

Mit einem Ruck wende ich mich vom Fenster ab, lasse mich kraftlos auf die Couch sinken und hole mein Handy aus der Tasche.

Erst Lisa, dann Mama.

Einen Augenblick verharren meine Finger widerstrebend über dem Namen meiner jüngsten Schwester. Sie ist die Einzige von uns, der es einigermaßen gelungen zu sein scheint, Claras Verlust zu verwinden. Anders als ich ist sie nie nach Eichgraben zurückgekehrt, und mir graut davor, ihr gleich alles sagen zu müssen, zu erleben, was das Wissen um Claras Ermordung mit ihr anstellen wird. Nur zu gerne würde ich ihr all das ersparen.

Doch natürlich weiß ich, dass das unmöglich ist. Sie muss es erfahren. Mama, Papa, Lisa, Tobi, selbst Miriam – sie alle müssen es erfahren.

KAPITEL 2

Miriam

H allo, Miriam.«
Sarahs Stimme klingt noch genauso wie damals,
rauchig mit einem schwachen Akzent, den sie ihrem pol-
nischstämmigen Vater verdankt. Und obwohl wir seit
Jahren kein Wort miteinander gewechselt haben, wirkt
sie keineswegs überrascht von meinem Anruf. Mir ist
klar, was das bedeutet.

»Du weißt es also schon. Das mit Clara.«

»Natürlich hab ich davon gehört. Es kam gestern groß
in den Lokalnachrichten.«

Hörbar atme ich aus, erleichtert, dass nicht ich diejenige sein muss, die ihr die schlechten Neuigkeiten
überbringt. »Dann wohnst du also immer noch in der
Nähe?«

»Wie man's nimmt. Holger und ich sind nach der Ge-
burt unserer Mädchen aufs Land gezogen. In die Gegend
von Tulln, das liegt etwa dreißig Kilometer entfernt von
Eichgraben.«

»Deine – Mädchen?«

Beinahe kann ich sie durchs Telefon lächeln hören.
»Ella und Valerie. Zwillinge. Die beiden sind im Jänner
sieben geworden.«

»Gratuliere, das wusste ich gar nicht.« Erstaunt schüttle
ich den Kopf. Natürlich, die Zeit ist nicht stehen geblieben,
und Sarah ist nicht mehr der achtzehnjährige Teenager aus
meiner Erinnerung. Trotzdem fühlt es sich befremdlich an,
sie von ihrer Familie sprechen zu hören.

Sarah lacht, und als sie fortfährt, liegt in ihrer Stimme ein Hauch von Bitterkeit.»Wie könntest du auch. Schließlich haben wir uns nicht mehr gesprochen, seit ...« *Seit unserem Abschluss,* vollende ich den Satz stumm für sie. *Seit wir beschlossen hatten, dass es das Beste ist, wenn wir getrennte Wege gehen. Seit Claras Verschwinden.* Unwillkürlich sehe ich uns wieder vor mir, Bea, Sarah und mich. Die Mienen ernst, die Finger feierlich zum Schwur erhoben. *Niemand darf jemals erfahren, was wir getan haben. Niemals – hört ihr?*

»Hast du schon mit Bea gesprochen?«

»Noch nicht«, erwidere ich rasch und schüttle die düsteren Erinnerungen ab.»Aber das werde ich noch. Du hast nicht zufällig ihre aktuelle Nummer?«

Sarah verneint.»Aber meine Eltern haben mal erwähnt, dass sie jetzt als Anwältin arbeitet. Bestimmt findest du was über sie im Internet, wenn du nach ihr suchst.«

»Gute Idee, das mach ich.« Dann, nach einer Weile, sage ich mit banger Stimme:»Du kommst doch, oder? Zu Claras Beerdigung nächsten Samstag, meine ich.«

»Hab ich denn eine Wahl?«

Ich beiße mir auf die Unterlippe. Die Vorstellung klingt in der Tat alles andere als verlockend.»Und noch was. Erinnerst du dich noch an Herrn Wolfer? Er hat mich heute Morgen angerufen. Anscheinend will er uns noch mal zu den Ereignissen von damals befragen.«

Ich kann Sarah am anderen Ende der Leitung leise fluchen hören.»Dann wollen sie Claras Fall also noch mal aufrollen?«

»Sieht ganz danach aus.«

Sie schnaubt.»Nach vierzehn Jahren? Was soll das denn bringen?«

Ich antworte nicht, und einen Moment lang herrscht Schweigen. Nervös streiche ich mir eine imaginäre

Strähne aus der Stirn, während mein Blick zum Fenster wandert. Es nieselt, wie so oft zu dieser Jahreszeit, und die Äste an den Bäumen auf der gegenüberliegenden Straßenseite schunkeln sachte im Wind. Fröstelnd ziehe ich die Schultern hoch. Es bereitet mir Unbehagen, die nächsten Worte laut auszusprechen, den Sorgen, die mich umtreiben, seit ich von Claras Ermordung erfahren habe, Ausdruck zu verleihen. Instinktiv senke ich meine Stimme zu einem Flüstern.

»Hast du jemals, ich meine – was die Sache damals betrifft: Hast du mit irgendjemandem darüber gesprochen?«

»Nein!« Die Antwort kommt prompt, voller Entrüstung.

»Gut«, erwidere ich schnell. »Ich auch nicht.«

Erneut senkt sich Stille über uns. Im Hintergrund kann ich das Getrappel von Kinderfüßen hören, begleitet von quengelndem Gemurmel. Sarah hält die Hand vor den Hörer, während sie leise etwas zu den Mädchen sagt, das ich nicht verstehen kann. Dann höre ich sie seufzen.

»Tut mir leid, Miriam. Das Abendessen steht auf dem Tisch, ich muss mich jetzt um die Kinder kümmern. Aber wir sehen uns nächste Woche, ja? Brauchst du jemanden, der dich vom Flughafen abholt?«

Mir fällt auf, dass sie mich gar nicht gefragt hat, wo ich wohne – offenbar hat sich die Nachricht, dass ich in London lebe, bis zu ihr herumgesprochen.

»Natürlich, das verstehe ich«, sage ich rasch. »Und danke, nicht nötig. Ich werde mir einen Mietwagen nehmen, vermutlich bleibe ich ohnehin ein wenig länger.«

»Okay.« Sie klingt erleichtert. »Bis nächste Woche dann.«

Nachdem sie aufgelegt hat, starre ich noch eine Weile nachdenklich auf das Telefon in meiner Hand. Unwillkürlich frage ich mich, wie es sich wohl anfühlen muss, in Sarahs Haut zu stecken. Wie ihr Alltag aussehen mag,

17

als Teil einer Familie, in einem Haus, in dem es niemals wirklich leise ist. Ich male mir ihr Leben in bunten Farben aus, Kinderspielzeug überall, Berge von Ringelsocken und winzigen T-Shirts, die sich im Bad türmen, das fröhliche Gebrabbel von Valerie und Ella, die um ihre Mutter herumstreichen. Ich stelle mir vor, wie sie mit Holger und den Kindern beim Abendessen sitzt, wie sie die Mädchen ermahnt, ihr Gemüse aufzuessen, wie sie sich gemeinsam über irgendeine Anekdote amüsieren, die Holger erzählt. Der Gedanke hat einen empfindlichen Nerv getroffen, und auf einmal fühlt sich die Stille in meiner Wohnung schrecklich bedrückend an. Normalerweise mag ich es, allein hier zu sein, das schöne Zweizimmerappartement mit den cremefarben gestrichenen Wänden ganz für mich zu haben. Keine schmutzigen Teller neben der Spüle, keine fremde Wäsche auf dem Boden, niemanden um mich zu haben, dessen Ansprüchen ich gerecht werden muss. Ich muss an James denken, und obwohl es bereits mehrere Monate her ist, dass wir uns getrennt haben, obwohl ich weiß, dass es die richtige Entscheidung war, vermisse ich ihn in Momenten wie diesen schrecklich. Seine Hand, die mir über die Wange streicht, seine kräftigen Arme, die sich um mich schließen, seine Stimme, die mir sagt, dass alles gut werden wird. Und manchmal frage ich mich, wie mein Leben wohl verlaufen wäre, wenn ich nicht nach London gegangen wäre, wenn ich meine Karriere nicht über alles andere gestellt hätte. Wenn ich eine Familie gegründet hätte wie Sarah, wenn ich mehr zu Hause, mehr für Mama da gewesen wäre, bevor sie starb. Resolut schüttle ich den Kopf.

Genug davon. Bea – du wolltest Bea anrufen.

Seufzend wende ich mich wieder dem Telefon zu und tippe ihren Namen in die Suchmaschine. Bereits nach wenigen Klicks finde ich, wonach ich gesucht habe. Erstaunt

18

stelle ich fest, dass Sarah recht hatte. Eine erwachsene Version meiner Freundin lächelt mir von einem Foto auf der Homepage einer Anwaltskanzlei entgegen. Sie hält die Arme vor der Brust verschränkt und schaut in ihrem teuren Kostüm ungewohnt streng und seriös aus. Der Bildunterschrift nach zu urteilen, hat sich Bea im Laufe der Jahre zu einer gefragten Strafverteidigerin gemausert – angesichts ihrer schulischen Leistungen und ihrer fragwürdigen Haltung, was das Befolgen von Vorschriften angeht, eine beeindruckende Transformation, wie ich finde. Andererseits, denke ich dann, so überraschend nun auch wieder nicht. Bea war schon immer eine Kämpferin. Wenn nicht gar die Stärkste und Taffste von uns dreien.

Uns vieren, erinnert mich eine unliebsame Stimme in meinem Hinterkopf. *Clara – sie war auch eine von uns, hast du das etwa vergessen?*

Ich schlucke, während ich spüre, wie das schlechte Gewissen in meinem Inneren um sich greift. Immerhin war Clara schon Teil meines Lebens, solange ich denken kann, wir sind praktisch zusammen aufgewachsen.

Hand aufs Herz – wie oft hast du in den letzten Jahren an sie gedacht?

So wenig wie nur irgend möglich, gebe ich mir selbst die Antwort.

Der Gedanke an das, was passiert ist, war schlichtweg zu schmerzhaft. So schmerzhaft, dass ich es vorzog, meine ehemals beste Freundin in den hintersten Winkel meines Gedächtnisses zu verbannen. Und da ist sie nun, hinter einer Tür mit der Aufschrift »Betreten verboten«, die angelehnt ist, aber nicht verschlossen. Eine ständige Mahnung an die Ereignisse jenes Nachmittags, an den siebzehnten Juni. Erinnerungen, die mich heimsuchen, wann auch immer ich mich in Sicherheit wähne, selbst heute noch, nachts in meinen Albträumen.

Schluss damit.
Ich packe das Handy fester mit den Händen, bemühe mich, den Gedanken an Clara auszublenden. Dann, ohne noch einmal zu zögern, wähle ich endlich Beas Nummer.

KAPITEL 3

Moritz

M eine Stimmung ist auf dem Nullpunkt, als ich auf den Boden des Glases vor mir auf dem Tresen starre. Die klare bräunliche Flüssigkeit des Whiskeys, die halb geschmolzenen Eiswürfel, die zerdrückte Zitrone, die auf der Oberfläche schwimmt. Es ist inzwischen fast Mitternacht, und abgesehen von mir ist das Lokal praktisch leer. Nur am anderen Ende des Raums sitzt ein Grüppchen Jugendlicher nahe dem Eingang. Wie aus weiter Ferne dringt ihr Gelächter an mein Ohr, das Geräusch von Bierhumpen, die aneinanderschlagen. Doch ich beachte sie kaum. Seit dem Gespräch mit Herrn Wolfer habe ich jegliches Zeitgefühl verloren. Die Stunden, sie fließen konturlos an mir vorbei, die Welt um mich herum erscheint mir düster und bedeutungslos. In meinem Kopf nur ein einziger Gedanke, der wie in einer quälenden Dauerschleife widerhallt.

Clara, meine kleine Schwester – sie ist tot. Ermordet.

»Kann ich dir noch was bringen?« Vanessa, die Barkeeperin, hüstelt verlegen. »Ein Wasser vielleicht?«

Wortlos hebe ich mein Glas an die Lippen und leere es in einem Zug. »Noch einen«, brumme ich dann, die Stimme undeutlich. »Diesmal einen doppelten.«

Vanessa runzelt kurz die Stirn, nickt dann aber. »Natürlich. Wie du willst.«

Gedankenverloren sehe ich ihr dabei zu, wie sie sich hinter dem Tresen zu schaffen macht und mir kurz darauf das gewünschte Getränk hinschiebt. Ein Schälchen Erdnüsse dazu. Ein taktvoller Hinweis, dass ich mehr getrunken habe, als gut für mich ist, denke ich und unterdrücke ein Schnauben. Beinahe kann ich sie schon hören – die Gerüchte, das Gerede. Lästig und zugleich doch unabwendbar. Unwillkürlich frage ich mich, wie lange es wohl dauern mag, bis sich die Nachricht herumgesprochen hat. Dass es Claras Leiche war, die da im Wald gefunden wurde.

Eine einsame Träne bahnt sich den Weg durch meine Bartstoppeln und tropft von meinem Kinn, als ich mich an mein Gespräch mit Lisa vorhin erinnere. Und an das mit Mama. Wie außer sich die beiden waren, als ich ihnen erzählte, was passiert war.

Kein Wunder, denke ich und meine Miene verfinstert sich weiter.

Claras Verschwinden hatte unsere Familie bis in ihre Grundfeste erschüttert. Stück für Stück brach unser Leben auseinander, als wäre Clara der Klebstoff gewesen, der uns alle zusammenhielt. Wenige Wochen später war Papa fort, Lisa, damals dreizehn, wechselte auf ein Internat. Ich selbst schmiss das Studium hin, kehrte nach Eichgraben zurück. Ich konnte nicht gehen, ohne zu wissen, was mit ihr geschehen war. Noch Jahre danach verteilte ich Flugblätter mit ihrem Bild, gab in den Zeitungen Vermisstenanzeigen auf. Doch vergebens. Clara blieb verschwunden. Und jetzt weiß ich auch wieso.

Aus dem Augenwinkel bemerke ich, wie sich die Halbstarken erheben, sich zum Abschied gegenseitig auf den Rücken klopfen, bevor sie schließlich kichernd und feixend zum Ausgang streben. Mit einem Rumms fällt die Tür hinter ihnen ins Schloss, dann sackt der Lärmpegel jäh ab. Jetzt bin nur noch ich übrig.

Vanessa ist inzwischen dazu übergegangen, die Tische zu wischen, wobei sie mir von Zeit zu Zeit verstohlene Blicke zuwirft. Bestimmt wartet sie nur darauf, dass ich endlich ausgetrunken habe, damit auch sie Feierabend machen kann.

Doch ich will nicht nach Hause, jetzt noch nicht. Der bloße Gedanke an mein Elternhaus, an die Stille dort, jagt mir eine Gänsehaut über den Rücken. An Claras Kinderzimmer gleich neben meinem.

Wieso nur? Wieso ausgerechnet Clara?

Ich schlucke. Schon jetzt graut mir vor all den Dingen, die es zu erledigen gilt. Die Trauerkarten verschicken, Beerdigung und Trauerfeier organisieren. Dazu Mama und Lisa trösten, wo ich doch selbst am Rand der Verzweiflung stehe. Stöhnend vergrabe ich das Gesicht in den Händen. Was für eine verdammte Scheiße.

»Alles okay bei dir?«, durchbricht eine helle Frauenstimme plötzlich den Nebel meiner Gedanken. »Du siehst irgendwie so traurig aus.«

Ich blicke auf und sehe Vanessa wieder hinter der Bar stehen. Sie beäugt mich unsicher, während sie nervös von einem Bein aufs andere tritt.

Einen Moment lang erwäge ich, ihr zu sagen, sie solle mich einfach in Ruhe lassen. Sich um ihren eigenen Kram kümmern, immerhin kennen wir uns kaum. Doch die Besorgnis in ihrer Miene berührt etwas in mir, und mit einem resignierten Seufzer stütze ich das Kinn auf die Handflächen. Früher oder später wird sie es ohnehin erfahren.

»Es geht um meine Schwester«, sage ich schließlich.

»Lisa?« Ihre Augen weiten sich. »Was ist mit ihr?«

Ich erinnere mich wieder, dass die beiden befreundet waren, damals, bevor Lisa aufs Internat wechselte, und ich schüttle den Kopf. »Nein. Meine andere Schwester. Clara.«

Erleichterung macht sich auf ihrem Gesicht breit. »Oh.«

Dann fällt ihr etwas ein. »Aber ich dachte, sie wäre ...« Sie bricht ab, senkt betreten den Blick.

»Ja.« Meine Miene verdüstert sich, denn natürlich weiß ich, was sie sagen wollte. Vanessa mag zwar nicht in Eichgraben aufgewachsen sein, doch mir ist klar, dass sie davon gehört haben muss. Wie all die anderen auch. Meine Stimme zittert, während ich ihr knapp erzähle, was Herr Wolfer mir heute Morgen mitgeteilt hat. Von Claras Leiche, die man im Wald gefunden hat. Dass sie überhaupt nicht weggelaufen war, wie es zunächst den Anschein hatte, sondern tot.

»Oh, mein Gott!« Vanessa schlägt sich die Hand vor den Mund. »Das ist ja schrecklich. Mein herzliches Beileid.«

»Danke.« Ich schürze die Lippen.

Jäh muss ich wieder an jenen Abend vor vierzehn Jahren zurückdenken. An Claras Nachricht auf meiner Mailbox. Die unverhohlene Panik in ihrer Stimme.

Moritz, hier ist Clara. Ich muss mit dir sprechen. Es ist dringend. Etwas Furchtbares ist geschehen. Bitte ruf mich sofort an, sobald du das hörst.

Und wie so oft seither frage ich mich, wieso ich nur nicht an mein Telefon gegangen bin. Wenn ich ein besserer Bruder, wenn ich für sie da gewesen wäre, als sie mich brauchte, ob dann alles anders gekommen wäre. Bei diesem Gedanken dringt ein gequälter Laut über meine Lippen.

Mein Blick gleitet von Vanessas ausgemergelter Gestalt über den herausgewachsenen Haaransatz und bleibt an den abgebissenen Fingernägeln hängen. »Was ist mit dir?«, frage ich schließlich, da ich nicht länger über Clara nachdenken will. »Nimm's mir nicht übel, aber du siehst irgendwie – fertig aus.« Ich ziehe entschuldigend die Schultern hoch.

»Was – ich?« Sie reißt die Augen auf. »Wie kommst du darauf? Alles bestens.«

Doch die Antwort kommt zu schnell, und ich hebe zweifelnd die Braue. »Du musst nicht drüber reden, wenn du nicht willst.«

Vanessa nestelt nervös an ihrem Ohrring. »Na ja, wenn du mich so fragst – da ist schon was. Es geht um meinen Ex.«

Meine Neugierde ist geweckt, und gespannt lausche ich, wie sie von ihrem Ex-Freund erzählt, der seit ihrer Trennung allabendlich vor ihrer Wohnung herumlungert. Von der Polizei, die anscheinend nichts dagegen unternehmen will. Es tut gut, mal über etwas anderes nachzudenken als über meine eigenen Probleme, und allmählich habe ich das Gefühl, wieder einigermaßen ich selbst zu sein.

Und als ich das Maddy's schließlich gegen zwei verlasse, hat eine grimmige Zuversicht von mir Besitz ergriffen.

Immer ein Schritt nach dem anderen. Claras Mörder – ich werde ihn finden. Das muss ich einfach.

KAPITEL 4

Bea

Angestrengt starre ich nach draußen. Dunkle Gewitterwolken bedecken den Himmel, die Pappeln am Straßenrand schaukeln unheilvoll im Wind. Plötzlich leuchten die Rücklichter des Wagens vor mir rot auf, und ich steige ebenfalls auf die Bremse, rolle nun im Schritttempo weiter. Wie ich befürchtet hatte, sind die Straßen verstopft, vor mir erstreckt sich eine nicht enden wollende Fahrzeugkolonne, die sich im abendlichen Berufsverkehr aus Wien herausquält.

Das iPhone in der Mittelkonsole gibt ein durchdringendes Piepsen von sich, und ich werfe einen kurzen Blick darauf. Die Nachricht stammt von Igor Bednarik, meinem Mandanten, und meine Stimmung wird noch schlechter, als ich den Inhalt der E-Mail überfliege. Der Gute war vor ein paar Monaten in eine Schlägerei in seiner Stammkneipe verwickelt – die zweite innerhalb von zwei Jahren. Und allem Anschein nach ist die Richterin in ihrem Urteilsspruch nicht gerade gnädig mit ihm umgegangen.

Zwischen den Grünphasen tippe ich eilig eine Antwort.

Machen Sie sich keine Sorgen, wir gehen in Berufung. Vereinbaren Sie mit meiner Sekretärin einen Termin für nächste Woche, da besprechen wir die Details.

Ein zischendes Geräusch ertönt, als ich auf Senden drücke, dann konzentriere ich mich wieder auf die Fahrbahn. Die Stadtgrenze liegt endlich hinter mir, auch der Stau hat sich aufgelöst. Auf der Landstraße trete ich aufs Gas, und die Tachonadel schnellt nach oben. Die Landschaft zieht nun in rasantem Tempo an mir vorbei, Felder, so weit das Auge reicht, dazwischen scheinbar wahllos in die Gegend gespuckte Siedlungen und vereinzelte Bäume und Sträucher. Der Himmel ist wolkenverhangen und trüb, doch wenigstens hat der Regen nachgelassen.

Je länger ich fahre, mich dem Ort nähere, in dem ich aufgewachsen bin, umso düsterer wird meine Stimmung. Voller Wehmut denke ich an Andreas, meinen Verlobten, der jetzt bestimmt in irgendeinem hippen Lokal zu Abend isst und potenzielle Investoren umgarnt. Der Konzern, für den er arbeitet, plant gerade ein vielversprechendes Immobilienentwicklungsprojekt, und ein Anflug von Unmut überkommt mich bei dem Gedanken, wie viel lieber ich im Anschluss daran mit ihm bei einem Glas Rotwein auf unserer Dachterrasse sitzen würde, von seinem Termin erfahren und über meine uneinsichtigen Mandanten herziehen würde.

Stattdessen befinde ich mich irgendwo im Nirgendwo. Auf dem Weg nach Eichgraben, meinem Heimatdorf, in das ich nie wieder einen Fuß hatte setzen wollen. Dorthin, wo meine Eltern wohnen.

Ich seufze leise. Vierzehn Jahre ist es nun schon her, seit ich Eichgraben und damit auch ihnen den Rücken gekehrt habe, und ich habe es seither keinen einzigen Tag bereut. Trotz Mamas anfänglichen Bemühungen, den Kontakt aufrechtzuerhalten, dauerte es nicht lange, bis wir uns vollends entfremdet hatten. Eine Karte an Weihnachten, eine SMS an Geburtstagen – das war's. Ganz kurz hatte ich sogar erwogen, ihnen zu verheimlichen, dass ich zu Claras Beerdigung nach Hause komme, die Idee aber rasch wieder verworfen. In einem Fünftausendseelenkaff wie Eichgraben weiß jeder alles über jeden – sie hätten es ohnehin herausgefunden, also konnte ich mir die Diskussionen auch gleich ersparen. Wenigstens ist es mir gelungen, ihr Angebot auszuschlagen, in meinem alten Kinderzimmer zu übernachten.

Beim Gedanken an mein Elternhaus sacken meine Mundwinkel noch ein wenig weiter nach unten. Gegen meinen Willen sehe ich sie wieder vor mir. Die fleckigen Jogginghosen, die Mama immer trug, die Schultern nach vorn gekrümmt, den Blick starr auf den Frühstücksspeck in der Pfanne gerichtet. Mein Vater, der hinter ihr am Küchentresen fläzte, schon vor neun eine Flasche Bier vor sich. Die steile Sorgenfalte auf Mamas Stirn, während sie über dem wachsenden Berg an Rechnungen brütete. Die halblauten Diskussionen der beiden an jedem Abend. Wann Papa sich endlich einen neuen Job suchen würde, wie sie sonst die Hypothek für das Haus stemmen sollten, wieso er schon wieder betrunken heimgekommen sei. Ich sehe mich selbst, wie ich auf Zehenspitzen die Treppe hinuntertappe, versuche, unbemerkt hinauszugelangen, um ihr Gezeter nicht länger mitanhören zu müssen. Noch heute frage ich mich, warum sie sich eigentlich nie haben scheiden lassen.

Gedankenverloren streiche ich mir eine Strähne meines kinnlangen Haares hinters Ohr, und meine Hand verharrt einen Moment an der nackten Stelle an meinem Hals – ich hab mich noch immer nicht an die neue Länge gewöhnt.

Meine gesamte Jugend hindurch ist Geld ein heikles Thema gewesen. Als die örtliche Bankfiliale geschlossen und Papa mit knapp fünfzig Jahren gekündigt wurde – da fingen die Geldsorgen an. Er ist nie wieder auf die Füße gekommen, hat die Depressionen und den Alkohol vorgezogen. Damals war ich zwölf. Mein Gott, was habe ich mich für sein – ihrer beider – Versagen geschämt. Während meine Freundinnen stets mit schicken Kleidern, teuren Fahrrädern und Handys aufwarten konnten, musste ich mich mit abgetragenen Secondhandklamotten und dem verrosteten Drahtesel meiner Mutter begnügen. Und jedes Mal, wenn wir in der Schule einen Ausflug unternahmen, fragte ich mich insgeheim, wie ich nur das nötige Geld dafür zusammenbekommen sollte.

Ein Schauer läuft mir über den Rücken bei der Erinnerung an all die Anstrengungen, die ich unternommen habe, um unsere finanziellen Verhältnisse vor den anderen zu verbergen. An all die Nebenjobs, die ich auf mich nahm, um mithalten zu können – die legalen wie die halblegalen –, und wie mich all das beinahe um Kopf und Kragen gebracht hätte. Ich hatte früh gelernt, dass ich für mich selbst sorgen musste, wenn ich etwas aus meinem Leben machen wollte, wenn ich nicht in einem Kuhdorf versauern wollte wie meine Eltern. Dass ich mich nicht wie Miriam oder Sarah darauf verlassen konnte, dass meine reichen Verwandten schon alles richten würden.

Die Landstraße führt jetzt durch eine Ansammlung kleiner Dörfer – Rechenfeld, Tullnerbach, Pressbaum und wie sie nicht alle heißen. Auch die Landschaft hat sich allmählich verändert. Die Straßen sind nun kurviger und schmaler, die Umgebung ist hügeliger. Dort, wo vorher Wiesen und Felder waren, säumen nun Bäume und Sträucher den Weg. Selbst die Luft wirkt auf einmal feucht und schwer. Mein Herzschlag beschleunigt sich. Jetzt ist es nicht mehr weit bis nach Hause.

Die verschwommenen Bilder in meiner Erinnerung nehmen plötzlich wieder Gestalt an, werden scharf. Miriam, Sarah und ich, keuchend auf unseren Fahrrädern auf ebendieser Straße, unsere Gesichter voller Vorfreude, auf unseren Armen und Beinen glänzt der Schweiß. Unwillkürlich löst sich meine linke Hand vom Lenkrad, als wollte ich sie nach ihnen ausstrecken, sie durch das geöffnete Fenster berühren. Ihnen zurufen. *Tut es nicht! Kehrt um!*

Doch sie verblassen schon wieder, und alles, was mir bleibt, sind Schmerz, Schuldgefühle und Reue. Unwirsch schüttele ich den Kopf. *Genau deswegen*, denke ich wütend. *Genau deshalb bin ich hier weg.* Ich muss an den Grund meines unfreiwilligen Ausflugs in die Wiener Peripherie denken und spüre, wie sich meine Nackenhaare aufstellen. Fröstelnd drehe ich die Heizung meines Wagens ein wenig höher.

Dass Claras Leiche gefunden worden ist, hat mich kalt erwischt, und noch immer wird mir übel bei dem Gedanken, was aus mir würde, wenn die Wahrheit ans Licht käme. Die ganze Wahrheit.

Natürlich, was damals passiert ist, was wir getan haben, war unverzeihlich, das weiß ich. Aber das ist vierzehn Jahre her – im Grunde waren wir doch noch Kinder. Wie ungerecht wäre es da, wenn gerade jetzt alles ans Tageslicht gezerrt würde, jetzt, wo die Weichen für das Leben, das ich mir immer erträumt habe, gestellt sind?

Endlich taucht das Ortsschild von Eichgraben vor mir in der Dämmerung auf, und mit einer Mischung aus Argwohn und Neugierde betrachte ich die vertraute Umgebung. Dort ist der Kiosk, wo früher immer irgendwelche Teenager herumhingen, und auch jetzt erkenne ich im Halbdunkel zwei Gestalten und das Glimmen von Zigaretten. Dann die Ladenreihe, darunter eine Buchhandlung, die Fleischerei, ein Bäcker. Wenn ich da vorne links abbiege, gelange ich zur Fußgängerzone, in der die Grundschule, das Rathaus und einige weitere Geschäfte und Gasthäuser liegen. Doch ich nehme die rechte Abzweigung, die an der alten Kirche, dem angrenzenden Friedhof und der Polizeistation vorbeiführt.

Meine Finger trommeln nervös auf das Lenkrad, und wie unzählige Male zuvor gehe ich das anstehende

Gespräch mit Herrn Wolfer in Gedanken noch einmal durch. Als Strafverteidigerin bin ich geübt im Umgang mit der Kriminalpolizei, weiß genau, was ich sagen muss und was ich lieber für mich behalte. Wie ich sie auf meine Seite ziehe, in ihnen das Bild einer unschuldigen, gesetzestreuen Bürgerin heraufbeschwöre, die sie in mir sehen sollen. Aber was ist mit Miriam, mit Sarah? Ob sie dem Druck standhalten, sich an die Abmachung halten werden, die wir einst geschlossen haben? Wird es ihnen gelingen, glaubhaft zu wirken? Oder werden sie sich verplappern und damit alles zunichtemachen, was ich mir im Lauf der Jahre so hart erarbeitet habe?

Ich seufze leise. Es führt ja doch kein Weg dran vorbei – ich werde mir die beiden zur Brust nehmen müssen, denke ich, während ich an der nächsten Kreuzung den Blinker setze und auf den Parkplatz des Posthotels, einer kleinen Pension mit Blick auf den Wienerwald, rolle. Ihnen einbläuen, vorsichtig zu sein. Nicht mehr zu sagen als unbedingt notwendig.

Doch was ich jetzt am dringendsten brauche, ist eine Mütze Schlaf. Über alles andere kann ich mir morgen immer noch den Kopf zerbrechen.

KAPITEL 5

Lisa

Der Zug wird allmählich langsamer und kommt mit einem quietschenden Geräusch schließlich ganz zum Stehen. Die Hand um den Griff meines Trolleys geklammert, trete ich auf den Bahnsteig, nach mir klettert nur ein einziger weiterer Passagier ins Freie. Ein junges Mädchen mit Leggins im Zebramuster, das sogleich in Richtung Ausgang davoneilt. Ein wenig verloren sehe ich ihr hinterher. Wie erwartet ist der Bahnhof von Eichgraben kaum frequentiert, nur eine Handvoll Jugendlicher wartet auf dem anderen Gleis auf die Ankunft irgendeines Zugs. Jetzt erst entdecke ich Moritz, der mit vor der Brust verschränkten Armen unter dem überdachten Unterstand an einer Säule lehnt.

Beim Näherkommen wird mir schlagartig bewusst, wie mitgenommen er aussieht. Seine Haltung ist gebeugt, die Augen liegen dunkel in den Höhlen, selbst die Falten um seinen Mund sind tiefer geworden. Mit schnellen Schritten lege ich die letzten Meter zu ihm zurück und werfe mich in seine Arme. Moritz, der damit nicht gerechnet hat, taumelt nach hinten. Beinahe hätte er das Gleichgewicht verloren.

»Hi, Winzling«, murmelt er an meinem Haar. »Schön, dich zu sehen.«

Trotz all der Trauer und der Verbitterung breitet sich Wärme in meiner Brust aus bei der Erwähnung meines alten Kosenamens. So hat er mich ewig nicht mehr genannt. Ich blinzle heftig, um die Tränen niederzukämpfen, die in meinen Augen brennen.

»Hi«, flüstere ich und schlinge die Arme noch fester um ihn. Eine ganze Weile stehen wir so da, eng aneinandergeklammert, mein Kopf in die Kuhle an seinem Schlüsselbein gepresst, während er die Hände tröstend über meinen Rücken wandern lässt. Der Geruch seines erdigen Aftershaves gepaart mit Zigarettenrauch dringt mir in die Nase. Offenbar hat er wieder mit dem alten Laster angefangen.

»Das alles ist so – ungerecht«, schniefe ich. Mir sind nun doch die Tränen gekommen, und ich löse mich widerwillig von ihm, wische mir mit dem Ärmel übers Gesicht.

»Wieso nur? Wieso ausgerechnet Clara?«

Moritz bringt nur ein knappes Nicken zustande. Dann greift er nach meinem Trolley und trabt voran in Richtung Ausgang. Ich folge ihm aus dem Bahnhof und auf den Parkplatz, wo sein grauer Audi steht.

»Wie geht es Mama?«, frage ich, nachdem er mein Gepäck in den Kofferraum gehievt und sich hinters Steuer geklemmt hat.

Moritz, der eben den Rückwärtsgang eingelegt hat, um den Wagen aus der Parklücke zu manövrieren, verzieht das Gesicht. »Was glaubst du wohl?«, antwortet er. »Sie ist am Ende. Hat seit ihrer Rückkehr kaum mehr als ein paar Löffel Suppe gegessen und verbarrikadiert sich im Schlafzimmer. Egal, was ich sage – ich dringe einfach nicht zu ihr durch.«

Betreten senke ich den Blick. So was in der Art hatte ich schon befürchtet.

»Macht es dir was aus, wenn wir gleich aufs Präsidium fahren?«, fragt Moritz, nachdem wir in die Ortsstraße eingebogen sind. »Herr Wolfer meinte, er hätte noch ein paar Fragen an uns, wollte damit aber bis nach deiner Ankunft warten.« Er bedenkt mich mit einem sorgenvollen Blick. »Aber wenn du erschöpft bist und dich lieber erst ausruhen willst, ist das natürlich auch okay.«

»Nein, schon in Ordnung«, sage ich und seufze resigniert. »Bringen wir es lieber gleich hinter uns.«

Bei der bloßen Vorstellung, in diesem stickigen Vernehmungsraum zu sitzen und die Fragen der Polizei über mich ergehen zu lassen, auf die ich ja doch keine Antwort weiß, wird mir übel. *Als ob es irgendwas nützen würde, alles noch einmal aufzuwühlen*, denke ich voller Bitterkeit. *Als ob sie dadurch wieder lebendig werden würde.*

»Ich begreife nur einfach nicht, wieso«, greife ich meinen Gedanken von vorhin wieder auf. »Wer tut nur so was? Ich meine – wir reden hier von Clara. Einserschülerin, Vorzeigetochter, Vorzeigeleben. Warum hätte sie denn jemand töten wollen?« Frustriert schüttle ich den Kopf. »Wobei, andererseits – irgendwie hab ich mir schon so was gedacht.«

Moritz, der gerade zu einem Überholmanöver angesetzt hat, verreißt das Lenkrad und schert schlingernd wieder in seine Spur ein. Der Fahrer des VW vor uns hupt und reckt anklagend die Faust in den Rückspiegel. Doch Moritz scheint es gar nicht zu bemerken.

»Was soll das heißen? Was meinst du?« Sein Atem geht auf einmal schnell und flach. »Wenn du irgendwas weißt, musst du es mir sagen, Lisa. Versprich es mir.« Er sieht mich dabei so eindringlich an, dass ich abwehrend die Arme hebe.

»Nichts! Ich schwöre es!« Langsam lasse ich die Hände wieder auf den Schoß sinken, spreche mit gesenktem Kopf weiter. »Es ist nur – tief in meinem Herzen wusste ich die ganze Zeit über, dass ihr irgendwas zugestoßen sein muss. Dass sie nicht aus freien Stücken gegangen ist.« Moritz starrt mich immer noch unverwandt an, und erschrocken stelle ich fest, dass der Audi von der Fahrbahnmitte abgekommen ist und nun auf die rechte Seitenplanke zusteuert. »Himmel, Moritz – bitte konzentrier dich auf die Straße! Du machst mir Angst.«

Moritz zuckt zusammen und lenkt den Wagen wieder in die Mitte der Spur. Ich atme erleichtert auf.

Doch der Gedanke an meine große Schwester lässt mich nicht los, und ohne dass ich es verhindern kann, flackern Bilder vor meinem inneren Auge auf. Clara, die mir geduldig erklärt, wie man eine Schleife in die Schnürsenkel bindet. Wie wir uns um die letzte Tüte Eis im Tiefkühlfach streiten. Miriams und Claras halblautes Gekicher, das durch die angelehnte Zimmertür dringt. Erneut spüre ich Tränen in mir aufsteigen.

Die Wochen und Monate nach Claras Verschwinden waren völlig beherrscht von der Frage, was ihr wohl zugestoßen sein mochte. Ob sie womöglich noch irgendwo dort draußen war. Jeder Quadratzentimeter in Eichgraben war gespickt mit Erinnerungen an sie, an unsere Kindheit, an die Zeit, als meine Familie noch heil war. Und selbst wenn es mir wie durch ein Wunder für eine Weile gelang, sie aus meinen Gedanken zu verbannen, ein paar einigermaßen glückliche Stunden zu verbringen, dauerte es nicht lange, und sie war wieder da. Von jeder Plakatwand, jedem Baum starrte mir ihr Bild entgegen – blondes Haar, Sommersprossen auf den Wangen, ein fröhliches Lächeln im Gesicht. Es war unmöglich, nicht an sie zu denken. Und die Leute hier taten ihr Übriges dazu. Denn – das lernte ich schnell – in einem Ort wie Eichgraben ist nichts je wirklich vergessen. Man kann nicht einfach eines Tages aufstehen und ein neues Kapitel aufschlagen. Ich war das Mädchen, dessen Schwester verschwunden war. Die Gerüchte, die sich um ihr Verschwinden rankten, waren wie ein Stempel, ein unsichtbares Tattoo auf meiner Stirn, das sich nicht abwaschen ließ. Also bat ich meine Mutter, mich in einem Internat anzumelden, und kehrte nur zu Weihnachten und in den Sommermonaten nach Hause zurück. Ich konnte es kaum erwarten, von hier fortzukommen. Irgendwo ganz neu anzufangen. Nicht länger das Mädchen sein zu müssen, dessen Familie unter so tragischen Umständen zerbrochen war. Und fernab von Eichgraben gelang es mir tatsächlich, den Erinnerungen zu entfliehen. Während meines Studiums in Wien war ich nur eine von Tausenden unter den Studenten, niemand dort kannte Claras Geschichte. Ich durfte einfach nur ich selbst sein. Und allmählich wurden die Albträume seltener, die Trauer ließ nach, verblasste zu einem dunklen Fleck auf meiner Seele, zwar nie völlig verschwunden, doch nicht länger allgegenwärtig.

Aber jetzt, wo ich weiß, dass sie all die Jahre über tot im Wald gelegen hat, überwältigt mich das schlechte Gewissen. Wie hatte ich nur jemals an ihrer Liebe zu mir zweifeln können? Wie hatte ich auch nur versuchen können, all das hinter mir zu lassen, wo sie doch die ganze Zeit über hier gewesen war – tot! Sie zu *vergessen*, als sei sie nichts weiter als eine flüchtige Bekannte, eine halbverschwommene Erinnerung aus meiner Kindheit. Was für eine Schwester tut so was?

Als hätte er meine Gedanken gelesen, nimmt Moritz die Hand vom Lenkrad und tätschelt tröstend meinen Arm. »Ich weiß«, sagt er mit brüchiger Stimme. »Ich weiß. Tut mir leid, dass ich überhaupt gefragt habe. Clara hat dich sehr geliebt. Das weißt du doch, oder?«

Wenige Minuten später hält Moritz vor einem grau gestrichenen Gebäude, in dem das örtliche Polizeirevier untergebracht ist. Mit einem mulmigen Gefühl im Bauch folge ich ihm nach drinnen. Wieder hier zu sein, fühlt sich an wie ein grausames Déjà-vu – die Korktafel mit den Vermisstenanzeigen beim Eingang, die schmutzigweißen Wände, die dringend einen neuen Anstrich vertragen könnten, die ernsten Mienen der beiden Polizisten hinter dem Pult, die sich bei unserem Eintreten verstohlene Blicke zuwerfen. Meine Beine fühlen sich auf einmal an, als wären sie aus Gummi, und ich bin dankbar, dass Moritz die Führung übernimmt. Er wechselt ein paar Worte mit den Beamten, dann werden wir auch schon in ein karg möbliertes Besprechungszimmer geleitet.

Kurz darauf betritt ein stämmiger Mann mit grau meliertem Haar und einer Aktentasche unterm Arm den Raum. Ich erkenne Dieter Wolfer sofort wieder, aber seine junge Kollegin, die sich als Franziska Dortmund vorstellt, scheint neu zu sein.

»Herr Schmidt, Lisa – ähm – Frau Schmidt, danke, dass Sie gleich gekommen sind«, sagt Herr Wolfer und streckt uns die Hand zu Begrüßung hin.»Und auch Ihnen unser aufrichtiges Beileid zu Ihrem Verlust. Schreckliche Sache, das mit Ihrer Schwester.« Er macht ein bekümmertes Gesicht.»Möchten Sie vielleicht einen Kaffee? Sie sind doch bestimmt erschöpft von der Zugfahrt.«

»Lisa reicht vollkommen«, murmele ich leise und lasse mich auf einen der uns angebotenen Stühle sinken.»Und danke, ich brauche nichts.«

»Wir wären Ihnen dankbar, wenn wir das Gespräch kurz halten könnten«, fügt Moritz hinzu.»Unserer Mutter geht es nicht so gut, wissen Sie. Ich will sie nicht länger als nötig alleine lassen.«

Die beiden nicken, und Frau Dortmund öffnet die Akte, die sie mitgebracht hat. Herr Wolfer wirft einen kurzen Blick darauf, dann wendet er sich wieder mir zu.

»Wir haben Sie hergebeten, weil wir die Ereignisse zur Zeit von Claras Verschwinden noch einmal mit Ihnen durchgehen möchten. Frischen Wind in die Ermittlungen bringen, sozusagen.«

Ich unterdrücke ein Stöhnen.»Mit Verlaub, Herr Wolfer – aber das ist vierzehn Jahre her. Alles, was ich weiß, habe ich bereits zu Protckoll gegeben. Ich bezweifle, dass ...« Ich verstumme, als ich sein Stirnrunzeln bemerke. *Nun gut, einen Versuch war es wert.* »Aber natürlich – wenn es Ihnen hilft. Was genau wollen Sie denn nun wissen?«

Frau Dortmund schlägt eine leere Seite ihres Notizblocks auf. »Unseren Aufzeichnungen zufolge wurde Ihre Schwester, Clara Schmidt, am Wochenende vom achtzehnten Juni als vermisst gemeldet. Können Sie uns sagen, wann Sie sie zuletzt gesehen oder gesprochen haben?«

»Das war am Freitagmorgen«, antworte ich prompt. »Am siebzehnten Juni. Clara und ich sind wie jeden Morgen gemeinsam mit dem Fahrrad zur Schule gefahren.« Ich tippe mir nachdenklich mit dem Zeigefinger an die Lippen. »Wobei, nein – das stimmt nicht ganz. In der Zehnuhrpause hab ich sie auch gesehen. Sie hat sich im Pausenhof mit ihren Freundinnen unterhalten. Miriam Haller, Bea Posch, Sarah Novak. Die vier waren eng befreundet, aber das wissen Sie ja bereits. Danach bin ich wieder in den Unterricht gegangen und – das war's.« Resolut blinzle ich die aufsteigenden Tränen weg und verschränke die Finger ineinander, um das Zittern meiner Hände zu verbergen.

»Was für einen Eindruck hat Clara da auf Sie gemacht? Im Pausenhof – war sie vielleicht traurig, aufgeregt, zornig? Ist Ihnen irgendwas Außergewöhnliches an ihr aufgefallen?«

Ich denke einen Augenblick nach, dann schüttle ich den Kopf. »Nein, eigentlich nicht. Ein wenig aufgeregt war sie vielleicht.«

Frau Dortmund macht sich einen entsprechenden Vermerk. »Hat Clara Ihnen gesagt, was sie an jenem Tag vorhatte?«

»Auch das wissen Sie längst.« Ich deute vielsagend auf die Akte. »Wir haben gegen Mittag noch gechattet. Ich hatte am Nachmittag eine Freistunde und hab sie gefragt, ob wir zusammen in den Park wollen, aber Clara meinte, sie wäre schon mit Miriam verabredet.«

Die Polizistin verzieht keine Miene.»Haben Sie sich denn gar nicht gewundert, dass sie am Abend nicht nach Hause gekommen ist?«

»Himmel – nein.« Ich hole einige Male tief Luft.»Wie Sie sicher wissen, hatten Clara und die anderen eben erst ihre schriftlichen Maturaprüfungen abgelegt. Bis zu den Mündlichen waren es noch drei Wochen – ich bin davon ausgegangen, dass sie bei Miriam übernachtet, feiern gegangen ist oder so. Außerdem hatte ich an jenem Abend Schwimmtraining und war selbst erst gegen zehn daheim. Also nein – es kam mir keineswegs seltsam vor.«

Frau Dortmund nickt bedächtig und beugt sich dann gespannt vor.»Aber Clara hat nicht gefeiert, oder? Sie war an jenem Nachmittag nicht bei Miriam. Irene Haller, Miriams Mutter, hat bestätigt, dass Bea und Sarah bei ihr im Garten waren. Clara hingegen war nicht mit von der Partie. Warum – was meinen Sie?«

»Das müssen Sie Miriam schon selber fragen.« Mir fällt auf, wie trotzig meine Stimme klingt, und ich bemühe mich um einen versöhnlicheren Tonfall.»Wenn Miriams Mutter das zu Protokoll gegeben hat, muss es wohl so gewesen sein. Aber davon weiß ich nichts, tut mir leid.«

»Wann war Ihnen klar, dass Clara verschwunden ist?«

»Am Samstag«, beantwortet Moritz die Frage an meiner Stelle.»Wie Sie Ihren Aufzeichnungen entnehmen können, hat Clara am Freitagabend versucht, mich auf dem Handy zu erreichen. Das war um Viertel vor neun. Und noch einmal eine halbe Stunde später. Sie hat mir eine Nachricht hinterlassen, mich um einen Rückruf gebeten. Ich hab an jenem Abend bei meiner damaligen Freundin übernachtet und die Mailbox erst am nächsten

Morgen abgehört. Dumm – ich weiß.« Er macht ein zerknirschtes Gesicht.»Jedenfalls bin ich erst am Samstag
hingefahren, um nach ihr zu sehen. Doch Clara war nicht
zu Hause.«
   Der Polizist horcht auf.»Und Sie haben keine Ahnung,
was Ihre Schwester Ihnen so dringend mitteilen wollte?
Keinen Verdacht, nichts?«
   Moritz schüttelt den Kopf.»Nein. Aber als sie gegen
Mittag immer noch nicht zurück war, haben wir angefangen, uns Sorgen zu machen. Bei Miriam war sie nicht,
auch nicht bei einer ihrer anderen Freundinnen. Dann fiel
uns auf, dass ihr Pass verschwunden war.«
   »Fehlten sonst irgendwelche Sachen?«
   Für einen Augenblick schließe ich die Augen, versuche, mir alles noch mal genau in Erinnerung zu rufen.
Wie ich Miriam hinauf in Claras Schlafzimmer folgte und
feststellte, dass Clara nicht in ihrem Bett geschlafen hatte.
Wie ich mich mit Moritz daran machte, ihre Schubladen
zu durchwühlen, als sie Stunden später immer noch nicht
zurück war.
   »Ein paar Kleider«, sage ich schließlich.»Ein Kapu-
zenpullover, Jeans. So was eben.« Ich schluchze laut auf.
»Und – ihr Pass. Ihr Tagebuch. Die neue Polaroidkamera.« Unter dem Tisch spüre ich Moritz' tröstende Hand
auf meiner, und ich drücke sie.
   »Sie machen das sehr gut, Lisa«, sagt Herr Wolfer mit
sanfter Stimme.»Uns ist bewusst, wie schwer das alles für
Sie sein muss. Aber – Sie wissen nicht zufällig, ob die Sachen noch da waren, als Ihre Schwester am Freitagmorgen
das Haus verlassen hat?«
   »Nein.«
   Die beiden Polizisten tauschen einen kurzen Blick,
dann greift Herr Wolfer in seine Aktentasche und zieht
mehrere Plastikbeutel daraus hervor. Um ein Haar hätte

ich aufgeschrien, als mein Blick auf den zerschlissenen blauen Rucksack fällt. Claras Rucksack. Daneben einige Tüten mit Stiften, Büchern und sonstigem Schulkram. Ich ringe nach Luft.

»Das waren ihre, nicht wahr?«

Ich bringe nur ein knappes Nicken zustande. Dann runzle ich die Stirn. »Warten Sie – ist das alles, was Sie bei ihr gefunden haben?«

»Die Kleider, die sie trug. Ein gelbes Shirt, abgeschnittene Jeans. Aber ansonsten – ja. Das war alles.«

»Aber – ich verstehe das nicht«, stammele ich. »Wo ist ihre Kamera? Die anderen Sachen, die nicht mehr im Haus waren? Die Kleider, die fehlten, wo ...«

Herr Wolfer nickt, seine Miene ist auf einmal sehr ernst. »Genau das fragen wir uns auch.«

KAPITEL 6

Miriam

Die Villa meiner Mutter sieht genau so aus, wie ich es mir die letzten Stunden über vorgestellt hatte. Die Farbe am einst penibel lackierten Gartenzaun ist abgeblättert, der Weg zum Haus überwuchert, die Holzverkleidung an den Mauern von der Sonne ausgebleicht. Ein schwarzer BMW steht in der Einfahrt, daneben mein Vater, den Blick vorwurfsvoll auf seine Armbanduhr gerichtet.

»Miriam.«

Seine Haare sind kürzer, und er muss an Gewicht verloren haben, denn die harten Linien seines Gesichts treten deutlicher hervor als früher. Doch seine Kleidung ist wie immer tadellos. Dem weißen Hemd über der dunklen Stoffhose nach zu urteilen, muss er direkt vom Büro hergefahren sein.

»Hi, Papa«, sage ich und umarme ihn ungelenk.

Sofort spüre ich, wie er sich unter meiner Berührung versteift, und rasch lasse ich wieder von ihm ab. So war es schon immer, denke ich und schlucke meine Enttäuschung herunter. Während ich versuche, die Distanz zwischen uns zu überwinden, fällt er ins andere Extrem, stößt mich von sich. Halb erwarte ich, dass er sich über meine Verspätung beklagt, doch zu meiner Überraschung tut er nichts dergleichen.

»Schön, dich zu sehen«, sagt er stattdessen, als wolle er die missglückte Begrüßung wettmachen. »Wie war dein Flug?«

»Ganz okay.«

Papa nickt nur. »Ich hab dir die Post mitgebracht.«
Ich bemerke den Packen Briefe, den er in Händen hält.
»Danke. Warte – ich hab auch was für dich.« Mit einem
verlegenen Lächeln gehe ich zurück und beginne, im Kofferraum herumzukramen. Endlich finde ich die Geschenk-
tüte, eingeklemmt zwischen meiner Reisetasche und den
Einkaufstaschen, und halte sie ihm hin. »Hier, für dich.
Ein kleiner Glücksbringer für den Wahlkampf.«
Papa zieht erstaunt die Brauen hoch. »Die ist –
schön«, sagt er höflich, nachdem er die Krawatte, die
ich in einer teuren Londoner Luxusboutique für ihn er-
standen habe, ausgepackt hat und skeptisch beäugt. »Das
wäre aber nicht nötig gewesen. Die Wahlen sind doch
erst im Herbst.«
Ich zucke die Achseln. »Egal. Trotzdem.«
Ich hole die Einkaufstaschen aus dem Wagen und mache mich auf den Weg, die Einfahrt hinauf. Papa, meine
Reisetasche über der Schulter, folgt mir. Meine Hände zittern ein wenig, als ich den Schlüssel im Schloss drehe und
die Tür aufstoße. Das vertraute Knarren der Dielen lässt
mich frösteln.
Willkommen daheim, Miriam!
Seit drei Jahren war ich nun schon nicht mehr hier,
nicht seit Mamas Tod. Eigentlich hatte ich vorgehabt, das
Haus zu verkaufen, aber dann habe ich es doch nicht über
mich gebracht. War schlicht noch nicht bereit dazu, mich
von ihren Sachen und allem, was von meiner Kindheit übrig war, zu trennen. Einen Schlussstrich zu ziehen.
Mit zusammengebissenen Zähnen durchquere ich den
Flur in Richtung Küche. Der muffige Geruch, der mir entgegenschlägt, lässt mich das Gesicht verziehen. »Wann
warst du zuletzt hier drinnen?«
»Letzte Woche. Ich hab angerufen, damit Strom,
Gas und Wasser wieder freigeschaltet werden, das sollte

inzwischen erledigt sein. Aber ich glaube, mit der Klimaanlage stimmt was nicht – das solltest du überprüfen lassen.«

Papa stellt den Koffer neben dem Esstisch ab, dann hilft er mir mit den Einkaufstaschen. Staubpartikel tanzen durch die Luft, als sein Arm die Arbeitsfläche streift.

»Außerdem solltest du eine Putzfrau engagieren«, sagt er und hält hustend die Hand vor den Mund. »Ich kann dir jemanden vermitteln, wenn du willst.«

Ich kann nicht gut damit umgehen, wenn er versucht, nett zu sein. Wenn er so tut, als ob Mama und ich nicht unser Leben lang unter seiner herrischen Art, seinen absurd hohen Anforderungen gelitten hätten. Und selbst jetzt noch – erwachsen, erfolgreich, unabhängig – falle ich sofort in alte Muster zurück, kaum dass ich wieder zu Hause bin, dieselbe Luft atme wie er.

»Schon in Ordnung«, sage ich eilig. »Ich hab Putzsachen mitgebracht.« Ich deute auf einen der Pappsäcke.

»Wie du willst.«

Schweigend machen wir uns daran, meine Einkäufe in den Kühlschrank zu räumen. Nachdem wir alles verstaut haben, wirft Papa einen Blick auf seine Armbanduhr. »Ich muss los. Wichtiges Treffen mit der Baubehörde.« Er seufzt. »Ich dachte eigentlich, du wärst früher da, daher …«

Also doch. Er kann es einfach nicht lassen.

»Kein Problem. Ich schaffe das schon.«

»Sicher.« Im Türrahmen wendet er sich noch einmal um. »Wir sehen uns dann auf der Beerdigung. Und gib Bescheid, wenn du was brauchst.«

Ich gehe ins Wohnzimmer, blicke ihm durchs Fenster nachdenklich hinterher, wie er die Einfahrt hinunterstapft, in Gedanken bereits dabei, was ich alles zu erledigen habe. Mamas Sachen aussortieren, die Möbel verkaufen,

Elektrik und Klimaanlage checken lassen, die Unterlagen für den Makler zusammenstellen. Ich stöhne. Schon jetzt schwirrt mir der Kopf von meiner inneren To-do-Liste. *Ruhig, Miriam. Eins nach dem anderen.* Da ich eine Weile hierbleiben werde, scheint es mir am besten, wenn ich mit meinem Zimmer anfange. Mich langsam vorarbeite. Den Karton mit den Putzsachen auf die Hüfte gestützt, mache ich mich mit meinem Gepäck auf den Weg ins obere Stockwerk. Ein paar Schritte vor meiner Tür knarzt eine Diele, wie immer, und auch drinnen sieht alles unverändert aus. Die rosa Steppdecke auf dem schmalen Bett, der drei Meter lange Einbauschrank, der Schreibtisch mit dem Rollcontainer daneben.

Als wäre ich nie fort gewesen.

Die Luft ist abgestanden und staubig, also lasse ich meine Tasche auf den Bettüberwurf fallen, stelle den Karton auf den Fußboden und trete ans Fenster. Eine kühle Brise streicht über mein Haar, als ich die Flügel öffne. Das kaputte Fliegengitter flattert im Wind. Es ist irgendwann in meinem letzten Schuljahr abgerissen, dem jahrelangen Missbrauch nicht länger trotzend. Davon, dass ich es immer am unteren Rand nach außen drückte, um auf das schräge Vordach zu klettern, von wo aus ich mich auf die Wiese plumpsen ließ.

Mit siebzehn, achtzehn war mir das völlig natürlich erschienen, doch jetzt kommen mir meine abendlichen Ausflüge schrecklich dumm vor. Reinklettern war unmöglich, sodass ich durch die Hintertür ins Haus schleichen musste, damit meine Eltern nicht bemerkten, dass ich weg gewesen war. Im Grunde hätte ich auf diesem Wege auch nach draußen gelangen können, dann hätte ich nicht springen müssen, und das Gitter wäre noch heil. Aber so waren wir damals nun mal – jung, waghalsig, unbeeindruckt von den Gefahren, die das Leben bereithält.

Als ich mich umwende, fallen mir die Dinge auf, die ich vor drei Jahren erledigt und fast schon wieder vergessen hatte. Die beiden Kartons mit meinen alten Schulsachen in der Ecke. Die Bilder, die ich bereits von den Wänden genommen und auf dem Nachttisch gestapelt hatte.

Ich gehe hinüber, streiche zärtlich mit den Fingern über die verstaubten Rahmen, während ich ein Foto nach dem anderen betrachte. Meine Eltern und ich schick in Schale bei der Feier anlässlich Papas Ernennung zum Bürgermeister. Mama und ich, in eine innige Umarmung versunken, bei meiner Schulabschlussfeier. Auf einem weiteren erkenne ich Moritz, verschmitzt grinsend, die Arme um Claras und meine Schultern gelegt. Und dann – natürlich – meine besten Freundinnen. Clara, Sarah, Bea und ich, mit geröteten Wangen und Gläsern mit einer orangefarbenen Flüssigkeit darin in den Händen. Ich weiß noch genau, wann die Aufnahme entstanden ist – auf einer Party in den Sommerferien vor unserem Abschlussjahr –, und bei dem Anblick wird mir das Herz ganz schwer. Egal, wie viel Zeit verstrichen ist, die Erinnerungen an meine Jugend gehen mir immer noch an die Nieren.

Unwillkürlich muss ich an unser letztes Treffen denken, an den siebzehnten Juni und alles, was danach geschehen ist, und ich spüre, wie sich mein Magen zusammenzieht. In dieser Nacht, irgendwann zwischen der Zeit, als sie unser Haus verließ und dem nächsten Morgen, ist Clara verschwunden. Vielleicht war sie einfach abgehauen, zu diesem Schluss gelangte jedenfalls die Polizei. Ihr Pass und einige ihrer anderen Sachen fehlten, und niemand im Dorf – von ihrer Familie abgesehen – zweifelte daran, dass das die einzig logische Erklärung war. Nur, dass es nicht stimmte. Sie war nicht fortgelaufen. Ich spüre die Tränen, die mir in die Augen schießen, und schüttle unwirsch den Kopf.

Resolut greife ich nach den Bildern und stecke sie zu meinen alten Schulsachen in die Kiste, dann gehe ich nach unten in die Küche. Ich brauche was zu trinken, am besten irgendwas mit Koffein. Die Kaffeemaschine habe ich noch nicht in Betrieb genommen, also entscheide ich mich für eine Cola. Genau wie mein Vater und ich brauchen auch das Haus und ich ein bisschen Zeit, um uns wieder aneinander zu gewöhnen.

Die Dose in der Hand gehe ich zurück in mein Zimmer, komme gerade rechtzeitig, bevor das Klingeln meines Handys verstummt. Eilig fische ich es aus den Untiefen meiner Handtasche und nehme den Anruf entgegen.

»Miriam Haller.«

»Guten Tag, Dieter Wolfer hier, Kriminalpolizei.«

Sogleich sackt mir das Herz in die Hose. Ich räuspere mich, versuche, meiner Stimme einen gelassenen Tonfall zu verleihen. »Ähm – hallo. Ich dachte mir schon, dass Sie anrufen würden.«

»Ja – nun, ich bin vorhin Ihrem Vater begegnet, und er hat mir verraten, dass Sie zwischenzeitlich eingetroffen sind. Hätten Sie Zeit, die Tage bei uns auf dem Revier vorbeizukommen? Sie wissen schon – wir haben da noch ein paar Fragen, was die Nacht des Verschwindens von Clara Schmidt angeht.«

Der Anruf dauert nur kurz, und wir verabreden uns für die kommende Woche. Nachdem ich aufgelegt habe, hole ich einige Male tief Luft, um meine angespannten Nerven zu beruhigen. Ich fasse es einfach nicht, dass ich all das noch einmal durchmachen muss.

Von einer inneren Eingebung gesteuert, gehe ich zu dem Rollcontainer meines Schreibtisches und reiße die unterste Schublade auf. Sie ist immer noch vollgestopft mit den Bewerbungsunterlagen für *St Andrews*. Achtlos schiebe ich sie beiseite, versenke beinahe meinen gesamten Arm in der Lade, bis meine Finger endlich die dünne Klarsichtfolie ertasten, nach der ich gesucht habe. Bebend vor Aufregung ziehe ich sie hervor und werfe einen Blick auf das Blatt darin. Ehrfürchtig streiche ich über den Brief, über Claras vertraute, bauchige Handschrift. Und auf einmal sind sie wieder da. All die Dinge, die ich so gern vergessen würde und die mich doch verfolgen.

Wie ich am Morgen des achtzehnten Juni an Claras Haustür klingelte und Lisa aufmachte. Sie sah bedrückt aus, verweint, aber ich war viel zu sehr mit meiner eigenen Misere beschäftigt, um groß darauf zu achten. Wie ich Claras Zimmer betrat, nur um festzustellen, dass ihr Bett unberührt war. Die Panik, die in mir hochstieg, während ich mir das Hirn zermarterte, wo sie wohl stecken mochte. Ob sie bereits zur Polizei gegangen war? Wie ich hastig ihre Sachen durchforstete, auf der Suche nach einem Hinweis, der ihren Verbleib erklären könnte. Wie ich mit wachsendem Entsetzen auf den Umschlag starrte, der auf ihrem Schreibtisch ganz oben lag. *Für Mama.* Das Knarren der Dielen im Flur, Lisa, die sich mit raschen Schritten in meine Richtung bewegte. Das Knistern des Papiers, als ich es kurzerhand in meine Tasche schob, ohne auch nur eine Sekunde über die Konsequenzen nachzudenken. Der größte Fehler meines Lebens. Nun ja – der zweitgrößte.

Ich schüttle den Kopf.

Was haben wir uns nur dabei gedacht? Wieso haben wir den verdammten Brief denn nur nicht gleich der Polizei ausgehändigt? Vielleicht wäre es ihr gelungen, Clara noch rechtzeitig zu finden. Vielleicht, so denke ich, wäre sie dann jetzt noch am Leben.

Aber Bea, Sarah und ich – wir waren so geschockt, so traumatisiert von den Ereignissen des Vortags, dass wir mal wieder genau die falsche Entscheidung trafen. Und so blieb der Brief unser Geheimnis, verborgen in der untersten Schublade meines Rollcontainers.

Bleibt nur eine Frage: Was nun?

KAPITEL 7

Moritz

Suchend lasse ich meinen Blick über die Scharen von Jugendlichen schweifen, die aus dem Schulgebäude strömen. Jungs und Mädchen aller Altersklassen, schwere Rucksäcke auf den Schultern, lachende Gesichter. Die Luft surrt von ihrem Geplapper, dem Feixen der Halbstarken und dem Kichern der Mädels.

Endlich habe ich meinen Freund auf dem Treppenabsatz erspäht und hebe die Hand in seine Richtung. Tobias hat mich ebenfalls entdeckt, denn seine Miene hellt sich auf. Er winkt mir kurz zu, dann bahnt er sich geschmeidig einen Weg durch die Menge, sein halblanges Haar wippt im Takt seiner Schritte. Ich fange die bewundernden Blicke einiger Mädchen auf, an denen er sich vorbeidrängt, und unwillkürlich muss ich grinsen. Im Grunde kann ich es ihnen nicht verdenken. Obwohl wir in etwa gleich alt sind – bald siebenunddreißig –, hat sich Tobias weit besser gehalten, als ich es von mir behaupten könnte. Wo meine Schläfen von grauen Strähnen durchzogen sind, sind seine immer noch dunkelblond und voll, und sein Körper, von jahrelangem Training geeicht, ist athletisch wie eh und je.

»Was für eine Scheiße«, begrüßt er mich ohne Umschweife, als er zu mir aufgeschlossen hat. »Tut mir schrecklich leid, das mit Clara.«

Ich presse die Lippen aufeinander und nicke. Dann bücke ich mich zu der Papiertüte zwischen meinen Füßen und ziehe zwei Pappbecher daraus hervor.

»Hier. Für dich.«

Tobias schnalzt anerkennend mit der Zunge, als ihm das Kaffeearoma in die Nase steigt, und in gemächlichem Tempo machen wir uns auf den Weg, die Dorfstraße entlang.

Wie immer um diese Zeit sind die Straßen voller Leben. Frauen mit ihren Kindern ziehen an uns vorbei, um vor dem Wochenende ein paar Besorgungen zu erledigen, dazwischen Männer mit Aktentaschen, die noch schnell zu einem letzten Termin vor dem ersehnten Feierabend eilen. Ich spüre ihre Blicke, die einen Augenblick zu lange auf meinem Gesicht verweilen, das Getuschel, das schlagartig erstirbt, wenn sie mich in Hörweite wähnen. Ich beiße die Zähne zusammen und starre stur geradeaus, tue so, als würde ich von alledem nichts mitbekommen.

Als ob es nicht schlimm genug wäre, dass meine Schwester einem Verbrechen zum Opfer gefallen ist, denke ich. Aber in einem verschlafenen Kaff wie Eichgraben steht Mord nicht gerade auf der Tagesordnung, und die Nachricht, dass es die Überreste meiner Schwester Clara sind, die im Wald aufgetaucht sind, hat sich wie ein Lauffeuer im gesamten Dorf verbreitet – ein gefundenes Fressen für meine chronisch gelangweilten und sensationslüsternen Mitbürger.

»Wie lange hast du Pause?«

»Eine knappe Stunde. Um zwei haben wir eine Konferenz – hoffentlich die letzte vor den Pfingstferien.« Tobias verdreht die Augen.

Ich kann mir ein Schmunzeln nicht verkneifen. Noch immer fühlt es sich seltsam an, dass Tobias nun Direktor ebenjener Schule sein soll, wo ich einst selbst mit ihm die Schulbank gedrückt habe. Tatsächlich hat er mit seiner Beförderung zum Rektor nach nur zehn Jahren als Mathematik- und Sportlehrer eine beeindruckende Karriere hingelegt, das muss man ihm lassen.

»Mein Gott, das ist alles so furchtbar«, stöhnt er auf einmal und nimmt einen großen Schluck aus seinem Pappbecher. »Ich kann immer noch nicht glauben, dass sie wirklich tot sein soll. Und du bist sicher, dass der Polizei nicht wieder ein Fehler unterlaufen ist? Wäre schließlich nicht das erste Mal.«

Ich lache laut auf, es ist ein bitteres Lachen, denn er hat recht. Einige Monate nach Claras Verschwinden waren Herr Wolfer und seine Kollegen in heller Aufregung, weil am Münchener Bahnhof ein Mädchen gesichtet worden war, auf das Claras Beschreibung passte. Umso größer war unsere Enttäuschung, als sich herausstellte, dass sie sich geirrt hatten. Dass das Mädchen, das sie für Clara gehalten hatten, meiner Schwester nur verblüffend ähnlich sah.

»Ganz sicher. Sie haben ihre Zahnarztunterlagen abgeglichen und alles. Das ganze Programm. Sie ist es, Tobi. Diesmal ist sie es wirklich.«

»Verdammte Scheiße«, wiederholt Tobias und schüttelt den Kopf. »Ich – ich weiß gar nicht, was ich sagen soll. Ich will mir gar nicht erst ausmalen, was ihr gerade durchmachen müsst. Dabei war Clara wie eine Schwester für mich. Ich wünschte, ich könnte irgendwas für euch tun.«

»Wenigstens haben wir jetzt Gewissheit.« Mir fällt auf, wie schwach und belegt meine Stimme klingt, und ich räuspere mich vernehmlich. »Im Moment ist es vor allem Mama, die mir Sorgen bereitet. Seit sie gestern aus Berlin zurückgekommen ist, hat sie ihr Schlafzimmer nicht mehr verlassen und weint die ganze Zeit. Es ist furchtbar.«

Tobias sieht mich mitfühlend an. »Und dein alter Herr?«

»Er wird zur Beerdigung kommen. Mit Natascha – ausgerechnet.« Ich sage es abfällig. »Noch ein Grund, warum meine arme Mutter ganz aus dem Häuschen ist. Seit der Scheidung haben die beiden kein Wort mehr miteinander gewechselt, und dass Papa noch mal Vater geworden ist, macht es auch nicht besser. Das wird noch ein Drama, kann ich dir sagen.«

Tobias flucht leise. »Hat die Polizei denn schon eine Ahnung, wer Clara umgebracht haben könnte?«

»Das glaubst du doch nicht im Ernst. Herr Wolfer und seine junge Kollegin in allen Ehren – aber die würden einen Verbrecher doch nicht mal erkennen, wenn er ihnen ins Gesicht spuckt.« Unwillkürlich ballen sich meine Hände zu Fäusten, wobei Kaffee über den Rand des Pappbechers und auf den Boden schwappt. »Außerdem ist das alles schon ewig her. Wenn Claras Mörder auch nur einen Funken Hirnschmalz besitzt, hat er längst das Weite gesucht.«

»Ja – vermutlich«, erwidert Tobias gedehnt. »Aber wenn wir nun schon dabei sind ...« Einen Augenblick lang scheint er mit sich zu ringen, während er gedankenverloren mit dem Schuh über den Asphalt scharrt, einen losen Kieselstein beiseite kickt. »Was ist mit ihren Freundinnen? Ich hatte ja immer den Eindruck, dass die drei irgendwas mit Claras Verschwinden zu tun haben.«

»Wie kommst du darauf?«

Tobias wiegt den Kopf hin und her. »Ich weiß auch nicht. Sie wirkten damals nur alle so – schuldbewusst. Als ob sie etwas zu verbergen hätten. Und dann – keine vier Wochen später – waren sie fort. In alle Winde verstreut.« Er zuckt die Achseln.

Ich runzle die Stirn, während ich über seine Worte nachsinne. Wie aufs Stichwort erscheint das Bild eines hübschen Mädchens mit rotblondem Haar vor meinem inneren Auge, den Mund zu einem breiten Lächeln verzogen.

»Natürlich erinnere ich mich noch an das Gerede«, erwidere ich schließlich. »Trotzdem – Miriam war Claras beste Freundin. Schon seit dem Kindergarten. Sie kann es nicht gewesen sein. Das glaube ich einfach nicht.«

»Aber hast du nicht selbst gesagt, dass die beiden damals Streit hatten?«, gibt Tobias zu bedenken. »Was, wenn ...«

Ich winke ab. »Das war Wochen vor ihrem Verschwinden. Und wann immer ich Clara danach gefragt habe, meinte sie, es wäre nichts und ich solle mich raushalten. Du weißt doch selbst am besten, wie die Mädchen in dem Alter sind.«

Tobias nickt nur, wirkt jedoch nicht überzeugt. »Und Sarah? Bea?«

»Keine Ahnung.« In einem Zug leere ich meinen Kaffeebecher und befördere ihn mit einem gezielten Wurf in den nächsten Mülleimer. »Ich schätze, ich kannte die beiden nicht gut genug, um das zu beurteilen.«

Eine Weile trotten wir schweigend nebeneinander her, bevor wir uns auf den Rückweg zur Schule machen.

»Wie läuft es eigentlich mit der Kleinen? Wie heißt sie noch gleich?«, wechsle ich schließlich das Thema, weil ich nicht länger über Clara reden will.

»Du sollst sie doch nicht immer Kleine nennen.«

»Sie ist kaum zwanzig, Tobi. Genau genommen könnte sie deine Tochter sein. Oder eine deiner Schülerinnen.«

Ich ziehe vielsagend die Brauen hoch.

»Ist sie zum Glück aber nicht«, erwidert er und grinst. »Und Leila ist wirklich sehr reif für ihr Alter. Sie will sogar, dass ich ihre Eltern kennenlerne.«

»Hört, hört! Dann ist es diesmal also was Ernstes?«

Tobias zuckt die Achseln. »Vielleicht. Mal sehen.«

Inzwischen haben wir das Schulgebäude erreicht, und Tobias zieht mich zur Verabschiedung in eine kumpelhafte Umarmung.

»Gib Bescheid, wenn ich irgendwas tun kann. Ich bin für dich da, egal, was ist, das weißt du doch, oder?«

Ich lächle meinen Freund dankbar an, denn ich weiß, dass er es ehrlich meint. So war es schon immer zwischen uns. Er und ich gegen den Rest der Welt, so lautete unser Motto. Wie damals, als ich mit fünfzehn betrunken eine Schlägerei angezettelt hatte und er jedem, der es hören wollte, schwor, ich hätte mich nur verteidigt. Und nicht zuletzt war er es, der mit mir nach Claras Verschwinden sämtliche Bahnhöfe und Flughäfen abklapperte, selbst Monate später noch nicht müde wurde, Flugblätter mit ihrem Foto darauf zu verteilen.

»Danke, Tobi. Ich weiß das echt zu schätzen. Vielleicht hast du ja Lust, die Tage mal bei uns zum Essen vorbeizukommen? Mama würde sich bestimmt freuen. Und Lisa auch.«

»Klar – jederzeit.« Dann scheint ihm etwas einzufallen. »Wann kommt Lisa denn? Ich hab sie schon Ewigkeiten nicht mehr gesehen.«

»Sie ist gestern eingetroffen. Hat den Fünfuhrzug aus Wien genommen.« Ich seufze. »Noch jemand aus meiner Familie, um den ich mir Sorgen mache. Du weißt ja, wie nahe sie und Clara sich standen. Und auch wenn sie immer so tut, als würde sie über den Dingen stehen ...« Ich breche ab.

»Ja – ich weiß.« Tobias bedenkt mich mit einem Blick voll ehrlicher Anteilnahme. »Richte ihr bitte mein herzliches Beileid aus. Und deiner Mutter auch.«

Er knufft noch einmal mitfühlend meine Schulter, dann wendet er sich um und eilt die Treppen zur Schulpforte empor.

KAPITEL 8

Sarah

Ein Schwall kühler Luft schlägt mir entgegen, als ich die Pforte zur Kirche aufstoße. Für einen Moment bleibe ich unsicher am Eingang stehen, mein Blick wandert über die dichtbesetzten Reihen. Dann endlich entdecke ich meine Eltern, sie sitzen etwa in der Mitte des Kirchenschiffs, der Platz neben ihnen ist noch frei. Mit einem stummen Dankesgebet auf den Lippen setze ich mich in Bewegung. Meine niedrigen Absätze klackern auf dem Steinboden, und obwohl ich stur geradeaus schaue, spüre ich sie. Die Blicke der anderen Trauergäste, wie sie sich in die Seite stoßen und verstohlen in meine Richtung deuten. Ich beiße die Zähne zusammen.

Verdammt.

Ich bin zu spät, das weiß ich, und einmal mehr verfluche ich mich dafür, nicht früher losgefahren zu sein. Doch Ella und Valerie hatten anlässlich meiner Abreise ein regelrechtes Spektakel veranstaltet, Wutanfälle und Krokodilstränen inklusive. Dann war da noch mein Wagen, der nicht ansprang, sodass ich mir in letzter Minute den von Holger leihen musste – ein riesiges Ungetüm mit Gangschaltung, mit der ich mich nie so recht anfreunden konnte. Als ich die Kirche endlich erreichte und den BMW in Ermangelung eines Parkplatzes kurzerhand im Halteverbot abstellte, war ich völlig durchgeschwitzt und mit den Nerven am Ende. Ich kann nur hoffen, dass ich nicht zu allem Überfluss auch noch einen Strafzettel bekomme.

Mit einem entschuldigenden Lächeln im Gesicht schiebe ich mich an einem älteren Ehepaar vorbei und lasse mich neben meiner Mutter auf das kühle Holz fallen. Erleichtert atme ich auf. *Geschafft.* Keinen Augenblick zu früh, wie es scheint, denn in diesem Moment setzt das Orgelspiel ein, und Pater Michael tritt an den Altar.

Jetzt, wo der Stress meiner überstürzten Anreise allmählich von mir abfällt, beruhigt sich mein Puls, und ich nutze die Gelegenheit, die anderen Trauergäste näher in Augenschein zu nehmen.

In der ersten Reihe schräg vor mir, gleich hinter dem hölzernen Sarg, sitzen Claras engste Angehörige. Lisa und Moritz, links und rechts von ihrer Mutter, Moritz hat den Arm tröstend um sie gelegt. Selbst aus der Entfernung kann ich sehen, wie mitgenommen Margarete aussieht, wie ihre Schultern immer wieder von heftigen Schluchzern geschüttelt werden. Der Anblick versetzt mir einen Stich, und rasch wende ich mich ab. Ich muss an Ella und Valerie denken. Die Zwillinge mögen anstrengend sein, und in Momenten wie heute Morgen würde ich sie am liebsten auf den Mond schießen, doch sie sind alles, was ich habe. Ich will mir gar nicht ausmalen, wie es sich anfühlen muss, eine der beiden zu verlieren.

Claras Vater sitzt am anderen Ende der Reihe, und überrascht stelle ich fest, dass er in Begleitung gekommen ist. Neben ihm sitzt eine attraktive Mittvierzigerin, dicht an ihn gedrängt, den Blick auf ihre Schuhspitzen gerichtet. Das muss Natascha sein, seine neue Frau, denke ich, und erneut überkommt mich Mitgefühl für Claras Mutter. Als ob das alles für sie nicht schon schlimm genug wäre.

Gedankenverloren lasse ich meinen Blick weiter durch das Kirchenschiff schweifen, über den schlichten Blumenschmuck an den Bänken, die weiß gehaltenen Kränze, die vor dem Sarg liegen. »Begrenzt ist das Leben – unendlich die Erinnerung« steht auf der Schleife des einen, darunter eine unüberschaubare Anzahl von Namen, die ich von meinem Platz aus nicht entziffern kann. Auch abseits der Familie Schmidt kenne ich die meisten hier – praktisch das gesamte Dorf ist gekommen.

Da ist Frau Kiel, die Angestellte der Fleischerei, die uns als Kinder immer heimlich Wurst- und Käseproben zugesteckt hat, dickbäuchig und vollbusig wie eh und je. Herr Fellner, der Bankdirektor, bei dem ich mit sechzehn mein erstes Konto eröffnet habe. Das Lehrerkollegium des Eichgrabener Gymnasiums, darunter auch Herr Anschitz, unser damaliger Mathematik- und Sportlehrer. Selbst unser inzwischen pensionierter Schulwart ist gekommen.

Als mein Blick schließlich auf eine schlanke Frau mit dunklem kinnlangem Haar trifft, die einige Reihen vor mir an Pater Michaels Lippen hängt, weiten sich meine Augen vor Überraschung. Ich sehe noch einmal hin, diesmal genauer. Doch sie ist es, daran besteht kein Zweifel. Bea. Trotzdem fällt es mir schwer, diese elegant gekleidete Person da vorne mit der pummeligen Freundin in abgetragenen Jeans und Sweatshirts aus meinen Erinnerungen in Einklang zu bringen. Staunend schüttle ich den Kopf. Die Bea von heute steckt in einem teuren schwarzen Kostüm, und an ihrem linken Handgelenk baumelt eine noch teurer aussehende Handtasche. Ihr langes Haar – einst ihr ganzer Stolz – trägt sie jetzt zu einem schicken Bob. Sie sieht aus wie ein vollkommen anderer Mensch.

Wahnsinn. Wer hätte das gedacht.

Dann tritt Moritz vor, und eine fast gespenstische Stille senkt sich über die Anwesenden, während wir atemlos seiner Trauerrede lauschen, die nur gelegentlich unterbrochen wird von Margaretes haltlosen Schluchzern. Auch Moritz' Stimme klingt belegt, und einige Male muss er innehalten, um nach Atem zu ringen, die Tränen zurückzudrängen, die in seinen Augen aufblitzen. Ich tue es ihm gleich.

Oh, Clara!

Plötzlich spüre ich ein Prickeln im Nacken, und ich neige den Kopf zur Seite, um über die Schulter zu sehen. Mein Atem stockt, als ich Klaus, Miriams Vater, bemerke, der ein paar Reihen hinter mir sitzt und mich unverwandt anstarrt. Der Ansatz eines Lächelns erscheint auf seinem Gesicht, als sich unsere Blicke treffen, und er nickt mir kurz zu. Peinlich berührt wende ich mich ab, während mir die Hitze in die Wangen schießt.

Was hast du erwartet – er ist der Bürgermeister, rufe ich mir ins Gedächtnis. S*eine Tochter war Claras beste Freundin. War doch zu erwarten, dass er zu ihrer Beerdigung kommt.*

Eilig konzentriere ich mich wieder auf den Gottesdienst. Pater Michael hat erneut das Wort ergriffen. Aber ungeachtet des Anlasses der Predigt ist sein Tonfall einschläfernd und monoton wie eh und je, und während er etwas von Vergebung, Auferstehung und dem Leben nach dem Tod faselt, kann ich nicht verhindern, dass sich die Vergangenheit in mein Bewusstsein drängt.

Plötzlich sehe ich wieder Clara vor mir, die Arme anklagend vor der Brust verschränkt. Das Funkeln in ihren Augen. Die Verachtung, die aus jeder ihrer Poren quillt.

Verdammt, Sarah – wie konntest du nur! Hast du auch nur eine entfernte Vorstellung davon, was du da anrichtest?

Ich spüre ein dumpfes Pochen hinter meiner Stirn und presse mir die Hand auf den Mund, um nicht aufzustöhnen.

Sie hatte recht, meldet sich eine Stimme in meinem Hinterkopf zu Wort. *Was hast du dir eigentlich dabei gedacht?*

Trotzdem kann ich nicht verhindern, dass ein erstickter Laut durch den Spalt zwischen meinen Fingern dringt, und die Frau neben mir bedenkt mich mit einem mitleidigen Blick. Wahrscheinlich glaubt sie, dass ich um meine verstorbene Freundin trauere, und bei diesem Gedanken hätte ich vor Ironie beinahe aufgelacht. *Wenn sie, wenn sie alle nur wüssten!* Nachdem der Gottesdienst endlich zu Ende ist, folge ich Pater Michael und der Familie Schmidt in gebührendem Abstand aus der Kirche. Als ich die Tür schon fast erreicht habe, bemerke ich auf einmal die zwei uniformierten Beamten, die in der letzten Bank sitzen und die mir beim Hereinkommen gar nicht aufgefallen sind. Mir stockt der Atem. Die Furchen auf Herrn Wolfers Stirn sind tiefer geworden, der Haaransatz ist im Laufe der Jahre weiter nach hinten gewandert, doch der Ausdruck in seinem Gesicht, während er die Hinausgehenden misstrauisch beäugt, ist immer noch derselbe. Forschend, zurückhaltend, argwöhnisch. Ob er schon die ganze Zeit über hier gewesen ist?

Die Vorstellung gefällt mir nicht, und jäh fällt mir wieder ein, was ich vor ein paar Monaten in einer Zeitungsreportage gelesen habe. Dem Bericht zufolge kehren Mörder oft noch einmal an den Ort des Geschehens zurück und nehmen sogar an der Beerdigung ihrer Opfer teil, um Zeuge des Leids zu werden, das sie angerichtet haben. Ein mulmiges Gefühl regt sich in meiner Magengegend. Ob die beiden deswegen hier sind? Um potenzielle Verdächtige ausfindig zu machen? Fröstelnd ziehe ich die Schultern hoch, dann laufe ich rasch weiter, der Trauerprozession hinterher auf den Friedhof.

Draußen hat sich die Sonne endlich gegen die Wolkendecke durchgesetzt. Von der plötzlichen Helligkeit geblendet, kneife ich die Augen zusammen, krame in der Handtasche nach meiner Sonnenbrille. Das Friedhofsgelände erstrahlt in den schönsten Frühlingsfarben, und der Geruch nach frischer Erde steigt mir in die Nase.

Gedankenverloren streiche ich mir einen imaginären Fussel vom Kleid, während ich dabei zusehe, wie Claras Sarg in die Grube gehoben wird. Und ohne dass ich es will, kehren die Erinnerungen zurück. Glückliche Erinnerungen. Miriam, Bea, Clara und ich, wie wir ausgelassen im Sprühnebel der Bewässerungsanlage über den Rasen von Miriams Elternhaus toben. Wie wir einmal für eine nächtliche Poolparty in die Schule eingebrochen sind – Beas Idee natürlich. Die Standpauke, die uns blühte, als Professor Anschitz uns dort erwischt hat. Clara, die mir unter dem Tisch heimlich die Lösungen für die Matheschularbeit zusteckt. Das Wummern der Bässe auf dem Rockkonzert, das wir in unserem letzten Schuljahr besucht haben, das Klirren von Schnapsgläsern, die aneinanderschlagen, der ernste Ausdruck in unseren Augen, als wir uns gegenseitig immerwährende Freundschaft und Treue schworen.

Ein schaler Geschmack breitet sich in meinem Mund aus, als mir klar wird, was für ein Glück wir hatten – und wie wenig ich es zu schätzen wusste. Meine Kindheit und Jugend in Eichgraben war einfach wundervoll gewesen. Das Gefühl von Sicherheit und Friedfertigkeit, das dieser Ort vermittelte, die kleinstädtische Atmosphäre, wo jeder jeden kannte, die angrenzenden Wälder, die zum Joggen einluden. Und das alles an der Seite der besten Freundinnen, die man sich wünschen konnte.

Und dann, mit einem Wimpernschlag des Schicksals, war all das vorbei. Die Ereignisse des siebzehnten Juni hatten sich wie ein Gewittersturm über uns erhoben, unsere heile Welt auf einen Schlag in Schutt und Asche gelegt.

Ich kann gerade noch die Tränen zurückhalten, während ich eine Schaufel Erde auf Claras Sarg herabrieseln lasse.

»Ruhe in Frieden, Clara«, murmele ich tonlos. »Das alles – es tut mir so leid.«

Gerade als ich wieder von dem Grab zurückgetreten bin, spüre ich auf einmal eine Hand an meiner Schulter. Beinahe hätte ich aufgeschrien. Doch es ist nur Miriam. »Mein Gott, hast du mich erschreckt«, japse ich und greife mir an die Brust.

»Ich freue mich auch, dich wiederzusehen«, entgegnet sie trocken.

»So meinte ich das nicht.« Ich verdrehe die Augen. »Aber ...«

»Wir müssen reden«, unterbricht sie mich schroff. »Noch heute.« Etwas leiser fügt sie hinzu: »Im Maddy's? Um fünf? Bea kommt auch.«

Ich kann mir schon denken, worüber sie sprechen will, trotzdem schreit jede Faser meines Körpers danach abzulehnen, wieder in Holgers BMW zu steigen und auf direktem Weg zurück nach Hause zu fahren. Zu meinem Mann, zu meinen Kindern, meiner kleinen heilen Welt.

Ich seufze. »Muss das sein?«

Miriam lässt die Frage unbeantwortet. Sie nickt mir noch einmal beschwörend zu, dann macht sie auf dem Absatz kehrt und verschwindet in der Menge.

KAPITEL 9

Clara. Damals

Das Kinn in die Hand gestützt, starre ich verdrießlich nach vorne zum Pult. Tobias' Haar wippt im Takt seiner Schritte auf und ab, während er mit weitausholenden Gesten auf die Graphen und Formeln deutet, die er auf die Tafel gekritzelt hat. *Noch zwanzig Minuten bis zur Pause.* Ich unterdrücke ein Stöhnen. Normalerweise würde ich andächtig an seinen Lippen hängen, jeden seiner Hinweise und Tipps akribisch mitschreiben. Doch heute Morgen fällt es mir schwer, seinen Ausführungen zu folgen. Und wie es scheint, bin ich damit nicht allein. Die meisten meiner Mitschüler starren gelangweilt ins Leere, gegen die Müdigkeit ankämpfend, die ihnen ins Gesicht geschrieben steht. In Anbetracht der wochenlangen Büffelei, gekrönt von drei vierstündigen Teilprüfungen, die hinter uns liegen, kann ich es ihnen nicht verdenken.

Von draußen dringt das fröhliche Zwitschern der Vögel an meine Ohren, Flecken gleißenden Sonnenlichts sprenkeln die Bänke, und mein Blick gleitet an Tobias vorbei zum Fenster. Die Temperaturen haben die Dreißiggradmarke längst überschritten, und am liebsten würde ich ins Freibad fahren, es mir im Schatten der Linden mit einem guten Buch gemütlich machen. Ich verziehe das Gesicht, denn natürlich geht das nicht. Uns bleiben nur noch wenige Wochen bis zu den mündlichen Prüfungen, wie uns Tobias und seine Kollegen nur zu gerne in Erinnerung rufen. Die Zeit ist knapp bemessen, und schon jetzt schwirrt mir der Kopf beim Gedanken an mein Lernpensum für die kommenden Tage. Doch da ist noch etwas anderes, das mich nachts um den Schlaf bringt. Wie aufs Stichwort sehe ich es wieder vor mir. Die Silhouette eines Pärchens, eng aneinandergeschmiegt, ihre Münder regelrecht miteinander verschmolzen. Beinahe meine ich, ihr ersticktes Stöhnen zu hören, fühle das Kratzen der Heckendornen auf meinem Oberarm, den Tragegurt meiner Kamera, der mir in den Hals schneidet. Ich presse die Lippen aufeinander.

Seit Wochen schon zermartere ich mir das Hirn, wie ich es ihr beibringen soll, wie Miriam wohl reagieren wird, wenn ich ihr von meiner Entdeckung erzähle. Letztlich habe ich beschlossen, bis nach den schriftlichen Prüfungen zu warten, doch jetzt, wo es so weit ist, bin ich mir auf einmal nicht mehr so sicher. *Was, wenn sie mir nicht glaubt?*

Ich sehe zu meiner Freundin hinüber, die schräg vor mir in der ersten Reihe sitzt – eine der wenigen hier, die tatsächlich Tobias' Unterricht folgt. Das Kratzen ihres Kugelschreibers erfüllt den Raum, und von Zeit zu Zeit schüttelt sie ärgerlich den Kopf. Wirkt fast so, als wäre Miriams Matheprüfung schlechter gelaufen als erhofft, denke ich mitfühlend.

Seit Wochen haben wir kaum ein Wort miteinander gewechselt, nicht seit unserem letzten Streit. Und wie so oft seither verspüre ich den drängenden Impuls, zu ihr hinüberzugehen, mich auf meinen angestammten Platz zu ihrer Rechten zu setzen, sie tröstend in den Arm zu nehmen. *Du packst das*, würde ich gern zu ihr sagen, *die Mündliche wird ein Klacks, versprochen – ich werd dir helfen.*

Ich seufze leise. Die Distanz zwischen uns schmerzt mehr, als ich in Worte fassen kann. In all den Jahren haben wir schon öfter gestritten, aber diesmal ist es irgendwie anders. Seit der Sache mit Moritz scheinen wir in Bezug auf unsere Freundschaft an einem Scheideweg zu stehen, und nicht zum ersten Mal frage ich mich, wie ich zwischen uns nur wieder alles ins Lot bringen soll. Ich hätte mich nicht einmischen sollen, das ist mir inzwischen klar. Hätte den Dingen ihren Lauf lassen, mich selbst nicht so wichtig nehmen dürfen. *Verdammt, Clara – was hast du dir nur dabei gedacht?* Die letzten Minuten fühlen sich an wie eine Ewigkeit, und als endlich die Glocke zur Zehnuhrpause läutet, stoße ich ein stummes Dankesgebet aus.

Wurde auch Zeit.

»Nicht vergessen!«, ruft Tobias. Seine Worte gehen in dem kollektiven Stühlerücken beinahe unter. »Der nächste Vorbereitungskurs findet am Dienstag statt. Bereitet bis dahin die Beispiele vier und fünf in euren Skripten vor – wir werden die Ergebnisse dann zusammen durchgehen.«

Während meine Mitschüler bereits zur Tür hetzen, mache ich mich gemächlich daran, meine Sachen zusammenzupacken. Tobias wartet, bis auch der Letzte den Raum verlassen hat, dann schlendert er an meinen Tisch.

»Nicht dein Tag, was?« Er grinst. »Meine Güte, ich dachte schon, die Stunde endet nie. Noch ein paar Minuten länger, und die Ersten von euch wären endgültig eingepennt.«

»Tut mir leid.« Ich lächle schuldbewusst. »Ich war heute irgendwie nicht so ganz bei der Sache. Aber bis Dienstag hab ich die Beispiele durch, versprochen.«

Tobias zuckt die Achseln. »Du bist die Letzte hier, um die ich mir Sorgen mache.« Dann beugt er sich zu mir herunter und raunt mir ins Ohr: »Ich sollte dir das eigentlich nicht sagen, aber ich hab mir deine Arbeit schon mal angesehen – du hast fast die volle Punktezahl erreicht.«

»Danke, Tobi.« Meine Wangen röten sich vor Stolz.

»Ach ja – und bevor ich's vergesse: Ich soll dich von

Moritz fragen, ob du am Samstag zu uns zum Essen kommen willst. Es gibt Pizza.« Ich zwinkere ihm verschwörerisch zu. »Unsere Eltern sind nicht da, wir haben das Haus also ganz für uns.«

»Klar, warum nicht.«

Ich winke noch kurz, dann verlasse ich das Klassenzimmer und trete hinaus auf den Schulhof.

Einen Augenblick lang halte ich unschlüssig inne. Miriam, Sarah und Bea haben die Köpfe zusammengesteckt und stehen tuschelnd in einer Ecke. Beas helles Lachen schallt zu mir herüber, und obwohl Miriam immer noch angespannt aussieht, lächelt sie. Ich stelle mir vor, wie sie gerade über ihre Wochenendpläne debattieren – eine letzte Party, bevor der Lernstress wieder losgeht –, und der Gedanke versetzt mir einen Stich. Unwillkürlich muss ich an meine Unterredung mit Sarah denken, und die Unverfrorenheit und Scheinheiligkeit ihres Verhaltens treibt mir die Zornesröte ins Gesicht.

Noch vor wenigen Wochen wäre ich zusammen mit ihnen dort gestanden, doch seit meinem Krach mit Miriam hat sich auch mein Verhältnis zu Bea und Sarah gewandelt. Sie hängen praktisch nur noch ohne mich ab, und obgleich sie es nie offen ausgesprochen haben, besteht kein Zweifel, dass die beiden auf Miriams Seite stehen. Als wäre ich eine Aussätzige, eine verzichtbare Randfigur unserer kleinen Clique.

Erneut werfe ich den dreien einen verstohlenen Blick zu. Sarah und Miriam lachen gerade herzhaft über irgendeine Bemerkung von Bea, ihr dunkles Haar flattert in der sommerlichen Brise. Ihre ausgelassene Stimmung fühlt sich an wie ein Schlag in die Magengrube.

Du musst es ihr sagen. Egal, was zwischen euch vorgefallen ist – Miriam hat ein Recht darauf, es zu erfahren. Was die beiden da hinter ihrem Rücken treiben.

Trotzig recke ich das Kinn, richte mich zu meiner vollen Größe auf. Schließlich nehme ich alles Selbstbewusstsein zusammen, das ich aufbringen kann, und stapfe zu ihnen hinüber.

»Hi«, sage ich ein wenig steif in die Runde. Dann wende ich mich an Miriam.»Hast du einen Moment Zeit?« Miriam, die immer noch grinst, wendet sich langsam zu mir um. Sie sieht nicht gerade erfreut aus, mich zu sehen.»Hm – was hast du gesagt?«

»Ich würde gern kurz unter vier Augen mit dir sprechen.«

Sie runzelt die Stirn, als sie meinen ernsten Gesichtsausdruck bemerkt.»Ähm – klar.« Sie wirft Sarah und Bea über die Schulter einen entschuldigenden Blick zu, dann trippelt sie ein paar Meter von ihnen weg.

»Also, was ist los? Worüber willst du reden?« Abwartend verschränkt sie die Arme vor der Brust, und ich sinke unter ihrer kalten Miene in mich zusammen. Anscheinend ist sie immer noch sauer auf mich.

»Es gibt da etwas, das ich dir sagen muss«, beginne ich zaghaft.»Es – es geht um ...«

Mir entgeht nicht, dass Bea und Sarah uns misstrauisch beäugen, und so schnell, wie er gekommen ist, hat mich der Mut auch schon wieder verlassen.

Vielleicht solltest du die Sache lieber auf sich beruhen lassen. Deine Nase nicht in Angelegenheiten stecken, die dich nichts angehen.

»Clara?« Miriam klingt ungeduldig.»Was ist denn nun?«

Mit einem Ruck hebe ich den Kopf. Das ist alles andere als die vertrauliche Atmosphäre, die ich mir für unser Gespräch gewünscht hatte. Außerdem stehen Sarah und Bea nur wenige Meter von uns entfernt, vermutlich sogar in Hörweite.

Feigling.
»Nicht hier«, bringe ich schließlich mühsam hervor.
»Können wir uns am Nachmittag treffen? Nur wir beide?«
Ich werfe ihr einen flehenden Blick zu. »Bitte, Miriam. Es
ist wichtig.«
Zuerst sieht Miriam unschlüssig aus, dann hellt sich
ihre Miene schlagartig auf. »Geht es um die mündlichen
Prüfungen? Du hast rausgekriegt, welche Fragen wir be-
kommen, nicht wahr? Hat Tobias – Herr Anschitz – dir
irgendwas gesteckt?«
»Das ist es nicht.«
Miriam stampft ungeduldig mit dem Fuß auf. »Komm
schon, Clara. Jetzt mach nicht so ein Geheimnis draus. Sag
schon – was ist los?«
Doch ich schüttle nur den Kopf. »Später. Ich lade dich
nach der Schule auf ein Eis ein, dann erzähle ich dir alles.«
Miriam verdreht entnervt die Augen. »Da hab ich
schon was vor. Wir wollten ins Einkaufszentrum fahren.«
Ein Anflug von Verlegenheit huscht über ihr hübsches Gesicht. »Ich wollte dich ja fragen, ob du mitkommen willst,
aber ...«
Ich beiße mir auf die Unterlippe, verkneife mir jedoch
einen schnippischen Kommentar. *Ja, sicher doch.*
»Aber danach ginge es«, fügt Miriam halbherzig hinzu,
als sie die Enttäuschung in meinem Gesicht bemerkt.
»Komm gegen drei bei mir vorbei, dann reden wir.«
Mit diesen Worten wendet sie sich von mir ab und
kehrt zu den anderen zurück.

KAPITEL 10

Bea

Mit einem Ruck stoße ich die Tür auf und sehe mich in dem schmuddeligen Lokal um. Ein Blick genügt, um festzustellen, dass sich nicht viel verändert hat, seit ich zuletzt hier war. Die gut ein Dutzend Tische, die sich an die Wände schmiegen, die rot-weiß-rot-karierten Tischdecken, die muffige Luft, gepaart mit dem Geruch nach abgestandenem Fett – alles wie früher. Hinter dem Tresen steht eine junge, missmutig aussehende Frau mit schulterlangem blondem Haar und herausgewachsenem Ansatz, die mir vage bekannt vorkommt.

Schließlich entdecke ich Miriam und Sarah in einer Nische unweit der Bar. Miriam hebt die Hand in meine Richtung, und Erleichterung zeigt sich in ihrer Miene. Vermutlich hat sie schon daran gezweifelt, ob ich überhaupt auftauche.

»Entschuldigt die Verspätung«, sage ich, als ich ihren Tisch erreicht habe. »Meine Mutter hat mich gebeten, nach der Trauerfeier noch kurz bei ihr vorbeizuschauen.«

Augenrollend lasse ich mich Miriam gegenüber auf einen freien Platz fallen und gebe der Barfrau ein Zeichen, mir eine Weißweinschorle zu bringen. Dass das Treffen in Wahrheit dadurch bedingt war, dass meine Mutter mich mal wieder um Geld angehauen hat, verschweige ich geflissentlich.

»Kein Problem, jetzt bist du ja da.« Mit einem anerkennenden Lächeln deutet Sarah auf mein Kostüm. »Du siehst übrigens klasse aus. Mein Gott, in dem Aufzug hätte ich dich fast nicht wiedererkannt.« Sie kichert.

»Danke.« Stolz streiche ich über den glänzenden Stoff.
»Das Kompliment kann ich nur zurückgeben.«
Tatsächlich hat auch sie sich seit unserer letzten Begegnung stark verändert. Ihre einst knabenhafte Figur ist mit den Jahren weiblicher geworden, und das Kleid, das sie trägt, kann ihren leichten Bauchansatz nicht vollständig verbergen. Doch in ihren Augen liegt ein Glanz, der früher nicht da gewesen ist, und die feinen Lachfältchen um ihren Mund verleihen ihr einen Ausdruck von Zufriedenheit. Das Leben als Mutter und Ehefrau bekommt ihr anscheinend.

»Sarah hat erzählt, du lebst jetzt in London?«, wende ich mich an Miriam. »Wie ist das so? Vermisst du die Berge nicht manchmal?«

»Nur wenn es regnet. Was ehrlich gesagt ziemlich häufig vorkommt.« Sie grinst.

Eine Weile geben wir uns dem Small Talk hin, bringen uns gegenseitig auf den neuesten Stand. Ich erzähle von Andreas und meinem Job in der Kanzlei, Sarah reicht Fotos von ihrer Hochzeit und den Zwillingen herum – zwei bildhübschen Mädchen mit großen blauen Augen und dem dichten Haar ihrer Mutter. Schließlich berichtet Miriam von ihrem Leben in der Großstadt, und obwohl ich nie daran gezweifelt habe, dass meine ehrgeizige Freundin es mal zu etwas bringen würde, bin ich beeindruckt von ihrem Werdegang.

Das Gespräch plätschert dahin, und ich bin beinahe überrascht, wie gut es sich anfühlt, wieder mit meinen Freundinnen von früher zusammen zu sein. Während meine Eltern und ich Tage brauchen würden, um einen einigermaßen entspannten Umgang miteinander zu finden, gelingt es mir mit Sarah und Miriam im Nu. Es ist, als wäre kaum ein Tag vergangen, seit wir die Schulbank gedrückt haben, und schon bald haben wir unsere

Kabbeleien von früher wieder aufgegriffen, übertrumpfen uns gegenseitig mit lustigen Anekdoten aus unserer Jugend. Erinnern uns an die Partys in Miriams Garten, die heimlichen Ausflüge auf das verlassene Fabrikgelände, daran, wie ich eine Flasche Wodka aus dem Kiosk stibitzt hatte – nur als Mutprobe natürlich – und dabei erwischt worden war. Lediglich Clara und alles, was mit ihr zusammenhängt, sparen wir geflissentlich aus. Keine von uns scheint es eilig zu haben, auf den eigentlichen Grund unserer Wiedervereinigung zu sprechen zu kommen. Selbst Miriam, die das Treffen einberufen hat, wirkt gelöst und gibt einige lustige Geschichten über ihren treulosen Ex-Freund zum Besten.

Nachdenklich an meinem zweiten Glas Wein nippend, betrachte ich meine Freundinnen. Es ist schon merkwürdig, denke ich bei mir. Niemand kennt mich so gut wie die beiden, selbst jetzt noch, nicht mal Andreas. Miriam ist nun erfolgreiche Geschäftsfrau, Sarah Mutter, ich Anwältin. Wir sind erwachsen geworden, haben Jobs, Verpflichtungen, ein Leben abseits von Eichgraben. Ich hatte gedacht, die Menschen würden sich im Laufe der Zeit verändern, doch nun begreife ich, dass das gar nicht stimmt. Im Grunde sind wir immer noch dieselben. Die Menschen sind wie russische Matrjoschkas. Neuere Versionen, die über die älteren gestülpt worden sind, aber die alten leben darin weiter, unverändert, nur außer Sichtweite. Miriam ist immer noch Miriam – die Besonnene. Sarah immer noch naiv und warmherzig. Und ich? Ich bin immer noch die Anführerin unserer kleinen Clique. Gescheit, abenteuerlustig, ein wenig zu kopflastig vielleicht.

»Ich schätze mal, du fährst nicht gleich wieder nach Wien zurück?«, reißt mich Miriam jäh aus meinen Grübeleien. »Schläfst du bei deinen Eltern?«

»Gott bewahre.« Ich lache kurz und trocken auf. »Ich hab mir ein Zimmer im Posthotel genommen. Meine alten Herrschaften in allen Ehren, aber keine zehn Pferde bringen mich noch mal in mein altes Kinderzimmer zurück.« Miriam grinst. »Kann ich verstehen. Und wie lang hast du vor zu bleiben?«

»Nur so lange wie unbedingt nötig. Bis Dienstag maximal. Da hab ich meinen Termin bei Herrn Wolfer.«

Ich seufze, und Schweigen breitet sich aus, während wir betretene Blicke tauschen. Und so rasch, wie sie gekommen ist, ist sie auch schon wieder vorüber – die heitere Stimmung, die Freude ob unseres Wiedersehens. Auf einen Schlag ist es zurück, das Damoklesschwert, das während der ganzen Zeit unsichtbar über unseren Häuptern schwebte, und instinktiv greife ich mir an die pochenden Schläfen. Ich fühle mich, als wäre in meinem Kopf etwas Scharfes und Spitzes losgelassen worden. Ein Name, der darin herumschießt wie eine spitze Glasscherbe. *Clara*.

»Schreckliche Sache, nicht wahr?«, murmelt Sarah, als hätte sie meine Gedanken gelesen. »Ich kann immer noch nicht glauben, dass sie wirklich ermordet worden sein soll.«

Miriam stochert mit dem Strohhalm in ihrer Weißweinschorle. »Ja«, sagt sie mit belegter Stimme. Ihre Miene ist auf einmal sehr ernst. »Deswegen wollte ich auch so dringend mit euch reden. Wegen Clara und – dem hier.« Sie beugt sich vor und zieht einen Zettel aus ihrer Handtasche, den sie auf den Tisch schiebt.

Ich hole hörbar Atem, als mein Blick auf das Blatt trifft. Ich brauche nicht genauer hinzusehen, um zu wissen, was darauf steht.

»Habt ihr schon darüber nachgedacht, was wir der Polizei sagen wollen? Meint ihr nicht auch, wir sollten ...« Mein erschrockener Gesichtsausdruck bringt sie zum Verstummen.

»Pack das weg!« Hastig blicke ich hinter mich, doch abgesehen von dem Barmädchen, das ein paar Meter von uns entfernt konzentriert den Tresen schrubbt, ist das Café vollkommen leer. Erleichtert lehne ich mich zurück, dann knöpfe ich mir meine Freundin vor. »Du hast ihn mit hierhergebracht?«, zische ich. »Herrgott, Miriam! Hast du sie noch alle?«

Doch zu meinem Erstaunen hält Miriam meinem Blick stand. »Du hattest von Anfang an recht. Wir hätten den Brief der Polizei aushändigen sollen, wie du es gesagt hast.« Sie seufzt. »Es war ein Fehler.«

Sarahs Augen weiten sich, als ihr dämmert, was Miriam vorhat. »Dann willst du ihn also Herrn Wolfer geben?« Sie schluckt. »Du denkst, er könnte dabei helfen, Claras Mörder zu finden, nicht wahr?«

»Vielleicht, ich weiß es nicht.« Ein gequälter Ausdruck huscht über Miriams Gesicht. »All die Jahre sind wir davon ausgegangen, dass Clara weggelaufen ist. Und wir hatten ja auch allen Grund, das zu glauben. Aber wir lagen falsch. Sie war tot – all die Jahre. Das wäre das Mindeste, das wir tun können, meint ihr nicht auch?«

»Das kann nicht dein Ernst sein.« Ungläubig sehe ich von der einen zur anderen. »Da bin ich völlig anderer Meinung.«

Widerwillig werfe ich nun doch einen Blick auf den Brief, obwohl ich ihn praktisch auswendig kenne. Mein Herzschlag beschleunigt sich, während ich die wenigen Zeilen überfliege, und ich schüttle den Kopf. Ich begreife einfach nicht, wie Miriam so dumm sein konnte, ihn aufzuheben. Was hat sie sich nur dabei gedacht?

Mühsam reiße ich meinen Blick von dem Papier los, versuche, mir meine innere Unruhe nicht anmerken zu lassen. Und als ich das Wort wieder ergreife, ist meine Stimme fest und klar. Die Anwältin spricht nun aus mir, die äußere Schale meiner Matrjoschka.

»Es stimmt, ich war damals dafür, dass wir damit zur Polizei gehen«, sage ich mit aller Geduld, die ich aufbringen kann. »Aber jetzt? Ich kenne mich aus mit solchen Sachen und weiß, wie so was läuft. Es muss Herrn Wolfer schrecklich peinlich sein, dass er nicht eher herausgefunden hat, dass Clara tot ist. Was die suchen, ist einen Schuldigen. Einen Sündenbock. Und wer würde sich da besser eignen als ihre besten Freundinnen? Wir können ja nicht mal plausibel erklären, warum wir die Existenz des Briefs all die Jahre verschwiegen haben!«

Doch die beiden anderen wirken nicht überzeugt, ich sehe es an dem verstohlenen Blick, den sie tauschen, dem Zucken von Sarahs linkem Augenlid.

»Ich weiß nicht, Bea«, murmelt Sarah. »Was, wenn Miriam recht hat? Wenn Clara den Brief überhaupt nicht geschrieben hat? Was, wenn es ihr – Mörder – war?« Sie schlägt die Hände vors Gesicht. »Oh, mein Gott!«

»Nein, das war eindeutig Clara.« Ich deute mit dem Finger auf die Handschrift, die für Clara charakteristischen bauchigen Lettern. »Vielleicht wollte sie tatsächlich abhauen und ist auf ihrer Flucht ermordet worden. Dann hätte der Brief rein gar nichts mit uns zu tun. Und der Polizei wäre auch nicht geholfen.«

»Aber wieso? Und von wem?« Sarah sind die Tränen in die Augen gestiegen. »Wer hätte denn nur ein Interesse daran gehabt, sie umzubringen?«

»Keine Ahnung«, räume ich ein. »Vielleicht war es ein Drogensüchtiger, ein Landstreicher, vielleicht hat sie auch einfach den Daumen rausgehalten, damit sie jemand mitnimmt, und ein Fremder, der durchs Dorf kam, hat sie umgebracht und im Wald verscharrt. Ich weiß es nicht, aber es gibt verdammt viele kranke Leute da draußen. Vermutlich werden wir es nie erfahren. Aber eines weiß ich – wenn wir jetzt zur Polizei gehen, werden sie denken, dass wir irgendwie mit drinstecken. Wollt ihr das? Ins Gefängnis wandern? Wir sind unschuldig, Herrgott noch mal!«

»Na ja«, brummt Miriam, meinem Blick ausweichend. »Unschuldig nun nicht gerade. Oder hast du etwa vergessen, was ...«

»Natürlich nicht«, falle ich ihr ins Wort, aus Angst, sie könnte ihren Satz doch noch beenden. »Aber wie ich schon sagte – das hatte nichts mit Clara zu tun. Nichts, hört ihr?« Schwer atmend klammere ich mich an mein Weinglas. Mir fällt auf, wie schmutzig die Ränder sind, und ich verziehe angewidert das Gesicht.

»Ihr habt recht«, sage ich schließlich leise. »Was wir getan haben, war falsch. Wir hätten den Brief niemals für uns behalten dürfen. Aber wenn wir jetzt mit der Sprache rausrücken, wird die Polizei ein Verfahren wegen Beweismittelunterschlagung gegen uns einleiten – im besten Fall. Ich muss euch doch nicht daran erinnern, dass wir damals volljährig waren? Ich bin Anwältin, verdammt! Könnt ihr euch vorstellen, was das für meine Karriere bedeuten würde?«

Miriam seufzt. »Es gefällt mir bloß nicht, dass wir womöglich etwas zu den Ermittlungen beitragen könnten und es bewusst unterlassen.«

Ich stöhne leise. *Himmel, hört das denn nie auf?*

»Betrachtet das Ganze doch mal rational. Keiner weiß, wann Clara genau ermordet wurde oder von wem. Im Grunde hätte es auch jede von uns sein können. Und ebendas wird Herr Wolfer denken. Es bleibt uns gar nichts anderes übrig, als dichtzuhalten. Bei unserer Geschichte zu bleiben. Und deine Mutter wird das doch auch bestätigen, Miriam, oder etwa nicht?«

Bei diesen Worten sinken Miriams Mundwinkel noch ein wenig weiter nach unten. »Ich dachte, du wüsstest es«, haucht sie tonlos. »Meine Mutter – sie ist tot. Bauchspeicheldrüsenkrebs. Sie ist vor drei Jahren gestorben.«

Mein Nacken verkrampft sich unwillkürlich, und einen Moment lang herrscht unangenehmes Schweigen. »Mist, tut mir leid«, bringe ich mühsam hervor. Zaghaft strecke ich den Arm aus und streiche ihr mitfühlend über die Schulter. »Ich hatte keine Ahnung.«

Miriam nickt knapp. »Schon okay.«

»Wir sind uns also einig?«, hake ich nach, als Miriam ihre Fassung zurückerlangt hat. »Wir bleiben dabei?«

Eindringlich sehe ich die beiden an. Sarah zuckt die Achseln, und auch Miriam nickt schließlich widerwillig. »Also gut – von mir aus.«

Mit einem Ausdruck im Gesicht, den ich nicht recht einordnen kann, streckt Miriam die Hand aus und lässt den Brief wieder in ihre Handtasche gleiten. Ich spüre, wie ich mich entspanne.

Gott sei Dank!

Wir tauschen noch einige Belanglosigkeiten aus und verabreden uns vage für die kommenden Tage, dann winke ich die Kellnerin heran.

»Die Rechnung, bitte.«

KAPITEL 11

Miriam

Nachdenklich sehe ich mich in der Küche um. Registriere die verstaubten Kästen und Ablageflächen, die gelbstichigen Steckdosenrahmen, den halb vollen Karton mit angeschlagenem Geschirr in der Ecke – das Ergebnis meines misslungenen Versuchs, ein wenig Ordnung in das Chaos zu bringen. Vor mir auf dem Küchentisch stapeln sich die Briefe, die Papa mir gegeben hat, daneben die handgeschriebene Liste mit den Dingen, die ich mir für den heutigen Tag vorgenommen habe. *Die Möbel inventarisieren, das Internet nach Klimaanlagenspezialisten durchforsten, die Küche auf Vordermann bringen.*

Mein Blick wandert weiter zum Fenster. Auch dem Garten sieht man die Vernachlässigung deutlich an. Die Bäume und Sträucher, die unser Grundstück säumen, lassen traurig die verdorrten Äste hängen, in Mamas geliebtem Rosenbeet hat sich das Unkraut eingenistet, und der Pool ist ausgelassen, nur eine schmutzige, knöchelhohe Brühe steht darin.

Ich nehme einen Schluck aus meiner Kaffeetasse, lasse die Atmosphäre meines Elternhauses auf mich wirken. Es ist schon seltsam. Trotz all der Zeit, die verstrichen ist, trotz der Spuren der Verwahrlosung, die sie hinterlassen hat, fühle ich mich hier immer noch heimisch. Die gemütliche Sitzecke, die teure Edelstahlküche, wenn auch verstaubt und dreckig, dieselben altvertrauten Fotos an den Wänden. Sogar der Geruch ist derselbe, wenn man von der muffigen Note absieht, die sich selbst nach stundenlangem Lüften nicht ganz verzogen hat.

Von Zeit zu Zeit kann ich die Dielen im oberen Stockwerk knarren hören, und ohne dass ich es will, fühle ich mich in meine Kindheit zurückversetzt. Die Stille am Morgen, nur unterbrochen von Papas Schritten, der in seinem Arbeitszimmer auf und ab läuft, die Ansprache für die nächste Dorfversammlung einstudiert. Der Geruch nach frisch aufgebrühtem Kaffee, die Sonne, die durch ebendiese Fenster blinzelt, das sanfte Wummern der Waschmaschine im Wirtschaftsraum nebenan. Unwillkürlich sehe ich über die Schulter, als erwartete ich, Mama würde jeden Augenblick durch diese Tür kommen, mir ein fröhliches »Guten Morgen, mein Schatz« zumurmeln und mir einen Kuss auf die Stirn drücken.

Ich schüttle den Kopf, denn natürlich ist das Blödsinn. Mamas Krebserkrankung war viel zu spät entdeckt worden, und als die Ärzte endlich erkannten, was los war, gab es nichts, was sie noch für sie tun konnten. Nur wenige Wochen später war sie tot. Auch mein Vater lebt nun schon lange nicht mehr hier – nur ein paar Monate, nachdem ich Eichgraben verlassen hatte, war er ebenfalls fort, zog an das andere Ende des Orts. Die Scheidung folgte kurz darauf. Mein Blick folgt einer großen Stubenfliege, während ich darüber nachsinne, wie es Mama gelungen sein mag, Papa davon zu überzeugen, ihr das Haus zu überlassen. Aber egal, ob aus Pflichtgefühl oder schlechtem Gewissen – Mama liebte die Villa, ihren Komfort, die Abgeschiedenheit ihrer Lage, und die Vorstellung, dass sie die verbleibenden Jahre ihres Lebens hier verbringen konnte, tröstet mich ein wenig.

Seufzend starre ich auf den bräunlichen Sud am Boden meiner Kaffeetasse. Im Grunde hätte ich mich längst um all das hier kümmern, mir darüber Gedanken machen sollen, ob ich das Haus tatsächlich verkaufen will. *Mamas Schrank ausräumen, die Klimaanlage reparieren lassen, einen*

Gärtner engagieren. Und vielleicht doch eine Putzfrau, denke ich, auf einmal verärgert darüber, dass ich zu stolz war, Papas Vorschlag auch nur in Erwägung zu ziehen. *Los, Miriam! Du bist erst zwei Tage hier, und schon schindest du Zeit.* Endlich fasse ich mir ein Herz und lange nach dem obersten Brief auf dem Stapel. Er entpuppt sich – wie könnte es anders sein – als eine Rechnung. Grundsteuer, Müllabfuhr, Kanalgebühr. Naserümpfend lege ich sie beiseite, ich werde den Betrag später online begleichen. Dann greife ich zum nächsten.

Der Brief, den ich nun in den Händen halte, steckt in einem unscheinbaren dünnen Umschlag, und mit einem Stirnrunzeln stelle ich fest, dass kein Absender darauf vermerkt ist. Auch der Poststempel fehlt – wer immer ihn mir geschickt hat, muss ihn also persönlich eingeworfen haben. Ich will ihn gerade aufschlitzen, da höre ich, wie hinter mir die Türglocke schellt.

Ich lasse das Buttermesser, das ich als Brieföffner missbraucht habe, wieder sinken und werfe einen Blick auf die Uhr am Ofen. *Verdammt, schon halb zehn.*

Das muss Lisa sein. Wir sind auf der Trauerfeier ins Gespräch gekommen, und da meinte sie, ihre Mutter hätte zu Hause ein paar meiner Kleider beiseitegelegt, die sie in Claras Sachen gefunden hat. Ich verdrehe die Augen. Als ob ich die jetzt noch haben wollte. Was soll ich mit irgendwelchen Klamotten, die ich vor vierzehn Jahren mal getragen habe? Aber Lisa sah so traurig aus, so verzweifelt, da brachte ich es einfach nicht über mich, ihr Angebot auszuschlagen.

Leise fluchend streiche ich mir mit den Fingern durchs Haar, in dem vergeblichen Versuch, meine vom Schlaf noch zerzauste Mähne zu bändigen, und gehe zur Tür.

Es ist tatsächlich Lisa. Sie hält einen Pappkarton im Arm, ihre schlaksige Gestalt steckt in engen Hosen und einer hellen Seidenbluse. Obwohl tiefe Schatten unter ihren Augen liegen und sie völlig ungeschminkt ist, fällt mir wieder auf, wie erwachsen sie doch geworden ist. Wie alt sie jetzt bloß sein mag – siebenundzwanzig? Kaum zu fassen. Für mich würde sie immer dreizehn sein. Bea, Sarah und ich achtzehn. Moritz dreiundzwanzig. Eingefroren in dem Moment, als Clara verschwand. Und ich weggegangen war.

»Guten Morgen.« Lisa lächelt schüchtern. Dann fällt ihr Blick auf meine Jogginghose und das weite Shirt, das ich in der Nacht getragen habe, und sie macht ein zerknirschtes Gesicht. »Wir haben dich doch nicht etwa geweckt? Tut mir leid. Ich hätte lieber vorher anrufen sollen.«

»Blödsinn.« Ich ziehe sie in eine herzliche Umarmung. »Dein Timing passt wunderbar, ich hab gerade Kaffee aufgesetzt.«

Erst jetzt entdecke ich Moritz, der hinter Lisa zum Vorschein gekommen ist, und für einen Augenblick bleibt mir die Luft weg. Wie Lisa sieht er müde aus, sein von grauen Strähnen durchzogenes Haar hängt kraftlos herab, trotzdem hat er mit den Jahren nichts an Attraktivität eingebüßt. Nichts von der Anziehungskraft verloren, gegen die ich offenbar immer noch machtlos bin.

Verdammt.

»Hallo, Miriam.« Zu meiner Überraschung wirkt er nervös, die Hände tief in den Taschen seiner Jeans vergraben, das Gewicht mal auf das eine, dann wieder auf das andere Bein verlagernd. »Lisa meinte, es wäre okay, wenn ich mitkomme. Aber wenn ihr Mädels lieber unter euch sein wollt ...«

»Nichts da. Ich freue mich, dich zu sehen – euch beide.«

Verstohlen streiche ich mir die Haare aus dem Gesicht, verfluche mich dafür, nicht zumindest ein wenig Wimperntusche aufgetragen zu haben. »Kommt doch rein.«

Die Geschwister folgen mir durch den Vorraum in den Flur und weiter in die Küche.

»Stell den Karton einfach dort drüben ab«, sage ich an Lisa gewandt und schiebe eilig die Briefe zusammen, die immer noch auf dem Tisch verteilt sind. Dann mache ich mich daran, frische Kaffeetassen aus dem Schrank über der Spüle hervorzukramen. »Milch? Zucker?«

»Milch, bitte.«

Ich nicke und hole die Packung aus dem Kühlschrank, bevor ich die Becher und das Milchkännchen auf einem Tablett zu ihnen hinübertrage und auf einen freien Platz sinke.

»Entschuldigt das Durcheinander«, sage ich und deute auf die staubigen Oberflächen, den Karton in der Ecke. »Seit dem Tod meiner Mutter bin ich nicht mehr hier gewesen – ich hatte einfach noch nicht die Zeit, Ordnung zu schaffen.«

Lisa greift achselzuckend nach der Milch. »Du solltest mal sehen, wie es bei uns zu Hause gerade aussieht. Männer – ich sag's dir –, das reinste Chaos.« Sie grinst, wobei sie ihrem Bruder einen vielsagenden Blick zuwirft.

»Tut mir leid, das mit deiner Mutter«, sagt Moritz, und ein Schatten huscht über sein Gesicht. »Weißt du denn inzwischen, was du mit dem Haus machen willst?«

»Gute Frage.« Ich zucke ratlos mit den Schultern. »Das Vernünftigste wäre sicher, es zu verkaufen. Aber jetzt, wo ich wieder hier bin – es hängen einfach so viele Erinnerungen an diesem Ort. An meine Kindheit, an Mama.«

Und an Clara, denke ich bei mir, spreche den Gedanken aber nicht laut aus.

»Versteh ich gut, mir würde es an deiner Stelle nicht anders gehen«, murmelt Lisa über den Rand ihrer Kaffeetasse hinweg. »Heimzukommen und in unserem Haus wohnt auf einmal jemand anders – komische Vorstellung.«

Ich nicke nur. »Du bist nach Wien gezogen, nicht wahr? Moritz hat so was erwähnt. Wie gefällt es dir denn dort?« Während ich mit einem Ohr lausche, wie Lisa von ihrem Studium und dem Leben in ihrer Wohngemeinschaft erzählt, werfe ich Moritz von Zeit zu Zeit verstohlene Blicke zu. Er scheint mit den Gedanken sonst wo zu sein, wie er da mit ausdrucksloser Miene in den Garten starrt. »Es ist seltsam, wieder hier zu sein«, sagt er unvermittelt, als ob er gespürt hätte, dass ich ihn beobachte. »Da draußen zum Beispiel, unter der Weide. Da habt ihr gesessen, du und Clara, mit einer ganzen Heerschar von Stofftieren. Ich hätte sie abholen sollen, aber ihr habt so lange Theater gemacht, bis deine Mutter am Ende nachgab und Clara bei dir übernachten durfte.« Er lächelt schief. »Oder damals, dort neben dem Pool, als ihr so heftig miteinander gerauft habt, dass ich schon fürchtete, ihr würdet euch die Köpfe einschlagen. Da wart ihr wie alt? Sieben?«

»Sechs.« Instinktiv taste ich nach der winzigen Narbe an meinem Handgelenk von dem Kratzer, den Clara mir an jenem Tag zugefügt hat. »Die Sorgen hat man dir jedenfalls nicht angemerkt«, füge ich trocken hinzu. »Glaub nicht, ich wüsste nicht mehr, mit welch diebischer Genugtuung du uns mit dem Gartenschlauch auseinandergetrieben hast. Scheiße, war das kalt. Ich war die ganze nächste Woche verkühlt.« Meine Mundwinkel zucken.

»Stimmt.« Auch Moritz grinst nun. »Worum ging es bei eurem Streit noch gleich?«

»Die Sammelkarten«, erwidere ich nach kurzem Nachdenken. »Clara und ich waren zu der Zeit ganz versessen auf diesen Pokémonkram. Wir hatten getauscht, aber Clara hatte es sich plötzlich anders überlegt und wollte den Handel rückgängig machen.«

»Stimmt, jetzt erinnere ich mich wieder.«

Dann verschwindet sein Lächeln, und er lässt die Schultern hängen. Auf einmal sieht er schrecklich bekümmert aus. Als hätte er für einen winzigen Moment vergessen gehabt, dass Clara nicht länger unter uns ist, und nun wäre es ihm wieder eingefallen. Dass sie nicht fortgelaufen ist. Dass sie nicht zurückkommen wird – nie mehr.

Für einen Augenblick herrscht bedrücktes Schweigen.

»Noch einmal mein herzliches Beileid«, sage ich schließlich, als ich die Stille nicht länger ertrage. »Hat die Polizei denn schon eine Idee, wer sie – ermordet – haben könnte?« Das Wort kommt mir nur schwer über die Lippen, und auch Lisa zuckt bei seinem Klang zusammen.

Moritz schüttelt den Kopf. »Bislang nicht. Aber Herr Wolfer meint, sie wollen der Sache auf den Grund gehen, noch mal alle befragen. Hat er sich noch gar nicht bei dir gemeldet?«

»Doch. Gleich morgen fahre ich aufs Revier, um meine Aussage zu machen.« Mein Blick fällt auf meine ineinander verschlungenen Finger, und eilig bemühe ich mich um eine entspanntere Körperhaltung, lege meine Hände flach auf den Tisch. »Als ob das irgendwas bringen würde. Ich hab denen doch längst alles gesagt, was ich weiß.« Ich hole tief Luft. »Ich meine – als ob es nicht schon schlimm genug wäre, dass sie tot ist. Ist es wirklich nötig, all das noch mal aufzuwühlen? Nach vierzehn Jahren?«

Moritz mustert mich eindringlich, dann nickt er. »Ich verstehe, was du meinst.«

»Entschuldigt mich einen Moment«, sagt Lisa, die die ganze Zeit schon auf ihrem Stuhl unruhig hin und her gerutscht ist. »Die Toilette – wo war die noch gleich?«

»Den Flur runter, neben dem Eingang rechts.«

Nachdem Lisa den Raum verlassen hat, senkt sich erneut Stille über uns. Moritz beobachtet mich, während er an seinem inzwischen bestenfalls lauwarmen Kaffee nippt, und ich frage mich, was er wohl denken mag. Es fühlt sich merkwürdig an, nach all der Zeit mit ihm allein zu sein, und schon spüre ich wieder das vertraute Flattern in meiner Magengegend. Wie auf Knopfdruck taucht eine halb verschüttete Erinnerung in meinen Gedanken auf.

Moritz, Clara und ich, wie wir uns in ihrem Wohnzimmer auf der Couch fläzen. Claras tiefe Atemzüge neben uns, mein Kopf, der auf Moritz' Schulter ruht. Schon lange achten wir nicht mehr auf den Film, sind in ein Gespräch über unsere Zukunftspläne vertieft. Beinahe kann ich ihn wieder spüren, sein Körper ganz nah bei mir, die Hitze, die in mir hochsteigt, als seine Hand wie zufällig die meine berührt. Die Art, wie er lacht, als ich ihm verrate, dass ich meine Pläne am liebsten über Bord werfen und Veterinärmedizin studieren würde wie er. Wortreich von unserer Praxis träume, die wir eines Tages zusammen eröffnen könnten. Und schließlich der Ausdruck in seinen Augen, als er mich ansieht, das Gesicht nur wenige Zentimeter von meinem entfernt. Wie ich ihn in Gedanken anflehe, es endlich *zu tun*. Mir den Kuss aufzudrücken, den ich mir schon so lange herbeisehne. Doch genau in diesem Moment wacht Clara auf, und meine Hoffnungen werden jäh zunichtegemacht.

Ich verkneife mir ein Stöhnen, als ich daran denken muss, wie enttäuscht ich war, wie bodenlos verzweifelt, als Clara mir am nächsten Tag wenig einfühlsam erklärte, ihr Bruder wäre längst vergeben. Dass ich besser daran täte, die Finger von ihm zu lassen.

Mit einem unwirschen Kopfschütteln verscheuche ich die unliebsame Erinnerung und kehre wieder in das Hier und Jetzt zurück.

»Weißt du, was mir nicht mehr aus dem Kopf will?«, frage ich unvermittelt.

»Hm?«

»Am Tag ihres Verschwindens – da wollte Clara mir unbedingt was sagen. Etwas Wichtiges.« Ich wische mir eine herabgefallene Wimper von der Wange. »Aber ich dumme Kuh hab ihr nicht zugehört. Hab mir nicht mal Zeit für sie genommen.« Ich schlucke. »Ich wünschte, ich wüsste, was sie mir erzählen wollte. Dass ich die Zeit zurückdrehen könnte, und – und ...« Ich breche ab, beiße mir auf die Innenseite der Wangen, so lange, bis ich Blut schmecke. Beinahe hätte ich zu viel verraten.

Doch Moritz scheint davon nichts mitbekommen zu haben, denn er drückt über den Tisch hinweg tröstend meinen Arm. »Mach dir deswegen keine Vorwürfe.«

»Das tue ich aber«, erwidere ich lauter als beabsichtigt. »Clara und ich – wir waren fast unser ganzes Leben lang befreundet. Aber am Ende, da war auf einmal diese Distanz zwischen uns, und ich ...« Erneut breche ich ab, presse die Kiefer fest aufeinander, dränge die Tränen mit aller Macht zurück. »Manchmal denke ich, ich hab sie im Stich gelassen. Unsere Freundschaft nicht genug – wertgeschätzt. Verstehst du?«

Moritz nickt nur. »Ihr habt gestritten, nicht wahr?«, sagt er leise. Wieder greift er nach meiner Hand. »Egal, was es war, du kannst es mir sagen.«

»Über – Jungs.« Ich lache kurz und bitter auf. »Im Grunde nichts Weltbewegendes. Sie war stur, und ich war es auch. Und stolz. Zu stolz, um mich mit ihr auszusöhnen, als ich noch die Gelegenheit dazu hatte.«

Moritz verzieht mitfühlend das Gesicht. »Clara wusste, wie viel sie dir bedeutet hat. Egal, was da war – sie hat dich geliebt. Du warst ihre beste Freundin. Schon immer.« Seine Stimme klingt sanft und tröstend, und ich spüre, wie mir nun doch die Tränen in die Augen steigen. Peinlich berührt wende ich den Blick ab.

»Mir ging es genauso, weißt du. Keine Ahnung, ob du davon gehört hast, aber Clara hat mich an jenem Abend angerufen, hat mir eine Nachricht auf der Mailbox hinterlassen. Es klang panisch – als ob irgendwas Schreckliches passiert wäre.« Er erschauert bei der Erinnerung daran.»Aber ich hab sie nicht gleich abgehört. Die Nachricht. Und am nächsten Tag – mein Gott, ich wünschte, ich wüsste, was mit ihr passiert ist. Wer weiß, wenn ich damals rangegangen wäre, ob ich – ich sie dann noch ...« Er bricht ab.

Der trostlose Ausdruck in seinem Gesicht trifft mich bis ins Mark, und ich atme einige Male tief durch, um meine angespannten Nerven zu beruhigen. Ich habe eine ziemlich genaue Vorstellung davon, was es war, das Clara ihm so dringend mitteilen wollte, doch so gern ich dieses Wissen mit ihm teilen würde – es geht nicht. Zu viel steht auf dem Spiel.

»Du darfst dir nicht die Schuld daran geben«, sage ich schließlich, wie er zuvor zu mir.»Was auch immer Clara zugestoßen sein mag – ich glaub nicht, dass wir irgendwas daran hätten ändern können.«

»Ja, vielleicht.« Dann schüttelt er unwirsch den Kopf, setzt ein gezwungenes Lächeln auf.»Aber jetzt genug davon. Ungeachtet der traurigen Umstände freue ich mich, dich zu sehen, Miriam. Das meine ich ernst.« Einen Moment lang scheint er mit sich zu hadern, bevor er den Blick hebt und mir direkt in die Augen sieht.»Keine Ahnung, wie lange du vorhast zu bleiben, aber ich würde mich freuen, wenn wir mal zusammen einen trinken gehen. Über alte Zeiten plaudern und so.«

Mein Herz macht unvermittelt einen Satz, und ich spüre, wie mir die Hitze in die Wangen steigt. Schlagartig fühle ich mich wieder wie der achtzehnjährige Teenager von damals, rettungslos, aber unglücklich in den großen

Bruder meiner besten Freundin verschossen. *Ein Date? Will er tatsächlich ein Date mit mir?* Doch gerade als ich zu einer Erwiderung ansetzen will, kommt Lisa in die Küche gestürmt. Sie klingt aufgelöst.

»Papa hat eben angerufen. Irgendwas stimmt nicht mit Mama – sie ist in Claras altem Zimmer und tickt völlig aus. Wir sollen so schnell wie möglich nach Hause kommen.« Moritz' Gesichtsmuskeln verkrampfen sich, und für einen Sekundenbruchteil sieht er enttäuscht aus, als er nach seiner Jacke greift.

»Alles klar. Gehen wir.«

Ich begleite die beiden noch bis zur Tür, dann kehre ich langsam in die Küche zurück.

Gedankenverloren schabe ich mit dem Löffel über den Boden meiner leeren Kaffeetasse, während ich mein Gespräch mit Lisa und Moritz Revue passieren lasse. So sehr ich mich über ihren Besuch gefreut habe, so ausgelaugt fühle ich mich jetzt. Die Trauer und die Verzweiflung in ihren Gesichtern, die Erinnerungen an Clara stets allgegenwärtig, haben mich mehr Kraft gekostet, als ich erwartet hatte.

Die Post – du wolltest die Post durchsehen. Reiß dich zusammen und komm verdammt noch mal endlich in die Gänge!

Lustlos schnappe ich mir den Brief ohne Absender, der ganz oben auf dem Stapel liegt, und schlitze ihn auf. Ein einzelnes gefaltetes Stück Papier fällt heraus – eine Rechnung ist es jedenfalls nicht.

Meine Augen weiten sich vor Entsetzen, als ich den Zettel auseinanderfalte. Die Nachricht ist nicht lang, trotzdem vergehen einige quälende Sekunden, bis mir dämmert, was ich vor mir habe. Ein wimmernder Laut kommt aus meiner Kehle.

Nein, bitte nicht. Das darf nicht wahr sein!

Der Brief entgleitet meinen bebenden Fingern. Wie in Zeitlupe sehe ich dabei zu, wie er zu Boden segelt und anklagend mit der beschriebenen Seite nach oben zu meinen Füßen liegen bleibt.

Scheiße. Scheiße. Scheiße.

Mein Magen rebelliert, stülpt sich nach außen, und ich schaffe es gerade noch zur Küchenzeile, wo ich mich keuchend und würgend ins Waschbecken übergebe. Und während mein Körper von Krämpfen geschüttelt wird, den Kaffee wieder ausspeit, den ich eben erst getrunken habe, die Magensäure meine Speiseröhre verätzt, wird mein Kopf von nur einem einzigen Gedanken beherrscht.

Irgendjemand weiß Bescheid.

KAPITEL 12

Moritz

Im Laufschritt eile ich die Treppe hinauf, die in den oberen Stock führt. Als ich Claras altes Zimmer erreicht habe, halte ich so unvermittelt inne, dass Lisa, die mir auf dem Fuß folgt, beinahe in mich hineingelaufen wäre.

»Mama!« Mehr bringe ich nicht heraus.

Entgeistert sehe ich dabei zu, wie meine Mutter einen Stapel Jeans aus Claras Schrank zieht und achtlos hinter sich aufs Bett wirft. Dort befindet sich bereits ein beeindruckender Haufen. Bei näherem Hinsehen erkenne ich unter dem Kleiderberg ein paar von Claras Schulbüchern, dazu ein buntes Sammelsurium aus Stiften und vergilbten Notizblöcken – anscheinend der Inhalt von Claras Schreibtischschubladen.

»Mama«, versuche ich es erneut. »Was zum Teufel tust du da?«

Sie wirbelt herum, und ich habe Mühe, nicht vor ihrem Anblick zurückzuzucken. Ihr grau meliertes Haar steht an den Schläfen wirr vom Kopf ab, ihre Wangen sind tränenüberströmt. Doch es ist der Ausdruck in ihren Augen, der mich erschauern lässt.

»Wonach sieht's denn aus?« Ohne eine Antwort abzuwarten, greift sie nach einem Packen T-Shirts. »Ich miste aus. Die hier braucht Clara ja nun nicht mehr. Sie ist *tot*, begreifst du das nicht? Was sollen wir denn jetzt noch mit all dem Zeug?« In einer hilflosen Geste wirft sie die Hände in die Luft, sodass die Shirts durch den Raum segeln.

»Ich hab's schon versucht, es ist zwecklos.« Mein
Blick fällt auf meinen Vater, der mit stoischer Miene am
Fenster steht. »Eure Mutter – jetzt hat sie endgültig den
Verstand verloren.«
»Nicht hilfreich«, forme ich mit den Lippen, und natür-
lich springt Mama sofort auf die Provokation an.
»Du elender Mistkerl«, kreischt sie und streckt den
Finger wütend in Richtung ihres Ex-Mannes aus. »Solltest du nicht längst über alle Berge sein? Wie oft soll ich
dir eigentlich noch sagen, dass ich dich hier nicht haben
will?«
»Himmel, Margarete!« Papa fährt sich mit beiden Händen durchs Haar. »Ich mache mir Sorgen um dich. Ist das
denn wirklich so schwer zu begreifen?«
»Ehrlich gesagt – ja.« Sie schnaubt. »Als ob es dich
je gekümmert hätte, was mit uns ist. Nachdem Clara verschwunden ist, bist du doch auch gleich auf und davon.
Ausgerechnet mit dieser – dieser ...« Sie bricht ab, spuckt
die nächsten Worte aus wie ein ekelhaftes Insekt. »... dieser Schlampe. Du hast uns einfach im Stich gelassen.«
Papa schluckt. Das hat gesessen.
»Ich verstehe ja, dass du trauerst«, bringt er zwischen
zusammengebissenen Zähnen hervor. »Clara war auch
meine Tochter, wir alle machen gerade eine schwere Zeit
durch. Aber bitte – so beruhige dich doch! Die Nerven zu
verlieren hilft uns jetzt auch nicht weiter.«
Im Bruchteil einer Sekunde weiß ich, dass Papa mal
wieder genau das Falsche gesagt hat. Dunkle Flecken sind
auf Mamas Gesicht erschienen, ihre Augen sprühen Funken. Auch Papa scheint das nicht entgangen zu sein, denn
er wirft uns Kindern einen hilfesuchenden Blick zu. Eilig
senke ich den Kopf, Lisa tut es mir gleich. Wir wissen aus
leidvoller Erfahrung, dass es klüger ist, nicht zwischen die
Fronten zu geraten.

»Eine schwere Zeit?«, höhnt Mama. »So nennst du das also? Das trifft es nicht mal annähernd. Unsere *Tochter* ist ermordet worden. Mein kleines Mädchen.« Schmerz flackert in ihren Augen auf bei diesen Worten. »Und du willst mir ernsthaft sagen, ich soll mich beruhigen?«

Wutschnaubend liest sie Claras T-Shirts vom Boden auf und wirft sie zu den anderen Kleidern aufs Bett, bevor sie sich wieder dem Schrank zuwendet. Stumm gebe ich meinem Vater zu verstehen, dass er sich verziehen soll. Nachdem er, ein paar unverständliche Worte murmelnd, aus dem Raum gepoltert ist, mache ich einen Schritt auf Mama zu.

»Jetzt warte doch mal einen Augenblick.« Behutsam greife ich nach ihrem Arm. »Papa hat recht, das bringt doch nichts.«

»Lass mich!« Mama ringt nach Atem, trotzdem lässt sie zu, dass ich ihr die Shirts abnehme. Die roten Flecke sind verschwunden, und auf einmal sieht sie schrecklich erschöpft aus. Ein Zittern durchläuft ihren Körper, und ich kann sie gerade noch auffangen, bevor die Knie unter ihr nachgeben.

»Lass mich los. Ich muss Claras Sachen zusammenpacken«, wehrt sie halbherzig ab, sinkt dann jedoch an meine Brust, wo sie schluchzend zusammenbricht.

Mit einem Satz ist Lisa an meiner Seite und schlingt die Arme um uns. Auch in ihren Augen schimmern Tränen. Meine Kiefermuskeln spannen sich an, und es kostet mich alle Willenskraft, nicht ebenfalls die Fassung zu verlieren. Stille senkt sich über uns, nur unterbrochen von Mamas herzzerreißenden Schluchzern, während ich mir das Hirn zermartere, was ich sagen könnte, um die beiden zu trösten. Doch die Worte bleiben mir im Halse stecken, fühlen sich schal und verlogen in meinem Mund an. In all den Jahren haben wir uns immerzu an den Gedanken geklammert, dass Clara eines Tages zu uns zurückkehren würde. Aber jetzt, wo wir wissen, dass das nicht passieren wird, gibt es nichts, worauf wir noch hoffen könnten. Egal, was ich sage – nichts wird jemals so sein wie zuvor.

Schließlich gelingt es uns, Mama mit sanfter Gewalt in die Küche zu bugsieren. Inzwischen ist die Dämmerung hereingebrochen. Papa ist gegangen. Ich kann nicht leugnen, dass ich erleichtert darüber bin. Nachdem wir ihr unter Protest etwas von ihrem Beruhigungsmittel eingeflößt und sie ins Bett verfrachtet haben, folge ich Lisa mit einer Flasche Whiskey und zwei Gläsern bewaffnet ins Wohnzimmer.

Sie hebt nicht mal den Kopf, als ich eintrete, und starrt, eine kalte Tasse Tee vor sich, einfach nur ins Leere. Ich fülle unsere Gläser mit der karamellfarbenen Flüssigkeit, dann stürze ich mein Stamperl mit einem Satz herunter. »Genau das, was ich gebraucht habe.« Mit einem hörbaren Geräusch stelle ich das Glas auf den Tisch zurück. »Was für eine Scheiße.«

Lisa riecht an ihrem Glas, nur um es sogleich wieder naserümpfend von sich wegzuschieben. »Ich fasse immer noch nicht, dass Papa so gedankenlos war, Natascha mit zur Beerdigung zu bringen«, murmelt sie kopfschüttelnd. »Und dann hat er auch noch Nerv, hier aufzutauchen. Ich meine – was hat er sich nur dabei gedacht?«

Papa wollte nur helfen, das weiß ich, trotzdem ist er der Letzte, der Mama in ihrer aktuellen Verfassung Trost spenden könnte. Schon unter normalen Umständen gelingt es den beiden kaum, friedfertig miteinander umzugehen. Dass er sie knapp ein Jahr nach Claras Verschwinden verlassen und mit Natascha, seiner hübschen und deutlich jüngeren Kollegin, ein neues Leben angefangen hat, wird sie ihm nie verzeihen.

»Wir müssen sie im Auge behalten«, fährt Lisa fort.
»Mama, meine ich. Nicht, dass sie noch was Dummes tut.«
»Du hast recht. So wie heute hab ich sie noch nie erlebt. Nicht mal, nachdem Clara verschwunden ist.« Stöhnend fahre ich mir mit der Hand übers Gesicht. »Gleich morgen rufe ich ihre Therapeutin an.«
Ich werfe meiner Schwester einen sorgenvollen Blick zu. Sie sieht genauso erschöpft und ausgelaugt aus, wie ich mich fühle. Die Anstrengungen der vergangenen Tage sind ihr deutlich anzumerken. »Ich kann auch für dich einen Termin vereinbaren«, füge ich vorsichtig hinzu. »Natürlich nur, wenn du das willst. Vielleicht tut es dir ja gut, mit jemandem zu reden, der nicht – involviert – ist.«
Lisa lächelt schief. »Lieb von dir, aber ich komme schon klar. Es ist nur ...« Sie bricht ab und nippt nun doch an ihrem Whiskey, nur um sogleich angewidert das Gesicht zu verziehen. »Ich bin ewig nicht mehr in ihrem Zimmer gewesen. Irgendwie gespenstisch, findest du nicht auch? Als wäre die Zeit stehen geblieben.«
Wortlos schenke ich mir nach. Ich verstehe, was sie meint, mir selbst ging es genauso. All die Jahre hat Mama darauf bestanden, dass in Claras altem Kinderzimmer alles so bleibt, wie es war, für den Fall, dass sie zurückkommt. Die gelbe Tagesdecke über dem frisch bezogenen Bett, die Poster an den Wänden, sogar die abgelaufenen Make-up-Tuben auf ihrer Frisierkommode. Ich seufze. Dass Mama nun offenbar doch beschlossen hat, ihr Zimmer auszuräumen, hat mich mehr erschüttert, als ich mir eingestehen will.
»Ich frage mich, was wohl mit ihren Sachen passiert ist«, sagt Lisa unvermittelt. »Denen, die nie gefunden wurden.«
Ich hebe überrascht den Kopf. »Die Kamera meinst du?«

»Ja, und das Tagebuch.« Nachdenklich tippt sie sich an die Oberlippe. »Als ich elf oder zwölf war, hab ich es mal zufällig unter ihrem Bett gefunden.« Sie muss unwillkürlich grinsen. »Ich weiß noch, wie wütend Clara auf mich war, als sie erfuhr, dass ich darin gelesen hatte. Zu jener Zeit war sie bis über beide Ohren in diesen Typen verknallt – wie hieß er noch gleich? Ach ja, Niclas. Hat haarklein darüber berichtet, wie sie sich geküsst haben. Mit Zunge.« Sie kichert erneut. »Ich hab sie wochenlang deswegen aufgezogen.«

Dann erstirbt ihr Lächeln. »Und na ja – vorhin, in ihrem Zimmer, da hab ich darüber nachgedacht, wo es wohl abgeblieben sein mag.«

Ich runzle die Stirn, während ich angestrengt versuche, mich zurückzuerinnern. An das kleine in Leder eingefasste Notizbuch, das Clara immer bei sich trug. Wann ich es zuletzt gesehen habe.

»Wir können Claras Sachen noch mal danach absuchen, wenn du willst«, sage ich langsam. »Vielleicht finden wir darin ja einen Hinweis darauf, wer sie ermordet haben könnte.« Ich seufze. »Aber versprich dir nicht zu viel davon, ja? Wenn es noch da wäre, hätten wir es damals gefunden, meinst du nicht?«

Lisa zuckt die Achseln. »Im Grunde ist das jetzt auch egal.« Dann huscht ein Schatten über ihre Gesichtszüge. »Was hältst du eigentlich von Miriam?«, fragt sie unvermittelt.

Ich hebe den Blick, überrascht von dem abrupten Themenwechsel. »Was meinst du?«

Lisa wiegt den Kopf. »Ich weiß auch nicht, es war nur so ein Gefühl. Sie wirkte vorhin irgendwie so – schuldbewusst. Als ob sie was zu verbergen hätte.« Als sie meinen ungläubigen Blick bemerkt, fügt sie rasch hinzu: »Versteh mich nicht falsch – ich mag Miriam. Von Claras

Freundinnen war sie mir immer die liebste. Trotzdem. Irgendwas stimmt da nicht.«

Ich lächle nachsichtig. »Sie hat mir davon erzählt, als du auf der Toilette warst. Sie macht sich Vorwürfe, weil Clara und sie sich vor ihrem Tod gestritten haben, das ist alles.«

Lisa zuckt die Achseln. »Vielleicht hast du recht.« Aber bei genauerem Nachdenken fällt mir auf, dass Lisa nicht ganz unrecht hat. Miriam hat sich tatsächlich seltsam verhalten, irgendwie – reuevoll. Ob das wirklich nur an ihren Schuldgefühlen lag? Wegen eines belanglosen Streits über Jungs? Unwillkürlich frage ich mich, ob nicht doch mehr dahintersteckt oder ob meine alten Gefühle für Miriam mein Urteilsvermögen trüben. Und ich nehme mir vor, ihr nächstes Mal genauer auf den Zahn zu fühlen.

Ein Grund mehr, mich noch einmal mit ihr zu verabreden, denke ich und fühle, wie sich ein vertrautes Ziehen in meiner Magengegend regt. Irritiert schüttle ich den Kopf.

»Ich werde heute ausnahmsweise früher schlafen gehen«, sage ich schließlich und erhebe mich mühsam von der Couch. Der Pendeluhr an der gegenüberliegenden Wand zufolge ist es zwar noch nicht mal neun, doch die Strapazen des Tages haben ihren Tribut gefordert. Alles, wonach ich mich jetzt sehne, sind eine heiße Dusche und mein Bett. »Löschst du nachher die Lichter?«

Lisa nickt nur. Sie scheint mit ihren Gedanken schon wieder ganz woanders zu sein.

Im Türrahmen drehe ich mich noch mal zu ihr um. »Ach ja – bevor ich's vergesse: Ich bin morgen mit Tobias und Leila zum Brunch verabredet. Die beiden kommen mich gegen elf abholen. Falls du mitkommen willst ...«

Aus dem Augenwinkel bemerke ich, wie sich Lisas Haltung versteift. »Wer ist Leila?«

»Tobis Freundin«, erkläre ich. »Die beiden sind jetzt schon eine ganze Weile ein Paar. Ich glaube, diesmal könnte es tatsächlich was Ernstes sein.«

Lisa schnaubt verächtlich. »Tobias und eine ernsthafte Beziehung? Warum fällt es mir nur so schwer, das zu glauben?«

»Ob du's glaubst oder nicht, selbst Tobi wird irgendwann erwachsen«, entgegne ich grinsend. »Aber – warten wir's ab. Im Zweifel für den Angeklagten, so heißt es doch, oder? Also, was sagst du? Kommst du nun mit oder nicht?«

Lisa seufzt. »Schön für Tobi. Aber ich glaube, ich passe.«

»Wie du willst.« Ich unterdrücke ein Gähnen. »Na dann, gute Nacht.«

Mit diesen Worten mache ich mich auf den Weg die Treppe hinauf, wo mein Schlafzimmer liegt.

KAPITEL 13

Miriam

Ein kühler Windhauch erfasst mich, als ich die Autotür zuschlage und über das kurze Wiesenstück zum Waldrand stapfe. Seit meiner Ankunft war es fast frühsommerlich warm, sodass man beinahe vergessen konnte, dass erst Mai ist. Doch an diesem Nachmittag ist der Himmel wolkenverhangen und trüb, es sieht aus, als würde es jeden Augenblick zu regnen beginnen.

Bea und Sarah sind vor mir am vereinbarten Treffpunkt. Bea trägt eine dunkelgrüne Windjacke und hat den Kragen gegen den Wind aufgestellt, Sarah hat die Hände tief in den Taschen ihres Trenchcoats vergraben. Bereits von Weitem kann ich erkennen, wie besorgt sie aussieht, kann die Angst und die unterschwellige Panik in ihrer Miene lesen, die auch ich verspüre. Gleich nachdem ich den Brief ohne Absender gelesen hatte, habe ich Sarah und Bea angerufen. Es überraschte mich nicht, dass sie ebenfalls ein Schreiben bekommen hatten.

Während ich auf die beiden zustrebe, werfe ich instinktiv einen Blick über die Schulter zurück auf die Straße. Aber niemand ist mir gefolgt, der Parkplatz liegt einsam und verlassen da. Abgesehen von uns scheint niemand hier zu sein. Doch das Gefühl, beobachtet zu werden, haftet an mir wie eine zweite Haut, und ein Schauer kriecht mir den Rücken hinauf.

Beruhige dich, Miriam. Keine Panik.

Kaum dass ich zu den beiden aufgeschlossen habe, zieht mich Sarah in eine feste Umarmung. Bea begrüßt mich mit einem knappen Nicken. Wortlos gehen wir los, den steinigen Weg entlang, der in den Wald hineinführt. Nur ein paar hundert Meter von hier, von der Straße aus nicht zu erkennen, befindet sich eine kleine, windgeschützte Lichtung. Binnen weniger Minuten haben wir sie erreicht und lassen uns auf einer der verlassenen Parkbänke nieder, die dort für müde Wanderer bereitstehen.

Sarah ist die Erste, die das Wort ergreift. »Ich fasse einfach nicht, dass das gerade wirklich passiert. Erst Claras Leiche und jetzt das.« Sie zieht ein zerdrücktes Stück Papier aus der Tasche, ihre Hände zittern, während sie vor unserem Gesicht aufgebracht damit herumwedelt.

»Gib mal her.« Beas Miene ist unbewegt, als sie Sarah das Blatt abnimmt und ihr eigenes hervorholt. Mit einem Nicken gibt sie mir zu verstehen, es ihr gleichzutun. Aneinandergedrängt starren wir auf die Textbotschaften. Wie erwartet sind sie vollkommen identisch. Dieselben Worte, dasselbe dünne Papier, dieselbe Serifenschrift, kein Name, kein Absender.

Ich weiß, was ihr am siebzehnten Juni getan habt. Vierzehn Jahre seid ihr damit durchgekommen, vierzehn Jahre geborgte Zeit. In der andere tot waren, während ihr weiterleben durftet. Aber nun ist es so weit, der Gerechtigkeit muss Genüge getan werden. Ich kenne all eure schmutzigen Geheimnisse, genug, um euch das Leben zur Hölle zu machen. Vierundzwanzig Stunden – so lange habt ihr Zeit, um euch offen zu dem zu bekennen, was ihr getan habt. Sonst, das verspreche ich euch, werdet ihr es bitter bereuen.

Wie paralysiert starre ich auf die Nachricht, und erneut spüre ich, wie mich eine Gänsehaut überläuft. »Hat eine von euch mitbekommen, wie der Brief abgegeben wurde?«

»Nein. Ich hab ihn erst gefunden, nachdem du angerufen hast. Er steckte hinter meiner Windschutzscheibe.«

»Bei mir war es ähnlich«, sagt Sarah. »Der Umschlag wurde gestern unter dem Türschlitz durchgeschoben. Mama hat ihn mir heute Morgen beim Frühstück gegeben. Wer immer es war – er wollte wohl unerkannt bleiben.«

»Ja – und er weiß, wo wir wohnen. Dass ich im Posthotel untergekommen bin«, ergänzt Bea tonlos. »Du hast doch niemandem davon erzählt?«

»Natürlich nicht«, sagt Sarah sofort. »Aber das ist ganz schön unheimlich. Was denkt ihr – wer könnte das gewesen sein?«

»Gute Frage«, murmele ich nachdenklich. »Aber viel eher beschäftigt mich, worauf der Absender hinauswill. Was sollen wir getan haben? Was meint er?«

Sarahs Unterlippe hat zu zittern begonnen. »Liegt das nicht auf der Hand?«

Bea schüttelt den Kopf. »Das glaube ich nicht. Das alles liegt doch schon so lange zurück. Wenn irgendjemand gewusst hat, was damals am Sportplatz passiert ist – wieso kommt er erst jetzt damit an? Das ergibt doch überhaupt keinen Sinn.«

Sie ist aufgestanden, läuft nun unruhig vor uns auf der Lichtung auf und ab, während sie laut nachdenkt.

»Betrachten wir doch mal die Faktenlage. Vor nicht mal zwei Wochen wurde Claras Leiche gefunden – da war dann endgültig klar, dass sie nicht weggelaufen war. Und dann, praktisch zeitgleich mit ihrer Beerdigung, erhalten wir diese Drohung. Wir alle drei.« Sie sieht uns triumphierend an. »Begreift ihr nicht? Wir waren ihre besten Freundinnen. Außerdem hat Lisa ausgesagt, dass sie sich an jenem Nachmittag mit dir treffen wollte, Miriam. Wer auch immer uns diese Briefe geschickt hat, er denkt, dass wir etwas mit Claras Tod zu tun haben. Es kann gar nicht anders sein.«

»Aber das haben wir nicht!«

»Natürlich nicht«, erwidert Bea augenrollend. »Aber das kann der Absender ja nicht wissen. Er oder sie hat bestimmt nur einen vagen Verdacht. Und ich bin sicher, dass genau das der Grund für die Drohung ist. Sie soll uns aus der Reserve locken. Uns Angst machen.«

Sarah gibt einen erstickten Laut von sich, ehe sie herausplatzt: »Na, das ist ihm gelungen.«

Nachdenklich scharre ich mit den Füßen auf dem Waldboden, während ich über Beas Theorie nachsinne. Wie früher hat die Bestimmtheit und die Zuversicht ihrer Stimme eine beruhigende Wirkung auf mich, und ich spüre, wie sich die Verkrampfung um meinen Brustkorb ein klein wenig lockert. »Du hältst das alles also für einen Bluff?«

»Genau das denke ich.« Bea nickt eifrig. »Da erlaubt sich jemand einen schlechten Scherz mit uns. Nichts, was uns ernsthaft beunruhigen sollte.«

»Und was schlägst du vor, was wir deswegen unternehmen sollen? Zur Polizei gehen? Die Behörden einschalten?«

Bea wirft Sarah einen fassungslosen Blick zu. »Hast du völlig den Verstand verloren? Was denkst du denn, wie Herr Wolfer reagiert, wenn er das liest? Die Polizei sucht einen Schuldigen, schon vergessen?« Sie schnaubt und schüttelt dabei so heftig den Kopf, dass ihr das Haar nur so ins Gesicht fliegt. »Ich sage euch, das ist ein Bluff, ein Schuss ins Blaue. Wir tun gar nichts, so einfach ist das.«

Aufmerksam sehe ich zwischen meinen beiden Freundinnen hin und her. Sarah sieht immer noch verängstigt aus, nickt aber. Und obwohl ich nichts lieber tun würde, als Bea zu glauben und die Sache zu vergessen, ist da dieses dumpfe Gefühl in meiner Magengegend, das sich einfach nicht abschütteln lässt. Was, wenn doch mehr dahintersteckt?

»Das beantwortet aber noch nicht die Frage, wer die Briefe geschrieben hat.«

Bea zuckt die Achseln. »Das könnte jeder gewesen sein. Vielleicht einer von Claras Angehörigen, ihre Mutter oder ihre Geschwister.« Sie hält inne, tippt sich mit dem Zeigefinger gegen die Oberlippe, wie immer, wenn sie angestrengt nachdenkt. »Da fällt mir ein – Mama hat mal erwähnt, dass Moritz noch Jahre nach Claras Verschwinden Flugblätter mit ihrem Bild darauf verteilt hat. Man munkelt, er hätte ihren Tod nie so recht verwunden. Und ihre Mutter ebenso wenig.«

»Moritz?« Ungläubig reiße ich die Augen auf. »Das kann ich mir nicht vorstellen. Erst heute Morgen waren er und Lisa auf einen Kaffee bei mir. Sie wirkten zwar traurig, aber überhaupt nicht argwöhnisch oder gar feindselig.«

»Und das erzählst du erst jetzt?« Bea starrt mich an. »Da haben wir's doch! Bestimmt hat er versucht, dich auszuhorchen. Wollte nachsehen, ob die Drohung auch Wirkung zeigt. Wieso sonst hätte er dich aufsuchen sollen?«

»Meine Familie war früher eng mit den Schmidts befreundet, falls du das vergessen hast«, entgegne ich steif. »Nein, ich kenne Moritz. So was würde er nie tun.«

»Blut ist dicker als Wasser«, kontert Bea. »Du hast die beiden seit zig Jahren nicht gesehen. Woher willst du wissen, ob sie nicht doch heimlich einen Groll gegen uns hegen?«

Einen Moment lang starren wir einander feindselig an, dann zuckt Bea die Achseln. »Im Grunde ist es egal, wer es war. Tatsache ist, dass er nichts gegen uns in der Hand hat. Also vergessen wir das Ganze einfach. In ein paar Tagen sind wir ohnehin wieder weg, und alles geht wieder seinen gewohnten Gang. Verlasst euch drauf.«

Ich teile ihre Zuversicht zwar nicht, sage aber nichts mehr. Es war schon immer zwecklos, mit Bea zu streiten. Mit einem Seitenblick auf Sarah stelle ich fest, dass es Bea gelungen ist, wenigstens sie zu besänftigen. Ihre Hände haben endlich zu zittern aufgehört, und ihre Wangen nehmen allmählich wieder einen gesunden Farbton an. Es ist alles gesagt, und so machen wir uns gemächlich auf den Rückweg zu unseren Autos. Inzwischen hat es zu nieseln begonnen, und binnen Minuten hat die Feuchtigkeit meinen dünnen Pullover durchdrungen. Fröstelnd ziehe ich die Schultern hoch. Ich hätte daran denken sollen, einen Schirm mitzunehmen.

»Da wäre noch etwas«, wendet sich Bea an mich, als wir den Parkplatz schon fast erreicht haben. »Claras Abschiedsbrief – du trägst ihn doch hoffentlich nicht immer noch mit dir herum?«

»Entspann dich.« Beschwichtigend hebe ich die Hände. »Er ist gut versteckt. Zwischen meinen alten Unterlagen in der hintersten Ecke meines Rollcontainers. Da findet ihn bestimmt keiner. Du brauchst dir deswegen keine Sorgen zu machen.«

Doch Bea wirkt alles andere als begeistert. »Himmel – Miriam!«, stößt sie hervor und starrt mich fassungslos an. »Ist dir nicht bewusst, wie das für uns aussieht, wenn dieser Brief in die falschen Hände gelangt? Verbrenn ihn. Oder zerfetz ihn und spül die Reste im Klo runter – was auch immer. Wieso hast du ihn überhaupt aufgehoben?«

Beschämt lasse ich den Kopf hängen, denn ich weiß keine zufriedenstellende Antwort darauf. Natürlich hat Bea recht, ich hätte ihn schon vor geraumer Zeit loswerden sollen. Aber mich von Claras letzten Worten zu trennen, fühlte sich irgendwie nicht richtig an, und so blieb er all die Jahre über verborgen in meiner Schublade. Eine mahnende Erinnerung an all die Fehler, die wir als Teenager begangen haben. Und auf einmal komme ich mir schrecklich dumm vor.

»Ist ja schon gut – ich verbrenne ihn«, sage ich schließlich und umklammere den Autoschlüssel fest in meiner Hand. »Noch heute. Versprochen.«

Bevor wir uns verabschieden, nehmen wir uns gegenseitig das Versprechen ab, uns über unsere Befragungen mit der Polizei auf dem Laufenden zu halten. Dann zieht jede von uns ihrer Wege.

Ein Bluff, sage ich mir immer wieder vor, während ich mein Fahrzeug nach Hause lenke. *Nur ein Bluff.*

KAPITEL 14

Lisa

Stirnrunzelnd nippe ich an meiner Kaffeetasse, während ich den Blick durch die Küche wandern lasse. Der Boden ist von Brotkrümeln übersät, in den Ecken haben sich Staubflocken angesammelt, und auf der Arbeitsfläche stapelt sich das schmutzige Geschirr. Ich beschließe, mir Moritz am Nachmittag zur Brust zu nehmen und ihn zu einer Putzoffensive zu verdonnern. So kann es jedenfalls nicht weitergehen.

Als mein Blick auf die Morgenausgabe der Lokalzeitung fällt, die vor mir aufgeschlagen liegt, verfinstert sich meine Miene noch ein wenig mehr. Claras Beerdigung hat es immerhin auf Seite drei geschafft. Ein Foto von ihrem Sarg nimmt einen Großteil davon ein, im Hintergrund erkenne ich Mama, die an Moritz' Arm geklammert vor der Grube steht, ihr Gesicht der Inbegriff von Verzweiflung.

Zorn flammt in mir auf, während ich den reißerisch geschriebenen Artikel überfliege. Das war ja klar. Für die Lokalpresse ist der Mord an Clara natürlich ein gefundenes Fressen. Mal wieder. *Einfach ekelhaft.*

Ruckartig erhebe ich mich, knülle die Zeitung zusammen und befördere sie mit einem gezielten Wurf in den Mülleimer neben der Küchenzeile. Danach kehre ich grimmig an meinen Platz am Tisch zurück. Nicht auszudenken, wenn Mama das gelesen hätte.

In diesem Moment höre ich, wie die Haustür geöffnet wird, gefolgt von polternden Schritten, die sich durch den Flur auf mich zu bewegen.

»Morgen, Schwesterherz.«

Schwer atmend fährt sich Moritz mit dem Arm über das schweißnasse Gesicht, während er neben mir auf einen freien Stuhl sinkt. »Zehn Kilometer in nur fünfzig Minuten.« Er klingt stolz. »Bis zum Wettlauf Ende des Sommers schaffe ich es in vierzig, verlass dich drauf.«

»Guten Morgen.« Ich beäuge die Erde, die an seinen Schuhsohlen klebt, verkneife mir aber einen spitzen Kommentar. Kein Wunder, dass das Haus in diesem Zustand ist.

Doch Moritz scheint von meiner Missbilligung nichts mitzubekommen, denn er greift beherzt nach der Kaffeekanne auf dem Tisch und schenkt sich einen Becher davon ein. Ein wohliger Laut entfährt ihm, als er einen großen Schluck nimmt, und er lehnt sich zurück. »Ist Mama noch gar nicht wach?«

»Ich war vorhin kurz oben, um nach ihr zu sehen. Die Schlaftabletten dürften sie ziemlich ausgeknockt haben. Ich dachte, ich gebe ihr noch eine Stunde oder so, dann geh ich sie wecken.«

Moritz sieht erleichtert aus. »Danke, Lisa. Ich kann dir gar nicht sagen, wie froh ich bin, dass du hier bist.« Sein Blick streift die Uhr am Ofen und er seufzt. »Tobias und Leila werden bald hier sein. Bist du sicher, dass du nicht doch mitkommen willst? Wir gehen in ein französisches Restaurant, das erst vor ein paar Wochen aufgemacht hat. Nur ein paar Kilometer von hier. Die haben dort auch French Toast.« Er wackelt vielsagend mit den Augenbrauen.

Wider Willen muss ich lachen. Doch obwohl mir bei dem Gedanken an mein Lieblingsgericht das Wasser im Munde zusammenläuft – mit Tobias und seiner neuen Flamme am Tisch zu sitzen, ist das Letzte, wonach mir der Sinn steht. Schon bei der Trauerfeier habe ich mich redlich bemüht, ihm aus dem Weg zu gehen, und dabei soll es auch bleiben.

»Klingt verlockend, aber jemand von uns sollte hier sein, wenn Mama aufwacht«, sage ich und bemühe mich um ein zerknirschtes Gesicht. »Außerdem wollte ich nachher noch ins Maddy's.«

»Okay.« Moritz zuckt mit den Schultern. »Ich geh dann mal duschen.«

An einer Scheibe Speck knabbernd, die er von meinem Teller stibitzt hat, schlurft er aus der Küche. Gerade als ich höre, wie im oberen Stockwerk die Badezimmertür ins Schloss fällt, läutet es auch schon an der Tür.

Verdammt, das müssen Leila und Tobi sein, denke ich. *Wollten sie nicht erst in zwanzig Minuten kommen?*

Das Klingeln ertönt ein zweites Mal, und widerwillig mache ich mich auf den Weg in Richtung Eingangstür. Im Garderobenspiegel vergewissere ich mich, dass mein Haar auch sitzt und meine Bluse von Kaffeeflecken verschont geblieben ist, dann hole ich noch einmal tief Luft und öffne die Tür.

Tobias' Anblick trifft mich wie ein Schlag in die Magengrube. Er sieht gut aus in dem schlichten Shirt und der schwarzen Lederjacke, die er darüber geworfen hat, in seinem halblangen Haar steckt eine Sonnenbrille. Mit einem Anflug von Unmut stelle ich fest, dass er seit unserer letzten Begegnung kaum gealtert ist.

»Tobias.« Ich nicke ihm knapp zu, dann wende ich mich an die schmale Blondine, die halb verdeckt von Tobias' breiten Schultern nervös auf ihre Schuhspitzen starrt. Bei näherem Hinsehen fällt mir auf, wie erschreckend jung sie aussieht. Nur mit Mühe gelingt es mir, nicht angewidert das Gesicht zu verziehen.

»Und du musst Leila sein. Freut mich, dich kennenzulernen.«

Leila lächelt schüchtern, sagt aber nichts.

»Schön, dich zu sehen, Lisa – wenn auch unter diesen traurigen Umständen«, erwidert Tobias an ihrer statt. Sein Blick gleitet forschend über meinen Körper, und peinlich berührt senke ich den Kopf. »Auch von mir noch mal mein herzliches Beileid zu eurem Verlust.«

»Danke«, presse ich hervor. Das Mitgefühl kann er sich sparen. »Moritz ist noch unter der Dusche. Wollt ihr einstweilen reinkommen?« Ich deute halbherzig ins Innere des Hauses.

Tobias wirft mir noch einen mitfühlenden Seitenblick zu, dann schreitet er wie selbstverständlich an mir vorbei und schnurstracks in die Küche. Leila folgt ihm. Mir selbst bleibt nichts anderes übrig, als ihnen hinterherzueilen, leise fluchend.

»Wenn ihr mich kurz entschuldigen würdet«, murmle ich, als ich sie eingeholt habe, »ich sage Moritz nur rasch Bescheid, dass ihr da seid.« Etwas lauter füge ich hinzu: »Der Kaffee ist noch frisch – bedient euch einfach. Tobias, du weißt ja, wo alles ist.«

Mit diesen Worten mache ich kehrt und laufe die Treppe hinauf, wo ich unsanft gegen die Badezimmertür hämmere. »Beeilung, Moritz. Tobi ist schon da, und ich bezweifle, dass Mama gerade besonders scharf auf Besuch ist.«

»Was – jetzt schon? Mist.« Das Wasserrauschen verklingt, kurz darauf steckt Moritz den Kopf durch den Türspalt. »Bietest du den beiden einstweilen was zu trinken an? Ich bin gleich so weit.« Wasser tropft von seinem Kinn und auf den Boden, und ich ziehe eine Grimasse.

»Es sind deine Gäste, nicht meine«, erwidere ich mürrisch und verschränke die Arme vor der Brust. »Mach einfach schnell, ja?«

Ohne Eile kehre ich in die Küche zurück, wo Leila auf meinem Platz sitzt, Tobias direkt neben ihr. Er hat den

Arm um ihre Schultern gelegt, sein Knie berührt wie zufällig das ihre. Ich greife nach meiner Tasse, in der der Kaffee mittlerweile nur noch lauwarm ist. *Reiß dich gefälligst zusammen.*

»Übrigens Glückwunsch zur Beförderung«, sage ich, weil mir nichts Besseres einfällt. »Moritz meinte, du wärst jetzt Rektor.«

Tobias zuckt die Achseln. »Ich schätze, ich war einfach zur rechten Zeit am rechten Ort. Die Hallers haben ein gutes Wort für mich eingelegt – ich war selbst überrascht, dass sie sich für mich entschieden haben.« Dann grinst er. »Hört sich allerdings eindrucksvoller an, als es ist, das kannst du mir glauben. All der organisatorische Kram geht mir ziemlich auf den Geist, weißt du.«

Ich nicke nur.

»Was ist mit dir? Du lebst jetzt in Wien, wie ich gehört habe? Wie gefällt es dir da? Fehlt dir das Landleben nicht manchmal?«

Ich zucke die Achseln. »Eigentlich nicht.«

Komm schon, Moritz, feuere ich meinen Bruder in Gedanken an, während ich mir das Hirn nach einem unverfänglichen Gesprächsthema zermartere. *Beeilung!*

»Wie habt ihr euch eigentlich kennengelernt?« Ich deute mit einer Kopfbewegung auf Leila, die seit ihrer Ankunft noch kein Wort gesagt hat.

Leila öffnet den Mund, doch wieder kommt Tobias ihr zuvor. »Auf einem meiner Pädagogikseminare im letzten Jahr. Leila will ebenfalls Lehrerin werden, musst du wissen. Sie studiert Germanistik.«

Ich rechne rasch nach und fühle mich in meinen Vermutungen bestätigt. Das Mädchen hier kann nicht älter als zwanzig sein. Einundzwanzig maximal. *So viel dazu, Tobias wäre erwachsen geworden,* denke ich und unterdrücke ein Schnauben.

108

Dann öffne ich den Mund, doch bevor ich mir darüber im Klaren bin, was ich eigentlich sagen will, betritt Moritz die Küche. Eine Wolke seines Aftershaves umgibt ihn, sein Haar ist noch feucht, aber wenigstens hat er die Sportklamotten gegen ein helles Poloshirt und Jeans getauscht.

Na endlich. Wurde auch Zeit.

»Tut mir leid, dass ihr warten musstet.« Moritz boxt seinem Freund zur Begrüßung kameradschaftlich gegen die Schulter, bevor er Leila die Hand hinstreckt. »Ich bin Moritz. Schön, endlich mal die Frau zu treffen, der es gelungen ist, den Rabauken hier zu zähmen.« Er grinst.

»Danke, gleichfalls«, antwortet Leila, die Stimme leise, aber melodisch. »Wir sollten jetzt wirklich los. Das Bistro ist ziemlich ausgebucht.«

Die beiden erheben sich. Leila trägt ihre leeren Tassen noch in die Spüle, bevor sie sich ein letztes Mal zu mir umdreht. »Danke für den Kaffee. War schön, dich kennenzulernen, Lisa.«

Wohlerzogen ist sie, das muss man ihr lassen.

Tobias nickt mir noch einmal zum Abschied zu, dann strebt das Dreiergespann in Richtung Ausgang. Erleichtert atme ich auf.

Nachdem die Tür hinter ihnen ins Schloss gefallen ist, gehe ich mit einer Tasse Tee nach oben, um nach Mama zu sehen. Sie ist endlich aufgewacht, und ich vergewissere mich noch, dass es ihr den Umständen entsprechend gut geht, dann schnappe ich meine Handtasche und verlasse ebenfalls das Haus.

Mein erster Weg führt mich in den Supermarkt, wo ich ein paar Badezimmerutensilien kaufe, die ich in der Eile in Wien vergessen habe. Anschließend mache ich mich auf den Weg zu Maddy's Bar.

Wie erwartet ist das Café fast leer, die meisten Gäste trudeln für gewöhnlich erst gegen Mittag ein. Vanessa steht hinter dem Tresen und winkt, als ich eintrete. Augenblicklich hebt sich meine Laune, und ein Lächeln breitet sich auf meinem Gesicht aus.

Vanessa war in der Schule im Jahrgang über mir. Ein schüchternes Ding, das es vorzog, sich im Hintergrund zu halten. Unwillkürlich schiebt sich das Bild eines unscheinbaren Mädchens mit mausbraunem Haar in meine Erinnerungen, die Kleider immer einige Nummern zu groß und abgetragen, und ein Anflug von schlechtem Gewissen überkommt mich bei dem Gedanken, wie viele Jahre ich mir nicht mal die Mühe gemacht hatte, ein paar nette Worte mit ihr zu wechseln.

Doch das änderte sich schlagartig in dem Sommer, als Clara verschwand. Das, was meiner Familie widerfahren war, brachte die Gerüchteküche zum Brodeln, und von einem Tag zum anderen wurde auch ich zur Außenseiterin. Meine ehemaligen Freundinnen tuschelten hinter vorgehaltener Hand über mich, ihre neugierigen Blicke folgten mir überallhin – es war nicht schwer, mir auszumalen, was sie insgeheim über mich dachten. *Meine Güte, sieht die fertig aus! Ich frag mich ja, was zu Hause bei denen los ist. Meint ihr echt, Lisa weiß nicht, warum Clara auf und davon ist? Ich meine – irgendwas muss sie doch bemerkt haben. Sie war immerhin ihre Schwester.*

Dazu die Fragen der sensationslüsternen Freunde und Bekannten meiner Eltern. *Jetzt sag schon, Kleines. Wie geht es dir?*

Noch bei der Erinnerung daran werde ich wütend. Als ob sie die Antwort überhaupt wissen wollten.

Nein, es geht mir nicht gut, hätte ich sie am liebsten angefaucht. Aber wenn ich es doch mal tat, reagierten sie bestürzt, wussten nicht, was sie sagen sollten, überhäuften mich mit ihrem Mitleid, das ich so gar nicht gebrauchen konnte. Also ging ich dazu über, sie anzulügen. Alle anzulügen. Und mit der Zeit wurde ich richtig gut darin, vorzugeben, dass alles in Ordnung sei. Dass ich Claras Verschwinden verwunden hatte, dass ich darüber weg wäre.

Vanessa war eine der Wenigen, die mich nicht plötzlich mit anderen Augen betrachteten, die Einzige, die meine Trauer und die Verzweiflung zumindest ansatzweise zu begreifen schien. Auch sie hatte erst kürzlich ein Familienmitglied verloren, und obwohl wir kaum jemals über Clara oder Vanessas Bruder sprachen, war sie diejenige, der es letztlich gelang, mich aus dem Schneckenhaus hervorzulocken, in das ich mich verkrochen hatte. Die Wunden heilen zu lassen. Und als der Sommer vorbei war und ich aufs Internat wechselte, hatte sich zwischen uns eine tiefe Freundschaft entwickelt, ein Band, das selbst Hunderte Kilometer Distanz nicht zu durchtrennen vermochten. Eichgraben konnte mich mal, aber Vanessa war mir geblieben. Ein Lichtblick in all dem Chaos, das sich mein Leben schimpfte.

»Schön, dich zu sehen«, begrüßt mich Vanessa, als ich sie erreicht habe. Dann beugt sie sich vor, nimmt mich über den Tresen hinweg in den Arm.

»Danke«, murmele ich an ihrem Haar. Es riecht nach einer Mischung aus Trockenshampoo und gebratenen Eiern. »Geht mir genauso.«

Ich lasse von meiner Freundin ab und nehme mir einen Augenblick Zeit, sie ausgiebig zu mustern. Sie ist hagerer, ihre Haarspitzen heller, als ich sie in Erinnerung hatte, doch ansonsten sieht sie aus wie immer.

»Setz dich. Was willst du trinken? Geht selbstverständlich aufs Haus.« Vanessa wirft einen Blick auf ihre Uhr. »Die ersten Reservierungen kommen frühestens in einer halben Stunde, wir haben also Zeit zu plaudern.«

»Eine Cola wäre super.« Ich hieve mich auf einen der Barhocker.

»Kommt sofort.«

Sie greift unter die Theke und holt eine Flasche des gewünschten Getränks hervor, das sie mit einem geübten Handgriff öffnet. Zusammen mit einem Glas schiebt sie mir beides über den Tresen hinweg zu. Dankbar nehme ich die Cola entgegen und genehmige mir einen großen Schluck. Die Kohlensäure kribbelt in meiner Kehle, und ich unterdrücke ein Husten.

Vanessa, die mich stirnrunzelnd beobachtet hat, schürzt die Lippen. »Ich muss wohl nicht erst fragen, wie es dir geht. Du siehst scheiße aus.«

Wider Willen muss ich lachen. Ich hab ihre erfrischende Ehrlichkeit vermisst.

»Es ist ein Albtraum.« Stöhnend stütze ich meinen Ellbogen auf den Tisch, mein Kinn auf die Handfläche. »Mama ist ein Wrack. Moritz versucht stark zu bleiben, aber ich weiß, dass auch er mit den Nerven am Ende ist. Papa hat Natascha mit zur Beerdigung gebracht – du kannst dir sicher denken, wie das gelaufen ist. Zum Glück ist er heute Morgen abgereist.« Ich seufze. »Und als ob all das nicht schon schlimm genug wäre, sind da auch noch all diese Leute und ihre Beileidsbekundungen – einfach grauenhaft.«

»Glaub mir, ich weiß, wie das ist.« Sie sieht mich mitfühlend an. »Tut mir übrigens leid, dass ich es nicht zur Trauerfeier geschafft habe.«

Ich mache eine wegwerfende Handbewegung. »Schon in Ordnung. Du musstest arbeiten, ich versteh das.« Nachdenklich nehme ich einen weiteren Schluck Cola. Der Drang in mir, mich ihr anzuvertrauen, wird auf einmal übermächtig. Mein Herz jemandem auszuschütten, dem ich nichts vorzumachen brauche. Bei dem ich einfach nur ich selbst sein kann.

»Weißt du, es ist schon absurd«, sage ich langsam. »Die ganze Zeit über hab ich mir eingeredet, dass ich drüber weg bin. Dass ich damit abgeschlossen habe, dass es okay ist, dass sie fort ist. Aber so ist es nicht. Es fühlt sich beinahe so an, als hätte sie mich ein zweites Mal verlassen.«

»Sie hat dich nicht verlassen«, erwidert Vanessa, die Stimme ungewohnt sanft. »Sie wurde ermordet. Das ist was völlig anderes.«

Ich bringe nur ein knappes Nicken zustande.

»Trotzdem – ich kann einfach nicht aufhören, an sie zu denken. Clara hat mir so viel beigebracht. Fahrradfahren, wie man Pfannkuchen backt, ohne dass dabei Bläschen entstehen. Make-up aufzutragen, ohne dabei zugekleistert auszusehen. Wie man mit einer Kamera umgeht. Sie war mein Vorbild, ich wollte unbedingt so sein wie sie.« Ich lächle gequält. »Ich hab sie so – genervt.«

Die Erinnerung an meine Schwester schmerzt, und resolut blinzle ich die Tränen weg, die mir in die Augen gestiegen sind. Unzählige Male bin ich ihr heimlich hinterhergeschlichen, wenn sie ein Date hatte oder sich mit ihren Freundinnen traf. Und einmal mehr stelle ich mir die Frage, die mich seit vierzehn Jahren verfolgt: Wieso nicht auch an jenem Abend? Vielleicht hätte ich das Schlimmste verhindern können, wenn ich bei ihr gewesen wäre. Doch stattdessen ... Der Gedanke schmeckt bitter, und ich fahre mir kurz mit der Hand über das Gesicht, um ihn zu vertreiben.

»Wie auch immer. Clara ist nicht mehr da, und sie kommt nicht zurück. Ich sollte mich langsam damit abfinden.«

Vanessa, die mir aufmerksam zugehört hat, sieht mich einfach nur schweigend an. Einen Moment lang scheint es, als wolle sie etwas sagen, doch dann schüttelt sie nur den Kopf und beginnt, die Arbeitsfläche hinter dem Tresen sauber zu machen. Sie war noch nie eine Frau großer Worte.

»Genug davon«, erkläre ich endlich. »Jetzt erzähl mal. Was tut sich bei dir?«

»Nicht viel.« Vanessa zuckt die Achseln, wirkt jedoch erleichtert über den Themenwechsel. »Die Arbeit hält mich ziemlich auf Trab. Seit Axel gekündigt hat, weiß ich gar nicht, wo mir der Kopf steht.« Sie verdreht die Augen. »Wenigstens muss ich bei ihm jetzt nicht mehr Kindermädchen spielen – der Mann hat seinen Alltag ja nie in den Griff gekriegt.«

»Wie lange arbeitest du jetzt schon hier? Fünf Jahre? Sechs?« Ich ziehe die Brauen hoch. »Nimm's mir nicht übel, aber ich hab nie verstanden, warum du nicht schon längst das Weite gesucht hast. Ich bin kaum hier angekommen und hab schon das Gefühl, als würde mir die Decke auf den Kopf fallen. All die Leute hier mit ihrer kleinbürgerlichen Attitüde ... Hast du denn nicht auch das Bedürfnis, endlich mal rauszukommen? Was anderes zu sehen?«

»So schlimm ist es auch wieder nicht.« Vanessa wirft einen Blick über die Schulter, um sicherzugehen, dass uns niemand belauscht, dann beugt sie sich vor, die Stimme zu einem Flüstern gesenkt. »Aber jetzt, wo du es erwähnst – ich plane ein Auszeitjahr. Du weißt ja, ich wollte schon immer eine Weltreise machen, und bald habe ich endlich genug Geld dafür beisammen.«

Jäh hellt sich meine Miene auf. »Vanessa! Das klingt ja großartig! Hast du dir schon überlegt, wo es als Erstes hingehen soll?«

Vanessa legt beschwörend den Finger auf die Lippen. »Sei bloß leise. Mein Chef weiß noch nichts davon.« Ein Grinsen umspielt ihre Mundwinkel, als sie fortfährt. »Nach Australien, Sydney. Ich wollte schon immer mal die Kängurus sehen. Und danach? Mal schauen. Vielleicht bleibe ich auch einfach dort. Ist schließlich nicht so, als würde mich hier irgendwas halten.«

»Und was ist mit Axel?« Ich ziehe die Stirn kraus, während ich versuche, mich daran zu erinnern, was Vanessa mir über die Beziehung zu ihrem Freund erzählt hat. »Wird er dich begleiten?«

Doch sie schüttelt nur den Kopf und wendet den Blick ab.

Ich beiße mir auf die Innenseiten meiner Wangen. *Oh je.* Ein Weilchen herrscht peinliches Schweigen, während Vanessa wieder und wieder mit dem Schwamm über die ohnehin schon blitzblanke Arbeitsfläche fährt.

»Nun denn – umso besser. Er war sowieso nicht gut genug für dich.« Ich versuche, mit meinem übertrieben munteren Tonfall den unangenehmen Moment zu überspielen. Wenn Vanessa nicht über ihre Trennung sprechen will, werde ich sie nicht dazu drängen.

»Ja.« Endlich lässt sie den Schwamm sinken und hebt den Kopf. »Es gibt da übrigens etwas, das ich dir erzählen muss.«

Neugierig betrachte ich meine Freundin. In ihren Augen liegt ein Ausdruck, den ich nicht so recht einordnen kann. »Worum geht es denn?«

»Nicht hier.« Erneut wirft Vanessa einen Blick über die Schulter. »Meine Schicht endet um sechs. Können wir uns danach treffen?«

Ich zucke die Achseln. »Sicher, wieso nicht.«

Da mir klar ist, dass sie nichts weiter dazu sagen wird, lenke ich das Gespräch wieder zurück auf ihre geplante Reise. Und während wir laut darüber nachdenken, welche Orte sie unbedingt sehen muss, ist es beinahe wie früher. Keine ernsten Themen. Nur das Hier und Jetzt und unsere Träume.

KAPITEL 15

Clara. Damals

Pünktlich um drei biege ich in die Gasse, an deren Ende die Villa der Hallers liegt. Klaus, Miriams Vater, betreibt ein florierendes Bauunternehmen in der Gegend, so ist es kaum verwunderlich, dass sein Haus als das luxuriöseste des gesamten Dorfes gilt. Ein großzügiges Anwesen, weiß mit grün getünchten Fensterläden, das versteckt vor den neugierigen Blicken der Nachbarn ein wenig abseits der Straße gelegen ist. Dahinter erstreckt sich ein riesiger Garten mit einem Pool, der von der Größe her dem Eichgrabener Freibad Konkurrenz macht.

Ich stelle mein Fahrrad am Gartenzaun ab, dann greife ich über das Tor, um mir Einlass zu gewähren, bevor ich die von Sträuchern gesäumte Einfahrt entlanglaufe.

Das gedämpfte Schellen der Türglocke erklingt aus dem Inneren, als ich den Klingelknopf betätige, kurz darauf wird die Tür aufgerissen und Irene, Miriams Mutter, erscheint im Türrahmen. Wie üblich ist sie modisch gekleidet, an diesem Tag in ein flatterndes Sommerkleid und farblich abgestimmte Loafers, das blondierte Haar ist sorgsam zu einem Knoten im Nacken zusammengebunden. Doch trotz des Aufwands, den sie mit ihrem Äußeren betreibt, erkenne ich die dunklen Ringe unter ihrem Make-up, und mir wird bewusst, dass sie abgespannt aussieht. Irgendwie – erschöpft.

»Clara«, trällert sie, als sie mich erkannt hat. »Na, das ist ja eine Überraschung. Dass man dich mal wieder zu Gesicht bekommt! Wie geht es dir, meine Liebe?«

Unsicher suche ich ihre Miene nach Anzeichen von Missbilligung oder gar Verärgerung ab, doch ihr Lächeln wirkt aufrichtig. Offenbar hat Miriam ihr nichts von unserem Streit erzählt.

»Ganz okay.« Ich zucke verlegen die Achseln. »War nur ziemlich stressig in letzter Zeit.« Irene nickt verständnisvoll. »Wem sagst du das. Miriam war auch das reinste Nervenbündel. Aber wie ich dich kenne, hast du die Prüfungen bestimmt mit Bravour gemeistert. Und Kopf hoch – jetzt hat die ganze Büffelei ja auch bald ein Ende.«

Ich nicke nur. Gerade will ich sie fragen, ob Miriam bereits aus dem Einkaufszentrum zurück ist, da ergreift Irene, die offenbar zum Plaudern aufgelegt ist, erneut das Wort.

»Wie geht's eigentlich deinen Eltern? Eine Schande, wie lange wir die beiden schon nicht mehr gesehen haben.« Sie wirft in einer theatralischen Geste die Hände in die Luft. »Keine Ahnung, ob Miriam dir davon erzählt hat, aber Klaus kandidiert dieses Jahr für das Amt zum Bürgermeister. Seither kommen wir zu rein gar nichts mehr.«

»Natürlich«, erwidere ich rasch. »Unsere Stimmen habt ihr – so viel ist sicher.«

Ich verkneife mir jeden weiteren Kommentar. Immerhin sind die anstehenden Wahlen schon seit Wochen Gesprächsthema Nummer eins im Ort, und Klaus' attraktives Konterfei ist auf beinahe jeder Plakatwand in Überlebensgröße zu sehen. Und ohne dass ich es will, sehe ich ihn wieder vor mir, den Ausdruck von Leidenschaft in seinem Gesicht, die Hände besitzergreifend um Sarahs Hüften geschlungen. Nur mit Mühe gelingt es mir, keine Miene zu verziehen. Ob Irene wohl weiß, was ihr Mann da hinter ihrem Rücken treibt?

Doch wenn es so ist, dann lässt sie es sich jedenfalls nicht anmerken.

»Danke, Süße. Wir wissen eure Unterstützung zu schätzen. Und bestell deinen Eltern einen lieben Gruß von mir, ja? Sobald der ganze Rummel vorbei ist, müsst ihr unbedingt zum Grillen vorbeikommen, ganz wie in alten Zeiten. Klingt das nicht absolut fantastisch?«

»Super.«

Ungeduldig nestele ich an dem Anhänger meines Armbands, ein Erbstück meiner Großmutter in Form eines halben Herzens, während Irene sich immer weiter für ihre Idee mit der Grillfeier erwärmt und das Gespräch dann – wie könnte es anders sein – auf die aktuellen Umfrageergebnisse lenkt. Auch ihre Missbilligung für Klaus' Gegenkandidaten – ein besonders einfältiger Wicht und der Aufgabe so gar nicht gewachsen – kommt dabei nicht zu kurz.

»Nun, meine Liebe, was kann ich für dich tun?«, fragt sie schließlich augenzwinkernd, als ihr Durst nach Small Talk gestillt ist. »Du bist doch sicher nicht gekommen, um dich mit einer alten Schachtel wie mir über Politik zu unterhalten, oder?«

»Eigentlich wollte ich zu Miriam. Sie ist oben in ihrem Zimmer, nehme ich an?«

Ein wenig hibbelig trete ich von einem Bein aufs andere, während ich sehnsüchtig an Irene vorbei ins Innere des Hauses luge, wo es bestimmt herrlich kühl ist.

»Oh, das tut mir aber leid«, sagt sie, macht jedoch keine Anstalten beiseitezutreten. »Ich fürchte, den Weg hast du umsonst gemacht. Miriam ist nicht da.«

»Okay«, erwidere ich gedehnt und werfe einen verstohlenen Blick auf meine Armbanduhr. Es ist bereits zwanzig nach drei. »Miriam meinte, sie wolle nach der Schule noch ins Einkaufszentrum und dass wir uns danach hier treffen.« Ich zucke die Achseln. »Na, bestimmt kommt sie gleich.«

»Da müsst ihr euch missverstanden haben«, entgegnet Irene stirnrunzelnd. »Miriam war nach der Schule nur kurz da, um ihre Sachen abzuladen, danach ist sie gleich wieder mit dem Fahrrad los.«

»Aber ...« Ich halte inne, als mir dämmert, was das bedeutet. Dass sich ihre Pläne geändert haben, sie unsere Verabredung vergessen haben muss. Oder, denke ich dann, Miriam hat mir absichtlich verschwiegen, was sie vorhat. Ich weiß nicht, welche Variante mehr schmerzt.

»Bestimmt hat sie nur nicht daran gedacht, dir Bescheid zu geben«, sagt Irene freundlich, der die Enttäuschung in meiner Miene nicht entgangen ist. »Ich glaube, sie trifft sich mit Sarah und Bea beim alten Sportplatz. Wieso fährst du nicht einfach auch dorthin? Ich bin sicher, sie freut sich, wenn du nachkommst.«

»Ja – sicher.« Ich schlucke.

Irene nickt zur Bekräftigung. »Du solltest auf jeden Fall fahren. Die nächsten Wochen werden noch anstrengend genug – da habt ihr euch eine kleine Auszeit redlich verdient.«

Dann scheint ihr ein neuer Gedanke zu kommen, denn sie fügt hinzu: »Ach, und bei der Gelegenheit – wärst du so nett und nimmst Miriam ihre Jacke mit? Sie hat sie vergessen, und abends kann es doch noch empfindlich kühl werden.«

Eilig läuft sie ins Haus und kehrt kurz darauf mit Miriams Fleecejacke zurück, die sie mir in die Hand drückt. Schicksalsergeben nehme ich sie entgegen.

Irene – die Glucke vom Dienst. Die Helikoptermutter, wie sie leibt und lebt.

»Und nun – ab mit dir.« Sie zwinkert mir noch einmal aufmunternd zu, dann verschwindet sie im Haus und schließt die Tür hinter sich.

Mit Miriams Jacke in der Hand bleibe ich für einen Moment unschlüssig am Treppenabsatz stehen, während ich überlege, was ich jetzt tun soll. Den Nachmittag mit Bea und Sarah zu verbringen, ist das Letzte, wonach mir der Sinn steht. Doch unverrichteter Dinge nach Hause zurückfahren will ich ebenso wenig. Ich muss Miriam endlich erzählen, was ich herausgefunden habe. Von Sarahs Affäre mit ihrem Vater. Ich halte das einfach nicht mehr aus – dieser Schwebezustand bringt mich sonst noch um den Verstand.

Also schwinge ich mich mit einem resignierten Seufzer wieder auf mein Fahrrad und mache mich auf den Weg.

KAPITEL 16

Miriam

Es ist kurz nach Mitternacht, als ich erwache. Ich brauche einen Augenblick, bis mir klar wird, wo ich bin und was mich geweckt hat. Im schwachen Mondlicht erkenne ich die stuckverzierte Decke des Wohnzimmers über mir, die Schemen der wogenden Bäume draußen vor dem Fenster. Ich muss vor dem Fernseher eingeschlafen sein. Stirnrunzelnd rolle ich mich auf die Seite, schlinge die Wolldecke enger um den Körper, horche angestrengt in die Stille.

Tapp, tapp, tapp.

Da ist es wieder. Das Knarren der Dielen vor meinem alten Kinderzimmer, die, die knarzen, wenn man darauf tritt. Dann das gedämpfte Geräusch von Schritten auf der Treppe. Auf einmal sitze ich kerzengerade auf dem Sofa, mein Herz pocht wie verrückt, als ich begreife, was los ist.

Irgendjemand ist im Haus.

Panik wallt in mir auf, und mit einem Satz bin ich auf den Füßen, haste zur Tür. Am unteren Ende der Treppe angekommen, halte ich inne, die Hand fest um den silbernen Kerzenleuchter geklammert, den ich auf die Schnelle im Flur gepackt habe. Ich lausche.

Dann höre ich es. Wie ein paar Zimmer weiter eine Tür ins Schloss fällt. Am Hintereingang – ein kaum wahrnehmbares Klicken. Wer auch immer es war, der bei mir eingebrochen ist – er haut ab.

Unsicher, ob ich darüber besorgt oder erleichtert sein soll, laufe ich hinterher, in die Richtung, aus der das

Geräusch gekommen ist. »Stehen bleiben!«, rufe ich, bemühe mich nun nicht länger, leise zu sein. »Was zum Teufel wollen Sie hier?« Meine Stimme hallt schwach von den Wänden wider, aber niemand antwortet – natürlich nicht. Kurz darauf hab ich sie auch schon erreicht, die unscheinbare Tür auf der Rückseite des Hauses, die hinaus in den Garten führt. Mit einem Ruck reiße ich sie auf, spähe nach draußen. Meine Blicke schweifen wie wild umher, suchen das Gelände ab. Doch eine Wolke hat sich vor den Mond geschoben, um mich herum ist nichts als Finsternis. Trotzdem kann ich es hören. Das Rascheln der Blätter, Schritte, die verklingen, schnell und zielstrebig – jemand rennt.

Das Adrenalin pulsiert in meinen Adern, und ich halte die Luft an, kneife die Augen fest zusammen, aber der Eindringling muss mein Grundstück bereits wieder verlassen haben. Durch die Bäume, über den Zaun, hinein in den Wald, auf und davon.

Verflucht!

Für den Bruchteil einer Sekunde erwäge ich, die Verfolgung aufzunehmen, doch dann siegt die Vernunft, die Angst vor dem Ungewissen. Stattdessen kehre ich nach drinnen zurück, suche nach meinem Telefon, überlege, was Herr Wolfer wohl sagen würde, wenn ich ihn jetzt anrufe. Erkenne schließlich, dass es eine dumme Idee wäre. Eine verdammt dumme Idee.

Sie brauchen einen Schuldigen, hallen Beas Worte durch meinen Kopf, und ich atme hörbar aus.

Beruhige dich, Miriam. Das bringt doch nichts.

Nachdem ich einigermaßen wieder zur Besinnung gekommen bin, gehe ich zurück zur Hintertür und schalte die Deckenbeleuchtung ein. Jetzt, im Licht, fällt mir auf, dass das Schloss kaputt ist, die Tür lässt sich problemlos aufdrücken, wird nur von dem verzogenen Rahmen an ihrem

Platz gehalten. Ich fluche leise. Ob die Tür noch heil war, als ich hier eintraf? Ich kann es nicht sagen. Mit grimmiger Miene hole ich einen Stuhl aus der Küche und klemme ihn unter den Türgriff. Nur, um sicherzugehen. Wenn jetzt jemand versuchen würde, auf diesem Weg hier hereinzukommen, würde ich es bemerken. Danach durchforste ich das ganze Haus, überprüfe sämtliche Fenster und Türen, doch sie sind alle unversehrt, und auch sonst scheint alles in Ordnung zu sein. Anschließend tappe ich zurück in die Küche. Ich bin übermüdet und zugleich hellwach, jede Bewegung fühlt sich an wie ein Kraftakt, sogar das Atmen strengt mich an. In meinem Kopf rumort es. Ob das dieselbe Person war, die uns die Drohbotschaft geschickt hat?

So muss es sein, und die Vorstellung jagt mir einen eisigen Schauer über den Rücken.

Vierundzwanzig Stunden – so lange habt ihr Zeit, um euch offen zu dem zu bekennen, was ihr getan habt.

Ich überschlage die Stunden, die seither verstrichen sind. Papa hat mir den Brief am Freitag gegeben, gleich nach meiner Ankunft. Das liegt jetzt bald vier Tage zurück. *So viel zu Beas These, die Drohung wäre nur ein Bluff,* denke ich und verziehe zornig das Gesicht.

Aber was dann? Und wieso der Einbruch? Was zum Teufel will diese Person in meinem Haus?

Mein Blick fällt auf den Karton, den Lisa für mich dagelassen hat. Er steht immer noch an derselben Stelle wie gestern, gleich neben dem mit dem angeschlagenen Geschirr. Ich stoße einen resignierten Seufzer aus. An Schlaf ist ohnehin nicht mehr zu denken, zu groß ist meine Angst, der Eindringling könnte zurückkommen.

Mit einem mulmigen Gefühl im Magen hebe ich den Umzugskarton auf den Küchentisch und klappe den Deckel auf. Eine Handvoll Klamotten kommt darin zum

Vorschein. Das Kleid, das ich Clara in unserem letzten Schuljahr für eine Party geborgt hatte, dunkelgrün mit Spitzensaum. Ein alter Bikini, ein paar T-Shirts. Im Grunde nichts, was es wert wäre, aufgehoben zu werden. Und doch – sie sind alles, was mir von Clara geblieben ist. Vorsichtig hebe ich die Sachen heraus, fahre mit den Fingern zärtlich über den Stoff, reibe meine Wange dagegen. Der Geruch des Weichspülers, den Claras Mutter damals benutzt hat, steigt mir in die Nase, ein Strauß bunter Frühlingsblumen. Ich schlucke.

Mit einem Ruck lasse ich die Kleider wieder in den Karton fallen und trete ans Küchenfenster. Als ich noch jünger war, habe ich immer geglaubt, die Zukunft vorhersagen zu können. Stundenlang bin ich genau hier gestanden, habe durch ebendieses Fenster hinaus in den Garten gestarrt, während ich mir ausmalte, wie mein Leben einmal aussehen sollte. Ich schließe die Augen, versuche, sie mit schierer Willenskraft wieder herbeizuzwingen, die Pläne, die ich geschmiedet habe, in wunderschönen kleinen Bildern.

Moritz und ich, strahlend vor dem Altar. Meine Mutter, lächelnd in der vordersten Reihe, Clara, die johlend durch ihre Kamera linst und Fotos von uns schießt. Eine jüngere Version von Lisa mit einem Blumenkranz im Haar, die die Ringe nach vorne bringt. Wie Moritz und ich zum ersten Mal über die Schwelle unseres Hauses treten, das gleich neben Claras liegt, nur durch einen niedrigen weißen Gartenzaun getrennt. Die Mädchen, die wir mal bekommen würden, im selben Alter, sodass sie zusammen aufwachsen könnten, so wie Clara und ich. Ich seufze leise. Wie weit ich doch danebengelegen habe!

Damals, mit vierzehn, hätte ich es nie für möglich gehalten, dass ich einmal aus Eichgraben weggehen würde, dass Moritz eine Freundin finden würde, ein anderes

Mädchen, nicht mich. Dass Clara sterben würde, noch bevor sie ihren Abschluss in der Tasche hatte. Dass meine Mutter ebenfalls tot sein würde und meine Hochzeit ohnehin nie erlebt hätte.

Im Garten ist es stockfinster, und beinahe kann ich sie spüren, die Schatten der Dunkelheit. Irgendjemand ist dort draußen. Ich weiß es, fühle es mit jeder Zelle meines Körpers. Dazu noch Clara, die in meinem Kopf herumspukt, mir den Verstand vernebelt.

»Was ist nur mit dir passiert?«, murmele ich in die Stille. »Wer hat dich umgebracht? Und wieso?«

KAPITEL 17

Moritz

Rastlos scrolle ich durch meine Kontakte. Über Miriams Namen halte ich einen Augenblick inne, unschlüssig, ob ich sie anrufen soll. Ich versuche die Nervosität zu ignorieren, die mich erfüllt, wann auch immer ich an sie denke. Dann lasse ich das Telefon wieder sinken und stöhne auf.

Herrgott, Moritz! Du bist doch kein liebeskranker Teenager mehr. Krieg dich verdammt noch mal wieder ein. Endlich erhebe ich mich, beginne, in meinem Arbeitszimmer hin und her zu laufen. Eigentlich sollte ich mich auf die Arbeit konzentrieren, die Alarmanlage für meinen Kunden fertig programmieren, nach einem passenden Überwachungssystem für die Kellnerin aus dem Maddy's suchen, um das sie mich gebeten hat – eine Vorsichtsmaßnahme wegen ihres verrückten Ex-Freunds. Schon seit Tagen fällt es mir schwer, mich zu fokussieren. Meine Gedanken schweifen immer wieder ab. Zu Clara und – jedweder Vernunft zum Trotz – zu Miriam.

Seit unserem letzten Zusammentreffen will sie mir einfach nicht mehr aus dem Kopf. Ständig sehe ich sie vor mir, den Ausdruck von Reue in ihrem hübschen Gesicht, als sie mir von ihren Schuldgefühlen beichtete. Von Claras und ihrem angeblich so harmlosen Streit. Und auch wenn mein Herz mir sagt, dass Miriam unschuldig ist, fühle ich, dass da noch mehr ist. Lisa hat recht, Miriam verbirgt irgendwas. Und ich bin fest entschlossen herauszufinden, was das ist.

Doch obwohl ich mir einzureden versuche, dass das der einzige Grund ist, warum ich es kaum erwarten kann, sie wiederzusehen, weiß ich, dass das nicht stimmt. Da war dieser Moment zwischen uns, kurz bevor Lisa hereingestürmt ist. Ein Anflug von Vertrautheit, von Sehnsucht in ihren Augen, als ihr Blick ein kleines bisschen zu lange auf meinen Lippen verweilte. Ihr Gesicht, nur eine Armeslänge von mir entfernt. Ich hätte mich nur vorbeugen müssen, aber dann ... Das Klingeln meines Handys reißt mich jäh aus meinen Gedanken.

Ich bin so sicher, dass es Miriam ist, dass ich einen Anflug von Enttäuschung verspüre, als ich die Eichgrabener Vorwahl auf dem Display erkenne. *Himmel, Moritz! Was ist nur los mit dir? Schlag dir das Mädchen endlich aus dem Kopf.*

Resolut verbanne ich Miriam aus meinen Gedanken und nehme den Anruf entgegen.»Hallo?«

»Guten Tag, Herr Schmidt«, meldet sich eine helle Frauenstimme.»Franziska Dortmund hier, Kriminalpolizei Eichgraben. Störe ich, oder haben Sie einen Augenblick Zeit?«

Sofort verkrampfen sich meine Schultern, und ich presse das Telefon fester ans Ohr.»Natürlich. Gibt es was Neues? Der Mörder meiner Schwester – haben Sie ihn endlich gefunden?«

»Nicht direkt.« Sie seufzt.»Wir sind immer noch dabei, den Tathergang zu rekonstruieren. Herauszufinden, was Clara in ihren letzten Stunden gemacht, wo sie sich aufgehalten hat.«

»Das haben wir doch bereits versucht«, sage ich und unterdrücke einen Anflug von Gereiztheit.»Niemand weiß, wo sie hin ist, nachdem sie am Nachmittag mit dem Fahrrad von zu Hause aufgebrochen ist.«

»Nun, das stimmt nicht so ganz.« Plötzlich klingt die Stimme am anderen Ende aufgeregt und überschlägt sich fast. »Heute Morgen hat sich eine Zeugin bei uns gemeldet. Ein Mädchen aus ihrer alten Schule. Offenbar ist sie felsenfest davon überzeugt, Clara am Freitagabend auf dem Schulgelände getroffen zu haben. So gegen einundzwanzig Uhr.«

»In der Schule?« Ich runzle die Stirn. »Was zum Teufel wollte Clara denn da?«

»Genau das wollte ich Sie gerade fragen. Angeblich hat Ihre Schwester gehetzt gewirkt, irgendwie – verstört. Hat das arme Mädchen beinahe über den Haufen gerannt. Sie können sich nicht zufällig einen Reim darauf machen?«

Ich verziehe das Gesicht. »Vielleicht hatte sie nur etwas in ihrem Spind vergessen.«

»Ja, das dachten wir zunächst auch. Aber dem Portier zufolge sind die oberen Geschosse nach siebzehn Uhr verschlossen. Das kann es also nicht gewesen sein.«

»Hm, lassen Sie mich überlegen«, sage ich langsam und zögere, ehe ich weiterspreche. »Am Freitag fand doch immer das Schwimmtraining der Schulmannschaft statt. Vielleicht hatte Clara ja vor, Lisa von dort abzuholen. Früher haben wir das oft gemacht.«

Durch die Leitung höre ich das nervöse Klackern eines Stifts auf Papier. »Möglich wär's. Allerdings hat Ihre Schwester ausgesagt, dass sie Clara seit dem Vormittag nicht mehr gesehen hat. Wenn Clara also tatsächlich zu ihr wollte – dann ist sie nie dort angekommen.«

»Das ist tatsächlich merkwürdig.«

Ich ziehe die Stirn kraus, während ich mir das Hirn nach einer vernünftigen Erklärung zermartere. Ob Lisa gelogen hat? Aber warum hätte sie das tun sollen?

»Sie haben also keine Idee, was sie dort gewollt haben könnte?«

»Nein, tut mir leid.« Auf einmal verärgert schüttle ich den Kopf. »Wieso rückt Ihre Zeugin eigentlich erst jetzt damit heraus?«

»Ihr war wohl nicht bewusst, wie wichtig diese Information für uns sein könnte. Schließlich gingen wir damals noch davon aus, Clara sei nur ausgerissen.« Sie stöhnt. »Ein Jammer, ich weiß.«

Ich bin noch nicht überzeugt. »Und dieses Mädchen ist sich völlig sicher, dass es sich dabei um Clara gehandelt hat?«

»So sicher, wie man sich nach vierzehn Jahren eben sein kann.«

»Aber Sie glauben ihr?«, hake ich nach.

»Wir haben keinen Grund, es nicht zu tun. Und ehrlich gestanden ist ihre Aussage alles, was wir im Augenblick haben.«

Nachdem das Telefonat beendet ist, starre ich noch eine ganze Weile vor mich hin, versuche verzweifelt, aus alldem schlau zu werden. Irgendwas an der zeitlichen Abfolge jenes Abends hat mich stutzig gemacht, doch so sehr ich auch grübele – mir will einfach nicht einfallen, was.

Wenn die Zeitangabe dieser Zeugin stimmt, muss Clara direkt zur Schule gefahren sein, nachdem sie bei mir angerufen hatte. Ich beiße die Zähne zusammen, um nicht auf der Stelle laut loszuschreien. *Wieso bin ich nur nicht an mein verdammtes Handy gegangen?*

Irgendwas muss an jenem Nachmittag passiert sein, da bin ich mir völlig sicher. Irgendwas, was sie aus der Bahn geworfen hat, irgendwas, was sie mir dringend erzählen wollte. Und als sie mich nicht erreicht hat, ist sie zur Schule gefahren – um genau was zu tun? Frustriert versetze ich dem Telefon einen Schubs.

Wenn Clara nicht da war, um irgendwelche Bücher zu holen, und auch nicht Lisas wegen, fällt mir nur einer ein, den sie dort gesucht haben könnte. Tobias. Er war der Leiter des Schwimmteams und damit ebenfalls vor Ort. Als mein bester Freund pflegte er schon immer ein enges Verhältnis zu meinen Schwestern. Ob sie sich an ihn gewandt hat, als ich nicht abgehoben habe? Aber sowohl Lisa als auch Tobias hatten Clara seit dem Vormittag nicht mehr gesehen, sagen sie zumindest, und ich glaube ihnen. Was war es also dann?

»Was wolltest du da, Clara?«, murmele ich vor mich hin. »Wieso bist du in die Schule gefahren?«

Resigniert fahre ich mir mit der Hand durchs Haar. So geht das nun schon seit Jahren. Letztlich bin ich jetzt kein Stück schlauer als zuvor. Dass Clara angeblich auf dem Schulgelände war, muss rein gar nichts bedeuten. Wir wissen ja nicht einmal, ob sie überhaupt an jenem Abend ermordet wurde. Genauso denkbar wäre, dass es erst am nächsten Tag passiert ist. Oder am übernächsten. Sie hätte gekidnappt, in irgendeinem Unterschlupf gefangen gehalten und erst später getötet worden sein können – nach all der Zeit ist es unmöglich, das zu sagen. Nein, im Grunde wissen wir rein gar nichts. Und diese Ungewissheit, dieser Schwebezustand, in dem ich seit vierzehn Jahren feststecke, bringt mich fast um den Verstand.

KAPITEL 18

Miriam

Nur in Unterwäsche stehe ich vor meinem Schrank. Unschlüssig ziehe ich das schwarze Kleid heraus, das ich schon zu Claras Beerdigung anhatte, und halte es mir an die Brust. Lege es wieder beiseite. *Zu förmlich.* Ich probiere ein anderes – ein gelbes Flatterkleid, kurz und mit Spitzensaum – und hänge es ebenfalls zurück auf den Bügel. *Das ist eine Polizeibefragung, keine Sommerparty.*

Die Hand nach einem knöchellangen Faltenrock ausgestreckt, fällt mein Blick auf den Spiegel in der Innenseite der Schranktür. Erschrocken zucke ich zusammen. Ich sehe fürchterlich aus. Meine Augen sind rotgerändert und geschwollen, meine Haut ist fleckig und blass.

Kein Wunder, denke ich düster. Die halbe Nacht habe ich damit zugebracht, Mamas gutes Porzellan in Zeitungspapier einzupacken, so lange, bis meine Fingerspitzen ganz schwarz waren. Erst im Morgengrauen übermannte mich endlich die Müdigkeit, und ich fiel in einen unruhigen Schlaf. Doch das Knarren der Dielen und der Wind vor dem Fenster ließen mich immer wieder hochschrecken, wild umherblicken, mit klopfendem Herzen in die Stille horchen. Claras Beerdigung, die Drohbotschaft, der Eindringling mitten in der Nacht, die kaputte Hintertür – all das strapaziert mein ohnehin schon angespanntes Nervenkostüm, befeuert meine Paranoia.

Was, wenn jemand herausfindet, was am siebzehnten Juni wirklich geschehen ist? Wenn die Polizei zu dem Schluss kommt, wir hätten Clara etwas angetan?

Und auch wenn ich mir einzureden versuche, dass das Gespräch mit Herrn Wolfer reine Routine ist, hab ich den gesamten Morgen über schon so ein merkwürdiges Gefühl im Bauch, ganz so, als ob mein Körper bereits wüsste, dass etwas Schlimmes bevorsteht.

Den Schlosser anrufen, füge ich meiner imaginären To-do-Liste hinzu. *Du musst die Hintertür reparieren lassen. Am besten heute noch.*

Die roten Ziffern meines Weckers auf dem Nachttisch springen um, und ich fahre innerlich zusammen. Verdammt, nun aber los. Spontan entscheide ich mich für eine beige Hose und eine weiße Bluse. Sie ist ein wenig zerknittert von der Reise, doch Mamas Bügeleisen steckt in irgendeiner der Kisten, und mir bleibt nicht genug Zeit, es jetzt noch zu suchen. Eilig lege ich etwas Make-up auf, in dem Versuch, die Spuren der Nacht notdürftig aus meinem Gesicht zu tilgen, bevor ich die Treppe nach unten und in die Küche laufe. Der heiße Kaffee verbrüht mir den Mund, doch ich würge ihn trotzdem herunter – ohne Koffein schaffe ich es nicht mal vor die Tür. Dann sehe ich nach dem Küchenstuhl. Er klemmt immer noch unter der Klinke der Hintertür. Ich nicke grimmig. Immerhin etwas.

Erleichtert greife ich nach meiner Handtasche, die in der Garderobe liegt, und wende mich zum Gehen. Doch gerade als ich über die Schwelle treten will, bleibe ich wie angewurzelt stehen.

Erst will ich meinen Augen nicht trauen.

Oh, nein. Bitte – nicht schon wieder!

Mit wachsendem Entsetzen starre ich auf den Umschlag, der auf der Türmatte liegt. Es ist ein weißes Kuvert, das – da bin ich mir völlig sicher – bei meiner Rückkehr von dem Spaziergang mit den Mädels noch nicht hier gelegen hat.

Und heute Nacht auch noch nicht.

Ein leises Wimmern kommt über meine Lippen. *Verdammter Mist!*

Das Herz schlägt mir bis zum Hals, als ich den Brief aufhebe, ihn unschlüssig in den Händen drehe. Er ist deutlich schwerer als der letzte, doch das Fabrikat des Umschlags scheint identisch zu sein. Dasselbe dünne Papier. Kein Absender.

Einen kurzen Moment lang verspüre ich den Impuls, ihn einfach ungeöffnet in den Papiercontainer zu werfen. Meine Reisetasche auf den Rücksitz zu wuchten, den nächsten Flieger nach London zu nehmen. Zu vergessen, dass diese Briefe je existiert haben. Zum Teufel mit dem Haus, zum Teufel mit Eichgraben, zum Teufel mit den Mordermittlungen! Soll sich doch jemand anders mit all der Scheiße hier herumschlagen.

Dann jedoch siegt die Neugierde. Mit zitternden Fingern öffne ich das Kuvert. Ein einzelnes Foto kommt zum Vorschein.

Die Aufnahme ist zerknittert, die Ränder sind verblichen – dem Datum in der rechten unteren Ecke zufolge wurde sie Anfang Juni des Jahres 2008 aufgenommen, nur wenige Wochen vor Claras Tod. In dem fahlen Licht, klar abgehoben gegen den dunkler werdenden Nachthimmel, erkenne ich zwei Gestalten darauf. Sarah, die Arme um den Hals eines älteren Mannes geschlungen, ihre Münder vor Leidenschaft miteinander verschmolzen.

Das Foto bebt in meinen Händen, als mir klar wird, was ich da vor mir habe, und von einem plötzlichen Schwächeanfall überwältigt lasse ich mich gegen den Türrahmen sinken.

Wie konnte mir das nur entgehen?

Und auf einmal begreife ich. Sarahs seltsames Verhalten, wann immer wir in unserem letzten Schuljahr auf meine Eltern zu sprechen kamen. Wie sie es vermied, mir in die Augen zu sehen, die Unterhaltung stets rasch auf ein anderes Thema lenkte. Der merkwürdige Ausdruck in ihrem Gesicht, wenn sie mich besucht hat und dabei auf Mama traf. Die vielen Male, die Papa sie mit dem Auto nach Hause gefahren hat. All das ergibt auf erschreckende Art jetzt einen Sinn. Ungläubig schüttle ich den Kopf.

Mein Gott, Papa! Wie konntest du nur?

Nie im Traum wäre mir eingefallen, dass Papas Untreue schuld an der Scheidung meiner Eltern gewesen sein könnte. Und auf einmal begreife ich auch, wieso er Mama so bereitwillig das Haus überlassen hat. Weder Anstand noch Großzügigkeit waren der Grund dafür gewesen. Es war der Preis für ihr Schweigen. Damit sie den Mund hielt, nichts unternahm, was seine politische Karriere gefährden könnte. Die Wahlen.

Von plötzlichem Zorn überwältigt schleudere ich das Foto von mir. Dann sinke ich zu Boden und vergrabe das Gesicht in den Händen. Ich weiß nicht, wer mich wütender macht: Papa, der meine Mutter betrogen hat, oder Mama, die ihm all die Jahre treu zur Seite gestanden, ihn stets unterstützt, seine Launen so geduldig ertragen hat. Oder Sarah – meine Freundin, die scheinheilig Wochenende für Wochenende mit mir um die Häuser gezogen war, wo sie doch insgeheim meinen Vater vögelte.

Wie konnte ich mich nur dermaßen in den beiden täuschen?

Es muss schwer gewesen sein, die Affäre geheim zu halten. Nicht nur vor Mama und mir, auch im Dorf. Schließlich steckte Papa damals mitten im Wahlkampf, stand damit im Zentrum öffentlichen Interesses. Und doch – irgendwer muss davon gewusst haben.

Auf wackeligen Beinen erhebe ich mich und sammle das Foto wieder ein, das ein paar Meter entfernt von mir auf den

Stufen liegt. Diesmal nehme ich mir die Rückseite vor. Nur wenige eilig dahingekritzelte Worte stehen darauf.

Das ist erst der Anfang.

Ich habe das Gefühl zu ersticken. Wenn ich nur einen Funken Hoffnung verspürt habe, dann ist er spätestens jetzt verpufft. Von jäher Panik ergriffen, ziehe ich mein Handy aus der Tasche und wähle Beas Nummer. Sie geht beim zweiten Klingeln ran.

»Wie war's?«, fragt sie ohne Umschweife. »Die Befragung – ist alles nach Plan gelaufen?«

»Deswegen rufe ich nicht an.«

Meine Stimme zittert vor Entrüstung, als ich ihr von dem nächtlichen Eindringling berichte. Dem Brief mit dem Foto auf der Türmatte. Danach herrscht einen Augenblick lang betretenes Schweigen am anderen Ende der Leitung.

»Jetzt beruhig dich erst mal.« Beas Tonfall klingt beschwichtigend. Ganz die besonnene Anwältin. »Die Handschrift – kommt sie dir irgendwie bekannt vor?«

Ungläubig schüttle ich den Kopf. »Hast du mir überhaupt zugehört?«

»Doch, natürlich. Daher auch die Frage: Kennst du die Schrift auf der Rückseite des Fotos? Irgendeine Idee, wer es dir geschickt haben könnte?«

»Nein«, entgegne ich patzig.

Bea atmet ein paarmal tief durch. »Okay. Macht nichts. Das finden wir schon noch heraus. Aber jetzt musst du erst mal zu Herrn Wolfer. Meintest du nicht, dein Termin wäre um elf? Es ist jetzt Viertel nach.« Ihre Stimme hat einen beschwörenden Klang angenommen. »Bitte, Miriam. Mach jetzt keine Dummheiten. Denk an unsere Abmachung.«

»Herr Wolfer? Der ist mir gerade so was von egal.« Ich hole tief Luft, ehe ich mit dem herausplatze, was mich

135

beschäftigt.»Begreif doch, Bea! Sarah und Papa – sie haben mich belogen. Hintergangen. Für dumm verkauft. Mich – und vor allem Mama.«Ich muss eine Pause machen, sonst fange ich an zu weinen.»Wie konnte sie mir das nur antun? Sie war doch meine Freundin! Wie soll ich auch nur noch ein einziges Wort glauben, das aus ihrem Mund kommt?«

Erneut drohen meine Beine unter mir nachzugeben, und ich klammere mich an das Geländer der Treppe.

»Ich verstehe dich ja.« Bea seufzt, wählt ihre nächsten Worte mit Bedacht.»Aber sieh es doch mal so: Was immer zwischen den beiden war, liegt jetzt über vierzehn Jahre zurück. Ich bin sicher, Sarah wollte dich damit nicht verletzen. Sie war jung, dumm – ein Teenager eben. Wie wir anderen auch. Wir alle haben Dinge getan, auf die wir nicht stolz sind, oder? Aber wenn du jetzt ausflippst, machst du es nur noch schlimmer. Wir müssen zusammenhalten, begreifst du nicht?«

»Aber ...« Auf einmal wird mir klar, was mich an Beas Reaktion so irritiert hat. Die Gelassenheit, der Mangel an Emotion, die kühle Berechnung, selbst für ihre Verhältnisse.»Du – du wirkst überhaupt nicht überrascht«, stamele ich tonlos. Ich räuspere mich und füge dann mit festerer Stimme hinzu:»Sag die Wahrheit, Bea: Hast du etwa davon gewusst?«

Das Schweigen, das daraufhin einsetzt, sagt mehr als tausend Worte. Und das Gefühl des Verrats, das mich bei dieser Erkenntnis überkommt, trifft mich hart und unerwartet.

»Antworte gefälligst!«

»Miriam, ich ...«

Doch ich ertrage es nicht, mir ihre fadenscheinigen Ausreden anzuhören. Ich weiß alles, was ich wissen muss. Und ohne ein weiteres Wort lege ich auf.

KAPITEL 19

Sarah

In Gedanken immer noch bei meiner Unterredung mit der Polizei hieve ich meinen Koffer die Veranda hinunter. Tausendmal habe ich die Befragung, all die furchteinflößenden Szenarien, jede Frage, jede Anschuldigung durchgespielt. Doch jetzt, im Nachhinein betrachtet, finde ich, es hätte viel schlimmer laufen können. Herr Wolfer war überraschend freundlich, weder er noch Frau Dortmund schienen unserer Unterhaltung mehr Bedeutung beizumessen als die einer reinen Formalität. Letztendlich wollten sie nur wissen, ob mir in den Wochen vor Claras Tod etwas Merkwürdiges an ihr aufgefallen sei. Ob sie sich vor irgendetwas geängstigt, ob sie womöglich Streit mit irgendjemandem gehabt hätte. Was ich verneinte. Und auf ihre Frage, wo ich am siebzehnten Juni gewesen sei, erklärte ich, dass ich Clara seit der Schule nicht mehr gesehen, Nachmittag und Abend in Miriams Garten verbracht habe. Ganz so, wie wir es vereinbart haben, genau wie in meiner früheren Aussage.

Die Lügen gingen mir erstaunlich glatt über die Lippen, und zu meiner Erleichterung bohrte Herr Wolfer auch nicht weiter nach. Alles in allem ist das Gespräch also gut gelaufen – genau wie Bea es vorhergesagt hat.

Du hast das Richtige getan, sage ich mir immer wieder vor, versuche, das schlechte Gewissen aus meinem Kopf zu verbannen. *Es gibt nichts, weswegen du dich schuldig fühlen müsstest.*

Nachdem ich den Koffer auf den Rücksitz verfrachtet habe, gehe ich in Gedanken noch einmal durch, ob ich auch an alles gedacht habe. Holgers Wagen ist getankt, der Kofferraum vollgestopft mit vorgekochtem Essen, das Mama mir aufgenötigt hat, meine Handtasche liegt auf dem Beistelltisch im Vorzimmer, bereit zur Abfahrt. Ich nicke zufrieden. Dann gehe ich zurück ins Haus, wo ich Mama in ein Kreuzworträtsel vertieft am Küchentisch vorfinde.

»Hallo, Schatz.« Ihre Mundwinkel sinken herab, als ihr Blick auf die Jacke fällt, die an meinem Arm baumelt, auf den Autoschlüssel in meiner Hand. »Ist es so weit? Musst du wirklich schon los?«

»Tut mir leid, Mama.« Mit zwei Schritten bin ich bei ihr und nehme sie fest in den Arm. »Aber ich muss zurück. Holger hat schon zweimal angerufen, er fragt ständig, wo ich bleibe. Er ist schon ganz fertig mit den Nerven, weil er vier volle Tage allein mit den Zwillingen war.«

»Männer, was?« Ihre Lippen zucken, und ein wissendes Lächeln breitet sich auf ihrem Gesicht aus. »Bei deinem Vater war es damals genauso.«

Ich streiche ihr ein letztes Mal über den Rücken, dann löse ich mich widerstrebend von ihr. »Wieso kommt ihr uns nicht bald mal besuchen? Es sind doch nur vierzig Minuten. Wir könnten mit Ella und Valerie einen Ausflug in die Tullner Gärten machen. Um diese Jahreszeit ist es wunderschön dort.«

Nachdem ich mich auch von Papa verabschiedet und wir uns lose für das übernächste Wochenende verabredet haben, wende ich mich endlich zum Gehen. Auf einmal habe ich es schrecklich eilig, kann es kaum erwarten, Eichgraben den Rücken zu kehren, meine Töchter wieder in die Arme zu nehmen. Mir haarklein berichten zu lassen, was sie in der Zwischenzeit erlebt haben. Das

Chaos zu begutachten, das meine drei Liebsten in meiner Abwesenheit bestimmt veranstaltet haben.

Gerade habe ich meine Handtasche auf den Beifahrersitz geworfen, da höre ich, wie hinter mir eine Autotür zugeschlagen wird.

»Sarah!« Ich drehe mich um und erkenne Miriam, die mit großen Schritten auf mich zugeeilt kommt. »Sarah – warte!«

»Miriam?« Verwundert hebe ich die Brauen. »Was willst du denn hier?«

Sofort bemerke ich, wie aufgebracht sie aussieht. Ihre Wangen sind von roten Flecken übersät, ihr sonst so sorgfältig geglättetes Haar steht zerzaust in alle Richtungen vom Kopf ab. Plötzlich fällt mir wieder ein, wie Herr Wolfer mich vorhin nach ihr gefragt hat. Anscheinend hat sie ihren Befragungstermin verpasst und reagiert seither auf keinen seiner Anrufe. Ein mulmiges Gefühl regt sich in meinem Bauch. »Alles okay mit dir?«

»Nichts ist okay«, faucht sie und bleibt unmittelbar vor mir stehen. Ihr gesamter Körper bebt vor Wut. »Er war mein *Vater*! Wie konntest du nur? Wie konntest du mir das antun? Und Mama! Hast du auch nur eine Vorstellung davon, was du angerichtet hast? Deinetwegen haben sie sich scheiden lassen, verdammt noch mal!«

Ihre Worte fühlen sich an wie ein Faustschlag in die Magengrube, und ich krümme mich innerlich zusammen. »Was? Aber – wovon redest du?« Meine Stimme zittert. Ob sie tatsächlich meint, was ich befürchte? »Was ist denn mit deinem Vater?«

Ihre Augen haben sich zu Schlitzen verengt. »Wage es nicht, es auch noch abzustreiten«, zischt sie. »Du hast mit ihm geschlafen. So ist es doch, oder?«

Verdammt. Sie weiß es.

Ich fühle mich plötzlich kraftlos, während ich verzweifelt nach einer passenden Entgegnung suche. Die Wellen des Zorns, die von ihr ausgehen, lassen mich instinktiv einen Schritt zurückweichen. »Miriam – nein –, so war das nicht, ich ...«, beginne ich, ohne recht zu wissen, was ich eigentlich sagen will.

Im Bruchteil einer Sekunde wird mir klar, wie falsch meine Reaktion war.

»Du elende Verräterin«, schreit sie so laut, dass ich zusammenzucke. »Ich hab immer gewusst, dass du leicht zu haben bist, aber *das* hätte ich nicht von dir erwartet.« Mit bebenden Fingern zieht sie ein zerknittertes Polaroid aus ihrer Gesäßtasche und wirft es mir vor die Füße. »Welche Freundin tut so was? Hast du denn keinen Funken Anstand im Leib?«

Ich spüre, wie sämtliche Farbe aus meinem Gesicht weicht, während ich mich nach dem Foto bücke und einen Blick darauf werfe. Nur mühsam kann ich ein Stöhnen unterdrücken.

Verdammt. Verdammt. Verdammt.

Ich erinnere mich noch gut an unsere wenigen Treffen, bei denen es zur Sache ging. Und ohne es zu wollen, sehe ich alles wieder vor mir. Klaus, der sich im Fahrersitz zu mir herüberbeugt und mich leidenschaftlich küsst. Seine Finger auf meiner Haut. Die Kante des Arbeitstisches, die sich in meinen Rücken bohrt, während er sich dicht an mich drängt. So verboten, so betörend. Ich erschauere.

Mein Gott. Was habe ich mir nur dabei gedacht? Wie konnte ich nur so dumm sein?

Dabei hatte alles völlig harmlos angefangen. Mama war nicht wohl, wenn ich nachts allein mit dem Fahrrad unterwegs war, also bot Klaus gelegentlich an, mich nach unseren Mädelsabenden nach Hause zu fahren. Insgeheim hatte ich Miriams Vater schon lange bewundert, war fasziniert von seiner Eloquenz, dem Gefühl von Zuversicht, das er verströmte, seinem trockenen Humor. Auch er schien meine Gesellschaft zu genießen, und so geschah es immer öfter, dass wir im Auto sitzen blieben, um uns zu unterhalten. Und dann, ganz allmählich, wurde mehr daraus. Ein flüchtiger Wangenkuss zum Abschied, der meinen Mundwinkel traf. Klaus' Hand, die einen Augenblick zu lange auf meinem Arm verweilte. Ich spüre einen Kloß in meiner Kehle.

Niemand hätte je von uns erfahren sollen, am allerwenigsten Miriam. Aber wir waren nicht vorsichtig genug gewesen. Jemand hatte uns gesehen. Clara – sie hatte beinahe dieselben Worte benutzt, als sie mich damit konfrontiert hat.

Scheiße, Sarah – wie konntest du nur! Hast du auch nur eine Vorstellung davon, was du da anrichtest?

Am Ende war unsere Affäre nicht von langer Dauer. Klaus hatte sie beendet, kurz nachdem Clara verschwunden war. Im Grunde war ich sogar froh darüber. So aufregend es auch gewesen sein mochte, unsere Beziehung – wenn man es denn so nennen konnte – vor aller Welt zu verheimlichen, hatte mich viel Kraft gekostet. Ein weiteres Geheimnis, das ich nun nicht länger hüten musste.

»Woher hast du das?«, frage ich matt, ohne Miriam dabei in die Augen zu sehen. Die Kränkung und den Abscheu in ihrem Blick – ich hätte sie nicht ertragen. »Das Foto – wer hat es dir gegeben?«

»Ist das alles, was dich interessiert? Mein Gott!« Sie sieht mich ungläubig an, und ich kann sie regelrecht fühlen, die Verachtung, die aus jeder ihrer Poren trieft. »Und ich dachte, du wärst meine Freundin. Wer zum Teufel bist du nur?«

Die Schuldgefühle schlagen über mir zusammen, fressen sich immer tiefer in meine Eingeweide, und ich muss heftig schlucken, um nicht auf der Stelle in Tränen auszubrechen.

Wie hatte ich nur ernsthaft glauben können, ich würde ungeschoren davonkommen?

»Es tut mir so leid. Es war ein Fehler. Ein riesengroßer Fehler«, flüstere ich kaum hörbar. »Es waren nur ein paar Wochen. Nichts Ernstes. Bitte, du musst mir das glauben. Die Scheidung deiner Eltern – das hatte nicht das Geringste mit mir zu tun, das schwöre ich!«

Doch Miriam schnaubt nur. »Ich begreife einfach nicht, wie ich mich nur so in dir täuschen konnte. Du widerst mich an.«

Dann, mit einem letzten hasserfüllten Blick auf mich, reißt sie mir das Foto aus der Hand, wirbelt herum und stürmt zurück zu ihrem Wagen.

KAPITEL 20

Miriam

Tut mir leid, dass du warten musstest«, stoße ich atemlos hervor, als ich Moritz' Tisch erreicht habe. »Ich war vorher noch ...« Ich schüttle den Kopf, streiche mir verlegen eine widerspenstige Haarsträhne hinters Ohr. »Ich schätze, ich hab einfach die Uhr aus den Augen verloren.« Moritz winkt ab. »Mach dir deswegen keine Gedanken. So hatte ich Zeit, noch ein paar Anrufe zu erledigen.« Lächelnd schiebt er das Handy, auf dem er herumgetippt hat, beiseite, dann steht er auf, um mir die Jacke abzunehmen.

Erschöpft lasse ich mich auf die Eckbank sinken. In meinem Kopf herrscht immer noch ein heilloses Durcheinander, ständig schieben sich Fetzen meiner Auseinandersetzung mit Sarah in mein Bewusstsein. Dazu der Ausdruck im Gesicht meines Vaters. Begleitet von Wellen des Zorns.

Nach dem Gespräch mit Sarah bin ich direkt zum Rathaus gefahren. Papas Sekretärin war überrascht, mich zu sehen, doch ich verschwendete keine Zeit mit irgendwelchen Begrüßungsfloskeln, und bevor sie mich daran hindern konnte, war ich auch schon in Papas Büro geschlüpft. Das darauffolgende Wortgefecht war kurz, aber heftig.

»Miriam!«, rief er entgeistert, als er mich bemerkte. »Was willst du denn hier? Ist irgendwas passiert?«

»Wir müssen reden.«

Er verzog das Gesicht, deutete auf den Aktenberg auf seinem Schreibtisch. »Kann das nicht warten? Die Gemeinderatssitzung beginnt in einer halben Stunde, und ich muss vorher noch ein paar Unterlagen durchackern.«

Doch ich schüttelte vehement den Kopf. »Es ist wichtig.«

Papa musterte mich stirnrunzelnd über den Rand seiner Lesebrille hinweg. Es war derselbe Blick, mit dem er mich als Kind immer bedacht hatte, wenn ich unartig war oder ihn bei der Arbeit störte. »Im Ernst – das passt gerade gar nicht. Bitte geh jetzt. Ich komme später bei dir vorbei, ja?«

Der Klang seiner Stimme ließ keinen Zweifel, dass das Gespräch damit für ihn beendet war. Aber ich dachte gar nicht daran, mich abwimmeln zu lassen. *Die Familie kommt stets an erster Stelle* – war es nicht das, was er immer zu sagen pflegte? Dieser Heuchler!

»Es geht um Sarah.«

»Hm – wen?«, entgegnete er desinteressiert, den Blick schon wieder auf die Akten gerichtet.

»Sarah Berger – meine Freundin aus der Schule. Damals hieß sie mit Nachnamen noch Novak.« Ich biss die Zähne so fest zusammen, dass es knirschte. »Das Mädchen, mit dem du eine Affäre hattest, während du mit Mama verheiratet warst.«

»Ich hab keine Ahnung, wovon du da sprichst.« Papa hielt den Blick immer noch abgewandt. Er ist ein hervorragender Lügner, das war er schon immer. Doch ich war seine Tochter – mich konnte er nicht täuschen. Das Zucken seiner Handmuskulatur, seine Finger, die sich auf einmal um die Tischkante krallten, verrieten, wie aufgebracht er wirklich war.

»Spar dir die Mühe«, fuhr ich ihn an. »Es gibt Beweise.«

Endlich ließ er von seinen Unterlagen ab und hob langsam den Kopf. Seine Miene sollte Ungläubigkeit vorspielen, aber ich konnte noch etwas anderes darin erkennen. Einen winzigen Anflug von Unruhe. Und – Schuld.

»Das ist doch Blödsinn. Ich hab deine Mutter nie betrogen.«

Dass er es abstritt, selbst jetzt noch, steigerte nur meinen Zorn. Wortlos griff ich in meine Handtasche und ließ das Foto vor ihm auf den Tisch gleiten.

»Ach ja?«

Einen Moment lang starrte er fassungslos auf die Aufnahme. Ich konnte regelrecht sehen, wie die Zahnräder seines Gehirns ineinandergriffen, nach einem Ausweg suchten. Wie er kurz erwog, weiterhin alles zu leugnen, und dann zu dem Schluss kam, dass es zwecklos war. Sein Blick wanderte nervös zwischen der angelehnten Bürotür und dem Foto hin und her.

»Es ist nicht so, wie du denkst«, brachte er schließlich mit gedämpfter Stimme hervor. »Ich kann das erklären.«

Bei der Erinnerung an das folgende Wortgefecht ballen sich meine Hände zu Fäusten. Ich fasse einfach nicht, dass er das wirklich getan hat.

Wieso?, frage ich mich immer wieder. *Wieso ausgerechnet Sarah? Und wieso in aller Welt hab ich nur nichts davon mitbekommen?*

Mir fällt auf, dass mich Moritz über den Tisch hinweg mustert. Offenbar hat er irgendwas gesagt und wartet nun auf meine Antwort. *Mist.* Verstohlen wische ich mir die feuchten Handflächen an den Polstermöbeln ab und setze ein verlegenes Lächeln auf.

»Bitte entschuldige, wie war das?«

»Ich meinte nur gerade, wie hübsch du aussiehst. Die Farbe – sie steht dir.« Er deutet auf mein gelbes Sommerkleid.

»Ähm – danke.« Ich erröte. Mühsam schlucke ich meinen Ärger und die Enttäuschung herunter, versuche, mich ganz auf Moritz zu konzentrieren.

Du hast dich so auf dieses Treffen gefreut – jetzt vermassle es nicht.

In diesem Moment bringt der Kellner die Weinkarte. Während Moritz das Angebot sondiert und sich schließlich für einen erlesenen Weißwein aus dem Burgenland entscheidet, sehe ich mich neugierig in dem Lokal um. Das Restaurant, das Moritz ausgewählt hat, beherbergt nur eine Handvoll Tische. Die cremefarbenen Tischtücher, die urige Holzvertäfelung an den Wänden, kombiniert mit den kabellosen Leuchten in Form von winzigen Stehlämpchen, verströmen eine angenehme, ja romantische Atmosphäre.

»Sieht nett aus«, bemerke ich, nachdem sich der Kellner mit einer angedeuteten Verbeugung wieder zurückgezogen hat. »Bist du öfter hier?«

Moritz schüttelt den Kopf. »Das Lokal wurde erst vor Kurzem neu eröffnet. Ein Kollege von der Arbeit hat es mir empfohlen – die Küche soll fantastisch sein.« Er wirft einen mitleidigen Blick auf die vielen leeren Tische – abgesehen von unserem ist nur ein weiterer besetzt. »Allerdings dürfte sich die Neueröffnung noch nicht herumgesprochen haben.«

Ich nicke nur. Erst jetzt ergreife ich die Gelegenheit, ihn ausgiebig zu mustern. Moritz trägt eine dunkle Stoffhose zu einem weißen Hemd, das er bis über die Ellbogen hochgekrempelt hat. Seine Füße stecken in hellbraunen Mokassins. Verwundert schüttle ich den Kopf. Sein Aufzug steht in diametralem Gegensatz zu den ausgelatschten Sneakers und den unförmigen tiefsitzenden Skaterhosen, die er früher immer trug. Als wäre er ein völlig anderer Mensch.

»Ich hab dich noch gar nicht gefragt, was du jetzt eigentlich beruflich machst.« Mein Blick fällt auf seine Hände und ich runzle leicht die Stirn. Die Nägel an seinen langgliedrigen Fingern sind kurz geschnitten und sauber. »Veterinärmedizin, nicht wahr? Hast du endlich die Praxis, von der du immer geträumt hast? Erzähl doch mal – ich will alles wissen.«

Moritz lacht überrascht auf.»Witzig, dass du dich noch daran erinnerst – aber leider weit gefehlt. Ich hab nach dem zweiten Jahr abgebrochen.« Ein Anflug von Bedauern huscht über sein Gesicht, während er gedankenverloren an einer Scheibe Weißbrot knabbert.»Die Uni lag fast zwei Stunden von Eichgraben entfernt – zu weit, um täglich zu pendeln. Und nach Claras Verschwinden zog ich es vor, in der Nähe zu bleiben. Für den Fall, dass ...« Er verstummt.

Für den Fall, dass sie zurückkommt, vollende ich den Satz in Gedanken.

»Stattdessen hab ich eine Ausbildung zum Programmierer gemacht. Seither arbeite ich in der Sicherheitsbranche. Alarmanlagen, Überwachungssysteme – so was eben.«

»Oh. Nun, das klingt – gut, schätze ich.«

Er zuckt die Achseln.»Ich kann nicht klagen. Mein Chef ist mehr als in Ordnung, und ich kann mir meine Zeit frei einteilen. Es ist gut so, wie es ist. Wirklich.«

Trotzdem liegt da eine Schwere in seinen Worten, die mir sagt, dass er sich insgeheim wünscht, es wäre nicht so gekommen. Dass er seine Träume nicht hätte aufgeben müssen.

Ich schlucke.»Tja – wie heißt es noch so schön?«, murmle ich nachdenklich und nippe an dem Weinglas, das der Kellner vor mir abgestellt hat.»Das Leben ist das, was passiert, während du eifrig dabei bist, andere Pläne zu machen.«

Moritz nickt nur. Dann breitet sich plötzlich ein Grinsen auf seinem Gesicht aus.

»Wobei es in deinem Fall tatsächlich jammerschade ist. Ich erinnere mich noch, wie ihr beide, Clara und du, immer in unserem Wohnzimmer herumgetanzt seid. Diese kurzen Röckchen, die grazilen Bewegungen ...« Er breitet die Arme aus und formt mit ihnen einen Halbkreis vor dem Körper, um eine typische Balletthaltung nachzuahmen. »Einfach göttlich.«

Er sieht dabei so albern aus, dass ich mich vor Lachen beinahe verschluckt hätte. »Mein Gott, ich glaub's nicht, dass du das noch weißt«, pruste ich kichernd. »Nur besitze ich leider zwei linke Füße und die Feinmotorik eines Elefanten. Das hat meinen Schulmädchenträumen dann ein frühzeitiges Ende bereitet.«

Moritz hebt die Schultern. In seinen Augen blitzt der Schalk. »Mir hat's gefallen. Du hättest dranbleiben sollen.«

Die Bedienung hat uns inzwischen die Vorspeise – Spargelcremesuppe mit hausgemachten Croûtons – gebracht, doch wir sind so in unsere Unterhaltung vertieft, dass wir kaum zum Essen kommen. Die anfängliche Befangenheit zwischen uns ist endgültig verflogen, und ich spüre, wie wohl ich mich noch immer in seiner Gegenwart fühle. Das Gespräch plätschert angenehm dahin, während Moritz einige lustige Anekdoten über besonders anspruchsvolle Kunden zum Besten gibt. Und auch ich erzähle ihm, wie es mir seit der Schule ergangen ist. Von dem Studium in *St Andrews*, meinem Leben in London seither, meinem Karrieresprung zur Finanzleiterin vor ein paar Jahren.

»Beeindruckend.« Moritz stößt einen leisen Pfiff aus. »Aber hast du nie in Erwägung gezogen, nach Österreich zurückzukehren? Nach Hause?«

Wieder diese Frage. Nach dem Haus, nach meiner Rückkehr. Ich seufze.

»Schon – nach dem Studium, ja. Aber dann führte eins zum anderen, und ehe ich michs versah, war ich Anfang dreißig.« Ich lächle schief. »Abgesehen davon sind Jobs wie meiner in Österreich eher rar gesät, von einem Kaff wie Eichgraben ganz zu schweigen.«

»Und sonst? Abseits des Jobs? Ich meine, hast du ...«
Er verstummt und sein Blick wandert zu den ringlosen
Fingern meiner linken Hand.

»Hatte ich.« Der Gedanke an meinen Ex-Freund
schmerzt, und in einer Übersprunghandlung greife ich
zu meinem Weinglas und genehmige mir einen großen
Schluck. Wir sind inzwischen bei der zweiten Flasche angelangt, und der Nebel des Alkohols umhüllt mich wie
eine weiche, warme Decke. »Aber es hat nicht geklappt.
Wir haben uns vor ein paar Monaten getrennt.«

»Tut mir leid, das zu hören.«

»Braucht es nicht. Er war geschieden, als wir uns ken-
nenlernten, hatte einen kleinen Sohn. Kurz vor unserem
dreijährigen Jubiläum hab ich per Zufall herausgefunden,
dass er schon wieder was mit seiner Ex angefangen hatte.«
Ich kann mir ein bitteres Schnauben nicht verkneifen. »Ich
bin ohne ihn besser dran.«

»Bestimmt.«

Moritz' Unterarme ruhen vor mir auf der Tischplatte,
während er mich über den Rand seines Weinglases hinweg mustert. Nur zu gerne wüsste ich, was er wohl denken
mag, doch seine Miene ist undurchdringlich, und ich wage
es nicht, ihn danach zu fragen.

»Was ist mit dir?« Ein kurzer Blick verrät mir, dass
auch er keinen Ehering trägt. »Gibt es jemand Besonderen
in deinem Leben?«

»Nein.«

»Was ist mit dem Mädchen, mit dem du früher zusammen warst? So ein schlankes Ding mit langem Haar.« Ich
tippe mir mit dem Finger gegen die Oberlippe, als würde
ich versuchen, mich an ihren Namen zu erinnern. Obwohl
ich ihn natürlich noch weiß – ihr attraktives Gesicht hat
mich damals nur allzu oft in meinen Albträumen heimgesucht. Angelika Lorentz.

149

Für einen Moment sieht Moritz ehrlich überrascht aus.

»Angie, meinst du?«

»Genau die.«

Moritz grinst. »Meine Güte, an die hab ich ewig nicht mehr gedacht. Wir waren nicht besonders lange ein Paar. Ungefähr zur selben Zeit, als ich das Studium abbrach, haben wir uns getrennt.« Dann schüttelt er nachdenklich den Kopf. »Komisch – ich erinnere mich gar nicht, sie dir vorgestellt zu haben.«

»Hast du auch nicht«, erwidere ich rasch. »Clara hat mir nur mal ein Foto von ihr gezeigt. Meinte, ihr wärt wie geschaffen füreinander.« Betont beiläufig zucke ich die Achseln. »Schade, dass es nicht geklappt hat.«

»Soso, hat sie das?« Moritz runzelt die Stirn. »Eigentlich war es nie besonders ernst zwischen uns.«

Ich ziehe verwundert eine Augenbraue hoch, sage aber nichts mehr. Nur zu gut erinnere ich mich noch daran, wie Clara mir vorgeschwärmt hat, was für eine tolle Frau diese Angelika sei – *die Richtige*. An meine Enttäuschung, dass Moritz' Gefühle nicht mir galten. Und ich komme nicht umhin, Genugtuung darüber zu verspüren, dass sie damit falschgelegen hat.

»Apropos Clara«, wechselt Moritz abrupt das Thema, nachdem der Kellner die Hauptspeise abgetragen hat. »Wie war eigentlich dein Gespräch mit Herrn Wolfer? Das war doch heute, oder nicht?«

Seine Worte versetzen meiner Stimmung einen jähen Dämpfer. Und auf einmal sind sie wieder da – die Sorgen und Ängste, die Drohbotschaften, der ominöse Einbruch in mein Haus.

»Eigentlich schon.«

»Aber? Sag bloß, du hast es vergessen.« Der Vorwurf in seiner Stimme ist unüberhörbar, und ich lasse beschämt den Kopf hängen.

»Das ist es nicht.« Für eine kurze Weile ist es mir tatsächlich gelungen, nicht an Papa und Sarah zu denken, doch jetzt kehren die Kränkung und der Zorn auf einen Schlag zurück. Ich presse die Lippen aufeinander, um nicht laut loszufluchen. »Mir ist nur was dazwischengekommen. Eine – Familienangelegenheit.«

»Ach ja?«

Sein anklagender Blick lastet schwer auf mir, und Wut steigt in mir auf. *Das ist alles ihre Schuld*, denke ich. *Dieser elende Betrüger, diese Verräterin!*

Einen Augenblick lang hadere ich mit mir, was ich ihm erzählen soll, dann entscheide ich mich für die Wahrheit. Zumindest für einen Teil davon. Fest steht, ich brauche dringend jemandem zum Reden, sonst werde ich noch wahnsinnig.

Moritz hört aufmerksam zu, während ich von dem Foto berichte, das ich heute Morgen auf meiner Türschwelle gefunden habe, von meinem Telefonat mit Bea und meiner Konfrontation mit Sarah kurz darauf. Nur die Botschaft auf der Rückseite der Aufnahme lasse ich aus.

»Mein Gott – Miriam!«, sagt Moritz schließlich, als ich geendet habe. »Das tut mir schrecklich leid. Wie furchtbar.«

Ich nicke düster. »Ja. Da meinst du, du kennst jemanden, und am Ende stellt sich heraus, dass du komplett auf dem Holzweg warst. Dass dich die eigenen Freundinnen aufs Mieseste hintergangen haben.« Die Wut hat sich allmählich gelegt und ist einer tiefen Enttäuschung gewichen. »Noch nie zuvor habe ich mich derart verraten gefühlt.«

Moritz sieht mich mitfühlend an. »Kann ich verstehen. Wie hat denn dein alter Herr darauf reagiert? Hast du schon mit ihm gesprochen?«

»Wie wohl? Natürlich hat er erst mal alles abgestritten«, murmle ich. »Erst als ich ihm das Foto gezeigt hab, rückte er endlich mit der Sprache heraus. Meinte, die

Affäre wäre von Sarah ausgegangen, dass sie sich nur ein paarmal getroffen hätten, bevor er die Sache beendet hätte.« Ich verdrehe die Augen.

»Und das glaubst du ihm?«

»Natürlich nicht.«

Für ein Weilchen herrscht Schweigen, während Moritz gedankenverloren auf seine Zitronentarte starrt. Schließlich hebt er den Kopf. »Was ist mit deiner Mutter«, fragt er sanft. »Was meinst du – ob sie davon gewusst hat?«

»Mein Gott, ich hoffe nicht.« Ich sehe ihn aus großen Augen an. »Aber Tatsache ist, dass sie sich nur wenige Monate später von ihm getrennt hat. Wenn ich also raten müsste ...« Ich vollende den Satz nicht.

Moritz greift über den Tisch hinweg nach meiner Hand und drückt sie. »Wie gesagt, tut mir schrecklich leid.« Dann fügt er behutsam hinzu: »Hast du irgendeine Idee, wer das Foto gemacht haben könnte? Oder wie es auf deine Türschwelle gelangt ist?«

»Ich hab nicht die geringste Ahnung.«

Unbehaglich rutsche ich auf der Eckbank hin und her, nestele nervös am Saum meines Kleids. Denn das stimmt nicht so ganz, wie mir plötzlich bewusst wird. Damals gab es nur eine einzige Person, die regelmäßig Fotos von uns geschossen hat: *Clara.*

Ich erinnere mich nur zu gut daran, wie sie ständig mit diesem riesigen Ungetüm von Kamera um uns herumgeschwirrt ist und alles geknipst hat, was ihr vor die Linse kam. Wie sie die besten Schnappschüsse dann sorgfältig in ihr Tagebuch klebte, das immer dicker wurde. *Erinnerungen sind wichtig. Sie sagen uns, wer wir sind oder wer wir mal waren* – Claras Worte, als ich sie mal fragte, wozu sie sich überhaupt die Mühe machte.

Und auf einmal fällt mir ein, woran mich die Aufnahme von Sarah und Papa erinnert. Der Schriftzug mit dem Datum am unteren Ende, die weißen Ränder – genau wie bei den Fotos von Claras alter Polaroidkamera. Ich erschauere unwillkürlich. Für einen kurzen Moment erwäge ich, Moritz auch von der anderen Drohbotschaft zu erzählen, verwerfe den Gedanken jedoch rasch wieder. Meine Zuneigung zu Moritz in allen Ehren – aber das geht nur Sarah, Bea und mich etwas an.

»Sarah und Bea, Clara und du – das einstige Dream-Team«, murmelt Moritz nachdenklich, mehr zu sich selbst als zu mir. Dann seufzt er, und in seiner Miene liegt auf einmal eine Traurigkeit, die mir in der Seele wehtut. »Denkst du – ich meine, hältst du es für möglich, dass ...« Es scheint ihm große Mühe zu bereiten, die nächsten Worte laut auszusprechen. »Glaubst du, die beiden könnten etwas mit Claras Tod zu tun haben?«

»Natürlich nicht!« Erschrocken reiße ich die Augen auf. Die Gabel für meinen Nachtisch fällt klirrend auf den Teller. »Wie kommst du denn auf die Idee?«

Ein Schatten flackert über seine Gesichtszüge, während Moritz mich forschend mustert. Seine Augen sind immer noch dieselben – blau, mit winzigen grauen Einschlüssen darin. *Genau wie Claras*, denke ich und spüre, wie mir eine Gänsehaut den Rücken hinunterläuft.

»Keine Ahnung. Ist nur – so ein Gefühl.«

Ich atme einige Male tief durch, in dem verzweifelten Versuch, mir die aufkommende Panik nicht anmerken zu lassen. Täusche ich mich, oder verdächtigt er uns? Auf einmal kommen mir Beas Worte bei unserem Spaziergang am Sonntag wieder in den Sinn.

Er will dich doch nur aushorchen! Vergiss nicht, Blut ist dicker als Wasser. Sei bloß vorsichtig, Miriam.

Aber noch bevor ich Gelegenheit dazu bekomme, mir eine geistreiche Antwort zurechtzulegen, tritt der Kellner erneut an unseren Tisch und stellt zwei Gläser mit einer

153

gelblichen Flüssigkeit vor uns ab. Ein Achterl Süßwein
– als kleine Aufmerksamkeit des Hauses. Und als er sich
wieder verzogen hat, greift Moritz das Thema zu meiner
Erleichterung nicht mehr auf.

KAPITEL 21

Clara. Damals

Mühsam kämpfe ich mich auf dem Fahrrad die Anhöhe hinauf und die gewundene Straße entlang, die aus dem Dorf führt. Die Sonne brennt erbarmungslos vom wolkenlosen Himmel auf den Asphalt, und ich spüre, wie mir Schweißperlen den Nacken hinunterlaufen. Mein gelbes Shirt klebt wie eine zweite Haut an meinem Körper. Unwirsch wische ich mir mit dem Handrücken übers Gesicht, und mit einem Anflug von Sehnsucht denke ich an den Schatten unter den Bäumen im Park, wo Lisa wahrscheinlich gerade mit einer Cola im Gras sitzt.

Was für eine bescheuerte Idee, hier rauszufahren. Noch dazu in dieser Affenhitze.

Mit zusammengebissenen Zähnen radele ich weiter.

Eichgraben ist nicht groß, und schon bald habe ich die dichter besiedelten Gegenden hinter mir gelassen. Hier, im Niemandsland zwischen den Ortschaften, werden die Einfamilienhäuser und Doppelhaushälften von Mais- und Sonnenblumenfeldern abgelöst, und in der Ferne ragen die vertrauten Umrisse des verlassenen Industriekomplexes vor mir auf, wo wir als Kinder so oft Verstecken gespielt haben. In grauer Vorzeit war hier einmal eine Kunststofffabrik untergebracht, doch die Firmen haben ihre Produktion auf der Suche nach billigeren Arbeitskräften längst in den Osten verlagert, ihren einstigen Standort in Eichgraben dem Verfall preisgegeben. Selbst aus der Entfernung kann ich sehen, dass das Dach des Hauptgebäudes an einigen Stellen eingesunken ist, der

155

Verputz blättert von den Fassaden, und die Fenster der ehemaligen Produktionshallen starren aus trüben Augen zu mir herunter. Fröstelnd wende ich den Blick ab und beschleunige mein Tempo.

Ein paar hundert Meter weiter wird die Straße endlich flacher, und ich biege rechts ab, wo hinter einer Handvoll Holzbaracken – der Behausung der damaligen Fabrikmitarbeiter – ein schmaler Weg zu einem eingezäunten Grasstück führt. Früher wurden hier Fußballspiele ausgetragen, doch seit am anderen Ende des Dorfs eine neue, modernere Sportanlage errichtet wurde, verirrt sich kaum noch jemand hierher. Stattdessen wurde der alte Sportplatz zu einem geheimen Treffpunkt der Dorfjugend, ein Ort zum Feiern oder für ein romantisches Picknick, fernab von den wachsamen Blicken der Erwachsenen.

So offenbar auch heute.

Schon als ich die unebene Zufahrtsstraße entlangholpere, spüre ich das Wummern des Basses von Beas Lieblingssong in meinen Knochen, halb überlagert von gedämpftem Stimmengemurmel.

Kein Zweifel, das sind sie.

Ich lehne mein Fahrrad neben die der anderen gegen den Zaun. Ein Windstoß fährt mir in die Haare, das Gelächter meiner Freundinnen weht nun lauter zu mir herüber, fröhlich und ausgelassen. Die Hand auf dem Gatter halte ich unschlüssig inne, während mich erneut die Enttäuschung übermannt. Auf einmal komme ich mir vor wie eine Aussätzige, eine Stalkerin, die ihrer ehemaligen Clique hinterherspioniert, lästig und unerwünscht. Ganz kurz bin ich versucht, einfach wieder umzukehren und davonzufahren.

Zum Teufel mit Miriam und den anderen. Sollen sie doch ihren Kram unter sich ausmachen. Was geht mich das an?

Aber dann spüre ich ein Ziehen im Nacken, dort, wo mir die Träger meiner Kamera ins Fleisch schneiden, und jäh muss ich wieder an Irene denken, an Sarah, eng umschlungen mit Klaus Haller, seine tellergroßen Hände auf ihrem Hintern. Ich stoße einen resignierten Seufzer aus. Egal, was zwischen uns war – Miriam hat ein Recht darauf, es zu erfahren. Wenn es umgekehrt wäre – würde ich es nicht auch wissen wollen?

Komm schon, Clara, mach jetzt bloß keinen Rückzieher. Sag, was du zu sagen hast, und dann geh. Himmel, so schwer ist das doch nicht.

Kurz entschlossen stoße ich das Gatter auf und bahne mir einen Weg durch das hohe Gras. Das Surren der Insekten liegt in der Luft, und ich muss aufpassen, nicht irrtümlich auf eine Biene zu treten, während ich die Gegend nach den dreien absuche.

Ich entdecke sie am anderen Ende der Wiese unweit eines der Fußballtore – offenbar haben sie es sich auf einer Decke gemütlich gemacht, lediglich ihre Köpfe ragen zwischen den Halmen empor. Beim Näherkommen bemerke ich die bunten Plastikbecher, die sie in den Händen halten, die kaum sichtbaren Rauchschwaden, die über ihnen aufsteigen, den Geruch von Marihuana, der in der Luft liegt. Ich rümpfe die Nase.

Typisch Bea. Du kannst es einfach nicht lassen, oder?

Miriam und die anderen sind so in ihre Unterhaltung vertieft, dass sie mich gar nicht kommen hören. Erst als mein Kopf über ihrer Decke aufragt, zucken sie kollektiv zusammen. Miriam hätte beinahe den Joint fallenlassen.

»Clara!«, ruft Bea erleichtert, als ihr klar wird, dass ich es bin. »Mein Gott, hast du uns erschreckt. Was machst du denn hier?« Sie wirft Miriam und Sarah einen fragenden Blick zu, die daraufhin gleichzeitig die Achseln zucken.

Sarah hat sich als Erste wieder gefangen. Ungelenk erhebt sie sich, schüttelt sich die steifen Glieder aus, und ich lasse zu, dass sie mir Küsschen auf beide Wangen drückt. »Schön, dass du gekommen bist.« Ihre Stimme klingt undeutlich, und erst jetzt bemerke ich die Campariflasche, die am Rande der Decke aus Miriams Picknickkorb lugt. Ich ziehe die Brauen hoch.

Miriam ist ebenfalls aufgestanden. »Hi«, sagt sie verlegen, und obwohl sie mir nicht direkt in die Augen sieht, sehe ich sofort, dass ihre Pupillen geweitet sind.

Wortlos ziehe ich den Reißverschluss meines Rucksacks auf und fördere Miriams Jacke daraus zutage, die ich ihr hinstrecke. »Deine Mutter hat mich gebeten, dir die hier mitzubringen.«

»Ähm – danke.« Mit hochroten Wangen nimmt sie das Kleidungsstück entgegen. Das schlechte Gewissen ist ihr deutlich anzumerken. »Tut mir leid. Ich hab völlig vergessen, dass wir verabredet waren.«

Unsicher deutet sie auf die Decke. »Komm, setz dich zu uns. Willst du was trinken? Wir haben Campari und Wodka mitgebracht. Und Orangensaft zum Mischen.«

»Eigentlich bin ich nur gekommen, weil ich mit dir sprechen wollte.« Ich werfe Bea und Sarah einen finsteren Blick zu. »Und zwar allein.«

»Ja – nur ...« Zu meinem Erstaunen kichert Miriam. »Ich fürchte, ich bin gerade nicht in der Verfassung für ernste Gespräche.« Sie deutet auf ihren halb vollen Plastikbecher, in dem eine rötliche Flüssigkeit schwimmt. »Ist schon mein zweiter«, fügt sie verlegen grinsend hinzu.

»Ach, komm schon.« Bea verdreht die Augen. »Mach dich mal locker – trink was mit uns.« Ohne meine Antwort abzuwarten, fischt sie einen frischen Becher aus dem Korb und füllt ihn großzügig mit Campari und einem winzigen Schuss Orangensaft. »Wir haben Halbzeit, schon vergessen? Die Schriftlichen liegen endlich hinter uns, und über die Mündlichen kannst du dir morgen immer noch den Kopf zerbrechen. Jetzt ist erst mal Feiern angesagt.«

Unschlüssig trete ich von einem Bein aufs andere, während ich das Mischgetränk beäuge, das Bea mir hinhält. Miriam hat sich wieder zu Sarah auf die Decke gesetzt – drei Augenpaare starren mich herausfordernd an.

Verdammt.

Ich bin hin- und hergerissen. Die Vorstellung, mich zu ihnen zu setzen, ist in der Tat verlockend. Endlich mal wieder Zeit zu viert zu verbringen, die Risse in meiner Freundschaft zu Miriam zu kitten, nur noch eine Party, bevor die Büffelei wieder losgeht. Doch die Funkstille der letzten Wochen ist nicht spurlos an mir vorübergegangen, und die Erkenntnis, was Sarah und Bea hinter Miriams Rücken treiben, fühlt sich an wie ein Damoklesschwert über meinem Kopf – scharf und unheilbringend, jederzeit im Begriff, auf uns herabzusausen, das zarte Band, das uns zusammenhält, für immer zu durchtrennen.

Schließlich zucke ich resigniert mit den Schultern. *Was soll's.*

Wider besseren Wissens nehme ich den Becher entgegen. Betrunken und bekifft, wie Miriam ist, wäre jetzt ohnehin nicht der richtige Zeitpunkt für die Unterhaltung, die mir vorschwebt.

»Meinetwegen«, murmle ich und genehmige mir einen großen Schluck. »Aber nur ein Glas.«

KAPITEL 22

Miriam

Mit ausdrucksloser Miene starre ich zur Zimmerdecke. Die Sonnenstrahlen, die durch die heruntergelassenen Jalousien fallen, zeichnen Streifen auf meine Bettdecke und tauchen den Raum in gedämpftes Licht, während von unten zum x-ten Mal an diesem Nachmittag das Schellen der Türglocke an meine Ohren dringt.

Missmutig drehe mich im Bett auf die andere Seite und presse mir das Kissen auf den Kopf, um das Geräusch zu dämpfen. *Bestimmt noch so ein Reporter*, der mich zu einer Stellungnahme bewegen will, denke ich düster. Zwei von der Sorte hab ich bereits weggeschickt.

Haut ab!, flehe ich sie in Gedanken an. *Lasst mich doch alle in Ruhe.*

Auf einmal vermisse ich London schrecklich. Unter normalen Umständen würde ich jetzt in meinem schicken Eckbüro sitzen, mit Rachel, meiner Assistentin, plaudern, bei einer frisch gebrühten Tasse Tee die Quartalsberichte durchsehen. Nach der Arbeit durch die verregneten Straßen flanieren, Einkäufe erledigen, mich mit einem guten Buch auf der Couch verschanzen. Erneut spüre ich, wie sich meine Augen mit Tränen füllen, während ich mich frage, wie das alles nur hatte passieren können. Wieso ich überhaupt erst nach Eichgraben zurückgekehrt bin. Ich seufze.

Dabei hatte der Tag so vielversprechend angefangen.

Nachdem ich gestern von meinem Abendessen mit Moritz zurückgekehrt war, war ich beinahe sofort in einen

160

tiefen Schlaf gefallen, unbehelligt von den Albträumen, die mich sonst quälen, von den Sorgen und Ängsten, dem undefinierbaren Gefühl, beobachtet zu werden.

Die Erinnerungen an den vergangenen Abend zaubern mir ein Lächeln auf die Lippen. Wie wir nach dem Dessert noch beieinandersaßen, seine Hand nahe der meinen. Die scheuen Blicke, die er mir zuwarf, seine vom Wein geröteten Wangen, der wohlige Schauer, der mir dabei über den Rücken lief.

Als ich am Morgen gegen sieben erwachte, fühlte ich mich zum ersten Mal seit Tagen ausgeschlafen, den Umständen zum Trotz regelrecht unbeschwert, zuversichtlich. Zu meiner Erleichterung stand der Stuhl unter der Klinke beim Hinterausgang immer noch an seinem Platz – keine Spur von einem Eindringling. Anschließend telefonierte ich mit mehreren Schlüsseldiensten und fand tatsächlich einen Handwerker, der sich bereiterklärte, die kaputte Hintertür noch diese Woche zu reparieren.

Selbst mein Abstecher zum Polizeirevier verlief besser als erwartet. Herr Wolfer zeigte sich überraschend verständnisvoll, dass ich unseren Termin am Vortag verpasst hatte, und die Fragen, die er an mich richtete, waren frei von Vorwürfen oder unterschwelligen Beschuldigungen. *Wann haben Sie Clara Schmidt zuletzt gesehen? Wissen Sie, ob Ihre Freundin zu jener Zeit vor irgendwem Angst hatte? Worum ging es in Ihrem Streit in den Wochen vor Claras Verschwinden? Haben Sie eine Erklärung, was sie am Abend des siebzehnten Juni in der Schule gewollt hat? Ihre Kamera, Claras Tagebuch – haben Sie eine Idee, wo die abgeblieben sein könnten?*

Ich beantwortete seine Fragen, so gut ich konnte, ohne zugleich zu viel zu verraten. Und als er mich endlich gehen ließ, war ich optimistisch, dass vielleicht doch noch alles gut werden würde.

Doch kaum, dass ich nach Hause zurückgekehrt war, kam das böse Erwachen, und die Realität schlug mit der Gewalt einer riesigen Bugwelle über mir zusammen. In meinen Gedanken sehe ich es noch einmal vor mir. Wie ich erschöpft, aber zufrieden den Vorgarten durchquerte und die Stufen zum Haupteingang emporlief. Meine Verwunderung, als ich eine Ausgabe der Eichgrabener Lokalzeitung auf der Fußmatte vorfand, wo wir nach Mamas Tod doch sämtliche Printmedien abbestellt hatten. Wie ich sie stirnrunzelnd mit nach drinnen nahm, um sie bei einem Kaffee näher in Augenschein zu nehmen. Mein entsetzter Aufschrei, als ich sie auseinanderfaltete und ein Umschlag herausfiel. Der Kaffeefleck, der sich auf dem billigen Papier ausbreitete, als mein Arm gegen die Tasse stieß und sich ihr Inhalt darüber ergoss.

Das gibt's doch nicht!

Mit wachsendem Entsetzen klammerte ich mich an die Tischplatte, krümmte mich innerlich zusammen, während ich entgeistert auf die Buchstaben starrte. Ich erkannte die Linienführung und die rundlichen Lettern auf dem handgeschriebenen Zettel sofort. Ohne Zweifel – das war Claras Handschrift. Nach und nach wich sämtliche Farbe aus meinem Gesicht, als meine Augen über die Sätze flogen, den Auszug ihres verschollenen Tagebuchs, wie mir sogleich dämmerte.

Der Eintrag war mit Anfang Juni datiert – gut zehn Tage vor ihrem Verschwinden.

Zwei Wochen ist es nun schon her, seit ich die beiden erwischt habe, aber ich krieg die Bilder einfach nicht mehr aus dem Kopf. Wieso tut Sarah das nur? Ist ihr denn gar nicht klar, was es für Miriam und ihre Familie bedeuten würde, wenn herauskommt, was sie da treibt? Brr – allein bei der Vorstellung wird mir ganz anders.

Aber das ist nicht alles. Heute Nachmittag wollte ich Miriam besuchen, mich endlich mit ihr aussöhnen. Wegen Moritz und all dem. Und da hab ich sie gesehen. Klaus und Bea, wie sie heimlich im Garten miteinander gestritten haben. Also bin ich näher heran, um zu lauschen. Ich weiß, ich weiß – so was macht man nicht. Mama meint, ich solle meine Nase nicht immer in fremde Angelegenheiten stecken, aber ich konnte nicht anders. Immerhin geht's hier um Miriam! Nun wünschte ich, ich hätte ausnahmsweise mal auf sie gehört. Denn jetzt kommt's: Bea weiß nämlich offenbar ebenfalls Bescheid. Doch damit nicht genug. Sie hat Klaus gedroht, dass er ihr zehn Riesen zahlen soll, sonst würde sie allen verraten, was sie gesehen hat. In bar. Ich wollte meinen Ohren erst nicht trauen. Ich meine – Erpressung – im Ernst? Ich weiß ja, dass Bea manchmal Haare auf den Zähnen hat, aber das hätte ich ihr dann doch nicht zugetraut.

Ich hab keine Ahnung, was ich jetzt tun soll. Zu Miriam gehen und ihr beichten, was ich gehört und gesehen habe? Aber was, wenn Bea alles abstreitet? Ich hab schließlich keine Beweise, nichts.

Ihre Worte fühlen sich an, als hätte mir jemand den Boden unter den Füßen weggerissen. Schlimm genug, dass Sarah eine Affäre mit Papa gehabt hat. Aber dass Bea mir die Wahrheit nicht nur verschwiegen, sondern dieses Wissen stattdessen dazu benutzt hat, Geld von meiner Familie zu erpressen, bringt mich regelrecht um den Verstand.

Papa war damals mitten im Wahlkampf, kein Zweifel, dass er verloren hätte, wenn die Affäre publik geworden wäre. Bea war das gewiss klar – und ihm auch. Er hatte gar keine andere Wahl, als ihren Forderungen nachzugeben.

Beim Gedanken an Beas Vertrauensbruch schießt mir das Blut in den Kopf, und zornig schlage ich mit der Faust auf die Matratze.

Herrgott, Bea! Du miese, heimtückische Schlange. Wie konntest du nur? Es war ein offenes Geheimnis gewesen, dass Beas Eltern finanziell schlecht dastanden, auch wenn Bea sich diesbezüglich immer sehr bedeckt gehalten hatte. Trotzdem hatten wir sie deswegen nie verurteilt – im Gegenteil. Wir hatten ihre Rechnungen beglichen, wenn sie es nicht konnte, hatten sogar Beas heimliche Nebenverdienste toleriert – wenn man den Handel mit Marihuana denn so nennen konnte. Das war unsere unausgesprochene Abmachung, unser Deal. Wir achteten aufeinander. Aber dass Bea so weit gehen würde, hätte ich niemals auch nur im Traum für möglich gehalten.

Wenn das Geld tatsächlich so knapp war – wieso hatte sie mir das nicht einfach gesagt? War es denn wirklich nötig, meine Familie da mit hineinzuziehen? Uns zu erpressen?

Wütend verschränke ich die Arme vor der Brust und drehe mich wieder auf den Rücken. Das war es also, was mir Clara am Tag ihres Verschwindens so dringend mitteilen wollte. Es ging überhaupt nicht um Moritz, wie ich immer gedacht hatte, es ging um Sarahs Affäre mit Papa, um Bea. Von all meinen sogenannten Freundinnen war Clara die einzige, die mir tatsächlich loyal und treu war, das weiß ich jetzt, und bei diesem Gedanken fühle ich Scham und Reue in mir aufsteigen.

Und was hast du im Gegenzug getan? Sie vor den Kopf gestoßen, versetzt, aufs Abstellgleis verbannt – weswegen noch mal? Du dumme, egoistische Kuh! Tränen schießen mir in die Augen, und ich muss auf einmal heftig schlucken. Denn so erschüttert ich auch bin über das, was ich über Sarah und Bea herausgefunden habe, war das noch nicht einmal die schlimmste Erkenntnis des heutigen Tages.

Nachdem ich den Brief beiseitegelegt hatte, fiel mir wieder die Zeitung ein, die vor der Tür gelegen hatte. Ein Blick auf die Seite, wo der Umschlag herausgefallen war, genügte, um mir endgültig den Atem zu verschlagen. Denn der Artikel mit dem vielsagenden Titel *Vorzeigekarrierefrau entlarvt?* handelte von niemand anderem als mir selbst.

Vielen hier ist sie ein Begriff – Miriam Haller, die gebürtige Niederösterreicherin, Tochter des amtierenden Bürgermeisters Klaus Haller. Aufgewachsen in Eichgraben, hat sie sich im Anschluss an ihr Studium an der *St Andrews University* binnen kürzester Zeit bis an die Spitze der britischen Berufselite hochgearbeitet. Heute ist sie CFO von New Age, einem börsennotierten Unternehmen mit Spezialisierung auf erneuerbare Energieträger. Miriam Haller kann damit auf eine beeindruckende Karriere zurückblicken und gilt als Vorbild für viele berufstätige Frauen. Als leuchtender Beweis dafür, dass man es auch als Frau, als »Mädchen vom Land«, zu etwas bringen kann. Aber ist Miriam Hallers Weste tatsächlich so makellos weiß, wie es scheint?

Unbestätigten Gerüchten nach soll nämlich bei Frau Hallers erstklassigem Maturazeugnis im Jahr 2008 nicht alles mit rechten Dingen zugegangen sein. So hat das Eichgrabener Gymnasium unseren Recherchen zufolge in zeitlichem Nahebezug zu ihrem Abschluss nicht unbeträchtliche Spendengelder erhalten, und zwar von niemand Geringerem als Bürgermeister Haller selbst. Frau Hallers ehemalige Lehrer erklärten in diesem Zusammenhang, »überrascht über die Endnoten ihrer Schülerin« gewesen zu sein.

Bürgermeister Haller dementiert die Vorwürfe, die Polizei hat bereits eine nähere Untersuchung des Falls angekündigt. Amtsmissbrauch und Bestechung stehen im Raum. Es gilt die Unschuldsvermutung.

Jäh brandet Übelkeit in mir hoch, und ich schlinge die Arme um den Körper, rolle mich im Bett in Embryonalstellung zusammen.

Oh Gott!

Das alles ist so was von ungerecht, denke ich wütend. Zum Teufel noch mal – ich hab hart dafür gekämpft, heute beruflich dort zu sein, wo ich jetzt bin. Das schwere Studium, die hohen Gebühren, Jahre der Entbehrung, das permanente Hintanstellen meiner eigenen Bedürfnisse, das Heimweh. Von all den Überstunden, schlechter Bezahlung, dem ständigen Konkurrenzkampf mit meinen männlichen Kollegen ganz zu schweigen. Wen kümmert es da noch, dass Papa bei meinem Abschlusszeugnis, sagen wir mal – ein wenig nachgeholfen – hat? Vor bald fünfzehn Jahren? Eine einsame Träne rinnt aus meinem Augenwinkel und tropft auf das Laken. Ich will mir gar nicht ausmalen, was unsere Personalchefin, geschweige denn der Aufsichtsrat zu diesen Gerüchten sagen würde, unbestätigt oder nicht. Dann wäre ich meinen Job los, ehe ich bis drei zählen könnte, so viel ist sicher. Meine Karriere, meine Zukunft, von einer auf die andere Sekunde dem Erdboden gleichgemacht. Ich kann nur hoffen – beten –, dass sie niemals davon Wind bekommen.

Amtsmissbrauch. Bestechung.

Ich erschauere.

Und dann ist da noch die Notiz auf der Rückseite des Tagebucheintrags, die mir in der anfänglichen Aufregung erst nicht aufgefallen war. Die Erinnerung an die Worte lassen mir das Blut in den Adern gefrieren.

Rede, Miriam! Das ist meine letzte Warnung. Sonst werde ich es tun.

Verzweifelt vergrabe ich das Gesicht in den Händen. Irgendjemand versucht, mich fertigzumachen, das ist mir jetzt endgültig klar geworden. Und dieser jemand hat Claras Tagebuch – es kann gar nicht anders sein. Sie war die einzige Person, der ich je von Papas Plänen erzählt hatte. Und wie ich es auch drehe und wende – alles scheint irgendwie mit ihrem Tod zusammenzuhängen. Ich begreife nur nicht, wie.

Unwillkürlich höre ich Moritz' Stimme von gestern Abend durch meine Gedanken hallen. *Glaubst du, Sarah oder Bea könnten etwas mit Claras Tod zu tun haben?*

Nachdenklich kaue ich an meiner Unterlippe, während ich die Ereignisse des siebzehnten Juni Revue passieren lasse. Im Grunde denke ich immer noch nicht, dass sie zu so etwas Schrecklichem fähig wären.

Doch Claras Tagebucheintrag hat Zweifel in meiner Brust gesät, und die lassen sich nicht so einfach abschütteln. Sarah und Bea haben unser Haus an jenem Abend kaum eine halbe Stunde nach Clara verlassen – nur, dass die offenbar nie zu Hause angelangt ist. Und auch wenn Mama uns glauben machen wollte, dass Clara schon wieder zur Vernunft kommen würde, was die Geschehnisse am Sportplatz betraf, war uns doch allen klar, dass sie ein Risiko darstellte. Ob die zwei womöglich zu dem Schluss gelangt waren, es nicht darauf ankommen zu lassen?

Denn dann ...

Der Gedanke ist zu schrecklich, um ihn zu Ende zu denken. Resolut schüttle ich den Kopf. Nein – unmöglich. Ich kenne die beiden. So was würden sie nie tun.

Ach ja?, meldet sich eine unliebsame Stimme in meinem Hinterkopf zu Wort. *Sie haben dich belogen und hintergangen, vergiss das nicht. Wann begreifst du endlich, dass du ihnen nicht trauen kannst? Hältst du es denn wirklich für so undenkbar, dass sie dazu fähig wären, einen Mord zu begehen, wenn auch nur, um sich selbst zu schützen?*

Ein ungutes Gefühl beschleicht mich, als ich an Claras Abschiedsbrief denken muss. Wäre es theoretisch möglich, dass eine der beiden ihre Handschrift gefälscht hat? Ihn heimlich auf Claras Schreibtisch deponiert hat, wo ich ihn am nächsten Morgen nichtsahnend fand? Ich schnappe nach Luft, als mich ein weiterer Gedanke ereilt. Hat Bea womöglich damals deshalb so darauf gepocht, ihn der Polizei zu übergeben? Um ihre Spuren zu verwischen? Unser Gespräch im Maddy's kommt mir wieder in den Sinn, das schiere Entsetzen in Beas Miene, als ihr bewusst wurde, dass ich den Brief behalten hatte. Ob sie vielleicht Sorge hatte, der Brief könnte irgendwie zu ihr zurückverfolgt werden? Jetzt, wo klar war, dass Clara ermordet wurde?

Von einer plötzlichen Eingebung geleitet, schwinge ich die Beine aus dem Bett und gehe hinüber zu dem Rollcontainer unter meinem Schreibtisch. Eigentlich hatte ich den Brief verbrennen wollen, wie Bea es mir aufgetragen hat, aber die Ereignisse der letzten Tage hatten mich derart in Beschlag genommen, dass ich es schlichtweg vergessen hatte. Jetzt bin ich froh darüber. Ich ziehe die Lade mit einer solchen Wucht auf, dass ich sie beinahe aus ihrer Verankerung gerissen hätte, wühle in meinen Unterlagen nach der Klarsichtfolie mit dem Brief.

Auf einmal erfasst mich heftiger Schwindel, und ich ringe nach Atem. Denn abgesehen von einer Pappmappe mit meinen alten Studiendokumenten ist die Lade leer.

Der Abschiedsbrief – er ist verschwunden.

KAPITEL 23

Miriam

Missmutig beäuge ich die mit Kästen gesäumten Wände im begehbaren Kleiderschrank meiner Mutter. Ihre sorgsam nach Farben sortierte Garderobe scheint mir vorwurfsvoll entgegenzustarren, in der hinteren Ecke des Schranks, halb verborgen von ihren Sachen, kann ich die Umrisse von ein paar verstaubten Kartons ausmachen. Der Geruch nach Mottenkugeln lässt mich die Nase rümpfen. Ich hole noch einmal tief Luft, dann greife ich nach dem Pappkarton zu meinen Füßen und klappe ihn auf.

Gut vierundzwanzig Stunden hab ich mich im Bett verkrochen, bis mir klar wurde, dass mich die Vogel-Strauß-Strategie auch nicht weiterbringen wird. Dass ich endlich in die Gänge kommen muss, dass ich einen Plan brauche. Jetzt kribbelt mein ganzer Körper von all dem Koffein, das ich in mich hineingeschüttet habe, und eine grimmige Entschlossenheit hat von mir Besitz ergriffen.

Erst der Schrank, dann die Kommode im Schlafzimmer. Wenn du dich beeilst, bist du morgen Mittag mit ihren Sachen durch – alles Weitere können Umzugsfirma und Makler machen. Und dann – nichts wie weg von hier.

Während ich Mamas Hosen von den Bügeln ziehe, halte ich immer wieder kurz inne, um zu lauschen. Bei jedem noch so kleinen Geräusch zucke ich zusammen, in der festen Überzeugung, jemand hätte sich Zutritt zum Haus verschafft. Doch da ist niemand. Nur das Knacken der alten Dielen und meine Paranoia.

Allmählich hab ich das Gefühl, den Verstand zu verlieren. Die Journalisten geben immer noch nicht auf, sodass ich die Türglocke kurzerhand ausgeschaltet habe. Mein Handy ebenso. Erneut steigt Wut in mir auf, als ich an das Telefonat mit meinem Vater gestern denke, und ich spüre, wie meine Hände zu zittern anfangen. »Wie konnte das nur passieren?«, hatte er geschrien, seine Stimme dabei so laut, dass ich das Telefon eine Handbreit vom Ohr weghalten musste, um keinen Gehörschaden zu riskieren. »Ist dir denn nicht klar, was du da angerichtet hast? Das könnte das Ende meiner Karriere bedeuten!« Erst hatte ich noch versucht, ihm zu erklären, dass ich keine Ahnung habe, wie die Informationen an die Presse gelangt sein könnten – aber sein Zorn war zu groß, und irgendwann gab ich es auf und beendete die Verbindung. Soll ihn doch der Teufel holen.

Sei stark!, höre ich Mamas Stimme in meinen Gedanken. *Aufstehen, Krönchen richten, und weiter geht's. Du schaffst das. Ich weiß es.*

Seufzend greife ich zum nächsten Kleiderbügel. Ein hübsches Etuikleid, schwarz mit einem Hauch von Spitze am unteren Bund, kommt zum Vorschein, und mit einem traurigen Lächeln halte ich es mir an die Brust.

Mama war viel schlanker als ich, es wird mir also sowieso nicht passen, daher lege ich es schweren Herzens in die Kiste für die Altkleidersammlung. Was für ein Jammer! Es ist das Gleiche wie mit dem Haus, denke ich bei mir, während ich mich konzentriert weiter durch den Schrank arbeite. Ich ertrage es nicht, darin zu leben, aber der Gedanke, es zu verkaufen, fühlt sich an, als würde mir das Herz aus der Brust gerissen. Ich verbinde einfach so viele Erinnerungen mit diesen Kleidern, mit allem hier.

Traurig streiche ich mit den Fingern über ein waden-langes Plisseekleid, das Mama anlässlich meiner Firmung getragen hat. Ich erinnere mich noch gut an jenen Tag. Meine Freundinnen und ich konnten den steifen Festlichkeiten nichts abgewinnen, sodass wir uns davonstahlen, um im Garten hinterm Haus heimlich Wein zu trinken. Mama erwischte uns dort, als wir schon ziemlich beschwipst waren, doch anstatt zornig zu werden, legte sie bloß den Finger an die Lippen und zog grinsend wieder ihrer Wege. Und als ich am nächsten Morgen mit einem fürchterlichen Kater aufwachte, reichte sie mir wortlos einen Schluck Bier. *Damit der Alkoholspiegel nicht zu schnell absinkt. Glaub mir, das hilft.* Und natürlich hatte sie recht behalten. Wie so oft.

Ich spüre einen dicken Kloß in meinem Hals, und von einer Welle des Schmerzes überwältigt klammere ich mich an die Schranktür. Solange ich mich erinnern kann, war sie immer für mich da gewesen. Die einzige Person, auf die ich mich verlassen konnte, egal, was kam. Abgesehen vielleicht von Clara.

Genug davon. Mach weiter.

Behutsam lege ich das Plisseekleid auf den Behalten-Stapel, versuche, die Trauer aus meinen Gedanken zu verbannen. Als Nächstes fällt mir ein pastellfarbener Stoff ins Auge, und wieder kommen mir die Tränen.

Oh Mama!

Dieses Kleid hatte sie für ihren silbernen Hochzeitstag gekauft, damals in meinem letzten Schuljahr. Meine Eltern veranstalteten deswegen ein rauschendes Fest, praktisch jeder im Ort war geladen. Ich sehe es noch vor mir – all die bunten Lampions, Kellner, die mit riesigen Tabletts mit Champagnerflöten und Häppchen im Arm um uns herumwuselten, die rührselige Ansprache, die Papa an diesem Abend hielt. Ob er sich damals wohl schon mit Sarah

getroffen hat? Oder einer anderen? Mir fällt ein, wie verkrampft Mamas Lächeln zu jener Zeit oft schien, erinnere
mich an die gedämpften Stimmen meiner Eltern, wenn sie
hinter verschlossenen Türen miteinander stritten, und bei
den Gedanken überkommt mich eine tiefe Traurigkeit.

Mama war eine großartige Ehefrau und Mutter, das
wird mir erst jetzt so richtig bewusst, und ich frage mich,
warum ich ihr das eigentlich nie gesagt habe. Während
Papa Karriere machte, blieb sie daheim, kümmerte sich
um mich und das Haus, ertrug geduldig seine Launen,
beschwerte sich nie. Bei gesellschaftlichen Anlässen –
und die gab es zuhauf – war sie stets an seiner Seite, gab
die formvollendete Gastgeberin, während sich Papa mit
all den ach so bedeutenden Männern unterhielt. Ohne sie
wäre er niemals Bürgermeister geworden, da bin ich mir
ganz sicher, es macht mich zornig, mit welcher Gering-
schätzung er ihre Loyalität und Hingabe mit Füßen getreten hat.

Auf einmal wünsche ich mir, ich wäre öfter hier gewesen. Dass ich mehr Zeit mit dieser wunderbaren Frau
gehabt hätte, ihr eine bessere Tochter gewesen wäre. Doch
London liegt nicht gerade um die Ecke, ich hatte dort mein
eigenes Leben, meine eigenen Probleme, nichts als meine
verheißungsvolle Karriere im Sinn. Ich fühle mich schuldig. Denn wenn ich ehrlich zu mir selbst bin, war das nicht
allein der Grund. Es war nicht nur die räumliche Distanz,
nicht nur mein Ehrgeiz, der mich fernhielt.

Vielmehr hatte es mit dem zu tun, was am siebzehnten
Juni geschehen war. Die Ereignisse jenes Tages schweb-
ten wie eine dunkle Gewitterwolke über mir, wann auch
immer ich einen Fuß nach Eichgraben setzte, und es war
leichter, all das hinter mir zu lassen, solange ich fort war.
Ein Neuanfang – war es nicht das, was ich mir so sehr gewünscht hatte?

Erst als ich von Mamas Krebsdiagnose erfuhr, kehrte ich heim, doch im Grunde war es da schon zu spät. Meine Mutter war nur noch ein Schatten ihrer selbst, kurz darauf war sie fort. Der Gedanke an all die guten Jahre, die ich verpasst habe, schnürt mir die Kehle zu, und wie so oft in letzter Zeit muss ich an jenen Abend zurückdenken. An den siebzehnten Juni. An Mamas Worte, die sich für immer in mein Gedächtnis einbrennen sollten.

»Hört zu. Was ich euch jetzt sage, ist wichtig, denn es geht um eure Zukunft. Ihr dürft niemandem verraten, was auf dem Sportplatz passiert ist. Nicht euren Familien, nicht euren Freundinnen – *niemandem*. Habt ihr verstanden?«

Sie sah uns der Reihe nach eindringlich an. Sarah, Bea, Clara und schließlich mich.

Wir nickten, eine nach der anderen. Nur Clara wollte nichts davon hören. Sie war schrecklich bleich im Gesicht, ihre Augen blutunterlaufen.

»Hab ich das richtig verstanden? Du willst, dass wir lügen?« Ihre Stimme zitterte. »Tut mir leid, aber das kann ich nicht. Es fühlt sich einfach nicht richtig an. Wir haben einen Fehler gemacht, einen unverzeihlichen Fehler. Aber wir wollten doch nicht, dass das passiert. Es war ein Unfall!«

Bei der Erinnerung an jenes Gespräch überläuft mich ein eisiger Schauer. Clara war wortlos zur Toilette gestürmt. Ich selbst begann leise zu weinen.

Mama hielt Bea zurück, als diese Anstalten machte, ihr hinterherzulaufen. »Lass nur!«

»Aber Irene!«, rief Bea. »Sie könnte uns verraten!«

Doch Mama schüttelte nur den Kopf. »Sie kommt schon noch zur Besinnung. Clara ist ein vernünftiges Mädchen. Glaubt mir, alles wird gut.«

Also ließen wir sie ziehen. Und tatsächlich sollte Mama recht behalten. Clara hat niemandem erzählt, was geschehen war. Keine von uns hat sie je wiedergesehen.

Die Schuldgefühle brennen in meinen Eingeweiden, und wie so oft frage ich mich insgeheim, ob ich es hätte verhindern können. Wenn ich den Mumm besessen hätte, ihr nachzulaufen – ob sie dann vielleicht noch am Leben wäre?

Stöhnend fahre ich mir mit den Fingern durchs Haar. Denn wie es scheint, war das Schicksal nicht so gnädig mit uns, wie wir gedacht hatten. Es holt uns ein, mit riesigen Schritten, wie ein Schatten, der sich hinter uns erhebt und immer größer wird, bis es kein Entkommen mehr gibt. Die Drohung, das Foto von Papa und Sarah, der nächtliche Eindringling, der Zeitungsartikel und letztlich auch der verschwundene Abschiedsbrief – all das hängt irgendwie zusammen. Und das macht mir eine Höllenangst. Dazu die wachsenden Zweifel an meinen Freundinnen, für deren Loyalität ich immer bedenkenlos die Hand ins Feuer gelegt hätte. Und ich frage mich unwillkürlich, was sie wohl noch alles vor mir verbergen.

Ach, Mama, denke ich und schluchze laut auf. *Ich wünschte, du wärst hier. Du wüsstest, was das Richtige ist, da bin ich mir sicher.*

Plötzlich meine ich, von unten ein Rumpeln zu hören, gefolgt von Schritten. Beinahe bleibt mir das Herz stehen und ich lasse das Kleid fallen, das ich eben noch in der Hand gehalten habe. Ich spitze die Ohren. Doch diesmal ist es keine Einbildung, da ist tatsächlich jemand. Ich packe einen Kleiderbügel, einen schweren aus Holz, und wende mich um, den Arm mit dem Bügel kampfbereit erhoben.

»Miriam?«, vernehme ich auf einmal eine gedämpfte Stimme. »Miriam – bist du da?«

Erleichterung durchflutet mich, als mir klar wird, wer das sein muss. Hastig verlasse ich den begehbaren Schrank, durchquere das Schlafzimmer und trete hinaus auf den Flur. »Moritz, bist du das?«

Ich entdecke ihn am Treppenabsatz.

»Was machst du denn hier? Wie bist du überhaupt reingekommen?« Ich lache unsicher, als ich seine betretene Miene bemerke. Das Herz hämmert immer noch laut in meiner Brust. »Du hast mich fast zu Tode erschreckt.«

»Tut mir leid, das wollte ich nicht.« Er wirkt zerknirscht. »Ich hab ein paarmal versucht, dich zu erreichen, aber dein Handy war ausgeschaltet, also dachte ich, ich schau mal vorbei.« Er deutet die Treppe hinunter in Richtung Eingangstür. »Die Glocke ist kaputt, darum bin ich beim Hintereingang rein. Warum in aller Welt hast du denn die Tür verbarrikadiert?«

»Ich hab sie ausgeschaltet. Die Klingel, meine ich«, bringe ich schließlich heraus, nachdem ich den Schreck überwunden habe. »Und was die Hintertür betrifft – das ist eine lange Geschichte.«

»Aha.«

Seine Stirn ist vor Sorge gerunzelt, während sein Blick an mir auf und ab wandert. Ich versuche mir vorzustellen, was er sieht. Die ehemals beste Freundin seiner Schwester, ein wandelndes Durcheinander. Ich habe seit dem Vortag nicht geduscht, Strähnen meines ungewaschenen Haares hängen mir ins Gesicht, und meine Beine stecken in fleckigen Jeans und einem alten Shirt von Mama. Dazu habe ich viel zu viel Kaffee getrunken, und meine Hände zittern unablässig, wenn ich mich nicht irgendwo festhalte.

Auf einmal ertrage ich all das nicht länger, und ohne dass ich es verhindern kann, strömen mir auch schon die Tränen über die Wangen. Es fühlt sich an, als wäre plötzlich jegliche Kraft aus meinem Körper gewichen, und ich muss mich am Treppengeländer festklammern, um nicht das Gleichgewicht zu verlieren.

Mit einem Satz hat Moritz die Treppe erklommen und nimmt mich in den Arm. Doch seine liebevolle

Geste bringt mich nur noch mehr aus der Fassung. Es ist, als wäre ein Damm in meinem Inneren gebrochen, und all die Gefühle, mühsam zurückgehalten, seit ich von Claras Tod erfahren habe, drängen auf einmal an die Oberfläche.

»Es tut mir so leid«, flüstert Moritz und streicht mir hilflos übers Haar. »Vergiss doch einfach, was die Zeitung über dich schreibt. Das ist bestimmt schon bald Schnee von gestern. Du wirst sehen.«

Ich bringe nur ein klägliches Schluchzen zustande und klammere mich noch fester an ihn. »Ich weiß nicht. Das alles – es ist schlichtweg zu viel für mich.«

Eine Weile stehen wir nur so da, während ich mich meiner Verzweiflung hingebe. Moritz streicht mir tröstend über den Rücken, und ich bin ihm dankbar dafür, dass er keine Fragen stellt. Dass er mir die Zeit gibt, mich wieder zu sammeln, mich einfach nur festhält.

Irgendwann sind meine Tränen dann doch versiegt.

»Entschuldige«, schniefe ich und wische mir beschämt über die feuchten Wangen.

»Schon gut.« Er lächelt. »Jetzt machen wir dir erst mal eine Tasse Tee, ja?«

Moritz nimmt meine Hand und führt mich die Treppe hinab und in die Küche, wo er sich sogleich am Teekessel zu schaffen macht. Ich bin froh, dass er die Initiative ergreift, und wie ein folgsames Kind tapse ich hinter ihm her, sehe zu, wie er die Teetassen auf ein Tablett stellt und ins Wohnzimmer trägt.

»Milch? Zucker?«, fragt er, während er sich neben mir niederlässt.

»Nur ein wenig Zucker, bitte.«

Moritz versenkt gleich zwei Löffel davon in meiner Tasse, die er mir hinschiebt. Seine Fürsorge, wo er doch selbst bestimmt genug um die Ohren hat, rührt mich.

»Danke«, murmele ich. Vorsichtig nehme ich einen Schluck. »Genau das hab ich jetzt gebraucht.«

Er nickt nur. »Willst du darüber reden?«

Ich stoße einen tiefen Seufzer aus. *Will ich das?* Doch bevor ich eine Antwort auf diese Frage gefunden habe, sprudeln die Worte auch schon aus mir heraus. All die Geheimnisse, die ich mit mir herumtrage – es fühlt sich gut an, zumindest eines davon mit jemandem teilen zu können. Mit jemandem, dem tatsächlich etwas an mir liegt.

»Es war Papas Idee, nicht meine«, beginne ich stockend. »Er hatte diese fixe Idee, weißt du? Dass seine Tochter eines Tages an einer Eliteuni studieren würde – ein Traum, der ihm selbst verwehrt war.« Ich sehe Moritz an. »Die Aufnahmekriterien waren schon damals extrem hoch, und ich war nie eine besonders gute Schülerin. Na ja, zumindest nicht eine so herausragende, wie Clara es war.« Ganz kurz halte ich inne. Die Vergangenheitsform kommt mir immer noch nicht leicht über die Lippen. »Für *St Andrews* hätte es nie im Leben gereicht – jedenfalls nicht, nachdem ich bei den schriftlichen Prüfungen so gepatzt hatte. In Deutsch. Aber auch in Latein.«

Ich schäme mich und senke den Blick. »Du weißt nicht, wie er sein kann. Nichts, was ich tat, war je gut genug. Und dass ich – seine einzige Tochter – mich mit einer zweitklassigen Wiener Uni zufriedengeben würde, kam für ihn nicht infrage. Manchmal habe ich ihn verflucht für den Druck, den er auf mich ausgeübt hat.« Gedankenverloren rühre ich mit dem Löffel in meiner Tasse. »Ich weiß nicht, ob du dich noch daran erinnerst, aber die Schule war damals schrecklich unterfinanziert. Die Turnhalle musste erneuert werden, außerdem standen einige große Renovierungen an. Also fand Papa eine Lösung, sodass alle bekamen, was sie wollten.«

Moritz' Augen weiten sich. »Mein Gott – Miriam!«, stößt er hervor.

»Du willst wissen, ob ich es bereue? Ob es falsch war? Natürlich war es das, und das hab ich ihm auch gesagt.« Ich sehe ihm jetzt direkt ins Gesicht. »Eigentlich dachte ich, ich hätte ihm die Idee erfolgreich wieder ausgeredet, aber als die Noten da waren, wusste ich, was er getan haben musste. Mein Vater wusste schon immer, was er wollte und was er tun musste, um es zu bekommen. Und ich war zu schwach, um mich gegen ihn durchzusetzen.«

Einen Augenblick lang starrt Moritz mich einfach nur aus großen Augen an. Ich suche sein Gesicht nach Anzeichen eines Vorwurfs ab, kann jedoch keinen darin erkennen. Im Gegenteil, sein Blick ist warm, voller Mitgefühl.

»Das tut mir leid. Ich hatte keine Ahnung, wie schwer du es zu Hause hattest.«

Ich zucke die Achseln. »So war er eben. Und letzten Endes kann ich Papa ja nicht mal einen Vorwurf machen. Er wollte schließlich nur mein Bestes, oder nicht?«

Moritz wirkt nicht überzeugt. »Ja – so kann man es auch sehen.«

Ich nehme einen weiteren Schluck aus meiner Tasse. Der Tee wärmt mein Inneres, es fühlt sich tröstlich an. »Das alles ist ein einziger Albtraum. Mag sein, dass Papa bei meinem Maturazeugnis nachgeholfen hat, aber alles, was danach kam, hab ich mir selbst erarbeitet. Was, wenn meine Kollegen aus der Firma davon erfahren? Egal, ob die Ermittlungen zu was führen, mein Ruf wäre trotzdem ruiniert. Im schlimmsten Fall ...«

»Ich verstehe«, sagt Moritz rasch. »Das ist echt scheiße. Es tut mir so leid.«

Stöhnend vergrabe ich das Gesicht in den Händen. »Ich begreife einfach nicht, wie das an die Presse gelangt sein kann. Die einzige Person, mit der ich je darüber gesprochen habe, war Clara.«

Moritz reißt die Augen auf.»Wie bitte? Aber – wie ...«

»Genau das frage ich mich auch«, erwidere ich.»Aber das ist noch nicht alles. Seit ich nach Eichgraben zurückgekehrt bin, werde ich das Gefühl nicht los, dass mich jemand beobachtet. Irgendwas stimmt nicht, das spüre ich genau. Erst vor ein paar Tagen bin ich mitten in der Nacht aufgewacht und war sicher, dass jemand im Haus ist.«

Moritz sitzt auf einmal kerzengerade da.»Wurde denn irgendwas gestohlen? Du hast doch hoffentlich die Polizei verständigt?«

Ich schüttle den Kopf.»Nein, und das hab ich auch nicht vor. Und es fehlte auch nichts.« Ganz kurz bin ich versucht, ihm von dem verschwundenen Abschiedsbrief zu erzählen, kann mich jedoch im letzten Moment zurückhalten.»Vielleicht hab ich es mir auch nur eingebildet.« Ich seufze.»Deswegen der Stuhl unter der Klinke. Das Schloss ist dort nämlich kaputt.«

»Du musst es sofort richten lassen. Ich kann dir jemanden vermitteln.«

Ich lächle. Moritz, mein edler Beschützer. So war er schon immer.»Danke, aber ich hab mich schon darum gekümmert. Noch diese Woche kommt jemand vorbei, um es zu reparieren.«

Er nickt.»Was ist mit einer Alarmanlage? Mal darüber nachgedacht?«

»Nicht wirklich.«

»Im Ernst, Miriam«, sagt er und greift nach meiner Hand.»Denk darüber nach. Ich kann mich darum kümmern, wenn du willst.« Dann huscht ein Schatten über sein Gesicht.»Trotzdem merkwürdig, dass das gerade jetzt geschieht. Erst dieses Foto von Sarah und deinem Vater und jetzt dieser Artikel. Und all das, kurz nachdem

Claras Leiche gefunden wurde.« Er schüttelt nachdenklich den Kopf. »Meinst du, da könnte ein Zusammenhang bestehen?«

»Frag mich was Leichteres«, erwidere ich. »Wie schon gesagt – Clara war die Einzige, die von der Sache mit der Spende gewusst hat. Und das Foto, von dem ich dir erzählt hab, sah genauso aus wie die Aufnahmen aus Claras Polaroidkamera. Ich glaube«, sage ich, bevor ich mich bewusst dazu entschieden habe, den Gedanken laut auszusprechen, »wer auch immer da versucht, mich fertigzumachen, hat Claras Tagebuch. Ich weiß nur verdammt noch mal nicht, wieso.«

»Claras Tagebuch?«

»Ja. Das ist die einzige Erklärung, die mir einfällt.« Moritz' Miene verändert sich. Er überlegt angestrengt, und als er fortfährt, ist sein Tonfall eindringlich, beinahe aufgeregt. »Bitte, Miriam. Denk noch einmal gut nach. Gibt es nicht doch irgendwas, was du über Claras Tod weißt und bislang verschwiegen hast? Was unter den geänderten Umständen relevant sein könnte?«

»Nein! Ich schwöre, ich hab dir alles gesagt, was ich weiß!« Mein Herzschlag beschleunigt sich unter seinem forschenden Blick. »Verdächtigst du mich etwa? Du glaubst doch nicht im Ernst, ich ...«

Moritz hebt abwehrend die Hände. »Nicht doch. Natürlich tue ich das nicht. Ich dachte nur ...« Er bricht ab. »Bitte entschuldige.« Er seufzt, dann fügt er versöhnlicher hinzu: »Trotzdem finde ich, du solltest der Polizei von dem Einbruch erzählen. Und auch von deinem Verdacht, was das Tagebuch angeht. Es wurde nie gefunden, vielleicht kann sich Herr Wolfer ja einen Reim darauf machen.«

Ich nicke nur, und Schweigen breitet sich aus.

Dann greift Moritz erneut nach meiner Hand, zwingt mich, ihm direkt in die Augen zu sehen. »Und abgesehen davon«, sagt er mit sanfter Stimme, »vergiss nicht, ich bin für dich da. Was auch immer passiert, du kannst mich immer anrufen, das weißt du doch, oder?«

Beinahe wäre ich erneut in Tränen ausgebrochen, diesmal aus Dankbarkeit. Erschöpft lasse ich mich gegen seine Schulter sinken. Der Duft seines Aftershaves dringt mir in die Nase, und ein Gefühl der Wärme und Behaglichkeit steigt in mir auf. Und wie schon früher fühle ich auf einmal wieder diese Verbindung zwischen uns. Als ob da mehr wäre als nur die Vertrautheit zwischen alten Freunden. Verstohlen betrachte ich ihn aus dem Augenwinkel. Moritz hat den Arm um meine Schultern gelegt, und sein Bein berührt ganz sachte das meine. Beinahe meine ich sogar, sein Herz pochen zu hören. Schnell und hart. Dann treffen sich unsere Blicke, und die ehrliche Zuneigung in seiner Miene jagt mir eine Gänsehaut über den Rücken.

Wie in Zeitlupe wendet er das Gesicht in meine Richtung, er ist jetzt so nahe bei mir, dass ich die Barthaare auf seinem Kinn zählen könnte. Er kommt näher und immer näher. *Wird er mich tatsächlich ...?*

Er wird.

Es fühlt sich wie ein Stromschlag an, als sich unsere Lippen berühren. Die Schmetterlinge in meinem Bauch vollführen einen Salto, und mein Kopf ist plötzlich wie leer gefegt. Alles, was ich fühle, ist sein Atem auf meinen Wangen, seine Zunge, die vorsichtig meinen Mund erkundet. Ein Stöhnen entfährt mir, und mein Kuss wird forscher, drängender. Seine Hände tasten über meinen Hals, fahren die Konturen meines Schlüsselbeins nach, wandern tiefer. Doch als er meine Brust berühren will, zucke ich zurück. Sofort rückt er ein paar Zentimeter von mir ab.

Seine Wangen sind rot angelaufen, und er senkt beschämt den Blick. »Entschuldige.«

»Es gibt nichts zu entschuldigen«, flüstere ich und schmiege mich an seine Halsbeuge. »Nur – nicht so schnell, ja?«

Eine Weile sitzen wir aneinandergekuschelt da, genießen die Nähe des anderen, während wir unseren Gedanken nachhängen.

»Das hab ich mir schon so lange gewünscht«, höre ich mich sagen. »Schon als ich noch ein Teenager war.« Ich zucke die Achseln, grinse schief. »Nun ja. Ich schätze, Angelika ist mir da wohl zuvorgekommen.«

Zu meiner Überraschung runzelt Moritz die Stirn. »Angelika? Aber – so war das doch gar nicht. Ich bin erst mit ihr ausgegangen, nachdem du etwas mit diesem Schulkollegen angefangen hattest. Matthias oder so ähnlich.«

»Wer?«

Moritz lächelt mild. »Du musst es nicht abstreiten. Clara hat mir davon erzählt. Außerdem ist das doch schon ewig her.«

»Nein, im Ernst – da war nichts.« Ich schüttle zur Bekräftigung den Kopf. »Im Gegenteil, Clara hat mir die ganze Zeit über vorgeschwärmt, wie glücklich ihr seid, du und Angelika.« Bei der Erinnerung daran kann ich mir einen bitteren Unterton nicht verkneifen.

Moritz wirft mir einen kurzen Seitenblick zu, schließlich zuckt er die Achseln. »Dann hat sie uns wohl beide angelogen.«

Je länger ich darüber nachdenke, desto logischer wirkt seine Erklärung auf mich. Claras Worte kommen mir wieder in den Sinn.

Es gibt so viele Jungs dort draußen – warum muss es ausgerechnet mein Bruder sein? Außerdem hat er schon eine Freundin, hat er dir das etwa nicht gesagt? Angelika, die beiden studieren zusammen, eine echte Klassefrau.

182

Also tu mir den Gefallen und lass den Blödsinn. Du ver-brennst dir ja doch nur die Finger.

Die Unterhaltung war in einen riesigen Streit ausgeartet, danach hatten wir wochenlang kein Wort miteinander gewechselt. Später hatte ich mir einzureden versucht, dass sie mich nur vor einer Enttäuschung bewahren wollte, aber offenbar war das nicht der Fall. Mein Herz macht unvermittelt einen Satz.

»Sieht ganz danach aus.«

Ein breites Lächeln ist auf Moritz' Gesicht erschienen, als er mein Kinn umfasst und mir einen zärtlichen Kuss auf den Mund gibt. Und diesmal leiste ich keinen Widerstand mehr.

KAPITEL 24

Der Anruf

Das Handy ans Ohr gepresst scharre ich nervös mit dem Fuß. *Komm schon*, feuere ich mein Telefon an. *Geh endlich ran!* Es läutet vier Mal, dann meldet sich der Anrufbeantworter. *Das ist die Mobilbox von Moritz Schmidt. Ich bin gerade nicht zu sprechen, aber wenn Sie mir eine Nachricht hinterlassen, rufe ich später zurück.* Ärger steigt in mir hoch, und ohne ihm was draufzusprechen, beende ich die Verbindung. Wenn er mir nicht bald liefert, was er versprochen hat, muss ich mir ernsthaft was überlegen. Ich kicke wütend einen Tannenzapfen beiseite. *Alles wird gut*, versuche ich mir selbst Mut zuzusprechen. *Noch ist Zeit. Hab Geduld.* Ich hole tief Atem. Geduld war noch nie meine Stärke. Und wie immer, wenn mir Zweifel kommen, ob mein Plan auch gelingen wird, hole ich das kleine Notizbuch aus meinem Rucksack, das zu meinem ständigen Begleiter geworden ist. Zärtlich streiche ich über das alte Leder, und sogleich fühle ich mich ein wenig ruhiger. Schon erstaunlich, was Clara so alles wusste. Dazu die vielen sorgsam eingeklebten Polaroidfotos. Ein Geschenk Gottes. Und obwohl mir noch ein paar Puzzlestücke fehlen, hat sie mit ihren Einträgen doch wertvolle Informationen geliefert, die ich für meine Zwecke nutzen kann.

Miriam, Bea und Sarah – das alteingeschworene Team. Auf Gedeih und Verderb einander ausgeliefert, aneinandergekettet durch ihre Geheimnisse, die Schuld, die sie vor vielen Jahren auf sich geladen haben. Ein Pakt, besiegelt durch jahrzehntelanges hartnäckiges Schweigen. Ich kann mir ein Grinsen nicht verkneifen.

Nun, wir werden sehen.

Wie aufs Stichwort taucht Miriams Gesicht vor meinem inneren Auge auf, und einmal mehr wünsche ich, ich hätte dabei sein können, als sie auf das Foto von Sarah und ihrem Vater stieß. Als ihr dämmerte, was ihre Freundinnen getan hatten. Alle beide auf ihre eigene Art. Dass ich hätte Zeuge ihres Entsetzens sein dürfen, als die Erkenntnis allmählich einsickerte, wie tief der Verrat in ihrer Freundschaft verwurzelt war.

Doch es wäre zu riskant gewesen. Vor ein paar Nächten in Miriams Haus – das war knapp. Viel zu knapp. Ich muss vorsichtiger sein, muss unentdeckt bleiben.

Die Sonne verschwindet hinter dem Horizont, und für einen Augenblick schließe ich die Augen, hebe mein Kinn, um die letzten wärmenden Strahlen in mich aufzusaugen. Die Gräser der Wiese auf dem alten Sportplatz reichen mir fast bis zur Hüfte, und das leise Surren der Grillen liegt in der Luft. In der Ferne, klar abgehoben durch den dunkler werdenden Himmel, ragen die Umrisse des ehemaligen Fabrikgebäudes empor. Im Laufe der Jahre hatte es immer mal wieder Überlegungen gegeben, den Industriekomplex abzureißen und eine Wohnsiedlung auf dem Gelände zu errichten. Doch man munkelte, es gäbe Probleme mit der Flächenumwidmung, sodass das Projekt stets aufgeschoben worden war. Anscheinend bis zum Sankt-Nimmerleins-Tag.

Zum Glück.

Ein leises Lächeln umspielt meine Mundwinkel bei dem Gedanken an das, was kommen wird.

Vierzehn Jahre – so lange sind sie mit ihren Lügen davongekommen. Vierzehn lange Jahre. Doch wie heißt es so schön? Die Gerechtigkeit ist eine Tugend, die jedem gibt, was ihm gebührt. Miriam und ihre Freundinnen werden bezahlen. Sie werden auspacken. Und wenn nicht – nun, auch dafür habe ich Vorsorge getroffen.

Das Vibrieren meines Handys reißt mich aus meinem Tagtraum. Ein Blick genügt, um zu wissen, wer dran ist. Ein nervöses Kribbeln macht sich in meiner Magengrube bemerkbar.

Na endlich.

KAPITEL 25

Bea

S echs Monate?«, brüllt Herr Bednarik so laut, dass ich zusammenzucke. »Wie oft soll ich diesem dummen Wicht von Richter noch erklären, dass ich unschuldig bin? Sieht so in Ihren Augen ein fairer Prozess aus? Das war doch ein abgekartetes Spiel!«

»Ich kann verstehen, dass Sie aufgebracht sind«, sage ich mit aller Gelassenheit, die ich aufbringen kann. »Die Strafe ist höher ausgefallen als erhofft. Aber bitte bedenken Sie – das ist bereits Ihre zweite Schlägerei in zwei Jahren. Mit gemeinnütziger Arbeit wird es diesmal nicht getan sein.« Ich seufze. »Trotzdem, wir werden in Berufung gehen. Vertrauen Sie mir, ich weiß schon, was ich tue.«

»Vertrauen, Vertrauen – das sagt sich so leicht. Wie soll ich das nur meiner Frau erklären?« Er schnaubt. »Sie haben versprochen, Sie regeln die Sache.«

»Ich habe gesagt, ich werde alles in meiner Macht Stehende tun, um Ihnen die bestmögliche Rechtsvertretung zukommen zu lassen. Das habe ich, und das werde ich auch weiterhin tun«, erwidere ich mit einem Tonfall, der keinen Widerspruch duldet. »Und was Ihre Familie angeht – die Strafberufung hat aufschiebende Wirkung. Bevor das Urteil nicht rechtskräftig ist, passiert erst mal gar nichts.«

Während Herr Bednarik sich immer weiter in Rage redet und meinen Besprechungstisch mit Spuckefetzen besprenkelt, bin ich in Gedanken schon bei meinem nächsten Termin. Vom Büro aus brauche ich fast eine Stunde bis nach Eichgraben, und wenn ich nicht zu spät kommen will, sollte ich mich langsam auf den Weg machen. Ich werfe einen demonstrativen Blick auf die Uhr, und endlich scheint mein Mandant begriffen zu haben, dass es zwecklos ist, seinen Frust bei mir abzuladen, denn er verstummt. Wir vereinbaren noch einen Folgetermin für die kommende Woche, dann zieht er polternden Schrittes seiner Wege. Ich atme hörbar auf.

Was für eine Nervensäge!

Kaum dass er den Raum verlassen hat, springe ich auf, greife nach meiner Handtasche und eile in Richtung der Fahrstühle davon. Während ich mein Auto aus der Parkgarage hole und auf die Ringstraße lenke, spüre ich, wie Nervosität in mir aufsteigt. Heute Morgen hat mich Herr Wolfer aus heiterem Himmel angerufen und um ein weiteres Treffen gebeten, und zum x-ten Mal seither frage ich mich, was er von mir wollen könnte. Und wieso wir das nicht am Telefon besprechen können. Ob in Claras Fall womöglich neue Hinweise aufgetaucht sind? Der Gedanke gefällt mir nicht, und ein flaues Gefühl regt sich in meiner Magengegend.

Wie schon beim letzten Mal werde ich gleich nach meiner Ankunft im Präsidium in einen kargen Besprechungsraum geführt. Herr Wolfer und seine blasse Kollegin warten bereits auf mich. Diesmal allerdings macht sich niemand die Mühe, mir was zu trinken anzubieten, und auch der übliche Small Talk fällt aus.

Entspann dich, rede ich mir selbst Mut zu. *Alles wird gut. Du machst das schließlich nicht zum ersten Mal.*

»Guten Tag, Frau Posch. Danke, dass Sie sich die Mühe gemacht haben, noch mal herzukommen.«

Ich setze mein verbindlichstes Lächeln auf. »Kein Problem. Ich tue, was ich kann, um zu helfen. Worum geht es denn?«

»Nun, seit unserem Gespräch vor zwei Tagen haben sich neue Entwicklungen im Mordfall Clara Schmidt ergeben, über die wir Sie gerne informieren möchten.« Er räuspert sich vernehmlich. »Einer Zeugenaussage zufolge wurde Frau Schmidt am Abend des siebzehnten Juni auf dem Schulgelände gesichtet. Können Sie sich vielleicht erklären, was sie dort gewollt haben könnte?«

Ich runzle überrascht die Stirn. Diese Information ist mir tatsächlich neu. »Tut mir leid, davon weiß ich nichts. Wie ich bereits sagte – ich hab Clara seit dem Unterricht nicht mehr gesehen. Ich weiß nicht, was sie den restlichen Tag über getrieben hat.« Nachdenklich kaue ich an meiner Unterlippe. »Sie war noch mal in der Schule, sagen Sie? Wann soll das gewesen sein?«

Herr Wolfer ignoriert meine Frage. »Danke. Tja – einen Versuch war es wert.«

Die Sekunden verstreichen, und da er nichts weiter sagt, mache ich Anstalten, mich zu erheben. »Wenn das alles ist ...«

Doch Herr Wolfer gibt mir mit einem Wink zu verstehen, dass das Gespräch noch nicht beendet ist, und ich lasse mich zurück auf meinen Platz fallen. Frau Dortmund, die emsig auf ihrem Block gekritzelt hat, sieht zu ihrem Kollegen auf, der nickt.

»Mir ist bewusst, wie schwierig die Situation für Sie sein muss«, sagt er nach einer kurzen Pause. »Immerhin haben Sie erst kürzlich vom Tod Ihrer Freundin erfahren. Und bestimmt haben Sie auch nicht alle Tage mit unsereins zu tun – schon gar nicht im Rahmen einer Mordermittlung.«

Einen Augenblick lang bin ich versucht, ihm zu widersprechen – schließlich bin ich Anwältin und auf Strafrecht spezialisiert, wie er doch sicher weiß –, besinne mich jedoch anders. Mit angehaltenem Atem warte ich ab, was als Nächstes kommt.

»Deswegen frage ich Sie ein letztes Mal: Ist da irgendwas, was Sie uns vielleicht mitteilen möchten? Etwas, was Sie uns bislang vielleicht verschwiegen haben?«

Sein Gesichtsausdruck ist ernst, das freundliche Lächeln, das er Anfang der Woche noch auf den Lippen hatte, ist verschwunden. Meine Eingeweide krampfen sich zusammen, während ich mir auszurechnen versuche, worauf er anspielt. Ob er tatsächlich etwas weiß oder nur blufft. Nur mit Mühe gelingt es mir, keine Miene zu verziehen und seinen forschen Blick zu erwidern.

Polizisten sind wie Hunde, rufe ich mir in Erinnerung, was ich selbst meinen Mandanten immer predige. *Sie spüren, wenn du Angst hast, sie können deine Unsicherheit riechen. Und wenn sie meinen, etwas erschnuppert zu haben, beißen sie sich daran fest, lassen nicht mehr los. Der Trick ist, Ruhe zu bewahren. Gelassenheit vorzutäuschen.*

Ich tue so, als würde ich nachdenken, dann schüttle ich den Kopf.»Nicht dass ich wüsste.« Ich zucke entschuldigend die Achseln.»Wieso fragen Sie mich das?«

Herr Wolfer schürzt die Lippen. Offenbar war das nicht die Antwort, die er sich erhofft hat. Dann schlägt er seine Akte auf und zieht ein Blatt daraus hervor, das er mir über den Tisch hinweg zuschiebt.

»Haben Sie diesen Brief schon mal gesehen?«

Als mein Blick auf das Papier fällt, hätte ich beinahe vor Schreck aufgeschrien. Panik wallt in mir auf, während meine Blicke über die Zeilen huschen. Über jene Worte, die sich wie eine hässliche Brandwunde meinem Gedächtnis eingeprägt haben.

Liebe Mama, lieber Papa! Liebe Lisa, lieber Moritz! Wenn ihr diesen Brief lest, bin ich bereits über alle Berge. An einem Ort, weit weg von hier, wo mich keiner kennt. Es tut mir leid, dass ich nicht den Mut gefunden habe, euch Lebwohl zu sagen. Ich habe einen Fehler gemacht, so furchtbar, dass ich es nicht einmal in Worte fassen kann, zu schrecklich, um ihn niederzuschreiben. Bitte verzeiht und glaubt mir – euch trifft nicht die geringste Schuld. Ich liebe euch über alles. Bitte sucht nicht nach mir. Es wird mir gut gehen, das verspreche ich. In Liebe, Clara

Mein Herz beginnt wie wild zu pochen. *Oh Gott. Was nun?*

»Was – was ist das?«, bringe ich schließlich hervor. Herr Wolfer hebt eine Braue. »Ich denke, das wissen Sie.«

Ich presse die Lippen zusammen, während ich spüre, wie Wut in mir aufsteigt. Meine Gedanken wirbeln nur so durcheinander, und verzweifelt zermartere ich mir den Kopf, wie ich am besten reagieren soll. Wie zum Teufel konnte dieses Schreiben nur in die Hände der Polizei gelangen?

Miriam – diese dumme naive Kuh! So viel zu ihrem Versprechen, den Brief zu vernichten. Was hat sie sich nur dabei gedacht, ihn aufzuheben?

Dann kommt mir ein abscheulicher Gedanke. Auf einmal sehe ich sie wieder vor mir – Miriams zweifelnde Miene, als sie mir im Maddy's gegenübersaß, Sarahs Zögern, als ich die beiden anflehte, das Richtige zu tun.

Nein, unmöglich – oder doch?

Die bloße Vorstellung, dass mich die beiden hintergangen haben könnten, raubt mir regelrecht den Atem.

Wir hatten eine Abmachung, verdammt noch mal!

Doch das hilft mir jetzt auch nicht weiter. Alles, was mir im Moment übrig bleibt, ist, gute Miene zum bösen Spiel zu machen. Die Unschuldige zu mimen. So wie ich es meinem Mandanten geraten hätte.

Langsam hebe ich den Kopf. Die beiden Polizisten mustern mich eindringlich, beobachten jede meiner

Reaktionen genau. Und obwohl ich mich dazu zwinge, die Fassung zu wahren, kann ich das Zittern meiner Hände nicht ganz verbergen, als ich den Brief von mir wegschiebe.

»Das hier sehe ich heute zum ersten Mal.« Mit Ratlosigkeit in der Stimme füge ich hinzu: »Aber – ich verstehe nicht. Ich dachte, Clara wäre ermordet worden?«

»Oh, das wurde sie auch. Die Forensik hat das eindeutig bestätigt.«

Ich runzle die Stirn. »Aber wieso hat sie dann einen Abschiedsbrief hinterlassen?«

Herr Wolfer nickt. »Eine gute Frage. Eine von vielen, die wir uns gerade stellen. Wie zum Beispiel, was Clara da gemeint hat.« Er deutet auf eine Textpassage etwa in der Mitte des Briefs. »Sie waren doch ihre Freundin, oder nicht? Von was für einem Fehler spricht Clara da? Was ist da passiert, Frau Posch?«

Mir ist inzwischen übel, und es kostet mich alle Überwindung, nicht einfach aufzuspringen und Hals über Kopf davonzulaufen. »Woher soll ich das wissen?«, antworte ich und verschränke die Arme vor der Brust. »Was denken Sie denn, was Clara gemeint haben könnte?«

Seine Finger trommeln ungeduldig auf der Tischplatte. »Ich fasse also zusammen«, sagt er, ohne auf meine Gegenfrage einzugehen. »Sie sehen diesen Brief zum ersten Mal. Und Sie wissen auch nicht, wovon sie da schreibt. Und Sie halten an Ihrer Aussage fest, wonach Sie Frau Schmidt in der Schule zuletzt gesehen haben, so weit richtig?«

Ich nicke.

Herr Wolfer lehnt sich auf seinem Stuhl zurück, ein verschlagenes Grinsen ist auf seinem Gesicht erschienen, ganz so, als wäre ich ihm geradewegs in die Falle getappt. Auf einmal scheint er so gar nichts mehr mit dem freundlichen, etwas in die Jahre gekommenen Kommissar aus meinen Erinnerungen gemein zu haben.

»Nun, wenn das so ist, frage ich mich, wieso wir dann Ihre Fingerabdrücke auf dem Papier gefunden haben. Ebenso wie die von Frau Haller und Frau Berger.«

Ich ringe nach Atem. »Wie bitte?«

Verdammt, die Fingerabdrücke!

Ich hatte völlig vergessen, dass sie damals welche von uns genommen hatten, um sie mit den Spuren in Claras Zimmer abzugleichen.

Er nickt und sieht dabei so zufrieden aus, dass ich ihm am liebsten ins Gesicht geschlagen hätte. »Sie haben nicht zufällig eine Erklärung dafür?«

»Nun, wir waren alle zusammen in der Schule«, improvisiere ich. »Vielleicht gehörte der Block, von dem das Papier stammt, ja einer von uns.«

»Ja – möglich«, erwidert Herr Wolfer gedehnt. Sein Tonfall lässt keinen Zweifel daran, für wie abwegig er meine Theorie hält.

Für einen Augenblick herrscht eisiges Schweigen. Herr Wolfer und seine Kollegin, die die ganze Zeit über geschwiegen hat, tauschen einen Blick. Ich kann mir schon vorstellen, was sie gerade denken.

»Frau Posch, ich muss Sie bitten, das Land vorerst nicht zu verlassen.«

Ich zucke zusammen, als hätte er mir einen Fausthieb versetzt. »Wie bitte? Aber – heißt das – Sie verdächtigen mich?« Ich höre selbst den flehenden Unterton in meiner Stimme. »Clara war meine Freundin! Sie können doch nicht ernsthaft glauben, eine von uns hätte ...« Ich verstumme, als ich in ihre versteinerten Mienen blicke. Auf einmal begreife ich, wie sich meine Mandanten fühlen müssen, und angesichts der Ironie meiner Lage steigt mir bittere Galle in den Mund.

»Wir ermitteln derzeit noch in verschiedene Richtungen«, entgegnet Herr Wolfer ausweichend. »Für den Augenblick gelten Sie noch als Zeugin. Irene Haller hat zwar ausgesagt, dass Sie bis zum Abend bei ihr gewesen sind, aber nach vierzehn Jahren ist es unmöglich, den Todeszeitpunkt auf dieses Zeitfenster einzugrenzen. Abgesehen davon, dass wir unter Berücksichtigung der Zeugenaussagen davon ausgehen, dass sie um einundzwanzig Uhr noch am Leben gewesen sein muss.«

Ich nicke nur. Meine missliche Lage ist mir durchaus bewusst. Dummerweise kann meine Mutter nicht bestätigen, wann ich damals nach Hause gekommen bin – sie war an jenem Abend früher als sonst zu Bett gegangen. Ausgerechnet.

Verdammte Scheiße.

»Ich muss Sie dringlichst bitten, sich zu unserer Verfügung zu halten. Das Land nicht zu verlassen. Betrachten Sie das als polizeiliche Anordnung.«

Ich presse die Kiefer so fest aufeinander, dass meine Zähne knirschen. »Schon gut. Ich kenne das Prozedere.«

KAPITEL 26

Clara. Damals

Ein bisschen verträumt nippe ich an meinem Campari. Spüre, wie sich allmählich ein warmes Gefühl in meinem Inneren ausbreitet. Mit einem Lächeln auf den Lippen wippe ich zum Takt der Musik, die aus Miriams Handyboxen dröhnt. Die Party ist inzwischen in vollem Gange. Überall auf der Decke liegen Chipskrümel und leere Plastikbecher verteilt, und das Kichern meiner Freundinnen erfüllt die Luft, während sie abwechselnd an dem Joint ziehen, den Bea herumreicht. Obgleich bereits später Nachmittag ist, brennt die Sonne immer noch gnadenlos auf uns herab, nur dann und wann spüre ich ein sanftes Lüftchen, das die Grashalme wogen lässt und angenehm über meine Wangen streicht.

Zu meiner eigenen Überraschung bin ich in Hochstimmung. Erst war ich nervös, fand mich nur zögerlich in das Geplauder meiner Freundinnen ein, aber ohne dass ich es merkte, war die Anspannung dann doch von mir abgefallen. Es tut gut, mal an was anderes zu denken als an die anstehenden Prüfungen, mir nicht ständig über Gott und die Welt Sorgen zu machen. Und obwohl mir das Verhalten von Bea und Sarah immer noch im Magen liegt, kommt mir all das auf einmal gar nicht so wichtig vor. Was kümmert es mich, dass Sarah mit Miriams Vater schläft? Ob Bea dieses Wissen ausnützt, um Klaus Haller ein wenig Geld abzupressen? Er hat schließlich mehr als genug davon. Und meine Verbundenheit mit Miriam in Ehren – aber im Grunde ist das alles nicht mein Problem.

Gerade lacht Miriam neben mir laut über einen Scherz, den Sarah gemacht hat, und ich lache mit. Der Druck, den ihr Vater ausgeübt hat, um sie zu schulischen Bestleistungen anzustacheln, hat meiner Freundin arg zugesetzt, das weiß ich, und es ist schön, sie mal wieder ausgelassen und fröhlich zu erleben. Insgeheim frage ich mich, ob Klaus wohl immer noch an seinem Plan mit der Spende festhält, doch dies ist nicht der richtige Zeitpunkt, sie darauf anzusprechen.

Es mag am Campari liegen, aber eine ungewohnte Leichtigkeit hat von mir Besitz ergriffen, als wäre die Last der vergangenen Wochen endlich von meinen Schultern gefallen. Mit einem wohligen Seufzen lehne ich mich auf der Decke zurück und schließe die Augen, das Gesicht gen Himmel gereckt, gebe mich mit allen Sinnen diesem herrlichen Gefühl hin.

Himmlisch.

»Clara?« Miriams Stimme klingt ungeduldig. »Hast du mir überhaupt zugehört?«

Ich öffne die Augen. »Hm?«

»Wo bist du nur mit deinen Gedanken?« Kichernd stößt sie mir in die Seite. »Ich hab gefragt, ob du mit uns zu dem Coldplay-Konzert kommen magst. Morgen in der Wiener Stadthalle, Sarahs Eltern haben auf die Schnelle noch Karten ergattert.«

»Klar, warum nicht.« Ich zucke die Achseln. Vergessen sind auf einmal die Prüfungen, mein straffer Lernplan, das Pizzaessen mit meinen Geschwistern und Tobi, auf das ich mich so gefreut hatte. Ich erkenne mich selbst kaum wieder. »Ich kann Moritz fragen, vielleicht fährt er uns.«

Dann nehme ich auf einmal aus dem Augenwinkel eine Bewegung wahr. Bea ist aufgestanden, leicht schwankend hüpft sie auf der Decke auf und ab, ihre Arme rudern wie Windmühlenflügel durch die Luft.

»Huhu – Tim! Hier sind wir!«

Ich runzle die Stirn, als ich den schlaksigen Jungen bemerke, der durch das hohe Gras auf uns zu stapft.

»Wer ist das?«, raune ich Miriam zu, die sich ebenfalls aufgesetzt hat. »Ich dachte, wir wären unter uns.«

»Ach, das ist nur Tim.« Sie macht eine wegwerfende Handbewegung. Als sie meinen fragenden Gesichtsausdruck bemerkt, fügt sie hinzu: »Wir haben ihn vor ein paar Wochen auf einer Party kennengelernt, seither hängen wir gelegentlich zusammen ab. Er ist Automechaniker, wohnt ein paar Kilometer von hier.« Sie grinst. »Der Arme ist total in Bea verknallt – irgendwie süß.«

»Und Bea? Ist sie auch in ihn verliebt?«

»Keine Ahnung, aber du weißt ja, wie sie ist.« Sie zuckt die Achseln. »Ich schätze, das wird sich heute zeigen.«

Neugierig betrachte ich den Neuankömmling, der inzwischen zu uns aufgeschlossen hat. Tim hat kurz geschorene Haare und warme braune Augen, seine Hände sind in den Taschen seiner ausgewaschenen Jeans vergraben. Er wirkt beinahe überrascht, als ihm Bea, die ebenfalls schon ziemlich betrunken ist, ungestüm um den Hals fällt, und ich kann sehen, dass seine Wangen rot angelaufen sind.

»Hallo, zusammen«, murmelt er, nachdem Bea ihn wieder freigegeben hat. Dann streckt er die Hand in meine Richtung aus. »Freut mich, dich kennenzulernen. Ich bin Tim.«

»Gleichfalls. Clara.«

»Komm, setz dich«, sagt Bea und greift nach einem leeren Plastikbecher, den sie großzügig mit Wodka und Orangensaft füllt – den Campari haben wir inzwischen ausgetrunken. »Wir sind schon seit Stunden hier, du hast also Einiges aufzuholen.«

Tim zögert. »Eigentlich – normalerweise trinke ich ni...« Er verstummt unter Beas resolutem Blick und nimmt den Becher schließlich doch entgegen. Als er einen Schluck davon trinkt, verzieht er kurz das Gesicht. »Ähm – danke.« Er lächelt tapfer.

Dann lässt er sich zu uns auf die Decke sinken, und ein lockeres Gespräch kommt in Gang. Ich erfahre, dass Tim seit zwei Jahren in einer Werkstatt in Altlengbach arbeitet und seine Eltern schon früh bei einem Autounfall verloren hat. Seither gibt es nur noch ihn und seine kleine Schwester. Tim spricht langsam und mit Bedacht, seine schüchterne Art ist mir sofort sympathisch. Miriam hat völlig recht, er ist tatsächlich süß, denke ich und ertappe mich bei der Frage, was dieser ernsthafte junge Mann nur in Bea sieht. Sie ist das komplette Gegenteil von ihm – laut und selbstbewusst, manchmal sogar ein wenig vulgär.

»Schaut mal alle her«, vernehme ich in diesem Moment Beas Stimme. Sie räuspert sich, bis unsere Gespräche verstummt sind und nur noch das Wummern der Popmusik zu hören ist.

Erst jetzt bemerke ich den kleinen Plastikbeutel, den sie in der Hand hält. Beifall heischend sieht Bea uns einen nach dem anderen an, während sie die Tüte mit einer dramatischen Geste in unserer Mitte platziert. »Ich hab uns zur Feier des Tages eine Überraschung mitgebracht.«

Alle Augen richten sich auf das Tütchen. Auch ich beuge mich ein wenig vor, um es näher in Augenschein zu nehmen. Eine Handvoll bunter Pillen befindet sich darin, in deren Mitte ein winziger Smiley eingeprägt ist.

»Was – was ist das?«, stottere ich, obwohl ich es bereits zu wissen glaube.

Bea lacht leise. »Meine Güte, Clara. Manchmal könnte man echt meinen, du lebst hinterm Mond.« Sie zwinkert mir verschwörerisch zu, ihre Augen blitzen verwegen. »Spaß – so könnte man die Dinger nennen. Ein paar Stunden hemmungsloser, ausgelassener Spaß. Genau das, was wir jetzt brauchen.«

Den Blick unverwandt auf die Partydroge gerichtet, spüre ich, wie sich mein Magen zusammenkrampft. Das hatte ich befürchtet. Mir fällt auf, dass sich auch Tims Augen geweitet haben, ob vor Schreck oder Überraschung, ist schwer zu sagen.

»Woher hast du die?« Beinahe ehrfürchtig streckt Sarah den Arm nach dem Päckchen aus, nimmt es und dreht es neugierig in den Händen.

Bea zuckt die Achseln. »Von einem Freund.« Als sie unsere erschrockenen Blicke bemerkt, fügt sie eilig hinzu: »Keine Sorge, ich hab schon mal eine von denen probiert – sie sind harmlos.«

Einen Moment lang herrscht atemloses Schweigen, während die Gedanken in meinem Kopf durcheinanderwirbeln. Wie die anderen weiß natürlich auch ich von Beas heimlichem Nebenverdienst, dem Marihuana, das sie im hinteren Teil des Gartens ihrer ahnungslosen Eltern anpflanzt. Aber dass Ecstasy – oder wie immer man das Zeug nennt – ebenfalls zu ihrem Sortiment gehört, ist mir neu. Mir ist plötzlich kalt, und ich schlinge die Arme um die Knie.

»Denkt doch mal nach«, fährt Bea fort, der unser Zögern nicht entgangen ist. »Das ist das letzte Wochenende, bevor der Prüfungsstress wieder losgeht. Danach geht Miriam nach Großbritannien – wer weiß, wie viele Gelegenheiten wir noch bekommen, zusammen abzufeiern.« Sie wackelt verschwörerisch mit den Augenbrauen. »Man muss die Feste feiern, wie sie fallen – carpe diem, Leute, schon vergessen?«

Halb hoffe ich, dass Sarah und Miriam dankend ablehnen, doch zu meinem Entsetzen öffnet Sarah die Plastiktüte und lässt ein paar der Pillen auf ihre Handfläche kullern.

»Ganz meine Rede.«

Und bevor ich oder irgendjemand sonst sie davon abhalten kann, steckt sie sich eine Tablette in den Mund und würgt sie trocken hinunter. Bea, immer noch von einem Ohr zum anderen grinsend, folgt ihrem Beispiel.

»Na dann – auf uns.«

Auf einmal fühle ich mich schrecklich fehl am Platz, und ich sehe hilfesuchend zu Miriam. Doch die weicht meinem Blick aus, sitzt stocksteif da und hält ihren Plastikbecher umklammert. Ihre Miene spiegelt dasselbe Unbehagen, das auch ich verspüre.

»Komm schon, Miriam«, ruft Sarah. »Sei keine Spielverderberin. Jetzt du!«

Mit angehaltenem Atem werde ich Zeugin, wie Miriam wie in Zeitlupe die Hand ausstreckt und eine der Pillen entgegennimmt, die Sarah ihr hinhält. Mein Magen rebelliert. *Was tust du da nur*, würde ich sie am liebsten anfauchen, doch über meine Lippen kommt kein Laut.

»Was ist mir dir, Clara? Tim?«

Meine Wangen brennen unter den erwartungsvollen Blicken meiner Freundinnen, und ich spüre, wie ich rot anlaufe. »Danke für das Angebot«, bringe ich mühsam hervor. »Aber ich passe. Der Alkohol reicht mir vollkommen.«

»Spaßbremse.« Bea verdreht die Augen. »Aber meinetwegen.«

Dann wendet sie sich an Tim. Er hält den Kopf gesenkt, den Blick starr auf seine im Schoß verknoteten Finger gerichtet. Seine Lippen sind so fest zusammengepresst, dass seine Kiefermuskeln hervortreten. »Du brauchst keine Angst zu haben«, raunt sie ihm zu, die Stimme ungewohnt sanft. »Dir passiert schon nichts.«

»Ich – ich weiß nicht, Bea. Ich hab kein gutes Gefühl dabei. Ich glaube, ich halte mich da an Clara«, murmelt er mit einem entschuldigenden Lächeln. »Vielleicht nächstes Mal.«

Doch Bea ist noch nicht bereit, aufzugeben. »Im Ernst, Tim – die Tabletten sind völlig harmlos, ich versprech's. Im Gegenteil, du wirst sie lieben.« Sie rückt ein wenig näher an ihn heran, sodass ihre vollen Brüste seinen Oberkörper streifen. Dann wispert sie beschwörend: »Wenn du nicht mitmachst, ist es nur der halbe Spaß. Das Zeug hier macht mich einfach so wahnsinnig *scharf*, verstehst du?«

Tim holt hörbar Luft. Sein Blick wandert abwechselnd zwischen Beas Ausschnitt, ihren verführerisch gespitzten Lippen und den Pillen hin und her. Ein Anflug von Sehnsucht huscht über sein Gesicht.

Ich kann mir denken, was gerade in seinem Kopf vorgeht, und unwillkürlich halte ich den Atem an.

Tu's nicht!, flehe ich ihn in Gedanken an. *Das ist eine verdammt bescheuerte Idee.*

Doch meine Gebete werden nicht erhört. Denn just in dem Moment geht ein Ruck durch Tims Körper, und ohne ein weiteres Wort greift er nach einer der Tabletten und steckt sie sich in den Mund.

KAPITEL 27

Miriam

Ich bin bin gerade damit beschäftigt, ein paar Kisten mit Mamas Sachen aus dem Haus zu tragen, als ich hinter mir eine Stimme vernehme.

»Miriam!«

Ich wirbele herum. Beinahe hätte ich den Karton fallen lassen. Ich bin ohnehin schrecklich müde, weil ich die ganze Nacht kaum geschlafen habe, aufgewühlt von den Erkenntnissen der vergangenen Tage, und meine Hände zittern von zu viel Koffein. Doch es ist nur Bea, die da die Einfahrt hinauf und auf mich zugestürmt kommt.

Na toll. Die hat mir gerade noch gefehlt.

»Meine Güte, Bea«, brumme ich. »Was willst du hier? Solltest du nicht längst zurück in Wien sein?« Ich runzle die Stirn, als ich ihr wutverzerrtes Gesicht bemerke. Sie sieht aus wie ein Vulkan – kurz vorm Explodieren. »Was ist los? Stimmt was nicht mit dir?«

»Das wollte ich dich gerade fragen.« Sie verschränkt die Arme vor der Brust, reckt angriffslustig das Kinn. »Ich komme gerade vom Revier.«

»Ich dachte, dort warst du längst. Was wollte Herr Wolfer denn noch von dir?«

»Als ob du das nicht wüsstest.« Sie schnaubt. »Jetzt tu nicht so unschuldig. Ich weiß genau, dass du das warst.«

Ich verstehe rein gar nichts.

»Was soll ich gewesen sein? Wovon sprichst du?«

»Der Abschiedsbrief, Herrgott noch mal!«

Die leere Schublade meines Rollcontainers fällt mir wieder ein, und jäh versteifen sich meine Nackenmuskeln, als mich eine schreckliche Vorahnung beschleicht. »Was soll damit sein?«

»Scheiße, Miriam, du hast es versprochen!«, zischt sie. »Du hast versprochen, dass du ihn vernichten wirst! Wir hatten eine Abmachung!«

Mit brennenden Wangen senke ich den Kopf. Für den Bruchteil einer Sekunde erwäge ich, alles abzustreiten, besinne mich jedoch anders. »Das wollte ich auch«, murmele ich schließlich, ihrem Blick ausweichend. »Aber dann war er verschwunden.«

In kurzen Sätzen berichte ich ihr, wie ich nach dem Brief gesucht habe und feststellte, dass er weg war. Von dem Gefühl, beobachtet zu werden, von dem Eindringling mitten in der Nacht, wo es doch den Anschein hatte, als würde nichts fehlen, von der kaputten Hintertür.

Bea sieht mich mit hochgezogenen Augenbrauen an. Es ist ihr deutlich anzumerken, dass sie mir nicht glaubt. »Er ist also verschwunden? Ein Einbrecher soll ihn mitgenommen haben, ja? Wie überaus praktisch.« Ihre Stimme trieft nur so vor Sarkasmus. »Wo du ihn doch von Anfang an der Polizei geben wolltest.«

»Das habe ich aber nicht.« Langsam werde ich ungeduldig. »Ja – ich fand, wir hätten den Brief aushändigen sollen. Aber ich hab mich an unsere Vereinbarung gehalten. Ich hab ihn nicht der Polizei gegeben. Oder sonst wem.«

»Und woher hat Herr Wolfer ihn dann?« Sie schüttelt den Kopf. »Was du da sagst, klingt doch völlig an den Haaren herbeigezogen. Niemand außer uns wusste von dem Brief. Und selbst wenn – woher hätte irgendjemand wissen können, wo du ihn aufbewahrst? Ich frage dich also ein letztes Mal: Was hast du getan? Mit wem hast du geredet?«

203

»Nichts! Mit niemandem!«
»Wie auch immer. Du hast es jedenfalls vermasselt«, stöhnt Bea und wirft theatralisch die Arme in die Luft. »Sie verdächtigen uns. Herrgott, Miriam – sie haben unsere Fingerabdrücke darauf gefunden!«

Ein dumpfes Geräusch dringt an meine Ohren, als mir die Kiste aus der Hand gleitet und auf dem Boden aufschlägt. »Unsere Fingerabdrücke, sagst du?«

Scheiße.

Sie nickt. »Wie konntest du nur so verdammt dämlich sein? Hast du denn kein einziges Wort von dem begriffen, was ich euch gesagt habe? Wie wichtig es ist, dass wir alle am selben Strang ziehen?«

Panik wallt in mir auf, und um mich herum herrscht atemlose Stille, während ich mich verzweifelt abmühe, meine rasenden Gedanken zu sortieren. Einen klaren Kopf zu bewahren. Nachzudenken. Meine Glieder zucken, und ich beginne, vor Bea auf und ab zu laufen, um die Spannung loszuwerden.

Wer auch immer bei mir eingebrochen ist, der Absender der Drohbotschaften wusste, wo ich den Brief versteckt hatte. Und hat ihn dann der Polizei zugespielt – aber wieso? Und wer? Wie? Allein bei dem Gedanken, was Herr Wolfer nun denken muss, wird mir ganz anders. Verdammt, so hätte das einfach nicht laufen dürfen.

Mein Blick trifft auf Bea, die mich immer noch verächtlich anstarrt. Plötzlich fällt mir wieder Claras Tagebucheintrag ein, und meine Panik wird von Zorn verdrängt. Was glaubt sie eigentlich, wer sie ist, so mit mir zu reden? Nach allem, was Sarah und sie angerichtet haben – die Affäre, die Erpressung?

Diese miese, selbstsüchtige Verräterin!

»Wie schon gesagt – ich war das nicht«, presse ich hervor. »Trotzdem war dein Plan von Anfang an zum

Scheitern verurteilt. Wir hätten gegenüber der Polizei gleich mit offenen Karten spielen sollen.«

Bea sieht mich fassungslos an. »Und ihnen erzählen, was damals am Sportplatz geschehen ist?«

»Ja. Vielleicht. Ach, ich weiß auch nicht – keine Ahnung!« Ich stampfe wütend mit dem Fuß auf. »Aber fest steht, derjenige, der uns die Drohbotschaft geschickt hat, wusste auch von Claras Abschiedsbrief. Und wer weiß, wovon sonst noch. Deine ganzen Beteuerungen, die Drohungen seien nur ein Bluff – dass ich nicht lache! Im Gegenteil, es wird immer schlimmer. Ich hab jedenfalls die Schnauze voll von deinen ständigen Anweisungen. Was ich tun oder sagen soll und was nicht. Abgesehen davon«, füge ich mit einem vernichtenden Blick hinzu, »bist du gerade die Richtige, mir mangelnde Loyalität vorzuwerfen.«

»Was soll das jetzt wieder heißen?«

Ich hole tief Luft. All die Wut auf Bea, die sich in den letzten Tagen in mir aufgestaut hat, wird auf einmal übermächtig, und ich habe weder Kraft noch Lust, sie noch länger in Schach zu halten.

»Dass du mir nichts von Sarahs Affäre mit Papa erzählt hast, hab ich ja noch irgendwie verstanden. Aber ...«

»Was hat das denn jetzt damit zu tun?«

»Unterbrich mich nicht!« Meine Augen schießen glühende Pfeile des Zorns in ihre Richtung, und zu meinem Erstaunen verstummt Bea tatsächlich. »Aber anstatt mir beizustehen, meine Freundin zu sein ... Ist dir wirklich nichts Besseres eingefallen, als Papa damit zu erpressen?« Ich schüttle ungläubig den Kopf, noch immer fällt es mir schwer, mein Wissen von heute mit meinen Erinnerungen an die Bea von früher in Einklang zu bringen. »Zehntausend Euro. Im Ernst, Bea – ich dachte wirklich, unsere Freundschaft hätte dir mehr bedeutet.«

»Wovon sprichst du?«, erwidert Bea matt. »Das ist doch Unsinn.«

Doch ihre Unterlippe zittert, und ihre Augen haben sich geweitet. Schuld blitzt darin auf. Reue. Und vielleicht ein klein wenig Trotz.

»Wage es nicht, mich anzulügen. Ich weiß, dass es wahr ist.« Ich rede nun immer schneller, die Worte fließen wie Gift aus meinem Mund. Unheilbringend. Vernichtend. »Was bin ich doch für ein naiver Idiot, was? Geld war dir doch schon immer wichtiger als alles andere. Und wer auch immer hinter den Drohbriefen steckt – er kennt euch viel besser, als ich es je getan habe. Vielleicht geht es ja in Wirklichkeit darum. Dass ich begreife, wie ihr wirklich seid. Und wer weiß? Vielleicht hat der Verfasser der Botschaften ja recht, und ihr habt wirklich etwas mit Claras Tod zu schaffen.«

Bea ist auf einmal aschfahl geworden. »Das meinst du nicht so.«

»Und ob.« Trotzig schiebe ich das Kinn vor.

Einen Augenblick lang sieht Bea mich an, als hätte ich völlig den Verstand verloren. Dann wandelt sich ihr Gesichtsausdruck, ihre Brauen sind nun so fest zusammengekniffen, dass sie eine gerade Linie bilden.

Ganz langsam kommt sie auf mich zu.

»Die gute alte Miriam«, säuselt sie. »Unser Moralapostel, stets über jeden Zweifel erhaben. Das ist es doch, was alle in dir sehen sollen, nicht wahr?« Sie schüttelt mitleidig den Kopf. »Dabei bist du nichts weiter als eine Verräterin. Eine Lügnerin. Und eine Heuchlerin bist du auch. Oder meinst du, nur weil ich zurück nach Wien gefahren bin, hätte ich nicht mitbekommen, was die Zeitung hier über dich schreibt?« Sie lacht bitter. »Was ich getan habe, war nicht richtig, das stimmt. Aber nicht jeder von uns hatte nun mal das Glück, mit einem goldenen

Löffel im Mund geboren zu werden. Taschengeld bis zum Abwinken, eine Mutter, die ständig um dich herumscharwenzelt, um dir jeden Wunsch von den Augen abzulesen. Einen Vater, der dir mit einem Fingerschnippen ein tadelloses Abschlusszeugnis besorgt.« Sie macht die entsprechende Handbewegung. Ihr Blick trieft nur so vor Verachtung. »Du bist keinen Deut besser als ich. Nicht auch nur ansatzweise.«

Ich stehe völlig reglos da. Ich fasse es nicht, dass sie das gerade wirklich gesagt hat. Einen Augenblick lang starren wir einander einfach nur feindselig an.

»Verschwinde von meinem Grundstück«, zische ich schließlich. »Ich will dich hier nie mehr sehen. Nie wieder, hörst du?«

Einen Moment lang sieht es so aus, als würde Bea gleich auf mich losgehen. Dann geht ein Ruck durch ihren Körper, und sie dreht sich wortlos um und verschwindet in die Richtung, aus der sie gekommen ist.

KAPITEL 28

Miriam

Ruhelos schweifen meine Blicke durch den Raum. Das Maddy's ist voller Menschen mit großen Tellern oder den bunt zusammengewürfelten Kaffeetassen vor sich, die ich noch von früher kenne. Jedes Mal, wenn die Tür aufgeht, hebe ich den Kopf und lasse ihn enttäuscht wieder sinken, wenn ich feststelle, dass es nur ein weiteres Grüppchen ist, das zum Mittagessen hereinkommt. Meine Füße trippeln ungeduldig auf dem Holzboden, und erneut sehe ich auf mein Handy. Keine neuen Nachrichten, kein Anruf, nichts. Allmählich macht sich Unruhe in mir breit. Nur noch knapp zwei Stunden bis zu meinem Gespräch mit Herrn Wolfer. Wo bleibt Moritz nur? Es sieht ihm gar nicht ähnlich, zu spät zu kommen.

Bei der Erinnerung an unsere gemeinsame Nacht schießt mir die Röte ins Gesicht. An seine Berührungen, die Kuhle in seiner Schulter, in die ich meine Wange vergraben hatte, an seine entrückte Miene, während er in mich eindrang, ohne mich dabei auch nur eine Sekunde aus den Augen zu lassen. Und obwohl ich mir eigentlich den Kopf darüber zerbrechen sollte, was ich der Polizei sagen will, kann ich mir ein Kichern nicht verkneifen. So viele Jahre habe ich mich nach diesem Mann verzehrt, und ich kann immer noch nicht recht glauben, dass wir es wirklich getan haben.

»Darf ich Ihnen noch was zu trinken bringen?«

Ich zucke zusammen und hebe den Kopf. Es ist dieselbe Kellnerin, die uns auch nach der Trauerfeier bedient hat, derselbe schlecht gefärbte Haaransatz, dasselbe ausgemergelte Gesicht. Ich schenke ihr ein entschuldigendes Lächeln. »Danke, ich brauche nichts.«

Während ich ihr hinterhersehe, wie sie davoneilt, streiche ich mit den Fingerspitzen gedankenverloren über mein Kleid, das ich für mein Treffen mit Moritz ausgewählt habe. Es ist wunderschön mit seinem verspielten Blumenmuster, eines der wenigen von Mamas Kleidungsstücken, das mir passt.

Dann endlich geht die Tür ein weiteres Mal auf, und Moritz tritt über die Schwelle. Als er meine erhobene Hand bemerkt, kommt er schnurstracks auf mich zu.

»Tut mir leid, dass du warten musstest. Ich bin aufgehalten worden.«

Die Begrüßung verläuft denkbar peinlich. Ich will ihm einen Kuss auf den Mund aufdrücken, doch er wendet im letzten Moment den Kopf, sodass meine Lippen nur seine Wangen streifen. Puterrot im Gesicht sinke ich zurück auf den Stuhl.

»Macht es dir was aus, wenn wir woandershin gehen?«, murmelt Moritz. Er scheint mich kaum zu beachten, sein Blick gleitet unruhig durch den voll besetzten Raum. »Ich muss dringend mit dir reden – aber nicht hier.«

Beim Anblick seiner verkrampften Miene sackt mir das Herz in die Hose. Na, das kann ja heiter werden. Ob er unsere Nacht etwa schon bereut?

»Ähm – klar. Wie du willst«, sage ich und krame in meiner Handtasche nach einem Geldschein, den ich unter mein noch halb volles Colaglas klemme.

Moritz ist bereits aufgestanden, und so bleibt mir nichts anderes übrig, als ihm hinterherzulaufen, während er in zügigem Tempo das Lokal verlässt, hinaus auf die Straße und auf eine etwas abseitsstehende Parkbank zu.

»Jetzt sag schon, Moritz. Was ist los?«, keuche ich atemlos, als ich ihn eingeholt habe. »Ist es wegen letzter Nacht – wegen dem, was ...«

»Das ist es nicht«, unterbricht er mich. Noch immer sieht er mich nicht an, und als ich die Hand ausstrecke, um ihn an der Schulter zu berühren, zuckt er vor mir zurück.

»Okay.« Mühsam schlucke ich meine Enttäuschung ob seiner brüsken Reaktion herunter. »Und worum geht es dann?«

»Um Clara. Ich komme gerade von der Polizei.«

»Oh«, hauche ich. Meine verschränkten Finger verkrampfen sich. »Und was haben die gesagt?«

»Ich denke, das weißt du.« Seufzend fährt Moritz sich mit beiden Händen durchs Haar. Es scheint ihm Schwierigkeiten zu bereiten, die nächsten Worte laut auszusprechen. »Sie haben mir den Brief gezeigt. Claras – Abschiedsbrief.«

»W... Was?«

»Verdammt, Miriam!«, zischt Moritz scharf und hebt ruckartig den Kopf. »Schluss mit den Lügen. Keine Ausflüchte mehr, sag endlich die Wahrheit! Was weißt du? Was hast du mit Claras Tod zu schaffen? Und wieso zum Teufel sind deine Fingerabdrücke auf diesem Brief?«

Mist.

Die Sekunden verstreichen. Ich öffne den Mund, doch kein Ton kommt über meine Lippen. Fassungslos schüttelt Moritz den Kopf. Seine Miene drückt nichts als Schmerz aus.

»Du kannst dir sicher denken, wie das aussieht, oder?«

»Bitte, Moritz«, bringe ich mühsam heraus. »Es ist nicht so, wie du denkst. Ich hatte nichts mit Claras Tod zu tun. Sie war meine beste Freundin, Herrgott noch mal!«

»Ich glaub's einfach nicht.« Stöhnend birgt er das Gesicht in den Händen. »Ganz gleich, was die Leute sich erzählten – ich hab dich immer verteidigt. War auf deiner Seite.« Endlich sieht er mir in die Augen, seine Miene ist auf einmal flehend. »Das bin ich auch jetzt noch. Aber bitte, Miriam – rede mit mir! Wie soll ich dir denn helfen, wenn du mir nicht sagst, was los ist?«

Ich hadere mit mir. Ich könnte Moritz alles beichten. Alles, was passiert ist. Doch es geht nicht nur um mich. Sarahs und Beas Schicksale stehen ebenso auf dem Spiel, und egal, wie sehr ich die beiden gerade auch verteufele – ich habe ein Versprechen gegeben. Und ich gedenke, es zu halten.

»Ich kann nicht«, wispere ich mit Tränen in den Augen. »Es tut mir leid. Wirklich. Aber – wir waren das nicht. Bitte, Moritz, so glaub mir doch!«

Moritz' Miene verhärtet sich. Die Enttäuschung in seinem Blick bricht mir beinahe das Herz. »Weißt du, ich hab die Geheimniskrämerei so was von satt. Ich weiß, dass ihr irgendwas verbergt. Das wusste ich immer. Trotzdem – in all den Jahren hab ich nie auch nur einen Moment lang daran gezweifelt, dass du unschuldig bist. Dass Clara deine Freundin war, dass du ihr niemals etwas hättest antun können.« Sein Tonfall trieft nur so vor Verbitterung. »Aber jetzt? Jetzt bin ich mir da nicht mehr so sicher.«

Seine Worte treffen mich bis ins Mark, und ich spüre, wie mir die Tränen kommen.

»Bitte, Moritz«, flehe ich erneut. »Du kennst mich doch. So bin ich nicht. Irgendjemand versucht, mir da was anzuhängen, begreifst du das denn nicht?« Hilflos hebe ich die Hände. »Es stimmt, es gibt da etwas, das ich dir nicht erzählen kann. Aber das hat rein gar nichts mit Clara zu tun, das schwöre ich!«

»Womit dann, Herrgott noch mal?«

Ich beiße mir auf die Unterlippe und wende den Blick ab.

»Das war's also. Du schweigst.« Erneut schüttelt er den Kopf. »Wenn das so ist – habe ich dir nichts mehr zu sagen.«

Ohne mich anzusehen, kramt er in dem Rucksack, den er mitgebracht hat, und wirft mir ein Päckchen vor die Füße. Tränen laufen mir über die Wangen, während ich mich danach bücke. Es ist eine Kamera, eine von den kleinen Dingern, die man über der Tür befestigen kann. Ich schlucke.

»Für dein Haus.«

Dann springt er von der Parkbank auf und stapft mit großen Schritten davon.

KAPITEL 29

Clara. Damals

Inzwischen ist die Dämmerung über uns hereingebrochen, und der Wind hat aufgefrischt. Wie Irene prophezeit hat, ist es auf einmal überraschend kühl, und ich verfluche mich dafür, keinen Pullover mitgebracht zu haben. Zumindest hat Miriam für ausreichende Beleuchtung gesorgt. Kaum dass die letzten Sonnenstrahlen hinter den Baumwipfeln verschwunden sind, hat sie zwei kleine Laternen mit elektronischen Teelichtern aus ihrer Tasche hervorgezaubert, deren sanftes Licht unseren Gesichtszügen schmeichelt.

Mein langes Haar flattert in der Brise, als ich den Blick über meine Freundinnen wandern lasse. Ich fühle mich unbehaglich. Sarah wirkt völlig weggetreten, ein seliger Ausdruck ziert ihr schmales Gesicht, während sie ein paar Meter entfernt von uns mit geschlossenen Augen durchs Gras tanzt. Bea und Tim wiederum liegen knutschend am anderen Ende der Decke. Seine Hand ruht auf Beas Busen, ihre Arme sind fest um seinen Po geklammert, und von Zeit zu Zeit kann man die beiden leise stöhnen hören. Einzig Miriam, die sich zu meiner Linken in ihre Jacke eingemummelt hat, wirkt einigermaßen bei Verstand.

»Unglaublich.« Ich stupse sie in die Seite und deute mit dem Kinn auf Tim und Bea. »Irgendwer muss ihnen sagen, dass sie sich ein Zimmer nehmen sollen.«

»Ach, lass sie doch.« Sie kichert. »Glaub mir, das war lang überfällig.«

Ich zucke die Achseln, nun ebenfalls grinsend.»Wenn du das sagst.«

Nachdenklich an meinem Armband nestelnd, mustere ich meine Freundin. Miriam wirkt zwar nicht gerade nüchtern, aber merkwürdigerweise scheint das Ecstasy auf sie nicht dieselbe Wirkung zu haben wie bei den anderen.»Wie ist sie so?«, murmle ich.»Die Droge – wie fühlt sich das an?«

Zu meiner Überraschung lächelt Miriam. Sie sieht sich verstohlen nach Sarah und Bea um, als wolle sie sichergehen, dass uns niemand zuhört, bevor sie in ihre Hosentasche greift und eine einzelne gelbe Tablette daraus zutage fördert.»Die hier meinst du?«

Ich will meinen Augen erst nicht trauen.»Du hast sie gar nicht genommen?«

Miriam legt beschwörend den Finger an die Lippen, dann lässt sie die Pille wieder in ihrer Tasche verschwinden.»Natürlich nicht – was dachtest du denn? Ab und an ein Joint, schön und gut. Aber dieses chemische Zeug hier?« Sie schüttelt den Kopf.»Ich hatte bloß keine Lust auf eine Auseinandersetzung mit Bea, deswegen hab ich so getan, als ob. Du weißt ja, wie hartnäckig sie sein kann.«

Ich spüre eine Woge der Erleichterung in mir aufsteigen und boxe ihr spielerisch auf den Arm.»Wieso hast du mir das nicht gleich gesagt? Ich hab mir Sorgen um dich gemacht!«

Miriams Mundwinkel zucken, und ich stimme in ihr Lachen mit ein. Auf einmal fühlt sich zwischen uns wieder alles genauso an wie früher. Als hätten sich die Gewitterwolken, die unsere Freundschaft in den letzten Wochen überschattet haben, endlich verzogen.

»Es tut mir so leid«, bricht es unvermittelt aus mir heraus.»Die Sache mit Moritz, was ich zu dir gesagt habe – bitte verzeih mir.«

Miriams Brauen schnellen nach oben. Sie mustert mich prüfend, dann schüttelt sie den Kopf. »Wieso hast du es denn getan? Dich so verhalten, meine ich.«

»Ich weiß auch nicht.«

Auf einmal sehe ich es wieder vor mir – Miriam und Moritz, neben mir auf dem Sofa aneinandergekuschelt, das Flimmern der Mattscheibe auf dem Sideboard, Miriams verzückte Miene im gedämpften Licht des Abspanns, als sie leise über irgendeinen Scherz lacht, den Moritz gemacht hat. Ihre schuldbewussten Gesichter, wie sie eilig einige Zentimeter voneinander abrückten, als ihnen klar wurde, dass ich wach war.

»Keine Ahnung. Ich schätze, ich war wohl einfach – eifersüchtig.«

»Wegen deines Bruders? Aber wieso das denn?«

»Ich – ich weiß auch nicht.« Ich ringe nach Worten. »In all den Jahren hast du nie auch nur mit einem Sterbenswort erwähnt, dass du Moritz auf diese Weise magst. Und als ich euch dann zusammen gesehen hab, habe ich mich plötzlich – ausgeschlossen – gefühlt. Irgendwie verraten.« Ich seufze. »Außerdem – was, wenn es zwischen euch nicht geklappt hätte? Wenn er dir das Herz gebrochen hätte oder du ihm? Du bist meine beste Freundin, das warst du schon immer. Ich hätte es schlicht nicht ertragen, wenn etwas zwischen uns steht. Wenn ich zwischen euch beiden hätte wählen müssen.« Ich spüre Miriams vorwurfsvollen Blick auf mir, und beschämt lasse ich den Kopf hängen. »Mir ist klar, wie dumm und egoistisch das klingt. Wie gesagt, es tut mir leid. Ich hätte mich nicht einmischen dürfen. Das weiß ich jetzt.«

Nachdenklich nimmt Miriam einen Schluck aus ihrem Pappbecher.

»Im Grunde ist das jetzt auch egal. Was auch immer ich in Moritz zu sehen geglaubt habe – ich hab mir da nur was vorgemacht. Sonst wäre er jetzt wohl kaum mit dieser Angelika zusammen«, flüstert Miriam mit brüchiger Stimme. Die Kränkung und die Enttäuschung in ihrer Miene versetzen mir einen Stich.»Egal. Schwamm drüber. Lass uns über was anderes reden, ja?«

Ich nicke nur. Die Reue lastet schwer auf mir, doch ich bringe es schlicht nicht übers Herz, ihr zu beichten, was ich getan habe. Dass ich – ihre beste Freundin – schuld daran bin, dass sich Moritz Angelika überhaupt erst zugewandt hat.

»Ich hab dich noch gar nicht gefragt, wie deine Prüfungen gelaufen sind«, sage ich dann.

Kein gutes Thema, wie mir sogleich klar wird, denn schlagartig verfinstert sich Miriams Miene.»Kannst du dir das nicht denken?«

Ich unterdrücke ein Seufzen. Mein Eindruck heute Morgen hat mich also nicht getäuscht.»Jetzt wart's doch erst mal ab. Bestimmt war es gar nicht so schlimm, wie du glaubst.«

»Ja – vielleicht«, erwidert Miriam gedehnt.»Aber ich mache mir da keine allzu großen Hoffnungen. Die Beispiele zwei und drei waren ein kompletter Reinfall, und bei der Trigonometrieaufgabe hab ich auch gepatzt.«

Mitleidig verziehe ich das Gesicht.»Und die Mündliche? Wenn du dich da mächtig ins Zeug legst, meinst du nicht auch, dass ...«

Doch Miriam schüttelt nur den Kopf.»Es ist zu spät, Clara. Egal, wie großzügig die Punktevergabe ausfällt, ganz gleich, wie gut ich bei der Mündlichen abschneide – für *St Andrews* wird es niemals reichen.«

»Wieso muss es denn unbedingt *St Andrews* sein? Vergiss die Briten einfach. In Wien gibt es schließlich auch gute Unis.«

Bei diesen Worten lacht sie auf, es klingt bitter.»Erklär das mal meinem Vater. Der erzählt doch schon seit Jahren

jedem, der es hören will, dass seine ach so talentierte Tochter eines Tages an einer Eliteuni studieren wird.« Sie schluckt. »Keine Ahnung, wie ich ihm beibringen soll, dass daraus nichts wird. Dass ich versagt habe. Mal wieder.«
»Es ist aber dein Leben, nicht seines«, sage ich sanft.
»Ist es nicht viel wichtiger, was *du* willst?«
»So einfach ist das nicht.«
Voller Anteilnahme betrachte ich meine Freundin im flackernden Licht der Laternen. Sie sieht so bekümmert aus, dass mir das Herz schwer wird, und erneut spüre ich, wie Wut auf Klaus in mir hochsteigt.
Dieser elende Mistkerl!
Hastig werfe ich einen Blick über die Schulter. Doch Sarah wirkt immer noch wie in Trance, und Beas und Tims Gliedmaßen sind so eng ineinander verschlungen, dass schwer zu sagen ist, welche davon zu wem gehören. Keiner von ihnen schenkt uns Beachtung.
»Wenn wir schon bei deinem alten Herrn sind«, flüstere ich und beuge mich ein wenig näher zu ihr, »hat er wirklich vor, ich meine ...«
Ich verstumme jäh, als ich Miriams entsetzten Gesichtsausdruck bemerke.
»Ich denke schon.« Miriams Stimme ist nun so leise, dass ich die nächsten Worte praktisch von ihren Lippen ablesen muss. »Ich hab ihm natürlich gesagt, dass das nicht infrage kommt, aber ich bezweifle, dass er auf mich gehört hat. Erst vor ein paar Tagen hab ich mitbekommen, wie er in seinem Arbeitszimmer mit dem Rektor telefoniert hat.« Sie schüttelt den Kopf. »Was für ein Klischee, nicht wahr? Die Tochter des künftigen Bürgermeisters, Bestechung und das alles. Mein Gott, was bin ich nur für eine Versagerin.«
»Du weißt, dass das nicht wahr ist«, sage ich sofort. »Und was ist mit Irene? Was sagt deine Mutter zu alldem?«

»Nicht viel.« Lustlos knabbert sie an einem abgebrochenen Kartoffelchip, den sie von der Decke aufgelesen hat. »Sie ist dermaßen eingespannt mit Papas Wahlkampf – ich glaube nicht, dass sie irgendwas von dem mitbekommt, was sonst so um sie herum geschieht.«

Ich nicke nur. Einen Augenblick lang hadere ich mit mir, dann frage ich behutsam: »Was meinst du – sind die beiden denn glücklich miteinander?«

Miriam hebt überrascht den Kopf. »Keine Ahnung, hab nie darüber nachgedacht. Wie kommst du darauf?«

»Ach – nur so.«

Aber meine Antwort kommt zu schnell, und ich kann selbst hören, wie panisch meine Stimme auf einmal klingt. Auch Miriam ist das nicht entgangen, denn sie runzelt die Stirn.

Verdammt, denke ich und beiße mir auf die Innenseiten meiner Wangen. *Hätte ich doch bloß die Klappe gehalten.*

Miriams forschender Blick lastet schwer auf mir, und ich spüre ein unangenehmes Prickeln im Nacken.

Komm schon, Clara. Sag es ihr endlich! Worauf zum Teufel wartest du?

Ich presse die Kiefermuskeln zusammen, dann gebe ich mir innerlich einen Ruck. Obwohl mir davor graut, was ich ihr gleich erzählen muss – eine bessere Gelegenheit werde ich wohl kaum kriegen.

»Es ist so, Miriam«, beginne ich zögerlich. »Ich denke schon eine ganze Weile darüber nach, wie ich es dir sagen soll. Es geht um deinen Vater.«

»Was ist mit ihm?«

Ich hole noch einmal tief Luft, doch gerade als ich die gefürchteten Worte aussprechen will, nehme ich in der Dunkelheit eine Bewegung wahr, gefolgt von einem entsetzten Aufschrei.

»Tim – Tim, was ist mit dir? Bitte, so sag doch was! *Tim*!«

Mein Kopf schnellt herum.

Bea ist aufgesprungen, Entsetzen spiegelt sich in ihrer Miene, während sie mit bebenden Händen auf Tim deutet, der neben die Decke ins Gras gerollt ist. Mein Blick folgt ihrem ausgestreckten Arm, und was ich dort sehe, entlockt auch mir einen Schrei.

Was zum ...?

Tims Augen sind nach hinten verdreht, seine Lider flattern wie wild. Schaum hat sich vor seinem Mund gebildet. Sein gesamter Körper wirkt unnatürlich steif, als er von heftigen Krämpfen geschüttelt wird. Er sieht aus, als hätte er einen epileptischen Anfall.

»Was hat er denn?«, keucht Miriam, die nun ebenfalls aufgesprungen ist. »Was ist mit ihm?«

»Ich weiß es nicht.« Bea stößt einen gequälten Laut aus. »Wir haben uns eben noch geküsst, und dann hat er auf einmal zu zucken angefangen.«

Selbst Sarah scheint endlich aus ihrer Trance erwacht zu sein, denn sie stakst auf wackeligen Beinen auf uns zu. »Verdammt – meint ihr, das war das Ecstasy?«

Im Bruchteil einer Sekunde habe ich die schreckliche Tragweite der Situation erfasst.

»Meine Güte, Bea! Jetzt tu doch was! Tim – ich glaube, er erstickt gleich!«

Doch Bea wirkt unfähig, sich von der Stelle zu rühren. Stocksteif steht sie da, die Arme um die Brust geschlungen. Sie sieht aus, als würde sie jeden Augenblick in Ohnmacht fallen.

Mit einem stummen Fluch auf den Lippen schiebe ich Bea unsanft beiseite und stürze neben Tim zu Boden. Sein Gesicht hat eine unnatürlich rote Farbe angenommen, und auch ohne ihn anzufassen, spüre ich die Hitze, die von seinem Körper ausgeht. Vergeblich mühe ich mich ab, ihn auf die Seite zu hieven, aber die Zuckungen, die ihn überkommen, sind so heftig, dass es mir einfach nicht gelingt. »So helft mir doch«, keuche ich. »Schnell! Wir müssen ihn in die stabile Seitenlage bringen.« Endlich lösen sich Miriam und Bea aus ihrer Schockstarre. Mit vereinten Kräften wuchten wir Tim zur Seite, sodass der Speichel aus seinem Mund laufen kann. Doch gerade als ich glaube, wir hätten es geschafft, bäumt sich sein Rumpf ein letztes Mal auf und erschlafft dann – als wäre mit einem Schlag sämtliche Lebenskraft aus seinem Körper gewichen.

Auf einmal ist es totenstill.

Panik, wie ich sie noch nie zuvor in meinem Leben verspürt habe, steigt in mir auf. »Scheiße. Ich glaub, er atmet nicht mehr.«

Verzweifelt durchforste ich mein Hirn, versuche, das verschüttete Wissen aus dem Erste-Hilfe-Kurs hervorzukramen, den ich vergangenen Sommer besucht habe. Wie war das noch mal mit der Reanimation? Zweimal beatmen, dann fünfzehnmal pressen – oder war es doch dreißigmal?

»Wir müssen Hilfe holen«, höre ich Miriam hinter mir rufen. »Wir brauchen einen Arzt.«

»Zu spät«, flüstere ich. »Bis die da sind, ist er längst tot.«

Ohne recht zu wissen, was ich tue, beginne ich mit der Wiederbelebung. Binnen kürzester Zeit schmerzen meine Arme von der Herzdruckmassage, doch ich gebe nicht auf.

Bitte, du darfst jetzt nicht sterben, flehe ich. *Nicht hier, nicht so.*

KAPITEL 30

Miriam

Mein Atem geht keuchend, während ich am Kirchengebäude vorbeilaufe. Der Geruch nach Regen liegt in der Luft, die Erde dampft von den heißen Temperaturen der vergangenen Tage.

Mir ist klar, dass ich nicht extra hätte herkommen müssen, Herr Wolfer hat mir bereits brühwarm davon berichtet. Doch ich muss es mit eigenen Augen sehen. Sehen, was diese verdammten Bastarde getan haben. Immerhin geht es hier um das Andenken meiner Mutter.

So schnell mich meine Füße tragen, umrunde ich die alte Linde, deren Äste längst hätten zurückgeschnitten werden müssen, und halte schnurstracks auf den Friedhof zu. Ich passiere Claras Grab, das Familiengrab der Schmidts. Noch immer liegen überall Blumenkränze verstreut, die meisten davon sind bereits verwelkt. Nur eine einzelne Rose sieht noch frisch aus, die weißen Blütenblätter bewegen sich leicht im Wind.

Ich beschleunige mein Tempo, und kurz darauf habe ich mein Ziel auch schon erreicht.

Trotz des schlechten Wetters ist der Friedhof voller Menschen, Schaulustigen, die in einigem Abstand zu der rot-weißen Absperrung unter riesigen Regenschirmen beieinanderstehen. Sie verfolgen mich mit Blicken, und aus dem Augenwinkel sehe ich, wie eine Frau – die Apothekerin, wenn ich nicht irre – ungeniert mit dem Finger auf mich deutet. Ich kann nicht hören, was sie sagt, doch das muss ich auch nicht. Ich kann mir schon denken, was sich die Leute inzwischen über mich erzählen. *Da ist sie ja, Miriam Haller. Habt ihr gehört? Die Polizei denkt, dass sie es ist, die Clara Schmidt ermordet hat. Merkt ihr, wie erschöpft sie aussieht? So sieht jemand aus, der schuldig ist, das sage ich euch!* Ich würdige sie keines Blickes, während ich mit zusammengebissenen Zähnen über die Absperrung steige.

Tratsch – das Bedrohlichste bei polizeilichen Ermittlungen. Ansteckend und unvermeidlich. Ich sollte allmählich daran gewöhnt sein, so war es damals schließlich auch, lange bevor Claras Leiche aufgetaucht ist. Er ist gefährlich, weil er aus etwas Realem entsteht, wie ein Samen in der Erde immer weiterwächst, ein Eigenleben entwickelt, bis er nur noch ein entfernter Abklatsch der Wahrheit ist. Bis er rein gar nichts mehr mit ihr gemein hat.

Verschwindet!, würde ich sie am liebsten anschreien. *Haut ab! Ihr habt hier nichts verloren!*

Obwohl ich bereits wusste, was mich erwartet, muss ich mich zurückhalten, um beim Anblick von Mamas Grab nicht in Tränen auszubrechen. Abrupt bleibe ich stehen, meine Hände in den Taschen unwillkürlich zu Fäusten geballt.

Quer über den anthrazitgrauen Grabstein sind mit roter Farbe Buchstaben gesprayt. Ein einziges Wort.

Lügnerin.

Die Stelle, wo das Plastiktütchen mit den Tabletten gelegen hat, ist mit Kreidestift markiert. Das Tütchen selbst hat die Polizei natürlich längst mitgenommen.

Beinahe hätten meine Knie unter mir nachgegeben, und ich atme einige Male tief durch, bevor ich langsam in die Hocke gehe, den Blick immer noch fest an den Stein geheftet. Tränen laufen mir inzwischen die Wangen hinunter, doch ich mache mir nicht die Mühe, sie fortzuwischen.

Oh Mama! Dass sie in all das reingezogen wird, ihr Andenken auf diese Weise beschmutzt wird –, das hat sie nicht verdient. Und ich kann nur hoffen, dass sie, wo auch immer sie jetzt ist, nichts von alledem mitbekommt. Was sie wohl denken würde, wenn sie mich gerade sehen könnte? Ein mitleiderregendes Häufchen Elend, panisch zitternd vor ihrem Grab zusammengekrümmt.

Ich schluchze laut auf.

Ich kann mich nicht erinnern, jemals zuvor so verzweifelt gewesen zu sein. Kaum zu glauben, dass es noch keine zwei Wochen her sein soll, dass ich in meinem schicken Londoner Eckbüro gesessen habe, meine einzige Sorge die anstehende Vertragsverlängerung im Herbst. All das kommt mir auf einmal vor wie ein völlig anderes Leben. Als wäre es schon immer meine Bestimmung gewesen, hierher zurückzukehren, genau an diesen Punkt. Damit die Schuld, die ich auf mich geladen habe, der dunkle Fleck auf meiner Seele, mich endlich einholt. Der Gerechtigkeit genüge getan werden kann.

Vierzehn Jahre seid ihr damit durchgekommen, vierzehn Jahre geborgte Zeit. In der andere tot waren, während ihr weiterleben durftet.

Ein Zittern durchläuft meinen Körper.

Ich ziehe mir die Kapuze weiter über den Kopf. Der Regen ist inzwischen stärker geworden, er peitscht mir unbarmherzig ins Gesicht, vermischt sich mit meinen Tränen. Noch immer spüre ich die Blicke der Dorfbewohner auf mir, doch ich bin so in meine eigene Gedankenwelt abgetaucht, dass ich sie gar nicht wirklich bemerke. Alles, was ich wahrnehme, ist die Kälte, die mir den Rücken hinunterkriecht. Das anklagende Wort vor mir auf dem Stein, die Buchstaben, die durch den Regen an Schärfe verlieren und vor meinen Augen zerfließen.

Die Ereignisse der vergangenen Tage haben einen dramatischen Höhepunkt erreicht. Claras Leiche. Die Drohungen, die Enthüllungen, was meine angeblichen Freundinnen betrifft. Dieses undefinierbare Gefühl, beobachtet zu werden, als würde irgendjemand dort draußen jeden einzelnen meiner Schritte vorausahnen. Der gestohlene Abschiedsbrief. Die Befragungen durch die Polizei. Und nicht zuletzt der Anruf meiner Sekretärin heute Morgen. Meiner ehemaligen Sekretärin, sollte ich wohl eher sagen. Ich hab keine Ahnung, wie, aber offenbar haben meine Kollegen in London Wind davon bekommen, was hier läuft. Dass ich Teil einer Morduntersuchung geworden bin, und natürlich auch von den Gerüchten um mein beschönigtes Abschlusszeugnis. Ich wurde noch nicht offiziell entlassen, doch ich weiß, dass das nur eine Frage der Zeit ist.

Selbst Papa hat sich öffentlich von mir distanziert. Ich bezweifle zwar, dass ihm das bei den anstehenden Wahlen hilft, aber die Botschaft an mich ist klar. *Du hast es verbockt – wieder einmal.*

Ich bin nun ganz auf mich allein gestellt, wörtlich und metaphorisch mutterseelenallein. Niemand glaubt mir, nicht mal Moritz, und bei der Erinnerung an die Enttäuschung in seinem Gesicht fühle ich bodenlose Verzweiflung in mir aufsteigen. Ich kann es ihm nicht mal verübeln, an seiner Stelle würde ich vermutlich genau dasselbe denken.

Und natürlich ist mir auch bewusst, wie das für die Polizei aussehen muss. Obwohl Grabschändung eine Straftat ist, weiß ich, dass das nicht der einzige Grund für ihr Interesse an alldem hier ist. Es ist ein weiteres Indiz, noch ein Beweis für meine Schuld, das hat Inspektor Wolfer mehr als klar gemacht. Die Vernehmungen haben stundenlang gedauert, während er mich wieder und wieder fragte, was mit Clara passiert sei. Wie meine Fingerabdrü-cke auf ihren Abschiedsbrief gelangt sind. Sie behandeln mich wie ein rohes Ei, eine Verdächtige, die man genau im Auge behalten muss. Als stünde auf dem Rücken ein imaginäres X geschrieben. *Zum Abschuss freigegeben. Schuldig.* Ein Wunder, dass sie mich nicht auf der Stelle verhaftet haben. Noch haben sie es nicht. Doch sie irren sich. Sie sind völlig auf dem Holzweg. Das beweisen die Pillen ganz eindeutig, und auch die Botschaft auf dem Grabstein spricht eine klare Sprache. Es ist eine Nachricht. An uns. An Bea, Sarah und mich. Die Kiste in der hinteren Ecke von Mamas Schrank schiebt sich in meine Erinnerung, und ich spüre, wie Übelkeit in mir hochsteigt. Ich sitze in der Falle. Alles, was ich der Polizei sagen könnte, würde uns nur noch viel tiefer ins Verderben reißen.

Denn eines ist mir inzwischen klar geworden. Insgeheim hatte ich es die ganze Zeit über gewusst, der Gedanke war nur zu schrecklich, um ihn ernsthaft zuzulassen. Bei alledem, was uns in den letzten Wochen widerfahren ist, all die Drohungen, die versteckten Botschaften – da ging es überhaupt nicht um Clara.

Es ging um Tim.

Die bloße Erkenntnis treibt mir die Schweißperlen auf die Stirn. Denn irgendjemand weiß, was wir getan haben. Und dieser jemand ist bereit, uns nun zur Rechenschaft zu ziehen. Mit allen Mitteln.

KAPITEL 31

Moritz

Im Sommer gehen gleich drei meiner Lehrer in Pension – weiß der Himmel, wie ich genug Personal für das nächste Jahr zusammenbekommen soll«, sagt Tobias und gestikuliert aufgebracht mit seiner Gabel. »Nächste Woche bin ich deswegen sogar beim Unterrichtsministerium. Die Situation ist im ganzen Land prekär, und die Politik unternimmt rein gar nichts dagegen.«

Mit einem Ohr Tobias' Klagen über den Lehrermangel lauschend, beobachte ich unauffällig meine Mutter. Ich hatte gehofft, Tobias' Besuch würde sie aufheitern, doch das Gegenteil scheint der Fall zu sein. Sie sieht aus, als wäre sie in Gedanken weit fort, und obwohl sich der Tisch unter den Köstlichkeiten biegt, die ich vom Italiener geholt habe, hat sie ihren Teller kaum angerührt.

Auch sonst steht es mit der Stimmung nicht zum Besten. Lisa wirkt missmutig, ihre Antworten – wenn sie denn etwas sagt – fallen einsilbig und schroff aus. Und obwohl sie normalerweise erstaunliche Mengen verdrücken kann, stochert sie heute nur lustlos in ihrer Pasta. Mir fällt ein, dass sie sich schon letzte Woche merkwürdig verhalten hat, als Tobias zu Besuch war, und allmählich frage ich mich, ob sie ein Problem mit ihm hat, von dem ich nichts weiß.

Einzig mein bester Freund wirkt unbeeindruckt von der miesen Stimmung. Er langt herzhaft zu, und während er sich eine Gabel nach der anderen in den Mund schiebt, tut er alles, um die Unterhaltung am Tisch am Laufen zu halten. Ich bin ihm dankbar für seine Mühen.

»Du musst unbedingt die Carbonara probieren, Margarete«, sagt Tobias jetzt. »Wirklich hervorragend. Genau al dente, dazu noch diese herrliche Soße.« Er schwenkt die Schüssel verführerisch vor ihren Augen. »Na – interessiert?«

»Danke, mein Lieber, ich hatte genug«, erwidert Mama abwesend. »Aber zu einem Glas davon würde ich nicht nein sagen.« Sie deutet mit dem Kinn auf die Weinkaraffe. Lisa und ich tauschen sorgenvolle Blicke. Wenn ich nicht irre, wäre das ihr drittes Glas. Keine gute Idee bei all den Medikamenten, die sie immer noch nimmt.

»Tobi hat recht«, sage ich sanft. »Du musst essen, damit du bei Kräften bleibst. Das bisschen Gemüse reicht doch nicht.«

Aber Mama schüttelt nur stur den Kopf. »Ich möchte wirklich nichts.«

Seufzend gebe ich mich geschlagen. Im Grunde kann ich es ihr nicht verdenken. Bei allem, was in letzter Zeit los war, verspüre auch ich nur wenig Appetit.

Nachdem keiner von uns Anstalten macht, ihr nachzuschenken, greift Mama nun selbst nach der Karaffe. Dabei verfehlt sie knapp ihr Glas, sodass sich die gelbliche Flüssigkeit auf das Tischtuch ergießt. Ich beiße mir auf die Unterlippe, sage jedoch nichts. Stumm mache ich mich daran, den Wein mit meiner Serviette aufzutupfen.

Tobias hat erneut das Wort ergriffen, gibt nun ein paar lustige Anekdoten aus seinem Arbeitsalltag zum Besten. Doch obwohl er ein guter Geschichtenerzähler ist, kann ich nicht verhindern, dass meine Gedanken abdriften.

Seit meinem Zerwürfnis mit Miriam frage ich mich, wie es ihr wohl gehen mag, ob ich sie anrufen soll. Ich begreife schlichtweg nicht, wieso sie mir nicht erzählt, was los ist. Wovor sie so große Angst hat, dass sie sich nicht einmal mir anvertrauen will. Die schiere Verzweiflung in ihrer Miene, als ich sie nach dem Abschiedsbrief gefragt habe, geht mir einfach nicht mehr aus dem Kopf, und zum wiederholten Mal frage ich mich, ob ich womöglich zu hart mit ihr umgesprungen bin. Miriam verbirgt irgendetwas, das steht außer Zweifel, doch ob Wunschdenken oder nicht – allen Ungereimtheiten zum Trotz glaube ich immer noch nicht, dass sie tatsächlich in den Mordfall verwickelt ist.

Ich bin ratlos. Denn wie es scheint, stehe ich mit meinen Zweifeln allein auf weiter Flur. Die Gerüchteküche im Dorf hat in den letzten Tagen einen neuen Höhepunkt erreicht, jeder, der was auf sich hält, weiß auf einmal etwas über Miriam und ihre Freundinnen zu berichten. Geschichten aus ihrer Kindheit, Anekdoten, wonach mit den Mädchen immer schon was faul war. Die meisten davon so haarsträubend, dass mir die Nackenhaare zu Berge stehen. Erst vorhin beim Italiener habe ich mitbekommen, wie Hans, der Besitzer des Kiosks, lautstark verkündete, Bea und ihre Clique hätten früher oft heimlich Hefte aus seinem Zeitungsständer stibitzt – ein eindeutiger Beweis für ihre kriminelle Ader. Auch das Gemunkel über die Bestechung des alten Rektors bietet allerlei Anlass für Gesprächsstoff, und ich muss mich jedes Mal zusammenreißen, den Leuten nicht harsch über den Mund zu fahren.

Ich weiß einfach nicht mehr weiter. Obwohl es erst wenige Wochen her ist, seit Claras Leiche aufgetaucht ist, kommt es mir vor, als wäre seither ein ganzes Leben an mir vorbeigezogen. Die Ermittlungen zehren an meinen Nerven, und ich frage mich, wie lange es wohl noch dauern wird, bis dieser Albtraum endlich ein Ende findet.

»Was hältst du eigentlich von der Sache mit Irenes Grab?«, durchbricht Tobias' Stimme plötzlich meine Grübeleien. »Schon seltsam das Ganze, meinst du nicht?«

Ich hebe ruckartig den Kopf, und am liebsten hätte ich meinen Freund mit einem Fußtritt zum Schweigen gebracht. Auch Lisas Miene hat sich schlagartig verfinstert, und ich bemerke, wie sie Mama einen ängstlichen Seitenblick zuwirft. Doch wie es scheint, hat sie nur auf dieses Stichwort gewartet, denn auf einmal erwacht sie aus ihrem tranceähnlichen Zustand.

»Ist das nicht offensichtlich?« Endlich lässt sie von ihrem Weinglas ab und stützt die Ellbogen auf die Tischplatte. »Erst Claras Abschiedsbrief mit ihren Fingerabdrücken darauf und jetzt das.«

»Du denkst also auch, dass es die Mädchen waren?«, fragt Tobias und stopft sich eine weitere Gabel Nudeln in den Mund, meinen beschwörenden Blick ignorierend.

»Genau das glaube ich.« Mama nickt heftig, in ihren Augen blitzt Wut. »Ich hab ja von Anfang an gesagt, dass da was nicht stimmt. Aber nachdem Irene behauptet hat, die drei wären den ganzen Tag bei ihr gewesen, wollte natürlich keiner mehr auf mich hören.« Ihre Stimme bebt vor Empörung.

»Ich weiß nicht, Mama«, sage ich vorsichtig. »Ich kann mir beim besten Willen nicht vorstellen, dass Miriam zu so was Abscheulichem fähig wäre. Sie war Claras beste Freundin. Wieso in aller Welt hätte sie sie ermorden sollen?«

Mama verdreht die Augen. Ihre Wangen haben sich gerötet, ob vom Alkohol oder vor Wut – ich kann es nicht sagen. »Dass du sie verteidigst, war ja klar. Du hattest doch schon immer einen Narren an dem Mädchen gefressen.« Angewidert schüttelt sie den Kopf. »Keine Ahnung, was der Grund war – wahrscheinlich werden wir es nie erfahren. Aber Irene hat alles vertuscht, so viel steht fest.« Sie schluckt, und ihre Stimme ist voller Verbitterung, als sie hinzufügt: »Weiß der Himmel, was sie meiner armen Kleinen angetan haben.«

Tobias nickt bedächtig. »Jetzt, wo du es sagst: Ich hab mich schon immer gewundert, wieso eigentlich sonst niemand Irenes Geschichte bestätigen konnte. Ich meine – wenn sie tatsächlich bei den Hallers waren, müsste sie doch jemand gesehen haben, oder nicht?«

»Das sage ich ja!«

Ich presse die Kiefer so fest aufeinander, dass es kracht. Dass jeder so bereitwillig Miriam die Schuld in die Schuhe schieben will, obwohl es dafür weder ein Motiv noch irgendwelche Beweise gibt, macht mich rasend.

»Das ist doch alles völliger Humbug«, bricht es aus mir hervor. Ich atme einige Male tief ein und aus, dann fahre ich mit ruhigerer Stimme fort. »Habt ihr etwa vergessen, was diese Zeugin gesagt hat? Clara war am Abend des siebzehnten Juni noch auf dem Schulgelände. Was immer ihr also zugestoßen sein mag – es muss danach passiert sein.«

Aus dem Augenwinkel sehe ich, wie Lisa zusammenzuckt. Auch Tobias blickt auf. Er sieht ehrlich überrascht aus. »Ach ja? Wer sagt das?«

»Irgendein Mädchen aus dem Schwimmteam«, antworte ich achselzuckend, verwundert, dass Herr Wolfer, dieser Stümper, es anscheinend nicht mal für nötig befunden hat, die beiden danach zu fragen.

Tobias hebt spöttisch eine Augenbraue. »Und das fällt ihr ausgerechnet jetzt ein?«

»Damals dachten doch noch alle, Clara wäre weggelaufen. Wahrscheinlich hielt sie die Information deswegen nicht für relevant.« Ich zucke die Achseln.

»Verstehe«, sagt Tobias gedehnt. »Und hat diese ominöse Zeugin auch verraten, was Clara so spät noch dort wollte?«

Bei diesen Worten huscht ein Schatten über Lisas Gesichtszüge, und ich sehe, wie sie Tobias einen verstohlenen Blick zuwirft.

»Nein.« Ich seufze. »Ich hatte gehofft, ihr könntet mir das sagen. Und ihr seid euch ganz sicher, dass ihr sie nicht gesehen habt?«

»Ganz sicher.«

»Und der Abschiedsbrief?«, fragt Lisa. »Wenn du glaubst, dass Miriam und die anderen nichts mit alldem zu tun haben – wie erklärst du dir dann die Fingerabdrücke auf dem Papier?«

Meine Hände ballen sich unwillkürlich zu Fäusten, als eine neue Woge des Zorns in mir aufflammt. »Dafür könnte es zig Erklärungen geben«, sage ich schließlich. »Denkt mal nach: Wieso hätte Clara überhaupt einen Abschiedsbrief schreiben sollen, wo sie doch ermordet wurde?« Tobias öffnet den Mund, aber ich hebe den Arm, um ihn zum Schweigen zu bringen, sodass er ihn rasch wieder zuklappt. »Gut – angenommen, ihr habt recht, und die Mädchen haben Clara tatsächlich getötet. Wenn sie es tatsächlich so aussehen lassen wollten, als wäre sie fortgelaufen: Wieso taucht der Brief dann erst jetzt auf? Weshalb haben sie ihn nicht gleich zur Polizei gebracht? Das hätte ihre Geschichte doch nur bestätigt.«

Doch die beiden weichen meinem Blick aus, und erneut werde ich das Gefühl nicht los, dass sie irgendwas vor mir verbergen.

Aber ich bin noch nicht bereit aufzugeben. »Und da ist noch was. Die Drogen, die auf Irenes Grab gefunden wurden: Wenn es stimmt, was ihr sagt, wenn die Botschaft auf dem Stein tatsächlich mit Claras Tod zusammenhängt – dann wäre es doch nur logisch, dass die Pillen auch bewusst dort platziert wurden.« Ich sehe hilfesuchend zu Lisa. »Du standest Clara von uns allen am nächsten. Hältst du es für denkbar, dass Clara Drogen genommen haben könnte?«

»Clara und Drogen?« Lisa schüttelt entschieden den Kopf. »Nie im Leben.«

Ich werfe meiner Mutter einen triumphierenden Blick zu. Doch die macht nur eine wegwerfende Handbewegung.»Das mit den Pillen kann doch auch Zufall gewesen sein. Vielleicht gehörten sie irgendeinem Landstreicher, von denen gibt es hier ja genügend.«

»Wobei – jetzt, wo du es sagst«, mischt Tobias sich unvermittelt ein,»es gab damals schon Gerüchte, was Drogen an der Schule angeht.« Nachdenklich legt er die Stirn in Falten.»Im Lehrerkollegium munkelte man damals, Bea würde sich mit Drogenhandel ein wenig Taschengeld dazuverdienen. Es wäre also durchaus möglich, dass ...«

»Nun mach aber mal halblang«, unterbreche ich ihn. Allmählich bin ich mit meiner Geduld am Ende.»Ich kenne die Gerüchte, von denen du sprichst. Aber soweit ich mich erinnere, konnte man ihr nie was nachweisen. Und selbst wenn – da ging es doch bloß um Marihuana. Keine Pillen.«

»Soweit wir wissen.«

Bedrückendes Schweigen senkt sich über uns, nur das Klirren von Tobias' Besteck durchbricht die Stille, als er nun auch den letzten Rest Nudeln verschlingt. Lisa wirkt seltsam angespannt, wie sie da mit ausdrucksloser Miene auf ihren Teller starrt. Ihre Nervosität scheint mit Händen greifbar.

Schließlich erhebt sich Mama. Tränen glänzen in ihren Augen, und ich verfluche Tobias im Stillen dafür, das Thema überhaupt aufgebracht zu haben. Mich selbst dafür, dass ich es nicht einfach dabei bewenden lassen konnte.»Ich werde dann mal zu Bett gehen«, sagt sie und reibt sich die geröteten Wangen.»Ich bin schrecklich müde, wisst ihr.«

Lisa springt sofort auf, doch ich bedeute ihr, sitzen zu bleiben.»Lass nur«, murmele ich.»Ich begleite Mama nach oben. Räumt ihr einstweilen die Teller in die Spülmaschine?«

Als ich zwanzig Minuten später wieder die Treppe hinunterkomme, ist Tobias schon gegangen. Lisa hat es sich unterdessen mit einem Buch im Wohnzimmer gemütlich gemacht.

»Alles erledigt.« Erschöpft lasse ich mich, ein Glas Wein in der Hand, auf die Couch fallen. »Mama hat brav ihre Tabletten genommen. Ich hab gewartet, bis sie eingeschlafen ist, sie war so müde, dass ihr gleich die Augen zugefallen sind.«

Lisa nickt, den Blick immer noch auf das Buch auf ihrem Schoß geheftet. »Wir müssen sie im Auge behalten«, murmelt sie abwesend. »Dass sie jeden Abend trinkt, gefällt mir nicht.«

»Geht mir genauso.« Mit einem Anflug von schlechtem Gewissen nehme ich einen Schluck aus meinem eigenen Glas. Dann räuspere ich mich vernehmlich. »Aber nun zu dir. Was ist in letzter Zeit eigentlich los mit dir?«

»Was meinst du?«

»Ich rede von Tobias. Irgendwie verhältst du dich – komisch in seiner Gegenwart«, sage ich schließlich langsam, da mir keine passendere Formulierung einfällt. »Früher habt ihr euch doch so gut verstanden. Du warst immer ganz hibbelig, wenn er da war. Konntest gar nicht mehr aufhören zu plappern. Aber jetzt – irgendwas stimmt nicht zwischen euch, das spüre ich doch genau. Also sag schon – was ist los?«

Lisa runzelt die Stirn. »Ich weiß wirklich nicht, wovon du sprichst. Die Mordermittlungen, die Sorge um Mama – das ist alles, was mir Kopfzerbrechen bereitet. Das hat rein gar nichts mit Tobias zu tun.«

Ich hebe die Brauen. »Ach ja?«

»Ja!«

Argwöhnisch betrachte ich meine jüngste Schwester. Sie weicht meinem Blick aus, und ihre Hände umklammern das Buch so fest, dass die Knöchel weiß hervortreten. Kein Zweifel – sie lügt.

»Tut mir leid, Winzling, aber das glaub ich dir nicht.«

»Nenn mich nicht so. Ich bin keine fünf mehr.« Mit einem Ruck klappt Lisa das Buch zu, und ich bin überrascht, Zorn in ihrem Gesicht aufleuchten zu sehen. »Ich hab Tobi seit Jahren nicht mehr gesehen. Er war dein Freund, nicht meiner. Abgesehen davon war ich überhaupt nicht hibbelig, wie du es nennst. Der Kerl ist mir doch völlig schnuppe.«

»Er war aber auch dein Lehrer«, gebe ich zu bedenken. »Dein Coach.«

»Wie der von fünfzehn anderen auch.«

Der trotzige Unterton in Lisas Stimme lässt mich aufhorchen. Unwillkürlich muss ich wieder an die Zeugin denken, die Clara in der Schule gesehen haben will, und auf einmal fällt es mir wie Schuppen von den Augen. Ich begreife einfach nicht, wieso ich nicht schon früher darauf gekommen bin.

Auf die Ungereimtheiten in Lisas Geschichte.

»Was hast du an jenem Abend eigentlich so lange in der Schule gemacht?«, frage ich unvermittelt. »Du meintest, du wärst erst gegen zehn zu Hause gewesen – wieso? Euer Schwimmtraining ging doch nur bis neun.«

»Was soll das nun wieder?« Sie stöhnt. »Meine Güte, Moritz! Lass doch mal gut sein. Es war ein anstrengender Tag. Ich bin müde, begreifst du das nicht?«

Aber ich denke nicht daran, mich abwimmeln zu lassen. Nicht jetzt. »Ich frage dich noch einmal: Wieso warst du erst so spät zu Hause?«

»Vermutlich hat das Training einfach ein wenig länger gedauert.«

»Im Gegenteil«, sage ich und verschränke die Arme vor der Brust. »Die Zeugin hat ausgesagt, dass ihr an jenem Abend früher als sonst fertig wart.«

»Vielleicht hat sie sich geirrt.«

»Möglich. Aber das glaube ich nicht. Also?«

Resigniert wirft Lisa die Hände in die Luft. »Das alles ist im Nachhinein so verschwommen. Vielleicht hat das Training ja tatsächlich früher geendet, und ich hab nachher noch mit Tobias gesprochen. Ich weiß es nicht mehr so genau.«

»Tobias, der dir – wie hast du es genannt – völlig schnuppe war?«

Lisa reckt das Kinn vor und verschränkt trotzig die Arme vor der Brust. »Und weiter?«

»Ich fasse mal zusammen, vielleicht begreifst du ja dann, worauf ich hinauswill.« Mit einem Satz bin ich auf den Füßen und beginne, unruhig im Wohnzimmer auf und ab zu laufen.

»Das Mädchen aus dem Schwimmteam hat Clara gegen neun im Flur getroffen, als es das Schulgebäude gerade verlassen wollte. Die Klassenzimmer sind abends abgeschlossen, und das wusste Clara, also kann das nicht der Grund ihres Besuchs gewesen sein. Bleibt also nur eines – sie wollte zu euch. Zu *dir*.« Ich sehe ihr nun direkt in die Augen. »Du hingegen sagst, du wärst erst gegen zehn daheim gewesen. Die Schule ist mit dem Fahrrad kaum eine halbe Stunde entfernt – du musst zu der Zeit also noch vor Ort gewesen sein. Wieso zum Teufel hast du Clara dann dort nicht gesehen?«

Ich kann regelrecht spüren, wie Lisa unter meinem forschenden Blick innerlich zusammenschrumpft. »Ich weiß es doch auch nicht.« Ihre Unterlippe bebt, sie sieht aus, als würde sie jeden Augenblick in Tränen ausbrechen. »Ich hab sie seit dem Vormittag nicht mehr gesehen, das schwöre ich!«

»Und ich glaube dir.« Mit zwei großen Schritten bin ich bei ihr, gehe vor dem Sofa in die Hocke, sodass wir auf Augenhöhe sind.»Also bitte, Lisa. Erklär es mir. Was war da los? Wo warst du? Und wieso in Gottes Namen ist Clara nie bei euch angekommen?«

»Scheiße, Moritz!« Sie ringt um Fassung.»Was glaubst du, was ich mich die ganze Zeit über frage? Ich denke an praktisch nichts anderes mehr.« Dicke Krokodilstränen kullern nun über ihre Wangen, und sie fährt sich mit dem Ärmel übers Gesicht.»Wenn ich nur nicht so abgelenkt, nicht so verdammt dumm gewesen wäre, vielleicht wäre Clara dann noch ...« Sie bricht ab. Der Ausdruck schierer Verzweiflung in ihrer Miene fühlt sich an wie ein Schlag in die Magengrube.

»Wieso warst du abgelenkt?«, flüstere ich.»Sag es mir, Süße. Ich bin dein Bruder, du kannst mir alles sagen, das weißt du doch, oder? Was meintest du, als du eben gesagt hast, du hättest was Dummes getan?«

Lisa kämpft mit sich, das sehe ich.»Ich – ich hab nie gewollt, dass jemand davon erfährt.« Sie schluchzt unvermittelt auf.»Es ist nämlich so, Tobias und ich – wir ...« Sie beginnt zu zittern. Plötzlich sacken ihre Schultern nach vorn, und sie schlingt die Arme schützend um ihre Knie.

»Was war mit euch?«, wispere ich tonlos, nicht sicher, ob ich die Antwort überhaupt hören will. Eine dunkle Vorahnung überkommt mich, und mein Herz pocht auf einmal so heftig, als wolle es mir aus der Brust springen.

»Wir waren – zusammen.« Die nächsten Worte purzeln nur so aus ihr heraus. Als hätte sie nicht die Kraft, sie noch länger für sich zu behalten.»Deswegen hat Clara uns nicht gefunden. Wir waren nicht in den Umkleidekabinen und auch nicht im Schwimmsaal.« Sie wimmert leise.»Das alles ist allein meine Schuld. Wenn ich nur nicht so ein dummer, naiver Idiot gewesen wäre, vielleicht wäre Clara jetzt noch am Leben.«

KAPITEL 32

Clara. Damals

Den Blick starr auf Miriams Rücken gerichtet, holpere ich den anderen hinterher die dunkle Straße entlang. Die Lichtkegel unserer Fahrräder tanzen wie Irrlichter über den Asphalt, und eine unheimliche Stille liegt in der Luft, nur durchbrochen von Beas quietschenden Felgen und dem leisen Zirpen der Grillen in den Sträuchern.

Meine Nackenhaare stellen sich auf, während die vertraute Umgebung an mir vorbeizieht – die weit über die Straße ragenden Äste der Bäume, die Umrisse des ehemaligen Industriegebiets, kaum abgehoben gegen den dunkler werdenden Nachthimmel. Ausgebeulte Leitplanken säumen den Wegesrand.

Wie in einer quälenden Endlosschleife laufen die Ereignisse der vergangenen Stunden in meinen Gedanken ab. Tim, der unbehaglich die Tabletten auf Sarahs Handfläche anstarrt. Die Krämpfe, die seinen Körper schütteln, der Schaum vor seinem Mund, das verzweifelte Röcheln, das aus seiner Kehle dringt. Wie Tims Leib ein letztes Mal erzittert, bevor er endgültig erschlafft. Und dann – die Stille. Diese dröhnende, nervenzerfetzende Stille, als uns dämmert, was da gerade vor unseren Augen geschieht. Ich muss mich anstrengen, nicht loszuheulen.

Wie in Zeitlupe sehe ich mich selbst, die Handflächen auf Tims Brust pressen, höre das Knacken seiner Rippen unter der Herzdruckmassage, spüre noch einmal das Brennen meiner Muskeln, während ich seinen Brustkorb bearbeite, wieder und immer wieder. So lange, bis mich die Erschöpfung übermannt und Bea übernimmt, danach Miriam.

Ich wusste es, noch bevor Miriam die Kräfte verließen und sie schluchzend auf Tims Schulter zusammensank. Es war zu spät. Wir hatten versagt. Beinahe meinte ich zu spüren, wie die Wärme aus seinem Körper entwich, und das Wissen, dass wir für all das verantwortlich waren, brachte mich fast um den Verstand. Am liebsten hätte ich mich zu ihm ins Gras gelegt und wäre mit ihm gestorben. *Mein Gott, er ist tot. Tim ist tatsächlich tot. Wir haben ihn umgebracht.* Zu meiner Überraschung war es Bea, die sich als Erste wieder gefasst hatte. Die Tränen hatten graue Schlieren auf ihren Wangen hinterlassen, doch ihre Miene war unbewegt, während sie mit verschränkten Armen auf Tims leblosen Körper hinabstarrte.

»Wir müssen hier weg. Und zwar schnell.«

Miriam, die Finger immer noch in Tims Shirt gekrallt, fuhr herum. »Wie bitte?«

»Das kann doch nicht dein Ernst sein«, stieß Sarah hervor, die Stimme voller Panik. »Wir müssen Hilfe holen. Die Rettung, die Polizei, unsere Eltern – irgendwen!«

Aber Bea schüttelte den Kopf. »Es ist zu spät, davon wird Tim auch nicht wieder lebendig. Wir sollten zusehen, dass wir unsere eigene Haut retten und von hier verschwinden.«

»Was – nein!« Fassungslos starrte ich zu ihr hoch. Im Flackern einer umgefallenen Laterne erhaschte ich einen Blick auf Beas Gesicht, und die Entschlossenheit in ihrer Miene jagte mir einen kalten Schauer über den Rücken.

»Wir können ihn doch nicht einfach hier liegen lassen!«

Hilfesuchend sah ich zu Miriam hinüber, doch die schien mich gar nicht zu bemerken. Ihre Lippen waren fest aufeinandergepresst, hinter ihrer Stirn arbeitete es heftig.

Bea hingegen ließ keinen Zweifel daran, dass sie es ernst meinte. Sie hatte schon damit begonnen, in aller Hast unsere Sachen aufzusammeln. Nacheinander wanderten Flaschen, leere Müsliriegelverpackungen und Chipstüten in Miriams Korb. »Packt alles ein. Jeden Pappbecher, selbst die Zigarettenstummel – einfach alles.«

»Herrgott, Bea – so warte doch!« Sarah war einer Panikattacke nahe. »Du machst mir Angst. Was hast du vor? Und wo sollen wir deiner Meinung nach überhaupt hin?«

»Zu mir. Wir fahren erst mal zu mir.« Miriam hatte sich nun ebenfalls aus dem Gras hochgerappelt und half Bea, die Decke zusammenzurollen. Ihre Hände zitterten so stark, dass sie mehrere Anläufe brauchte, um die Ecken zu fassen zu bekommen. »Dort entscheiden wir, wie wir weiter vorgehen.« Als sie meinen ungläubigen Blick auffing, fügte sie beschwörend hinzu: »Ich weiß, es ist furchtbar. Doch Bea hat recht. Tim ist tot, wir können nichts mehr für ihn tun. Und wenn herauskommt, dass wir es waren, die ihm die Drogen gegeben haben ...« Sie beendete den Satz nicht.

Eisiges Schweigen machte sich zwischen uns breit, während die Erkenntnis allmählich einsickerte.

»Aber – es war doch nur ein Unfall«, flüsterte ich tonlos. »Wir konnten doch nicht ahnen, dass so was geschieht.«

Ich biss mir auf die Unterlippe. Denn noch während ich die Worte aussprach, wusste ich, dass das nicht stimmte. Bea hatte das Ecstasy mitgebracht. Sie und Sarah hatten Tim dazu überredet, mitzumachen, obwohl er eigentlich nicht wollte. Miriam und ich hatten ihn nicht davon abgehalten. Hatten es unterlassen, einen Notarzt zu rufen, als der ihm womöglich noch hätte helfen können. Wir alle waren schuldig – auf die eine oder andere Art.

Tränen verschleiern mir die Sicht, während ich spüre, wie die Schuldgefühle mich überrollen, bis in den letzten

Winkel meines Innersten vordringen, meine Seele vergiften. Wir hätten es verhindern müssen. *Ich* hätte es verhindern müssen. Wieso bin ich nicht eingeschritten, wie konnte ich nur zulassen, dass er diese verdammte Pille nimmt? Wie konnten wir ihn zu allem Überfluss auch noch zurücklassen – tot, mutterseelenallein, verborgen im hohen Gras?

Mein Schluchzen wird vom Fahrtwind verschluckt, und ich trete stärker in die Pedale, um den Anschluss nicht zu verlieren. Ein paarmal blicke ich verstohlen über die Schulter, rechne jeden Augenblick mit dem Aufblitzen von Blaulichtern, dem Heulen der Polizeisirenen. Doch die Straßen von Eichgraben sind wie ausgestorben, und zu meinem Erstaunen begegnen wir niemandem, während wir das Dorf passieren und in die Gasse von Miriams Haus biegen.

Nachdem wir unsere Fahrräder in die Einfahrt geschoben haben, laufen wir die Treppe zum Eingang empor. Wortlos lassen wir unsere Sachen im Flur fallen und stolpern in die Küche, wo wir am Esstisch niedersinken. Seit wir den Sportplatz verlassen haben, hat keine von uns auch nur ein Wort gesagt.

Die vertraute Umgebung treibt mir die Tränen in die Augen. Die glänzenden Granitoberflächen der Küchenzeile, die behagliche Sitzecke, wo ich schon so viele glückliche Stunden zugebracht habe, die mit Fotos gesäumten Wände – all das fühlt sich auf einmal an wie Puzzlestücke eines anderen Lebens. Als wäre ich in einer grausamen Parallelwelt gefangen, aus der es kein Entrinnen gibt.

Das sind diese Momente, begreife ich plötzlich. Man weiß es genau, spürt es mit jeder Faser seines Körpers. Dass sich das eigene Schicksal auf einen Schlag unwiderruflich verändert hat. Dass es kein Zurück mehr gibt. Als wäre mein Leben in zwei Teile zerbrochen – dem davor und dem danach.

In diesem Moment kommt Miriams Mutter in die Küche, angelockt vom Getrappel unserer Schritte. »Was macht ihr denn schon so früh hier?«, trällert sie fröhlich. »Es ist gerade mal acht, wolltet ihr nicht ...« Ihr Lächeln erstirbt, als ihr Blick auf unsere Mienen fällt. »Mein Gott – was ist denn mit euch los? Ihr seht ja furchtbar aus.«

Wir zucken kollektiv zusammen. Mir wird bewusst, was für ein erbärmliches Bild wir abgeben müssen – Kleidung und Fingernägel dreckig, das Make-up vom Weinen verschmiert, die Gesichter leichenblass. Das vierfach personifizierte Elend.

Miriam öffnet den Mund, um etwas zu sagen, doch kein Laut kommt über ihre Lippen. Dann bricht sie unvermittelt in Tränen aus.

»Ach Mama!«

Sofort ist Irene an ihrer Seite. Eine steile Sorgenfalte hat sich auf ihrer Stirn gebildet, als sie Miriam in die Arme schließt. Auf einmal meine ich, wieder das achtjährige Mädchen vor mir zu sehen, das sich beim Rollschuhfahren die Knie aufgeschlagen hat, die Hände wie eine Ertrinkende an den Hals ihrer Mutter geklammert.

»Was ist los?«, formt Irene mit den Lippen, während sie Miriam tröstend übers Haar streicht. Ihre Blicke scheinen uns regelrecht zu durchbohren. »Was ist passiert?«

Bea, Sarah und ich tauschen einen kurzen Blick, erwidern jedoch nichts. In den Mienen der anderen steht dieselbe Frage geschrieben, die auch mich umtreibt: *Was nun?*

Nach einer Weile löst sich Irene von ihrer Tochter und hält sie auf Armeslänge von sich weg. »Jetzt erzähl schon, Schatz. Rede mit mir. Wieso seid ihr so durch den Wind?«

Doch Miriam schüttelt nur den Kopf, und erneut kullern Tränen über ihre Wangen. »Ich kann nicht.«

»Verdammt, Miriam – jetzt reicht's aber! Was auch immer es ist, du kannst es mir sagen. Ich bin deine Mutter, Herrgott noch mal!«

Miriam sackt in sich zusammen. Dann, als ob ihr plötzlich klar geworden sei, dass es zwecklos ist, beginnt sie stockend zu erzählen. Von unserer spontanen Party auf dem alten Sportplatz, dem Alkohol, dem Marihuana, von Tim. Als sie an den Punkt kommt, wo Bea das Ecstasy auspackt, höre ich, wie meine Freundin neben mir scharf die Luft einsaugt. Aber Miriam achtet nicht auf sie. Im Gegenteil, sie redet nun immer schneller, lässt nichts aus. Als ob die Beichte ihr etwas von der Schuld nehmen würde. Als ob dadurch alles wieder gut werden würde. Wo wir doch genau wissen, dass nichts jemals wieder gut werden wird.

Nachdem sie geendet hat, herrscht atemloses Schweigen. Irene ist ans Fenster getreten. Die Schultern nach vorn gezogen, starrt sie mit ausdrucksloser Miene hinaus in den Garten.

»Es war richtig, dass ihr gleich zu mir gekommen seid«, sagt sie schließlich. Als sie sich wieder zu uns umwendet, sieht sie aus, als wäre sie in den letzten Minuten um mehrere Jahrzehnte gealtert. Ihre Mundwinkel hängen herab, und auch die Furchen auf ihrer Stirn scheinen tiefer geworden zu sein. Doch es ist der Ausdruck in ihrem Gesicht, der mir eine Gänsehaut über den Rücken jagt. Berechnend. Wachsam. Kalt.

»Hat euch jemand gesehen? Auf dem Sportplatz – waren da noch andere? Denkt gut nach: Weiß irgendjemand sonst, dass ihr dort wart?«

Wir schütteln die Köpfe.

Irene seufzt erleichtert. »Gut. Immerhin etwas. Und ihr seid völlig sicher, dass ihr keine Spuren hinterlassen habt? Keine persönlichen Gegenstände, nichts dergleichen?«

»Das Gras ist dort, wo die Decke gelegen hat, noch platt gedrückt, aber das war's«, murmelt Sarah. »Wir waren gründlich. Wir haben alles mitgenommen.«

»Okay.« Irene atmet ein paarmal tief durch. »Nun, ich sage euch, was wir jetzt machen.« Atemlos sehen wir dabei zu, wie sie vor uns in der Küche auf und ab schreitet, die Brauen konzentriert zusammengekniffen. »Egal, wer euch fragt – ihr werdet sagen, dass ihr den Nachmittag hier bei uns verbracht habt. Ihr wart schwimmen, habt was getrunken, gefeiert. Ich war den ganzen Tag hier, also kann ich das bestätigen. Und was dich betrifft«, fügt sie an Bea gewandt hinzu, »ich brauche dir wohl nicht erst zu sagen, wie töricht das von dir war. Dumm und verantwortungslos.« Sie schüttelt den Kopf. »Hast du denn noch was davon? Von den Ecstasytabletten?«

»Nicht viele«, antwortet Bea kaum hörbar. »Fünf oder sechs vielleicht.«

Irene spitzt die Lippen. »Dann wirf sie weg. Allesamt. Am besten spülst du sie gleich jetzt die Toilette hinunter.«

»Es tut mir so leid. Ich hab das alles nicht gewollt.« In Beas Augen glänzen Tränen, und sie senkt den Kopf. »Ich dachte wirklich, sie wären harmlos.«

Irene würdigt Bea keines weiteren Blickes mehr. »Hört zu. Was ich euch jetzt sage, ist wichtig, denn es geht um eure Zukunft.« Sie sieht uns nacheinander eindringlich an. »Ihr dürft niemandem verraten, was mit Tim passiert ist. Dass ihr euch mit ihm getroffen habt, dass ihr dabei wart, als er starb. Nicht euren Familien, nicht euren Freundinnen – *niemandem*. Habt ihr verstanden?«

Aus dem Augenwinkel sehe ich, wie Miriam, Sarah und Bea folgsam nicken. Es scheint sie zu erleichtern, dass ihnen jemand sagt, was zu tun ist. Erneut läuft mir ein eisiger Schauer über den Rücken, und ich schüttle fassungslos den Kopf. Bislang habe ich Irenes Ansprache stumm über mich ergehen lassen, doch jetzt kann ich mich nicht länger zurückhalten.

Mit vielem hatte ich gerechnet. Dass sie uns anschreit, zum Beispiel. Uns was von Drogenmissbrauch erzählt. Uns fragt, wieso wir nur so bescheuert waren, nicht gleich die Rettung oder die Polizei zu verständigen. Aber dass sie uns drängt, alles zu vertuschen, so zu tun, als wäre nichts gewesen – nein, das hatte ich nicht erwartet. Schon gar nicht von Miriams sonst so obrigkeitshöriger und gesetzestreuer Mutter.

»Hab ich das richtig verstanden? Du willst, dass wir lügen?« Meine Stimme zittert, als ich fortfahre. »Tut mir leid – aber das kann ich nicht. Es fühlt sich einfach nicht richtig an. Wir haben einen Fehler gemacht, das stimmt. Einen unverzeihlichen Fehler. Aber wir wollten doch nicht, dass das passiert. Es war ein *Unfall*!«

Mit einem Ruck wendet sich Irene mir zu. »Ja, es war ein Fehler«, sagt sie kühl. »Und das, was heute geschehen ist, wird euch vermutlich euer Leben lang verfolgen. Aber Fakt ist, dass die Polizei euch womöglich wegen fahrlässiger Tötung drankriegen wird, sollte herauskommen, was wirklich passiert ist.«

»Es ist trotzdem falsch«, beharre ich störrisch. »Die Polizei – ich denke wirklich, wir sollten ihr alles beichten. Es würde ohnehin rauskommen. Das tun solche Sachen doch immer. Wenn wir versuchen, alles zu vertuschen, macht es das doch nur noch schlimmer.«

Einen Augenblick lang sieht Irene aus, als würde sie um Fassung ringen. Doch als sie fortfährt, ist ihre Stimme ganz ruhig. »Denk gut nach, Clara. Bist du dir sicher, dass es das ist, was du willst? Dein Leben wegschmeißen, ins Gefängnis wandern? Und all deine Freundinnen mit dir?«

Ich sinke unter ihrem glühenden Blick in mich zusammen, schlinge die Arme um meinen Körper.

»Aber ...«

Ich verstumme. Die Wahrheit ist – ich weiß nicht, was ich will oder was ich tun soll. Was richtig und was falsch ist. Alles, was ich mir sehnlichst wünsche, ist, die Zeit zurückzudrehen und alles ungeschehen zu machen. *Warum hab ich nur nicht auf mein Bauchgefühl gehört? Wieso bin ich nicht einfach zu Lisa in den Park gefahren, als Miriam nicht da war? Wie konnte ich nur so verdammt dumm sein?*

»Dann sind wir uns also einig?«, hakt Irene nach, den Blick immer noch unverwandt auf mich gerichtet. »Ihr fahrt nach Hause und erzählt euren Eltern, dass ihr einen tollen Nachmittag am Pool verbracht habt. Die Details dazu besprechen wir noch. Aber vorher müsst ihr ins Bad und euch ein wenig zurechtmachen. Miriam wird euch saubere Sachen borgen. Ehrlich – ihr seht fürchterlich aus.«

Ich schüttle den Kopf. In meinem Magen rumort es, und ich spüre, wie Übelkeit in mir hochsteigt. Irenes Plan klingt so abenteuerlich, so absurd – ich kann mir beim besten Willen nicht vorstellen, wie das gehen soll. Wie ich für die mündlichen Abschlussprüfungen lernen, mein Leben weiterleben soll, als ob nichts gewesen wäre. Wo Tim doch tot ist.

Unseretwegen.

»Ich muss kurz auf die Toilette. Bin gleich wieder da.«

Ohne einen Blick zurück auf Irene und die anderen, stürme ich aus der Küche. Ich brauche mich nicht umzudrehen, um zu wissen, dass sie mir hinterhersehen. Ich kann es regelrecht spüren, ihre forschenden Blicke prickeln in meinem Nacken.

Vor dem Badezimmer im Flur halte ich einen Augenblick unschlüssig inne. Mein Atem geht schnell und flach. Durch die angelehnte Tür dringen Irenes Worte an mein

Ohr, die inzwischen dazu übergegangen ist, den Ablauf des Nachmittags – unsere Alibis – minutiös aufeinander abzustimmen.

Auf einmal kann ich die Anwesenheit der anderen, den Klang ihrer Stimmen nicht mehr ertragen. Keine Sekunde länger will ich meine eigenen Schuldgefühle und die Angst in ihren Gesichtern gespiegelt sehen, mir darüber den Kopf zerbrechen, welche Fragen uns die Polizei stellen könnte und wie wir darauf reagieren sollen. Es ist falsch. Das alles fühlt sich so verdammt falsch an.

Dann greife ich nach meinem Rucksack, der immer noch im Flur liegt, drücke die Klinke der Eingangstür hinunter und husche hinaus in die Dunkelheit.

KAPITEL 33

Moritz

Na warte, wenn ich dich in die Finger kriege!
Mit grimmiger Miene umklammere ich das Lenkrad fester und trete das Gaspedal voll durch. Der Motor heult auf, und mein Wagen macht einen Satz nach vorne. Eine Stimme in meinem Kopf ermahnt mich, langsamer zu fahren, doch ich achte nicht auf sie. Wenn mich die Polizei jetzt erwischt, bin ich meinen Führerschein los, so viel ist sicher, aber das ist mir egal. Mein ganzer Körper vibriert. Noch nie zuvor in meinem Leben bin ich so zornig gewesen.

In Gedanken sehe ich Lisa vor mir, zusammengesunken auf der Couch kauernd, die Tränen, die ihr über die Wangen laufen, die Verzweiflung in ihrem Blick.

»Wie lange ging das mit euch?«, höre ich mich fragen. Spüre das Entsetzen, das jede Zelle meines Körpers ausfüllt. Den Abscheu, den Ekel.

»Nicht lange. Ein paar Monate vielleicht.«

Meine Kiefer mahlen. Nur zu gern hätte ich sie an den Schultern gepackt und heftig geschüttelt. *Was hast du dir nur dabei gedacht?*, hätte ich sie am liebsten angeschrien. *Der Typ war zehn Jahre älter als du!*

Doch natürlich weiß ich, dass es ungerecht wäre, ihr die Schuld an dem zu geben, was passiert ist. Lisa war damals erst dreizehn, im Grunde noch ein Kind. Ein naives Mädchen, rettungslos verschossen in den besten Freund ihres großen Bruders, ihren Coach und Vertrauten. Viele Teenager schwärmen für ihre Lehrer, wieso sollte gerade sie da eine Ausnahme sein? Aber Tobias – er hätte es besser wissen müssen. Er hätte niemals zulassen dürfen, dass zwischen ihnen mehr entsteht als bloß Freundschaft. Und auch wenn ich Lisa glaube, wenn sie beteuert, dass nichts ohne ihr Einverständnis geschehen ist – das ändert nicht das Geringste. Nein, was Tobias getan hat, ist krank. Ekelhaft. Verabscheuungswürdig.

Zornig lasse ich die Faust aufs Lenkrad herabsausen, prügele auf den Kunststoff ein, als wäre es ein Boxsack.

Verdammt, verdammt, verdammt. Wie konnte das nur passieren?

Als großer Bruder habe ich auf ganzer Linie versagt, so viel steht fest. Schließlich war ich es, der den Dreckskerl überhaupt erst in unser Haus geholt, der ihm Lisa praktisch auf dem Silbertablett serviert hat. Und ich Idiot habe es nicht mal bemerkt. Habe es verabsäumt, auf meine beiden kleinen Schwestern aufzupassen, wie es doch eigentlich meine Aufgabe gewesen wäre.

Ich fahre mir mit der Hand über das schweißnasse Gesicht.

Wieso nur? Wieso ausgerechnet Tobias? Mein bester Freund, mein treuer Kumpel, der mir so oft aus der Patsche geholfen hat. Ausgerechnet der Mann, dem ich ohne zu zögern mein Leben anvertraut hätte.

Aber je länger ich darüber nachdenke, desto klarer wird mir, was sich die ganze Zeit über direkt vor meiner Nase befand. Ich kann nicht fassen, dass ich es nicht schon früher bemerkt habe.

Bereits zu Teenagerzeiten hat sich Tobi nie für die Mädchen in unserem Alter interessiert. Es gefiel ihm, wenn sie jünger waren, die Bewunderung, die sie ihm entgegenbrachten, diese nervtötend naive Attitüde, der ich so gar nichts abgewinnen konnte. Auch zu seiner Zeit als Lehrer waren immer wieder Gerüchte aufgetaucht, Tobias würde ein wenig zu heftig mit den Mädchen der Abschlussklassen flirten, doch gutgläubig, wie ich war, habe ich dem nicht die geringste Bedeutung beigemessen. Ich habe nie im Traum für möglich gehalten, dass an dem Gerede etwas Wahres dran sein könnte. Habe die Anzeichen allesamt ignoriert, die Augen vor der Wahrheit, vor Tobias' pädophilen Neigungen verschlossen. Wie mein Freund wirklich war, mein bester Freund. Und im Grunde ist seine aktuelle Freundin nur das neuste Beispiel einer Reihe unzähliger belangloser Affären mit zu jungen Frauen. Ich meine, wie alt war die Kleine noch gleich? Zwanzig, einundzwanzig vielleicht?

Ich schüttele den Kopf. Klar, dass Lisa so entsetzt war, als sie auf Leila traf. Das muss alles wieder aufgewühlt haben.

Inzwischen habe ich den Dorfkern passiert, wie durch ein Wunder bin ich keiner Polizeistreife begegnet. An der nächsten Kreuzung biege ich rechts ab, kurz darauf habe ich den Häuserblock, in dem Tobias wohnt, auch schon erreicht. Ich parke meinen Wagen auf dem Anrainerparkplatz, dann laufe ich die Stufen zum Eingang empor. Einen Augenblick lang halte ich keuchend inne, mein Atem geht immer noch schnell und flach.

Du elender, verlogener Bastard! Dafür wirst du büßen. Das schwöre ich.

Entschlossen betätige ich den Klingelknopf. Der Türöffner summt, und ich haste die Treppe hinauf in den zweiten Stock.

Tobias wartet bereits im Türrahmen auf mich.

»Moritz«, ruft er überrascht, als er mich erkennt. »Was machst du denn hier?« Er wirft einen Blick hinter sich in den Flur, wo der Garderobenständer steht. »Ich hab meine Jacke vergessen, nicht wahr? Nett von dir, extra deshalb herzukommen, aber das wäre echt nicht nötig gewesen.«

Ich nehme mir die Zeit und starre ihn einfach nur an. Betrachte das volle Haar, den Ansatz der Brusthaare, die aus dem halb geöffneten Hemd hervorlugen, seine rechte Hand, die den Türgriff umschließt. Der Zorn, der mich dabei erfüllt, ist schlicht überwältigend. Im Bruchteil einer Sekunde sehe ich es klar vor mir. Wie diese Finger über die eben erst sprießenden Brüste meiner Schwester streichen, wie seine vollen Lippen, die jetzt zu einem schiefen Grinsen verzogen sind, fest auf ihren zarten Kindermund gepresst sind. Und ohne noch einen Moment zu zögern, hole ich aus und ramme meine rechte Faust mitten in sein attraktives Gesicht.

Tobias jault auf. »Was zum Teufel ...« Er taumelt zurück, greift sich an die Nase, aus der Blut geschossen kommt. »Hast du völlig den Verstand verloren?«

»Du perverses Schwein!«, zische ich und hebe ein weiteres Mal den Arm. Mein nächster Schlag trifft seinen Mund. Ein würgender Laut dringt über seine Lippen, und er fällt hart mit den Knien auf den Parkettboden. »Wie konntest du nur?«

Aus angstgeweiteten Augen blickt Tobias zu mir hoch. »Was zur Hölle ist dein Problem?«

»Was mein Problem ist?« Ich lache bitter. »*Du* bist mein Problem! Lisa hat mir alles erzählt. Du kranker Dreckskerl hast meine Schwester gevögelt!« Drohend baue ich mich über ihm auf, hole ein weiteres Mal aus, doch Tobias hebt abwehrend die Hände.

»Bitte!«, fleht er mit brüchiger Stimme. »Jetzt warte doch mal. Keine Ahnung, was genau Lisa dir da erzählt hat, aber ...«

Seine Unschuldsbeteuerungen machen mich nur noch rasender. »Ich warne dich – wage es ja nicht, meiner Schwester die Schuld in die Schuhe zu schieben. Sie war dreizehn, scheiße noch mal! Ein *Kind*!«

Panik, gepaart mit Entsetzen, flackert in Tobias' Augen auf. »Bitte – so lass es mich doch erklären.« Erneut öffnet er den Mund, um etwas zu sagen, aber der mörderische Ausdruck in meinem Blick bringt ihn endgültig zum Verstummen, und er senkt den Kopf. Voller Abscheu sehe ich auf ihn hinab. Ich hätte große Lust, weiter auf ihn einzuschlagen, ihm die Seele aus dem perversen Leib zu prügeln, besinne mich jedoch im letzten Moment anders. »Wir beide – wir sind fertig miteinander. Ein für alle Mal. Ich will dich nie wiedersehen, hast du gehört? Das war's.« Ich spucke ihm vor die Füße. »Das wird noch ein Nachspiel haben, verlass dich drauf.«

Dann mache ich auf dem Absatz kehrt und verschwinde im Treppenhaus.

KAPITEL 34

Bea

Mit zusammengekniffenen Augen starre ich durch die Windschutzscheibe. Regen prasselt gegen das Glas, und im Sekundentakt ertönt das Quietschen der Scheibenwischer, die sich vergeblich abmühen, die sintflutartigen Wassermengen abzuwehren. Konzentriert lenke ich meinen Wagen den mit Schlaglöchern gespickten Schotterweg entlang, an der Abzweigung zum alten Sportplatz vorbei und auf die Zufahrtsstraße, die zur Kunststofffabrik führt. Nach ein paar hundert Metern mündet die Straße auf einen asphaltierten Platz. Er ist fast völlig leer, nur zwei weitere Fahrzeuge parken hier, und ich erkenne Miriams Mietwagen, der nahe dem Eingang unter einer Eiche steht.

Nachdem ich meinen Audi neben ihrem abgestellt habe, taste ich in der Mittelkonsole nach meinem Handy, bis mir wieder einfällt, dass ich es zu Hause gelassen habe. Auf einmal fühle ich mich schrecklich nackt ohne das Teil, und ich lasse meine Hände missmutig auf den Schoss sinken. Mein Blick wandert zum Fenster. Der Regen hat sogar noch an Intensität zugenommen, und obwohl erst später Nachmittag ist, liegt eine düstere Stimmung in der Luft. Der heruntergekommene Industriekomplex ragt unheilverkündend vor mir empor, die offensichtlichen Anzeichen der Verwahrlosung lassen mich frösteln.

Alles hier sieht noch genauso aus wie in meiner Erinnerung. Die trüben Fenster der langgezogenen Produktionshallen, die auf mich herabstarren, der Efeu, der sich am abgesplitterten Verputz emporrankt, dazwischen verblasste Schemen jahrzehntealter Graffitis. Mit zwölf oder dreizehn sind wir oft hergekommen, haben ganze Nachmittage damit zugebracht, in den verborgenen Winkeln der Anlage Verstecken zu spielen. Meine Idee natürlich. Eine weitere Probe für meine Freundinnen, damit sie ihre Loyalität und ihren Mut unter Beweis stellen konnten. *Wahrheit oder Pflicht? Wetten, du traust dich nicht allein in den Keller?*

Schon damals galt der ehemalige Industriekomplex als einsturzgefährdet, und heute kann ich über den Leichtsinn meines jüngeren Selbst nur den Kopf schütteln. Nicht mal im Traum hätte ich daran gedacht, als Erwachsene noch einmal einen Fuß in dieses Gebäude zu setzen.

Beinahe kann ich sie spüren, die Nähe zum alten Sportplatz, keine zweihundert Meter Luftlinie entfernt, und erneut frage ich mich, warum sich Miriam ausgerechnet diesen Ort für unser Treffen ausgesucht hat. Als ob sie das Schicksal herausfordern, die Monster der Vergangenheit bewusst noch einmal heraufbeschwören wollte.

Was für ein kranker Scheiß.

Der Gedanke an Miriam lässt mich vor Zorn erbeben. Wieso in aller Welt hat sie nur nicht auf mich gehört? Den Brief vernichtet, wie ich es ihr aufgetragen hatte? Das alles ist ihre Schuld.

Und Claras. Ganz besonders Claras. Wenn sie damals nicht unangekündigt aufgetaucht und später dann nicht einfach davongestürmt wäre, wenn sie auf Irene oder mich gehört hätte – auf mich –, wäre es niemals so weit gekommen, da bin ich mir sicher. Dann würde uns jetzt nicht die Polizei belagern, müssten wir nicht um unsere Zukunft, um unsere Freiheit bangen. Wütend lasse ich meine geballte Faust aufs Lenkrad niedersausen.

Hat sie etwa versucht, uns aufzuhalten? Nein, das hat sie nicht. Hat bloß stumm dagesessen, mit großen Augen dabei zugesehen, wie wir uns die Pillen in den Mund schoben. Und wie unzählige Male zuvor frage ich mich, was wohl geschehen wäre, wenn sie nicht ermordet worden wäre. Ob sie uns verpfiffen hätte? Ich verziehe das Gesicht. Mit Sicherheit hätte sie das.

Die Erinnerung an jenen Abend entlockt mir ein Schnauben. Keine der anderen hatte auch nur die geringste Ahnung, wie es war, in meiner Haut zu stecken. Manche Menschen können es sich einfach nicht leisten, ihrem Gewissen zu folgen. Denn im Gegensatz zu meinen Freundinnen stammte ich nicht aus einer wohlhabenden Familie, konnte mich nicht darauf verlassen, dass meine Eltern einen teuren Anwalt engagiert hätten, um mich aus der Sache rauszuhauen. Ich schlucke. Gott ist mein Zeuge – ich hab niemals gewollt, dass jemand meinetwegen zu Schaden kommt. Es war ein Unfall, verdammt noch mal. Nur ein Unfall. Aber natürlich hätte die Polizei das anders gesehen. Jeder im Dorf hätte das. Genauso, wie sie uns auch jetzt insgeheim längst verurteilt haben.

Die Ermittlungen haben einen kritischen Punkt erreicht, und ich bin überrascht, dass die Polizei noch keinen Zusammenhang zwischen den Drogen auf Irenes Grab und den Geschehnissen vom siebzehnten Juni hergestellt hat. Doch so unbeholfen sich Herr Wolfer und seine junge Kollegin auch anstellen – die Zeit spielt gegen uns. Und am Ende ist das der Grund, weshalb ich mein Bauchgefühl ignoriert habe und hergefahren bin, obwohl mich jede einzelne Faser meines Körpers anschrie, es nicht zu tun. Was ich brauche, ist Gewissheit. Ich muss einfach erfahren, was damals wirklich mit Clara geschehen ist. Wie wir uns aus alldem nur wieder herauswinden sollen, aus der Schlinge um unsere Hälse, die sich unbarmherzig immer weiter zuzieht.

Doch die E-Mail heute Morgen hat einen Funken Hoffnung in mir geweckt. Und obwohl kein Name darunter stand und ich die Adresse nicht kannte, war mir sofort klar, dass Miriam sie geschickt haben musste.

Bea, ich weiß, wir hatten in der letzten Zeit unsere Differenzen. Aber ich glaube, ich weiß jetzt, wer Clara getötet hat. Komm heut Nachmittag um vier zur alten Kunststofffabrik, dann erkläre ich dir alles. Ich warte im Souterrain, dort, wo wir als Kinder immer Verstecken gespielt haben. PS: Und keine Handys. Ich glaube, wir werden abgehört.

Die Ziffern am Armaturenbrett vor mir springen um, und ich zucke zusammen. Es ist bereits zehn nach vier. Nun aber los.

Mit einem letzten resignierten Seufzer steige ich aus. Eine Windböe erfasst mich, kaum dass ich die Wagentür hinter mir zugeworfen habe, und ich schlinge die Arme enger um den Körper, während ich auf den Eingang des ehemaligen Fabrikgebäudes zugehe. Obwohl ich nur wenige Meter zurücklegen muss, bin ich völlig durchnässt, als ich endlich das Tor erreicht habe und ins Innere schlüpfe. Der muffig-feuchte Geruch, der mir entgegenschlägt, lässt mich die Nase rümpfen.

Während ich mir die Regentropfen aus dem Haar schüttle, sehe ich mich argwöhnisch im Halbdunkel um. Auch hier sieht alles noch genauso aus wie in meiner Erinnerung. Der abgewetzte Betonboden, Schuttreste in den Ecken, Staub und Spinnweben, wohin man blickt. Aus dem Augenwinkel meine ich, eine Bewegung wahrzunehmen, begleitet von einem leisen Fiepen, und ich verziehe angewidert das Gesicht.

Ratten. Wie ich diese Viecher hasse!

Meine Nerven sind zum Zerreißen gespannt, und unter meinen Schuhen knirscht der Dreck, während ich den Gang entlanggehe und auf die Treppe zusteuere, die ins

Souterrain führt. Eine gespenstische Stille liegt über allem, und das ungute Gefühl in meinem Magen verstärkt sich.

Ich sollte nicht hier sein.

Nur mit meiner geballten Willenskraft gelingt es mir, einen Fuß vor den anderen zu setzen, einzig die Hoffnung, dass Miriam womöglich einen Ausweg aus unserem Schlamassel gefunden haben könnte, treibt mich voran. Erneut meine ich, vor meinen Füßen ein Fellknäuel vorbeihuschen zu sehen, und ich muss mich zusammenreißen, um nicht zurückzuschrecken.

Immer ein Schritt nach dem anderen. Nicht zurückblicken. Einfach weitergehen.

Obwohl ich so lange nicht hier gewesen bin, finden meine Beine den Weg wie von selbst. Den Flur entlang, die Treppe hinunter, dann die zweite Tür auf der rechten Seite. Schon höre ich Miriams und Sarahs gedämpfte Stimmen, und meine Schritte beschleunigen sich. Das Metall der Klinke fühlt sich kalt unter meinen Fingern an, und mit einem leisen Klicken fällt die Tür hinter mir ins Schloss.

Es dauert einen Moment, bis sich meine Augen an das Halbdunkel gewöhnt haben. Der schmale Raum liegt teilweise unter der Erde, hoch oben knapp unter der Decke befinden sich einige lang gezogene Fensterluken, das Glas ist im Laufe der Jahre erblindet. Abgesehen von einem halb vollen Kübel – vermutlich, um das Wasser aufzufangen, das aus einem undichten Fenster tropft – ist er vollkommen leer. Nur eine einzelne Glühbirne baumelt von den Dachbalken.

Miriam und Sarah stehen mit verschränkten Armen in einer Ecke, ihre Unterhaltung erstirbt, als ich eintrete.

»Da bist du ja endlich.« Miriam sieht erleichtert aus. »Wir dachten schon, du kommst nicht mehr.«

»Schon gut, jetzt bin ich ja da.«

Langsam trete ich näher. Beide Augenpaare sind erwartungsvoll auf mich gerichtet.

»Was ist?«, frage ich stirnrunzelnd. Ich deute vorwurfsvoll auf die kahlen Steinwände. »Ein besserer Treffpunkt ist dir nicht eingefallen?«, füge ich an Miriam gewandt hinzu. »Verdächtiger geht's ja wohl kaum, oder?«

Doch Miriam starrt mich nur mit hochgezogenen Brauen an.

»Jetzt sag endlich. Was hast du herausgefunden? Wieso hast du uns hierherbestellt?«

»Ich?« Miriam schüttelt so heftig den Kopf, dass ihr der Pferdeschwanz ins Gesicht peitscht. Auch Sarah sieht verwirrt aus, wie sie da unbehaglich von einem Bein aufs andere tritt.

»Aber – das Treffen heute – das war doch deine Idee!«

Allmählich werde ich ungeduldig. »Im Ernst, Leute, was tun wir hier? Die E-Mail, du hast doch geschrieben, dass ...«

»Du hast also auch eine bekommen?« Miriam ist auf einmal aschfahl im Gesicht. »Von einem unbekannten Absender?«

Einen Moment lang herrscht Schweigen. Mein Blick wandert unablässig von der einen zur anderen, während ich versuche, mir auf all das einen Reim zu machen. Ich runzle die Stirn.

»Aber, wenn nicht du, wer ...«

In diesem Augenblick höre ich es. Das gedämpfte Geräusch von Schritten auf dem Gang. Sie scheinen sich direkt auf uns zuzubewegen.

Tapp, tapp, tapp.

»Hört ihr das auch?«

Die beiden nicken. »Wer kann das sein?«, wispert Sarah erstickt. »Ich dachte, die Fabrik wäre seit Jahrzehnten stillgelegt.«

257

»Ist sie auch.«

Unwillkürlich spüre ich, wie mir die Angst den Rücken hinaufkriecht. »Wer ist da?«

Niemand antwortet.

»Nun, das haben wir gleich«, brumme ich, selbstsicherer, als ich mich eigentlich fühle. Mit drei großen Schritten habe ich den Raum durchquert. Doch gerade als ich die Hand ausstrecke, um die Tür mit einem Ruck aufzureißen, höre ich ein metallenes Klicken. Ein Schlüssel, der im Schloss gedreht wird.

»Hey – was soll das!« Meine Stimme überschlägt sich, während ich an der Klinke rüttle. »Aufmachen! Sofort!«

Doch wer auch immer da draußen sein mag, er antwortet nicht. Ich höre noch, wie sich eilige Schritte von uns fortbewegen. Dann – nichts mehr.

Im Bruchteil einer Sekunde wallt Panik in mir auf. Mit meinem ganzen Körper werfe ich mich gegen die Tür, Schmerz durchzuckt meine Schulter, als sie auf Eisen prallt, aber ich achte nicht darauf. Miriam und Sarah sind jetzt an meiner Seite, mit vereinten Kräften versuchen wir, die Tür aus den Angeln zu heben.

Ohne Erfolg. Und allmählich dämmert es mir.

Wir sitzen in der Falle.

KAPITEL 35

Moritz

Ich zittere immer noch, als ich Tobias' Haus den Rücken gekehrt habe und wieder im Auto bin. Die Hände am Lenkrad bleibe ich einen Moment lang regungslos sitzen, in dem vergeblichen Versuch, meinen rasenden Herzschlag zu beruhigen. Stöhnend presse ich die Handflächen auf die Augen. Meine Fingerknöchel pochen unangenehm, und ich fühle mich unendlich erschöpft. Tobis' Verrat hat mich schwer getroffen, doch ich spüre auch einen Hauch von Genugtuung bei dem Gedanken an sein schmerzverzerrtes Gesicht. *Dieser pädophile Mistkerl,* denke ich grimmig. *Na warte. Dafür wirst du büßen!*

Lisa dazu zu bringen, zur Polizei zu gehen, wird mich einiges an Überredungskunst kosten, aber ich werde nicht zulassen, dass Tobias ungeschoren mit dem davonkommt, was er getan hat. Seine Karriere an der Schule kann er sich jedenfalls abschminken, dafür werde ich persönlich sorgen. Dieser elende Dreckskerl wird kriegen, was er verdient. Und wenn es das Letzte ist, was ich tue.

Ich will gerade den Motor starten, um mich auf den Heimweg zu machen, da fällt mein Blick auf mein rot blinkendes Handy in der Mittelkonsole. Meine Augen weiten sich beim Anblick all der Nachrichten und verpassten Anrufe. Lisa hat mir gleich drei SMS und eine Sprachnachricht hinterlassen, will unbedingt wissen, wie es mit Tobias gelaufen ist. Ob es mir gut geht. Zwei Anrufe waren von Herrn Wolfer – der letzte liegt erst fünfzehn Minuten zurück. Ich ziehe die Stirn kraus. Es ist bereits nach zehn – was zur Hölle wollte der denn so spät noch von mir? Bislang hat sich die Polizei ja nicht gerade durch besonderen Arbeitselan ausgezeichnet.

Ohne zu zögern, drücke ich auf Rückruf. Ich erwarte schon, dass die Mailbox anspringt, aber zu meiner Überraschung nimmt Herr Wolfer bereits beim ersten Klingeln ab.

»Herr Schmidt«, sagt er. »Tut mir leid, dass ich so spät noch angerufen habe. Ich hab Sie doch hoffentlich nicht geweckt?«

»Keine Sorge, ich war ohnehin bis eben unterwegs. Was gibt's denn? Ist irgendwas passiert?«

»Nicht direkt.« Er zögert, und im Hintergrund kann ich Frau Dortmund leise flüstern hören. Anscheinend ist sie ebenfalls noch bei der Arbeit. »Aber es gibt da etwas, was wir gerne unter vier Augen mit Ihnen besprechen möchten. Gleich morgen früh, falls das möglich ist.«

Auf einen Schlag bin ich wieder hellwach. »Mir wäre lieber, wenn wir das gleich erledigen. Sie sind doch noch auf dem Revier?«

»Ja, aber ...«

»Gut. Ich bin schon unterwegs. Geben Sie mir zehn Minuten.«

Ohne eine Antwort abzuwarten, beende ich das Gespräch. Geschickt manövriere ich meinen Wagen aus der Parklücke und mache mich auf den Rückweg, die Landstraße entlang, die ich eben gekommen bin. Die Geschwindigkeitsbeschränkungen missachtend, brauche ich nur acht Minuten, bis das Polizeirevier vor mir in der Dunkelheit auftaucht.

Herr Wolfer erwartet mich bereits vor dem Eingang. Er hält einen glimmenden Zigarettenstummel in der Hand, die Müdigkeit steht ihm ins Gesicht geschrieben.

»Da sind Sie ja schon«, sagt er und schnippt den Stummel auf den Gehsteig. »Morgen Vormittag hätte völlig gereicht. Aber wir wissen Ihre Kooperation natürlich zu schätzen.«

Ich folge seinen schlurfenden Schritten den inzwischen vertrauten Gang entlang und in das erstbeste Besprechungszimmer. Der Duft von frisch gebrühtem Kaffee liegt in der Luft. Frau Dortmund hebt den Kopf, als wir eintreten. Auch sie sieht unverkennbar erschöpft aus, wie sie da an ihrem Pappbecher nippt.

»Also – was ist los?«, komme ich ohne Umschweife zur Sache und lasse mich auf einen freien Platz fallen. »Haben Sie endlich Claras Mörder gefunden?« Hoffnungsvoll sehe ich von einem zum anderen.

»Nein«, räumt Herr Wolfer ein, und meine Hoffnung verpufft. *War ja klar.* »Trotzdem gibt es einige interessante Erkenntnisse, die wir gerne mit Ihnen teilen möchten. Es geht um dieses Schreiben, das wir erhalten haben. Den Abschiedsbrief Ihrer Schwester.« Er setzt das Wort hörbar in Gänsefüßchen.

»Ach ja? Wissen Sie endlich, wer ihn geschickt hat?«

»Das nicht, aber wir haben etwas anderes herausgefunden, das wir für bemerkenswert halten.« Herr Wolfer hüstelt verlegen. »Denn wie sich herausgestellt hat, hat Clara ihn gar nicht geschrieben.«

Auf einmal sitze ich kerzengerade auf dem Stuhl. »Wie bitte?«

»Wir waren auch überrascht«, fügt Frau Dortmund eifrig hinzu. »Wir haben den Brief mit anderen Textproben Ihrer Schwester abgeglichen, und auf den ersten Blick sah die Schrift auch täuschend ähnlich aus. Doch das grafologische Gutachten, das wir angefordert haben, hat uns eines Besseren belehrt.« Sie lässt eine dramatische Pause entstehen. »Und dieser Brief hier«, sie deutet auf eine Kopie des Schreibens, die vor ihr auf dem Tisch liegt, »stammt eindeutig nicht von Ihrer Schwester.«

Ich will meinen Ohren erst nicht trauen. »Aber – ich glaube, ich verstehe nicht, wie ...«

»Sehen Sie mal hier«, sagt Herr Wolfer und zieht ein weiteres Blatt hervor, auf dem ich sogleich einen von Claras alten Schulaufsätzen identifiziere. »Die Vokale, insbesondere die Os und die Us – die sehen anders aus. Die Linienführung ist geschwungener, bauchiger. Sehen Sie?«

Ich beuge mich vor und studiere die beiden Schriftstücke. Verblüfft stelle ich fest, dass er recht hat. Auf den ersten Blick sieht das Schriftbild täuschend ähnlich aus, aber bei genauerem Hinsehen erkenne auch ich den Unterschied. Ich stoße einen leisen Pfiff aus. »Heilige Scheiße. Tatsächlich.«

Herr Wolfer nickt triumphierend. »Zwei Dinge wissen wir jetzt endlich mit Sicherheit. Zum einen hatte Clara nie vor, Eichgraben zu verlassen. Und zum anderen: Wer immer da versucht hat, ihre Schrift zu imitieren – ihr Mörder –, er oder sie muss Clara wirklich gut gekannt haben.«

»Verstehe.« Was er da gerade gesagt hat, kommt mir zwar nicht wie die bahnbrechende Erkenntnis vor, für die Herr Wolfer sie offenbar hält, aber ich verkneife mir einen Kommentar. »Und was bedeutet das jetzt für die Ermittlungen?«

»Zunächst einmal werden wir von allen Personen, die irgendwie mit dem Fall in Verbindung stehen, Schriftproben anfertigen lassen. Selbst – ähm – von der Familie.« Er wirft mir einen unsicheren Seitenblick zu.

Ich zucke ungerührt die Achseln. »Ich kann Ihnen morgen was vorbeibringen. Oder wollen Sie meine Schriftprobe lieber gleich hier und jetzt?«

»Morgen reicht völlig.« Er lächelt mild. »Ach, und da wäre noch was. Miriam Haller – Sie haben nicht zufällig kürzlich mit ihr gesprochen?«

»Sie verdächtigen sie doch nicht etwa immer noch?« Missbilligend schüttle ich den Kopf. »Apropos – was ist eigentlich mit den Tabletten, die auf dem Grab ihrer Mutter gefunden wurden? Den Drogen. Beziehen Sie die auch in Ihre Überlegungen mit ein?«

Herr Wolfer verzieht das Gesicht. »Mit Verlaub, Herr Schmidt – lassen Sie uns einfach unsere Arbeit machen, ja? Das ist nicht unsere erste Mordermittlung. Wir wissen, was wir tun.« Er seufzt. »Ich kann Ihnen nur so viel sagen – wir gehen derzeit verschiedenen Spuren nach. Und das schließt Frau Haller mit ein, ob es Ihnen nun gefällt oder nicht.« Ein wenig versöhnlicher fügt er hinzu: »Sie wissen also nicht, wo sie sich gerade aufhält? Sie geht nämlich nicht an ihr Telefon, und zu Hause ist sie auch nicht. Wir versuchen schon den ganzen Nachmittag, sie zu erreichen.«

Ein ungutes Gefühl beschleicht mich, und unvermittelt muss ich wieder an das denken, was Miriam mir vergangene Woche anvertraut hat. An ihren Verdacht, dass jemand bei ihr im Haus war, dass es da draußen irgendjemanden gibt, der ihr schaden will. Jemand, der Claras Notizbuch hat. Auf einmal bin ich froh, dass ich ihr die Kamera gegeben habe, und ich hoffe inständig, dass sie sie auch in Betrieb genommen hat. Ganz kurz bin ich in Versuchung, ihn nach dem Tagebuch zu fragen, lasse es dann aber bleiben. Wenn es zwischenzeitlich aufgetaucht wäre, hätte Herr Wolfer es mir erzählt, da bin ich sicher.

»Nein«, sage ich schließlich. »Ich hab keine Ahnung, was mit ihr ist. Wir haben seit Tagen nicht miteinander gesprochen.«

Der alte Polizist mustert mich eindringlich. Am Ende scheint er zu dem Schluss zu kommen, dass ich die Wahrheit sage, denn er lässt enttäuscht die Schultern sinken. »Okay. Na, wir werden sie schon finden.«

»Bestimmt.«

Damit scheint das Gespräch beendet zu sein. Gemächlich folge ich Herrn Wolfer zum Ausgang, die Stirn noch immer nachdenklich in Falten gelegt.

»Ach, und – Herr Wolfer?«, sage ich, als er mir zum Abschied die Hand hinstrecken will. »Eines wollte ich Sie schon die ganze Zeit fragen.«

»Und das wäre?«

»Sie meinten doch damals, Claras Leiche wäre von einer Spaziergängerin gefunden worden. Einer Frau mit ihrem Hund.« Nervös nestele ich am Saum meines Pullovers. »Wer war es denn? Ich meine – kenne ich sie?«

Herr Wolfer kramt in seiner Tasche nach dem Feuerzeug. Er wirkt unschlüssig. »Eigentlich dürfte ich Ihnen das gar nicht sagen«, murmelt er dann. »Aber wenn Sie versprechen, es für sich zu behalten ...«

»Natürlich.«

»Also gut.« Er tritt einen Schritt näher, steht nun so dicht bei mir, dass ich den Zigarettenrauch in seinem Atem riechen kann. »Das war Vanessa Friedbert.«

Ich reiße überrascht die Augen auf. »Vanessa, Vanessa – die Frau aus dem Maddy's? Die Barkeeperin?«

»Genau die.«

»Merkwürdig. Ich hab erst unlängst mit ihr gesprochen. Sie hat gar nichts erwähnt.«

Herr Wolfer zuckt die Achseln. »Sie wollte wohl aus der Sache herausgehalten werden, schätze ich.«

»Ja – vermutlich«, sage ich gedehnt. Bei der Erwähnung von Vanessas Nachnamen klingelt irgendetwas bei mir. Angestrengt zermartere ich mir das Hirn, was es sein könnte, doch ich bekomme den Gedanken einfach nicht zu fassen. Ärgerlich schüttle ich den Kopf.»Na, wie auch immer. Besten Dank. Einen schönen Abend noch.«

Herr Wolfer schenkt mir ein müdes Lächeln.»Ihnen auch, Herr Schmidt. Ihnen auch.«

KAPITEL 36

Lisa

Mein Bein wippt unablässig auf und ab, während ich das Handy auf dem Couchtisch wie hypnotisiert anstarre. *Komm schon, Moritz. Ruf mich zurück. Bitte.* Doch das schwarze Display scheint mich zu verhöhnen, am liebsten hätte ich es in die Ecke gepfeffert. In meinem Kopf herrscht das reinste Chaos, Adrenalin pumpt durch meinen Körper, während vor meinem inneren Auge die schrecklichsten Szenarien ablaufen. Moritz, der Tobias die Faust ins Gesicht rammt. Tobias, der röchelnd in die Knie geht. Tobias, in einer Lache seines eigenen Bluts am Boden liegend, mein Bruder, der über ihm kniet. Tobias, dessen regloser Körper auf einer Trage in einen Krankenwagen geschoben wird. Ich stöhne gequält auf.

Wie erwartet war Moritz außer sich, als er erfuhr, was wir getan hatten. Wie ein Irrer war er im Wohnzimmer auf und ab getigert, während er mich unablässig mit Fragen löcherte. Wie lange das mit uns gelaufen sei. Wie es begonnen habe. Ob wir Sex gehabt hätten. Ob es mein erstes Mal gewesen sei. Die Erinnerung an die blanke Wut in Moritz' Miene jagt mir eine Gänsehaut über den Rücken.

Händeringend hatte ich versucht, ihm zu erklären, dass es nicht Tobias' Schuld war. Dass er mich zu nichts überredet hatte, dass alles, was zwischen uns vorgefallen war, auf meinem Einverständnis beruht hatte. Wir waren verliebt!

Nun, füge ich jetzt bitter hinzu, *zumindest ich war das.* Aber Moritz hatte nicht auf mich hören wollen. Im Gegenteil, meine Beteuerungen schienen ihn nur noch zorniger zu machen. Und dann war er plötzlich zur Tür gestürmt, hatte seine Autoschlüssel geschnappt, und weg war er. Ich muss keine Hellseherin sein, um zu wissen, wohin er fuhr.

Du dumme Gans. Wieso konntest du nicht einfach deine verdammte Klappe halten? Was hast du denn gedacht, was passieren würde?

Ich schluchze auf, und verzweifelt presse ich die Hände aufs Gesicht. Tränen lösen sich aus meinen Augenwinkeln und tropfen durch meine gespreizten Finger auf meinen Schoß. Einmal mehr greife ich nach meinem Handy, wähle Moritz' Nummer. Doch wieder geht nur die Mailbox an.

Verdammt.

Schließlich springe ich auf und gehe ins Vorzimmer. Ich kann nicht länger hier rumsitzen und warten. Ich muss sichergehen, dass es ihnen gut geht. Denn auch wenn ich mir geschworen hatte, Tobias nie wieder in mein Leben zu lassen, und obwohl es immer noch wehtut, ihn mit einer anderen zu sehen, ertrage ich den Gedanken nicht, dass ihm meinetwegen etwas zustoßen könnte. Keinem der beiden. Das würde ich mir niemals verzeihen.

Binnen Sekunden habe ich den Autoschlüssel aus der Schale auf dem Beistelltisch gefischt und laufe in die Garage, wo Mamas Auto steht. Ausnahmsweise springt der alte Honda sofort an, und erleichtert lenke ich ihn nach draußen auf die Straße.

Obwohl es dunkel und regnerisch ist und ich seit Jahren nicht mehr hier gewesen bin, finde ich den Weg mühelos. Der Häuserblock, in dem Tobias wohnt, ist frisch gestrichen, und dort, wo einst ein Feld war, steht jetzt eine

Reihe hässlicher Doppelhaushälften, doch ansonsten sieht alles noch genauso aus wie früher. Mit zusammengekniffenen Augen suche ich den Parkplatz nach Moritz' Audi ab, kann ihn jedoch nirgends entdecken. Erneut greift die Angst nach meinem Herzen. Ob er schon wieder gefahren ist? Aber wieso ist er dann nicht längst zu Hause angekommen? Ob er ... *Himmel, Lisa – so beruhige dich. Warte doch erst mal ab.*

Mit vor Anspannung bebenden Händen stelle ich Mamas Wagen ab, sprinte die Vordertreppe hinauf, betätige den Klingelknopf mit Tobias' Namen. Dreimal kurz und einmal lang – unser geheimes Zeichen von früher.

Einige quälende Sekunden lang passiert gar nichts. Dann, ich will mich schon wieder abwenden, ertönt ein Summen, und die Tür schwingt auf. Erleichtert stolpere ich ins Innere. Eine Mischung aus abgestandener Luft und dem Geruch nach Putzmittel schlägt mir entgegen, und ich rümpfe die Nase, während ich die Treppe hinauf in den zweiten Stock gehe.

Die Wohnungstür ist angelehnt.

Der Eingangsbereich liegt im Halbdunkel, nur aus dem Wohnzimmer dringt ein wenig Licht in den Vorraum, und es dauert einen Moment, bis sich meine Augen an die schummrige Umgebung gewöhnt haben.

»Du hast vielleicht Nerven, hier aufzukreuzen.«

Erst jetzt bemerke ich die Gestalt, die im Türrahmen lehnt, und vor Schreck hätte ich beinahe laut aufgeschrien. »Moritz? Wo ist er?«

»Keine Ahnung. Ist gegangen.«

Tobias stößt sich von der Wand ab, und beim Näherkommen fällt mir auf, dass er sich einen Kühlbeutel auf die Nase presst. Sein linkes Auge ziert ein prächtiges Veilchen. Ich schlucke. »Dein Gesicht ...«

»Sieht schlimm aus, was?« Er lacht bitter. »Dein Bruder hat einen fiesen rechten Haken, das muss man ihm lassen.«

Ich spüre, wie ich vor Scham rot anlaufe. »Oh Gott, Tobi – das tut mir alles so leid. Ich hab noch versucht, ihn aufzuhalten, aber – na ja – du weißt ja, wie Moritz ist.« Ich beiße mir auf die Unterlippe.

»Du hättest mich wenigstens warnen können.« Tobias lässt den Eisbeutel sinken und verschränkt die Arme vor der Brust, starrt mit ausdrucksloser Miene auf mich herab. »Warum hast du ihm überhaupt davon erzählt? Wieso ausgerechnet jetzt?«

Innerlich krümme ich mich unter seinem vorwurfsvollen Tonfall zusammen, und jäh fühle ich mich in die Vergangenheit zurückversetzt. Als wäre ich wieder das dreizehnjährige Mädchen von damals. Das Mädchen, das alles dafür getan hätte, diesen Mann zu beeindrucken.

»Ich wollte gar nichts sagen, das schwöre ich. Aber Moritz – er hat einfach immer weitergebohrt.« Ich kämpfe mit den Tränen, verzweifelt darum bemüht, ihm meine Situation begreiflich zu machen. »Wollte unbedingt wissen, wieso Clara uns an jenem Abend nicht in der Schule angetroffen hat. Wieso ich nicht gleich nach dem Training nach Hause gefahren bin. Ich hab mich immer weiter in die Geschichte verstrickt. Und dann – dann ist es mir irgendwann rausgerutscht.«

Tobias presst die Lippen zusammen, sagt jedoch nichts.

»Ich hab dich verteidigt, ihm gesagt, dass du mich zu nichts gedrängt hast. Dass wir zusammen waren – richtig zusammen.« Erneut muss ich schlucken. »Aber Moritz, er ...«

»Darum geht es doch überhaupt nicht«, unterbricht mit Tobias unwirsch. »Du hast es mir versprochen, Lisa. Du hast versprochen, dass das unter uns bleibt.« Er schüttelt den Kopf.»Ist dir denn nicht klar, was du da angerichtet hast? Wenn Moritz damit zur Polizei geht, könnte mich das meinen Job kosten. Ich könnte dafür ins Gefängnis wandern, verdammt!«

»Ich rede mit ihm.«

Er schnaubt.»Tu das. Aber ich bezweifle, dass das viel bringt.«

Die Minuten verstreichen, während wir einander wortlos anstarren. In meinem Kopf herrscht auf einmal nichts als gähnende Leere. Als ob keine Worte mehr übrig wären, zwischen uns alles gesagt wäre.

Mein Blick gleitet an Tobias' zerschundenem Gesicht vorbei und durch den Raum. Über die cremeweißen Flügeltüren, den kleinen Mahagonitisch neben der Tür, auf dem Tobi immer Schlüssel und Sonnenbrillen ablegt, die vertrauten Fotos an den Wänden. Auch eines von ihm und Moritz ist dabei. Arm in Arm, bis über beide Ohren grinsend, Bierhumpen in den Händen.

Ich muss schlucken. Es ist das erste Mal, dass ich wieder hier bin seit – damals. Ich verbinde so viele glückliche Erinnerungen mit diesem Ort, und obwohl sich alles in mir dagegen sträubt, wandern meine Gedanken zurück in die Vergangenheit.

Alles hatte in meinem vierten Jahr am Gymnasium angefangen. Die Schwimmmannschaft steckte zu jener Zeit gerade mitten in den Vorbereitungen für die landesweiten Schulmeisterschaften. Die Konkurrenz war groß, ich selbst hingegen alles andere als in Bestform. Im Winter zuvor hatte ich mir beim Eislaufen das Schlüsselbein gebrochen, es war immer noch nicht vollständig verheilt. Das Wissen, wie weit ich hinter den anderen hinterherhinkte, brachte mich an den Rand der Verzweiflung. Niemand schien zu begreifen, was in mir vorging, nicht einmal meine Eltern und Geschwister. Nur Tobias – er hatte es bemerkt.

Er munterte mich auf, so gut er konnte, gab mir Zuversicht, als ich selbst keine hatte. Dazu nahm er sich zusätzlich zu den üblichen Trainingseinheiten zweimal wöchentlich Zeit, um mir dabei zu helfen, die Fehler auszumerzen, die sich in meine Technik eingeschlichen hatten. Er war einfach wundervoll.

Ich unterdrücke ein Seufzen.

Wie das gesamte Mädchenteam war ich insgeheim schon lange in Tobias verschossen, sein drahtiger Körper und der Enthusiasmus, den er beim Training stets an den Tag legte, bereiteten mir schlaflose Nächte. Und die Hingabe, mit der er sich in dieser schwierigen Phase um mich kümmerte, anstatt mich einfach aus der Mannschaft zu werfen, befeuerte meine Begeisterung für ihn nur noch weiter. Trotzdem – bis zu jenem Nachmittag im Hallenbad wäre mir nie im Traum eingefallen, dass er meine Gefühle erwidern könnte. Doch irgendwas hatte sich zwischen uns verändert, das spürte ich genau. Ich sah es an seinen verstohlenen Blicken, dem Ausdruck auf seinem Gesicht, wenn er beobachtete, wie ich durchs Becken glitt. Auf einmal war ich nicht länger nur seine Schülerin, die kleine Schwester seines besten Freundes. Nein, er schien tatsächlich *mich* zu sehen. Als Frau. Und als ich an jenem Nachmittag neben ihm am Beckenrand saß, sein Körper ganz nah bei meinem, seine Hand auf meinem Arm fühlte, da war es um mich geschehen. Als er den Kopf in meine Richtung wandte, war ich erstaunt, wie natürlich es sich anfühlte, ihn zu küssen. Beinahe noch erstaunter war ich, dass er den Kuss erwiderte. Ein trauriges Lächeln schleicht sich auf mein Gesicht bei der Erinnerung an jene Zeit.

Die nächsten Wochen und Monate waren die besten meines bisherigen Lebens. Noch nie zuvor hatte ich solche Gefühle empfunden, alles war so neu und aufregend – ich war regelrecht überwältigt vor Glück. Ob es ein Fehler war? Natürlich war es das. Ich hätte niemals zulassen dürfen, dass es so weit kommt. Und auf gar keinen Fall hätte ich ihn küssen dürfen. Aber verliebt und naiv, wie ich war, dachte ich keine Sekunde an die Konsequenzen. Es war mir egal, dass ich erst dreizehn war, Tobias mehr als zehn Jahre älter als ich. Alles, was zählte, war das Hier und Jetzt. Dieses unbeschreibliche Glücksgefühl, wann immer er in meiner Nähe war. Doch es sollte ohnehin nur von kurzer Dauer sein. Unweigerlich kam der Moment, in dem Tobias dämmerte, worauf er sich eingelassen hatte. Was es für seine Karriere bedeuten würde, wenn jemand von uns erführe. Und wie es das Schicksal wollte, beendete er unsere Beziehung ausgerechnet am Morgen des achtzehnten Juni. An dem Tag, an dem das Leben, wie ich es kannte, für immer aus der Bahn geriet.

Wie hatte ich nur so dumm sein können?, frage ich mich jetzt. *Wie hatte ich auch nur einen Moment glauben können, dass das mit uns ein gutes Ende nehmen würde?*

»Alles okay bei dir?«, reißt mich Tobias' Stimme unvermittelt aus meinen Gedanken. »Du siehst auf einmal so blass aus.«

»Alles gut.« Ich zwinge meine Mundwinkel zu einem zittrigen Lächeln. »Ist nur merkwürdig, wieder hier zu sein«, bringe ich heraus. »Ich geh nur eben kurz auf die Toilette. Bin gleich wieder da.«

Tobias sagt nichts, aber er hält mich auch nicht davon ab. Ich schiebe mich an ihm vorbei und durchquere den Flur in Richtung Badezimmer.

Am ganzen Leib zitternd, lasse ich mich auf den Toilettendeckel sinken und schlinge die Arme um die Knie.

Was zum Teufel tust du hier eigentlich? Was hast du dir nur dabei gedacht, hierher zu kommen?

Einige Minuten sitze ich einfach nur so da und suhle mich in meinem Selbstmitleid. Nachdem ich mich wieder einigermaßen gefasst habe, trete ich ans Waschbecken, um mir kaltes Wasser ins Gesicht zu spritzen. Aus dem Spiegel starrt mir mein Abbild entgegen, blass und mit blutunterlaufenen Augen, das Make-up fleckig und verschmiert. Angewidert wende ich mich ab, und mein Blick bleibt an den Zahnbürsten im Glas neben dem Wasserhahn hängen. Es sind zwei. Der Stich in meinem Herzen, der mich bei diesem Anblick erfüllt, entbehrt jeder Logik, und auf einmal spüre ich rasende Kopfschmerzen in mir aufsteigen.

Herrgott – Lisa! Das mit euch war vor vierzehn Jahren! Krieg dich verdammt noch mal wieder ein.

Die Finger an die Schläfen gepresst, trete ich an den Schrank, wo Tobias, wie ich mich dunkel erinnere, seine Schmerztabletten aufbewahrt. Auf den Ablageflächen herrscht heilloses Durcheinander, und ich muss lächeln. Manche Dinge ändern sich doch nie. Ich wühle mich durch die Wagenladungen an Duschgelflakons, Shampoos und Cremedöschen, dann entdecke ich die Schachtel mit den Medikamenten ganz hinten in der untersten Reihe. Ein leises Scheppern ist zu hören, als ich sie endlich hervorgewuchtet habe – offenbar war irgendwas dahinter eingeklemmt, das jetzt herausgefallen ist.

Zwischen Nasenspray, Magnesiumtabletten und einer angebrochenen Packung Antibiotika finde ich schließlich, wonach ich gesucht habe. Ich drücke gleich zwei Paracetamol aus dem Blister und würge sie trocken herunter, bevor ich mich daran mache, alles wieder an seinen angestammten Platz zurück zu räumen. Ich will nicht, dass Tobias denkt, ich hätte seine Sachen durchwühlt.

Dann bücke ich mich und taste auf der staubbedeckten Oberfläche nach dem Gegenstand, der das scheppernde Geräusch verursacht hat. Erstaunt fördere ich ein feingliedriges Armband zutage, vom Durchmesser keine fünf

Millimeter. Ein einzelner Anhänger ist daran befestigt. Ich will es schon in die Medikamentenschachtel stecken, da halte ich abrupt inne. Wie paralysiert starre ich auf meine Handfläche.

Nein. Unmöglich.

Mit bebenden Fingern sehe ich mir das Schmuckstück genauer an. Doch meine Augen haben mich nicht getäuscht. Obwohl die Kette staubig und das Silber mit den Jahren stumpf geworden ist, erkenne ich ihn sofort. Den silbernen Anhänger in Form eines halben Herzens. Ein erstickter Laut kommt aus meiner Kehle. *Das kann nicht sein. Bitte, lieber Gott, mach, dass das nicht wahr ist.*

Vergessen sind auf einmal die Kopfschmerzen, die Erinnerungen an unsere gemeinsame Vergangenheit, Tobias, der im Vorzimmer auf meine Rückkehr wartet und sich bestimmt schon fragt, wo ich so lang bleibe. Denn diese Kette gehört nicht Tobias und auch nicht Leila – oder wie immer seine aktuelle Freundin heißen mag. Ich weiß es, weil ich die gleiche besitze. Zwei Teile desselben Herzens, ein Erbstück von unserer Großmutter. Meine liegt irgendwo vergraben in meinem Schmuckkästchen – seit ich aus Eichgraben weg bin, habe ich sie nicht mehr angelegt. Weil ich nicht ständig an sie erinnert werden wollte. An die andere Hälfte. An Clara.

Meine Hände beginnen unkontrolliert zu zittern, während ich fassungslos auf das Kettchen starre. *Wie in aller Welt kommt Tobias zu Claras Armband? Ob er ... nein. Das kann nicht sein. Oder etwa doch?*

Dann nimmt mein Verstand endlich wieder seine gewohnte Tätigkeit auf.

Ich muss raus aus dieser Wohnung. Weg von Tobias. Was ich brauche, ist Zeit. Zeit, mir darüber klar zu werden, was das zu bedeuten hat. Welche andere logische

Erklärung es dafür geben könnte, wie Tobias in den Besitz von Claras Armband gelangt ist.

Mit immer noch bebenden Händen lasse ich die Kette in meine Hosentasche gleiten, bevor ich die Schachtel wieder in die unterste Schublade schiebe und den Badezimmerschrank schließe. Dann atme ich noch ein letztes Mal tief durch und kehre zurück zu Tobias. Im Vorraum ist er nicht mehr, doch aus dem Wohnzimmer dringt gedämpftes Gläserklirren an meine Ohren.

»Das hat ja lange gedauert«, sagt er über die Schulter hinweg. »Ich dachte, wo du nun schon mal hier bist, hast du vielleicht Lust auf einen Drink.« Mit einem schiefen Grinsen wendet er sich um und deutet er auf die Flasche Gin auf dem Couchtisch. Als er meinen Gesichtsausdruck bemerkt, gefriert sein Lächeln. »Was ist?«

»Nichts«, sage ich eilig. »Aber ich sollte jetzt besser gehen. Ich bin schrecklich müde, und Kopfschmerzen hab ich auch.«

Tobias runzelt die Stirn. Es ist das erste Mal, dass ich eine Einladung seinerseits ausschlage, das wissen wir beide. »Okay«, sagt er gedehnt. »Klar. Wie du willst.«

Der Anflug von Enttäuschung, der über sein Gesicht huscht, bringt mich endgültig aus dem Konzept. In meinem Kopf rumort es. Am liebsten würde ich ihm die Kette vor die Füße werfen. Ihn schütteln, anschreien, anflehen, mir zu erklären, was Claras Armband in seinem Badezimmerschrank zu suchen hat. Aber ich tue es nicht.

Reiß dich zusammen. Sieh verdammt noch mal zu, dass du hier wegkommst.

Erneut ringe ich mir ein Lächeln ab, doch es will mir nicht gelingen, gleicht wohl eher einer Grimasse. »Im Ernst, Tobi. Ich rede mit Moritz. Bestimmt kann ich ihn zur Vernunft bringen. Vertrau mir«, sage ich und lege alle Zuversicht, die ich aufbringen kann, in meine Stimme.

Er zuckt die Achseln. »Ich hab wohl keine andere Wahl, oder?«

Doch ich habe mich bereits umgewandt, fliehe regelrecht aus dem Zimmer. Zurück in den Vorraum, ins Treppenhaus, aus dem Haus. Weg von Tobias, weg von dem Grauen, das mit gierigen Klauen nach mir greift. Nur weg.

Verdammt, Lisa. Was hast du nur getan?

KAPITEL 37

Clara. Damals

Am Ende der Straße halte ich atemlos inne. Ich bin so überhastet aufgebrochen, ohne zu wissen, was ich jetzt tun oder wohin ich gehen soll, und erst jetzt wird mir klar, dass ich eine Entscheidung treffen muss.

Ich werfe einen ängstlichen Blick über die Schulter zurück. Ob sie schon bemerkt haben, dass ich fort bin? Beinahe erwarte ich, dass Irene hinter mir in der Dunkelheit auftaucht, dass sie mich am Arm packt und zurückzerrt. Doch die Straße ist wie ausgestorben. Niemand außer mir ist hier.

Meine Finger trommeln nervös auf den Lenker meines Fahrrads, während ich angestrengt nachdenke. Ob Irene recht hat, wenn sie sagt, dass wir ungeschoren davonkommen, solange wir nur schweigen? Und will ich das überhaupt?

Allein bei der Vorstellung, einfach nach Hause zu fahren, zu versuchen, die Ereignisse am Sportplatz zu vergessen, wird mir ganz anders. Aber was wäre die Alternative? Wenn ich zur Polizei gehe, müsste ich meine Freundinnen verraten. Endlose Vernehmungen wären die Folge, keine der drei würde mehr mit mir sprechen, und vermutlich würden wir alle verhaftet und weggesperrt. Mein Bauchgefühl sagt mir, dass es das Richtige wäre, aber bin ich tatsächlich bereit dafür?

Auf einmal verspüre ich das unbändige Bedürfnis, mit jemandem zu reden. Mit jemandem, der mir zuhört, ohne mich zu verurteilen, jemand, der auf meiner Seite ist.

Zum Teufel mit Irene und ihrem Plan, denke ich finster und ziehe mein Handy aus dem Rucksack. Am liebsten würde ich Mama anrufen, doch meine Eltern sind dieses Wochenende verreist – ein verspätetes Geschenk zum Hochzeitstag –, und wahrscheinlich sitzen sie gerade in irgendeinem schicken Restaurant beim Abendessen. Dann eben Moritz. Mein besonnener großer Bruder wird wissen, was das Richtige in so einer Situation ist.

Meine Nerven sind zum Zerreißen gespannt, während ich dem Freizeichen lausche. Es klingelt und klingelt, schließlich springt die Mailbox an. Mit einem leisen Fluch beende ich die Verbindung. Was nun?

Denk nach, Clara. An wen sonst könntest du dich wenden?

Das Bild eines muskulösen Mannes mit jungenhaft verwuscheltem Haar und Grübchen in den Wangen schiebt sich vor mein inneres Auge, und meine Miene hellt sich schlagartig auf.

Natürlich – Tobias!

Er war derjenige, den ich vor meinem ersten Date um Rat gefragt habe, der Lisa und mir beigebracht hat, wie man Pingpong spielt, der bei Mama für mich in die Bresche gesprungen ist, wenn ich mal wieder zu lange aus war. Er war der Einzige, dem es gelungen ist, zu Lisa durchzudringen, als sie wegen ihrer Sportverletzung mit den Nerven am Ende war, und nicht zuletzt hat er mich vor den Matheprüfungen stets mit wertvollen Tipps versorgt, obwohl er das als mein Lehrer eigentlich nicht durfte. Er ist der beste Freund meines Bruders, seit ich denken kann, und gehört praktisch zur Familie.

Ich nicke langsam, als sich ein Plan in meinem Kopf formt, und mit neuerwachter Zuversicht schwinge ich mich wieder auf mein Rad und trete in die Pedale. Um diese Zeit ist er wahrscheinlich noch in der Schwimmhalle, das

Training der Mädchen dauert freitags immer etwas länger. Wenn ich mich beeile, erwische ich ihn, bevor er von dort aufbricht. Die Schule ist nicht weit von Miriams Haus entfernt. Zurück auf die Hauptstraße, nach etwa zwei Kilometern rechts und dann die erste Gasse auf der linken Seite. Nur wenige Minuten sind verstrichen, da ragt das Schulgebäude auch schon vor mir im Licht der Straßenlaternen auf. Es ist empfindlich kühl, und ich bibbere, als ich die Stufen zum Eingang hochlaufe und durch die Pforte ins Innere schlüpfe. An anderen Tagen wäre die Schule um diese Zeit längst geschlossen, doch in den Sommermonaten endet das Schwimmtraining der Schulmannschaft nicht vor neun, sodass der Portier erst gegen zehn seine letzte Runde macht.

Ein Klicken ertönt, als die Deckenbeleuchtung anspringt, und ich werde jäh in grelles Licht getaucht. Von der plötzlichen Helligkeit geblendet, kneife ich die Augen zusammen.

Meine Schritte hallen laut auf dem Steinboden wider, als ich den Eingangsbereich durchquere, ansonsten ist es vollkommen still. Ein unheimliches Gefühl beschleicht mich. Ich kann mich nicht erinnern, wann ich zuletzt so spät noch hier gewesen bin. Als Lisa jünger war, haben Moritz oder ich sie oft nach dem Training abgeholt, doch auch dann haben wir meist vor der Schule auf sie gewartet. Fröstelnd beschleunige ich mein Tempo. Am Ende der Halle wende ich mich nach links, wo eine Handvoll Stufen zu den Sporträumen hinabführen, die im Untergeschoss liegen. Kurz darauf macht der Gang einen scharfen Knick.

Das Nächste, was ich spüre, ist ein heftiger Schlag gegen meine Schulter. Ich jaule vor Schreck laut auf, dann fällt mein Blick auf das Mädchen, das vor mir auf dem

Steinboden liegt. Ihr Haar ist noch feucht, der Rucksack ist ihr bei dem Aufprall vom Rücken gerutscht. Sie ist jung, einige Jahre jünger als ich, doch ich meine, sie schon einmal auf dem Schulhof gesehen zu haben – vermutlich ist sie ebenfalls in der Mannschaft.

»Tut mir leid«, stammelt sie und rappelt sich hoch. »Ich hab nicht gewusst, dass noch jemand hier ist.«

»Nein, es war meine Schuld.« Rasch bücke ich mich, um ihr zu helfen. »Ist das Schwimmtraining etwa schon vorbei?«

Sie nickt. »Wir haben heute ein paar Minuten früher Schluss gemacht.«

»Alles klar«, erwidere ich, habe mich aber schon abgewandt. Eigentlich sollte ich mich erkundigen, ob sie sich auch nicht verletzt hat, mich noch einmal entschuldigen, ihr einen schönen Abend wünschen, aber ich bin viel zu aufgewühlt, um auf Höflichkeiten zu achten. In meinem Kopf herrscht nur ein einziger Gedanke.

Tobias. Du musst mit Tobias reden. Er wird wissen, was zu tun ist.

Zwei Minuten später passiere ich eine weitere Tür, und eine Mischung aus Chlorgeruch und feuchter Luft schlägt mir entgegen. Erneut beschleunige ich meine Schritte, renne nun fast den langen Flur entlang, von dem die Umkleideräume abzweigen – sie sind leer, wie ich sogleich feststelle –, und direkt auf die Schwimmhalle zu.

Ein Blick genügt, um zu sehen, dass es stimmt, was das Mädchen gesagt hat. Der Pool liegt einsam und verlassen da, die rot-weiß-roten Trennleinen schaukeln sachte im hellblauen Wasser.

Mist. Wo steckt er nur?

Doch ich bin noch nicht bereit aufzugeben. Ohne mir eine Pause zu gönnen, haste ich weiter, am Pool vorbei und auf eine unscheinbare Tür am anderen Ende der

Schwimmhalle zu, hinter der sich, wie ich weiß, ein büro-ähnlicher Raum verbirgt, wo die Trainingsgeräte aufbewahrt werden.

Die Tür ist nur angelehnt, und durch den Türschlitz meine ich, einen schwachen Lichtschimmer zu erkennen. Über das Rauschen der Wasserpumpe hinweg kaum zu hören, dringt das Geräusch verrückender Stühle an mein Ohr, und eine Woge der Erleichterung durchflutet mich. Gott sei Dank. Er ist noch hier.

Die Finger am Türknauf halte ich kurz inne. Mein Herz pocht wie wild, und ich ringe nach Luft, während ich versuche, mir zurechtzulegen, was ich Tobias gleich erzählen werde. Und wie. Ich stelle mir vor, wie seine Miene entgleist, wenn ihm klar wird, was wir getan haben, wie er auf einmal aschfahl wird, entsetzt die Hand vor den Mund schlägt. Einen winzigen Moment lang zögere ich.

Willst du das wirklich? Wenn du jetzt durch diese Tür gehst, dann gibt es kein Zurück mehr.

Schließlich kratze ich all meinen Mut zusammen und stoße die Tür einen Spaltbreit weiter auf.

»Tobi?« Meine Stimme ist so schwach, dass sie kaum das Rauschen des Wassers übertönt. »Tobias, bist du das? Ich weiß, es ist schon spät, aber ...«

Unvermittelt breche ich ab. Denn Tobias ist nicht allein, wie mir im Bruchteil einer Sekunde klar wird. Doch das ist es nicht, was mir die Sprache verschlägt.

Ich brauche einen Augenblick, um die Szenerie, die sich vor meinen Augen abspielt, zu erfassen. Lisa, die mit dem Rücken zu mir vor dem Schreibtisch steht. Das Wippen ihres hohen Pferdeschwanzes, während sie sich an den Körper eines Mannes drängt.

Nein, bitte nicht.

Wie paralysiert bleibe ich stehen, überzeugt, dass mir meine Augen einen Streich gespielt haben. Ich presse die

Lider fest zusammen, öffne sie wieder, sehe noch einmal genauer hin. Doch ich habe mich nicht getäuscht.

Tobias' Augen sind geschlossen, während seine Hände Lisas Rücken hinab und zu ihrem Po wandern. Ihre Lippen kleben regelrecht aneinander, als Lisa mit bebenden Fingern an seinem Shirt zerrt. Der Anblick entlockt mir ein Wimmern.

Das kann doch nicht wahr sein. Sind denn jetzt alle verrückt geworden?

In diesem Augenblick öffnet Tobias die Augen und sein Blick trifft den meinen. Ich kann erst Unglauben, dann Panik in seiner Miene aufflackern sehen, er wirkt genauso geschockt, wie ich es bin. Instinktiv greift er nach Lisas Hand, die sich gerade an dem Bund seiner Jeans zu schaffen gemacht hat, und zieht sie weg.

»Was ist?«, murmelt Lisa. Ihr Tonfall ist zärtlich und unsicher zugleich. »Willst du nicht?«

Erst in diesem Moment wird mir die Situation in ihrer vollen Tragweite bewusst. Und ohne ein weiteres Wort mache ich auf dem Absatz kehrt und renne in die Richtung zurück, aus der ich gekommen bin.

Durch die Flure, die Treppe hinauf, durch die Aula, hinaus auf die Straße. Erst als das Schulgebäude hinter mir liegt und ich den Fahrradständer erreicht habe, bleibe ich stehen. Schwer atmend klammere ich mich an den Lenker, das Adrenalin pulsiert in meinen Adern, und mein Herz pocht so heftig, als wolle es mir aus der Brust springen.

Ich kann nicht fassen, was ich da soeben gesehen habe, mein Verstand weigert sich hartnäckig, das Offensichtliche zu akzeptieren. Tobi und Lisa – meine kleine Schwester. Ein Paar. Wie konnte mir das nur entgehen?

All die Male, die Tobias bei uns zu Hause war, wie oft er Lisa beim Lernen geholfen, wie fürsorglich er sich nach der Verletzung an ihrem Schlüsselbein um sie gekümmert hat, die Blicke, die die beiden tauschten, wenn sie sich unbeobachtet wähnten – all das erfährt auf einmal eine völlig neue Bedeutung.

Glühend heißer Zorn brandet in mir hoch. Mit einer solchen Heftigkeit, wie ich es noch nie zuvor verspürt habe. Tobias – der beste Kumpel meines Bruders, mein Freund und Vertrauter, derjenige, dem ich gerade beinahe von dem schlimmsten Ereignis meines Lebens erzählt hätte – schläft mit meiner kleinen Schwester. Das Gefühl des Verrats, das ich bei dieser Erkenntnis empfinde, ist mehr, als ich ertragen kann. Mein Gott, wie lange geht das mit den beiden wohl schon? Unwillkürlich balle ich meine Hände zu Fäusten.

Sie ist doch erst dreizehn, Herrgott noch mal!

Mit zitternden Fingern ziehe ich mein Handy hervor und wähle erneut Moritz' Nummer. Wieder geht nur die Mailbox an.

»Moritz, hier ist Clara. Ich muss mit dir sprechen. Es ist dringend. Etwas Furchtbares ist geschehen. Bitte ruf mich sofort an, sobald du das hörst.«

KAPITEL 38

Gefangenschaft

Wie gebannt starre ich auf den Bildschirm. Beobachte, wie Miriam, Bea und Sarah an der Tür rütteln, immer wieder laut um Hilfe rufen. Höre ihr ersticktes Fluchen, sehe die Panik in ihren Augen aufblitzen, als sie erkennen, dass ihre Bemühungen vergebens sind. *Sollen sie sich nur die Seele aus dem Leib brüllen*, denke ich. *Dort unten wird sie ja doch niemand hören.* Grinsend greife ich nach einem Kartoffelchip. Alles läuft wie am Schnürchen, mein Plan, über Wochen sorgsam ausgetüftelt, scheint tatsächlich aufzugehen. Noch kann ich es selbst kaum glauben, wie einfach am Ende alles war. Claras Tagebuch hat mir alle Informationen geliefert, die ich brauchte. Und beim Rest – nun, da musste ich eben improvisieren. *Für Lisa und Clara. Und für Tim. Vor allem für Tim.* Das Vibrieren meines Handys lässt mich aufhorchen. Ich werfe einen Blick auf das Display und stelle überrascht fest, dass es Lisa ist. Was zum Henker will sie nur von mir? Ihr muss doch klar sein, dass ich beschäftigt bin. Rasch schalte ich mein Handy auf Flugmodus, verärgert über mich selbst, nicht schon früher daran gedacht zu haben. Dann wende ich mich wieder dem Monitor zu, beuge mich weit vor, um ja nicht zu verpassen, was als Nächstes passiert.

Die drei sind inzwischen dazu übergegangen, den Raum abzusuchen. Interessiert sehe ich ihnen dabei zu, wie sie über den Boden kriechen, jeden Zentimeter der steinernen

Wände, jeden Winkel abtasten. Viel gibt es hier ohnehin nicht, wenn man von dem Dreck und den Spinnweben in den Ecken absieht. Und natürlich dem Eimer. Grinsend frage ich mich, wie lange es wohl dauern wird, bis der Durst sie übermannt und sie sich darüber hermachen. Irgendwann scheinen sie zu dem Schluss gelangt zu sein, dass es zwecklos ist, und sie lassen sich resigniert gegen die Wand sinken. Angesichts ihrer wachsenden Verzweiflung reibe ich mir voller Vorfreude die Hände. Ob sie sich streiten werden? *Oh bitte, mach, dass sie sich streiten!*

Und wie es scheint, werden meine Gebete tatsächlich erhört.

»Ich verstehe das einfach nicht«, flüstert Sarah, die die Fingerknöchel auf die Augen gepresst hat. »Wenn niemand von uns die Mail geschickt hat – wer war es dann? Außer uns wusste doch niemand von unserem früheren Treffpunkt.«

»Vermutlich derselbe, der uns auch die Drohbotschaften geschickt hat. Der mir das Foto von Papa und dir zugespielt hat«, murmelt Miriam. Sie seufzt. »Und der Polizei Claras Abschiedsbrief. Und wer weiß, was sonst noch.«

»Das ist ja mal wieder typisch für dich.« Bea schnaubt. »Schieb es ruhig auf einen namenlosen Irren.«

»Himmel – Bea! Wie oft soll ich dir noch sagen, dass ich das nicht war? Der Brief – er wurde gestohlen! Wann will das endlich in deinen dummen Schädel?«

»Ja, sicher.« Ihr Tonfall lässt keinen Zweifel, dass sie ihr kein Wort glaubt. »Und dein getürktes Abschlusszeugnis? Was ist deine Erklärung dafür? Hat dein Vater Rektor Hesse etwa rein zufällig eine großzügige Spende zukommen lassen, wie?«

Miriam richtet sich ruckartig auf. »Das hat doch überhaupt gar nichts ...«

»Hört auf«, ruft Sarah dazwischen. »Das bringt doch nichts. Lasst uns lieber zusehen, dass wir hier verschwinden. Irgendeinen Ausweg muss es ja geben.«

Aber die beiden achten nicht auf sie. Ihre Stimmen werden lauter, während sie sich immer weiter beschimpfen, eine Verfehlung nach der anderen aufzählen. Selbst bedeutungslose Zwistigkeiten aus der Grundschule werden wieder aufgewärmt. Bea hält Miriam vor, ein scheinheiliges Bonzenkind zu sein, eine Lügnerin. Miriam wiederum beschimpft Bea als rückgratlose, geldgierige Erpresserin. Es ist, als wäre das Band zwischen ihnen zerrissen, als würde die geballte Enttäuschung von zwanzig Jahren auf einmal aus ihnen hervorbrechen. Sarah hat unterdessen zu weinen begonnen, ihr Körper wippt vor und zurück, während sie hilflos von der einen zur anderen blickt.

Nur weiter so, feuere ich sie in Gedanken an. Zeuge zu werden, wie die drei sich endlich verkrachen, ist Balsam für meine geschundene Seele.

»Das alles hier ist deine Schuld, das weißt du doch, oder?«, faucht Bea jetzt. »Deinetwegen ist Clara überhaupt erst zum Sportplatz gefahren, wenn sie nicht dort gewesen wäre, wenn sie nicht ...«

»Du glaubst doch nicht etwa immer noch, dass es hier um Clara geht?«, unterbricht Miriam sie unwirsch. Sie schüttelt ungläubig den Kopf. »Im Ernst, Bea, ich hatte dich für klüger gehalten. Die Schmiererei auf Mamas Grab, die Drogen – selbst die Nachrichten, wenn man zwischen den Zeilen liest. Hier geht es um Tim. Um ...«

»Schhh!« Jäh blitzt Panik in Beas Augen auf. »Sag seinen Namen nicht. Kein Wort über Tim, hörst du?«

Miriam wirft die Hände in die Luft. »Als ob uns das jetzt noch irgendwas nützen würde. Wir wandern doch so oder so ins Gefängnis.« Sie lacht bitter. »Vorausgesetzt, wir kommen jemals hier raus.«

Daraufhin kehrt Schweigen ein, nur unterbrochen von Beas wütendem Stöhnen und Sarahs erstickten Schluchzern.

»Seht mal da«, sagt Miriam plötzlich und deutet mit dem Zeigefinger zur Decke. »Dort oben in der Ecke!«

Beas Blick ist ihrer ausgestreckten Hand gefolgt, und ihre Miene verdüstert sich augenblicklich, als sie erkennt, was Miriam meint. Die winzige Kamera, die halb verdeckt hinter einem der Dachbalken hervorlugt. Ächzend rappelt sie sich hoch und tritt näher heran, bis ihr Gesicht nur noch knapp einen Meter davon entfernt ist. Mit zusammengekniffenen Augen starrt sie in die Linse, und für einen unwirklichen Moment habe ich das Gefühl, als würde sie mir direkt in die Seele blicken. Instinktiv weiche ich ein paar Zentimeter vom Bildschirm zurück.

»Du hast recht«, sagt sie langsam. »Da ist eine Kamera. Wer auch immer uns hierhergelockt hat, er beobachtet uns.«

Sarah ist nun ebenfalls aufgestanden, rudert mit den Armen wie wild durch die Luft. »Bitte. Lassen Sie uns raus! Was auch immer Sie mit uns vorhaben – Sie müssen das nicht tun!« Ihre Stimme versagt. »Bitte, ich – ich hab doch Kinder, eine Familie!«

Diebische Genugtuung macht sich in mir breit, während meine Finger über die Tasten fliegen. Eben darauf habe ich gewartet. Ein metallisches Klicken ist zu hören, als das Mikrofon anspringt.

»Irrtum, Sarah. Genau das muss ich«, donnere ich.

Die drei zucken zusammen. Ihre Augen weiten sich vor Entsetzen, und ihre Blicke schwirren umher, bleiben schließlich an dem winzigen Lautsprecher hängen.

»Ich hab euch gewarnt, erinnert ihr euch? Mehr als einmal. Aber ihr wolltet ja nicht hören. Begreift endlich – es gibt kein Entkommen für euch. Keine Mutter mehr, die euch mit einem falschen Alibi aushilft, keine Polizei, die euch zu Hilfe eilen wird – niemand.« Ich lasse eine dramatische Pause entstehen. Durch die Stimmverzerrungssoftware hören sich meine Worte fremd und emotionslos an, und wenn ich nicht wüsste, dass ich es bin, die hier spricht – ich würde es nicht für möglich halten.»Ich weiß alles über euch. Was ihr Tim Friedbert angetan habt, was am siebzehnten Juni wirklich geschehen ist. Und nun ist es endlich so weit – die Stunde der Wahrheit ist gekommen. Also nur zu – legt euer Geständnis ab, über Clara, über Tim. Denn sonst – das schwöre ich euch – werdet ihr dort drinnen verrotten.«

Nachdem ich fertig bin, schalte ich das Mikro wieder aus und lehne mich zufrieden auf meinem Stuhl zurück. Von einem Ohr zum anderen grinsend sehe ich dabei zu, wie Miriam, Bea und Sarah wie aufgescheuchte Hühner vor meinen Augen auf und ab laufen, wild gestikulierend in Richtung Kamera brüllen.

Doch ich antworte nicht. Denn aus leidvoller Erfahrung weiß ich – die Unwissenheit, die namenlose Angst ist die viel größere Strafe. Die Dämmerung, die bald hereinbrechen wird, der Durst, die Stille. Und ausnahmsweise ist die Zeit auf meiner Seite.

KAPITEL 39

Moritz

Das ist die Mobilbox von Miriam Haller. Bitte hinterlassen Sie eine Nachricht, ich rufe zurück. Erst auf
Englisch, dann dasselbe noch mal auf Deutsch.

»Hallo, Miriam. Moritz hier. Ich mache mir Sorgen, die
Polizei sucht außerdem nach dir. Bitte ruf mich an, ja?«
Mit einem flauen Gefühl im Magen lege ich auf. Auf
dem Heimweg bin ich bei ihr vorbeigefahren, doch es
stimmt, was Herr Wolfer gesagt hat. Sie ist tatsächlich
nicht zu Hause. Auch ihr Mietwagen ist verschwunden.
Ob sie etwa Panik bekommen und Eichgraben verlassen
hat?

Aber irgendetwas tief in mir sagt mir, dass es nicht so
ist. Zum einen, weil sie damit klar gegen die Polizeianord-
nungen verstoßen hätte, zum anderen, weil sie bestimmt
nie gegangen wäre, ohne sich zu verabschieden. Streit hin
oder her.

Nur – wo steckt sie dann?

Als ich meinen Wagen in der Einfahrt abstelle, ist es
bereits nach elf. Die Fenster im Haus sind dunkel, alles
scheint zu schlafen. Auch mein Körper schreit nach Erho-
lung, aber ich bin immer noch so vollgepumpt mit Adrenalin, dass es zwecklos wäre. Ich würde ja doch keine Ruhe
finden. Also hole ich mir aus der Küche ein Glas Wasser
und schleiche nach oben in mein Arbeitszimmer.

Ungeduldig mit den Fingerspitzen auf die Tischplatte
trommelnd warte ich, bis mein Laptop hochgefahren hat.
Was Herr Wolfer mir eben verraten hat, dass es Vanessa

gewesen sein soll, die Claras Überreste im Wald gefunden hat, will mir einfach nicht mehr aus dem Kopf. Vanessa. Vanessa Friedbert. Gedankenverloren reibe ich mir das Kinn, während ich versuche, mein Wissen über sie hervorzukramen. Obwohl Vanessa schon seit ein paar Jahren im Maddy's arbeitet, hatten wir nie sonderlich viel miteinander zu tun. Ich hatte nie einen Gedanken an die Frau verschwendet, wusste nicht mal, dass sie mit Nachnamen Friedbert heißt. Für alle im Dorf war sie immer nur Vanessa. Vanessa, das Mädchen hinter der Bar. Bis sie vor wenigen Wochen überraschend an meinen Tisch trat.

An meinem Wasser nippend lasse ich unsere Unterhaltung noch einmal Revue passieren – ihren vertraulichen Umgangston, das Mitgefühl in ihrem Blick, als ich ihr von dem Leichenfund erzählte. Ich schüttle den Kopf. Wenn es tatsächlich Vanessa war, die Clara gefunden hat, wieso hat sie das nur mit keinem Sterbenswort erwähnt? Doch da ist noch etwas, das mich nicht mehr loslässt. Der Name Friedbert hat etwas in meinem Inneren zum Klingen gebracht, eine leise Ahnung, tief verschüttet in meinen Erinnerungen.

Endlich hat mein Laptop das Software-Update abgeschlossen, und der vertraute Bildschirmhintergrund erscheint. Ich tippe den Namen Vanessa Friedbert in die Eingabemaske der Suchmaschine.

Ich brauche nur wenige Klicks, bis ich finde, wonach ich gesucht habe. Es ist ein Bericht der Eichgrabener Lokalzeitung, datiert vom neunzehnten Juni 2008.

19-jähriger an Überdosis Ecstasy gestorben
Ein tragischer Unfall erschüttert die Gemeinde Eichgraben, nachdem am 18. Juni ein junger Mann tot aufgefunden worden ist. Die Jugendlichen, die ihn gegen Mittag auf einer Wiese der ehemaligen Sportanlage nahe der stillgelegten Kunststofffabrik fanden,

schlugen sofort Alarm, doch für Timothy Friedbert kam jede Hilfe zu spät. Er dürfte schon mehrere Stunden tot gewesen sein, die Polizei geht von Drogenmissbrauch aus. Ob noch weitere Personen in den Fall verwickelt sind und woher die Drogen stammen, ist derzeit unbekannt. Timothy, dessen Eltern zehn Jahre zuvor bei einem Autounfall ums Leben gekommen sind, hinterlässt eine Schwester, Vanessa Friedbert (14). Sie steht unter Schock.

Mit weit aufgerissenen Augen starre ich auf den Bildschirm. *Das ist es.* Deswegen kommt mir der Name Friedbert bekannt vor.

Unruhig beginne ich in meinem Arbeitszimmer auf und ab zu laufen, während ich versuche, aus alledem schlau zu werden, die Puzzlestücke richtig zusammenzusetzen. Mein Bauchgefühl sagt mir, dass ich gerade auf etwas gestoßen bin, auf etwas Wichtiges.

Vanessa hat also ihren Bruder verloren, rekapituliere ich in Gedanken – ungefähr zur selben Zeit, als Clara vom Erdboden verschwand. Eine Überdosis Ecstasy. Die Schmiererei auf Irene Hallers Grabstein kommt mir wieder in den Sinn, die in wütenden Lettern hingesprayten Buchstaben – *Lügnerin.* Die Pillen.

Nachdenklich ziehe ich die Stirn kraus. Herr Wolfer und seine junge Kollegin haben sich derart auf Miriam und ihre Freundinnen eingeschossen, dass sie blind geworden sind für alles andere. Für die Ungereimtheiten in ihrer Theorie. Und doch – all das scheint auf bizarre Weise miteinander in Verbindung zu stehen.

Unwillkürlich sehe ich Miriams Gesicht wieder vor mir. Das Entsetzen in ihrem Blick, als sie mir von ihrer Angst erzählte, jemand wäre bei ihr eingebrochen. Von ihrem Verdacht, jemand würde sie bedrohen. Dazu die

291

Enthüllung von Miriams Schwindel, was ihr Maturazeugnis anging, Sarahs Affäre mit Klaus Haller – alles Informationen, die sie nur mit Clara geteilt hatte. Und die aller Wahrscheinlichkeit nach in ihrem Tagebuch stehen. Das dummerweise als verschollen gilt.

Wenn es also tatsächlich Vanessa war, die Clara im Wald gefunden hat – wäre es dann nicht denkbar, dass sie dort auch auf ihr Tagebuch gestoßen ist? Ob sie es ist, die hinter den Anschlägen auf Miriams Glaubwürdigkeit steckt, Claras Aufzeichnungen dazu genutzt hat, Miriam und die anderen zu diskreditieren?

Nur – warum? Wieso hätte sie das tun sollen?

Unvermittelt fällt mir wieder ein, was Tobias beim Abendessen gesagt hat. Von den Gerüchten, was Beas heimlichen Nebenverdienst mit Drogenhandel betraf. Auf einmal setzt mein Herz aus, als die Erkenntnis meine letzten Hirnwindungen erreicht. Denn Miriam war nicht paranoid, das wird mir auf einen Schlag klar. Jemand hat es tatsächlich auf sie abgesehen. Und dieser jemand heißt Vanessa Friedbert.

Mit bebenden Händen fingere ich mein Handy aus der Hosentasche und wähle die Nummer des Maddy's. Wenn ich mich richtig erinnere, müsste Vanessa heute Abend Dienst haben.

Es klingelt dreimal, dann meldet sich eine mürrische Männerstimme, durch das Stimmengemurmel und Gläserklirren im Hintergrund kaum zu verstehen.

»Hallo, Moritz Schmidt hier. Könnte ich bitte mit Vanessa sprechen?«

»Vanessa?« Der alte Barbesitzer lacht auf. »Die ist nicht hier. Hat heute Morgen gekündigt.«

»Sie hat – was?«

»Ja. So eine Scheiße. Faselte irgendwas von einer Weltreise – als ob ihr das so spontan eingefallen wäre.

Unverlässliche Göre.« Er schnaubt. Dann:»Was? Vier Kurze? Kommt sofort.« Ich kann ihn durch die Leitung stöhnen hören, bevor er sich wieder mir zuwendet.»Tut mir leid, Moritz, ich muss jetzt weiterarbeiten. Komm die Tage mal vorbei, ja? Und wenn dir jemand einfällt, der einen Job sucht, gib Bescheid.«

Dann ist die Verbindung beendet.

Fassungslos starre ich auf mein Handy. Vanessa hat gekündigt. Sie ist weg. Eine böse Vorahnung überkommt mich, und ich spüre ein unangenehmes Pochen hinter meinen Schläfen.

Komm schon, Moritz. Denk nach! Was jetzt?

Dann breitet sich ein grimmiges Grinsen auf meinem Gesicht aus, als mir die Überwachungskameras wieder einfallen, die ich Vanessa gegeben habe. Keine Sekunde länger kaufe ich ihr die Geschichte von ihrem stalkenden Ex-Freund ab. Wenn er denn überhaupt je existiert hat.

Sofort hämmere ich auf die Tasten, um die passende Software aufzurufen. Von meinem Laptop aus kann ich zwar nicht mitverfolgen, was die Kameras aufzeichnen, aber den Standort, den sehe ich.

»Was führst du im Schilde, Vanessa?«, murmele ich, während das Programm lädt.»Was willst du?«

Dann erscheint ein winziger Punkt auf der Landkarte. Mir stockt der Atem. Ich muss nicht erst in die Karte hineinzoomen, um zu wissen, wo das ist.

Das stillgelegte Fabrikgelände. Nur wenige hundert Meter von dem ehemaligen Sportplatz entfernt. Von dem Ort, wo Tim gestorben ist.

KAPITEL 40

Miriam

Rauslassen! Sofort!« Mit hochrotem Gesicht gestikuliert Bea in Richtung der Kamera.

Nichts passiert. Die Stimme bleibt stumm, verhöhnt uns mit ihrem Schweigen.

»Das ist Freiheitsberaubung! Darauf steht eine Gefängnisstrafe von bis zu zehn Jahren, wussten Sie das? Ich warne Sie ein letztes Mal – machen Sie die Tür auf!«

Immer noch nichts. Unter anderen Umständen hätten mich ihre juristischen Fachausdrücke – in einer Situation wie dieser völlig fehl am Platz – zum Schmunzeln gebracht. Doch die Lage, in der wir stecken, ist alles andere als zum Lachen.

Ein letztes Mal reckt Bea zornig die Faust gegen die Decke, dann wirbelt sie herum und nimmt Anlauf. Ein dumpfes Wumm ist zu hören, als ihre Schulter gegen das Metall knallt. Unwillkürlich halte ich den Atem an. Bea verzieht vor Schmerz das Gesicht, aber die Tür bewegt sich keinen Millimeter. Sie reibt sich die schmerzenden Stellen und versucht es erneut.

Wumm.

Wieder nichts.

Wumm. Wumm. Wumm.

»Lass es«, sage ich und halte sie am Arm zurück, als sie wieder Anlauf nehmen will. »Das bringt doch nichts. Du wirst dir nur wehtun.«

Bea bedenkt mich mit einem bösen Blick, lässt aber von der Tür ab. Stattdessen deutet sie auf den schmalen

Fenstersims am anderen Ende des Raums, etwa einen Meter über unseren Köpfen, und auf das trübe Glas darüber. »Hilf mir lieber. Wir versuchen es mit einer Räuberleiter.« Ich seufze. »Also gut.«

Mit dem dumpfen Gefühl im Bauch, dass wir ja doch nur unsere Kräfte verschwenden, forme ich meine Arme zu einer Schlaufe. Bea stellt ihren Fuß auf meine verschränkten Handflächen, Sarah bezieht auf ihrer anderen Seite Stellung. Die Finger in Sarahs Schultern gekrallt, hievt sie sich mit einem Ruck empor. Beas Hände schnellen nach oben, als sie verzweifelt versucht, den Fenstersims zu fassen zu bekommen. Doch er ist zu weit entfernt, das Mauerwerk zu glitschig, und mit einem halb erstickten Stöhnen landet sie zu unseren Füßen.

»Alles okay?«, keucht Sarah. »Hast du dich verletzt?«

»Geht schon.« Mühsam rappelt Bea sich hoch. Ihre Miene ist voll grimmiger Entschlossenheit. »Noch mal.«

Diesmal gehen Sarah und ich ein wenig in die Hocke, damit Bea einen Fuß auf meine, den anderen auf Sarahs Handflächen setzen kann. Meine Finger schmerzen unter ihrem Gewicht, und ich beiße die Zähne zusammen, während wir allmählich die Knie durchstrecken. Bea stützt sich unterdessen mit den Händen an der Wand ab, zieht sich vorsichtig daran hoch.

Für einen Augenblick sieht es tatsächlich so aus, als könnte es klappen. Ein triumphierender Ausdruck breitet sich auf Beas Gesicht aus, als sie sich zu ihrer vollen Größe aufrichtet und nach dem Sims tastet, ihre Finger nur wenige Zentimeter von dem Fenstergriff entfernt.

»Ich hab's gleich«, japst sie. »Nur noch ein kleines Stückchen!«

Ich werfe Sarah einen Blick zu. Die nickt. Schweißperlen laufen mir in den Nacken, während wir Bea mit vereinten Kräften weiter hochstemmen.

»Ja!«, ruft Bea, als ihre rechte Hand endlich den Griff zu fassen bekommt. »Wir haben es geschafft!«

Dann geht auf einmal alles furchtbar schnell. Das Fiepen, halb überlagert von Beas Triumphgeschrei, das winzige Fellknäuel, das über den Boden huscht, auf die gegenüberliegende Wand zu. *Eine Ratte.* Sarah hat sie ebenfalls bemerkt, denn sie zuckt vor Schreck zusammen, taumelt einen Schritt zurück.

Für den Bruchteil einer Sekunde scheint die Welt stillzustehen. Wie in Zeitlupe sehe ich erst Verwirrung, dann Panik über Beas Gesicht huschen. Ihre Hände rudern durch die Luft, versuchen, an der rutschigen Oberfläche Halt zu finden. Doch es ist bereits zu spät. Ein lang gezogener Schrei ertönt, als sie das Gleichgewicht verliert – und wir mit ihr.

Das Knacken, das den Raum erfüllt, als sie auf dem Steinboden auftrifft, geht mir durch Mark und Bein.

Dann beginnt Bea zu kreischen.

»Mein Arm! Ich hab mir den Arm gebrochen!«

Ein Blick genügt, um festzustellen, dass sie recht hat. Ihr schmales Handgelenk steht in einem unnatürlichen Winkel ab, und ich drehe den Kopf rasch zur Seite, um den Brechreiz zu unterdrücken, der bei dem Anblick in mir hochsteigt.

»Verdammt, Sarah!« Bea weint jetzt, starrt mit schmerzgeweiteten Augen auf ihr kaputtes Gelenk. »Das war doch nur eine Ratte, du dumme Kuh! Wir waren so nah dran.«

Sarahs Unterlippe zittert, sie scheint ebenfalls den Tränen nahe. »Es tut mir so leid. Das wollte ich nicht.« Mit bebenden Fingern zieht sie sich den Pullover über den Kopf und wickelt ihn zu einem provisorischen Dreieckstuch. »Warte, ich helfe dir.«

Bea jault vor Schmerz auf, als Sarah ihre verletzte Hand durch die Schlinge steckt. »Pass doch auf!«

Auf einmal spüre ich eine Welle der Wut in mir aufsteigen. Mit einem Satz bin ich wieder auf den Füßen, baue mich mit geballten Fäusten unter dem Dachbalken auf. »Na, bist du jetzt zufrieden? Bea ist verletzt – ist es das, was du wolltest?«, fauche ich in die Linse. »Was genug ist, ist genug, du hattest deinen Spaß. Und jetzt mach endlich diese verdammte Tür auf! Wir brauchen einen Krankenwagen!«

Doch wer auch immer uns von der anderen Seite der Kamera aus beobachtet, denkt nicht daran, uns aufzuschließen. Qualvolle Sekunden vergehen, bis mir dämmert, dass es zwecklos ist.

Resigniert wende ich mich wieder meinen Freundinnen zu. Bea hat sich in einer Ecke zusammengekauert, und erst jetzt wird mir bewusst, wie blass sie geworden ist. Ihr ganzer Körper bebt, wie sie da mit geschlossenen Lidern an der Wand lehnt. Sie sieht aus, als würde sie jeden Moment das Bewusstsein verlieren – ob durch den Schock oder vor Schmerzen, kann ich nicht sagen.

Ich sehe mich um und bemerke den Eimer, der immer noch in der Ecke steht. Er ist knapp zur Hälfte mit Wasser gefüllt. *Immerhin etwas.* Eilig schleppe ich ihn herbei und gehe vor Bea in die Hocke.

»Komm – trink.«

Bea schüttelt entrüstet den Kopf. »Keine Chance. Wer weiß, wie lange der schon hier steht.« Voller Ekel beäugt sie die verendete Stubenfliege, die auf der trüben Wasseroberfläche schwimmt.

»Was Besseres haben wir aber nicht«, fahre ich sie an. »Jetzt sei nicht so eine Prinzessin. *Trink!*«

Resolut fische ich die Fliege aus dem Eimer und hebe ihn ihr an die Lippen.

Und zu meiner Überraschung leistet Bea keinen Widerstand mehr. Wasser läuft über ihr Kinn, und ihr Kehlkopf zuckt, während sie trinkt, das Gesicht immer noch vor Abscheu verzogen.

»Braves Mädchen«, murmele ich, als sie mir mit ihrem unverletzten Arm zu verstehen gibt, dass sie genug hat.

Erst jetzt bemerke ich, wie durstig ich bin und hebe ebenfalls den Kübel an die Lippen. Wie erwartet schmeckt das Wasser staubig und abgestanden, aber zumindest erfüllt es seinen Zweck. Anschließend reiche ich den Eimer an Sarah weiter.

»Was machen wir denn nun?«, wispert Sarah und wischt sich mit dem Saum ihres T-Shirts über den Mund. »Meint ihr, wir sollten ...«

»Auf keinen Fall«, fällt Bea ihr ins Wort und blickt finster zur Zimmerdecke. Sie wirkt immer noch etwas benommen, aber ihr Wille scheint ungebrochen. »Denk nicht mal dran. Wir sagen gar nichts. Wir lassen uns doch nicht von irgendeinem dahergelaufenen Psychopathen erpressen.«

»Irgendwann wird jemand nach uns suchen«, pflichte ich ihr bei, gegen meine eigenen Zweifel ankämpfend. »Wir schaffen das. Wir haben schon viel Schlimmeres durchgestanden, oder nicht?«

KAPITEL 41

Clara. Damals

Nachdem ich aufgelegt habe, stütze ich schwer atmend
die Hände auf die Knie. Alles dreht sich, und ich
kann mir gerade noch rechtzeitig die Haare aus dem Gesicht halten, bevor ich mich würgend auf dem Gehsteig
übergebe. Ich spucke und keuche, bis nur noch bittere
Galle herauskommt, dann sinke ich zitternd vor dem Fahrradständer zu Boden.

Wie grelle Lichtblitze durchzucken die Eindrücke der
vergangenen Stunden die Nebelschwaden meiner Gedanken. Die feixende Fratze des Smileys auf den gelben Pillen
in der Plastiktüte. Tims Blick, der auf einmal leer wird, als
sein Kopf zur Seite sackt. Wie Miriam schluchzend über
seinem leblosen Körper zusammensinkt. Die eisige Kälte
in Beas Stimme. *Wir müssen von hier verschwinden.* Der
Ausdruck auf Irenes Gesicht, als sie sich langsam zu uns
umwendet. Entschlossen, berechnend. *Es war richtig, dass
ihr gleich zu mir gekommen seid. Ich werde euch sagen,
was wir jetzt tun.* Und schließlich – Lisa, meine dreizehnjährige Schwester, eng an Tobias gepresst, die Hand auf
seinem Hosenbund.

Am ganzen Leib bebend wische ich mir mit dem Handrücken über den Mund. Kaum zu glauben – erst heute Morgen bestand mein größtes Problem darin, wie ich mich mit
Miriam aussöhnen kann und ob und wie ich ihr von Klaus'
Affäre mit Sarah erzählen soll. Ich habe mir lediglich darüber den Kopf zerbrochen, wie ich mein Lernpensum
der kommenden Wochen bewältigen soll. Ich stoße ein

bitteres Lachen aus. Alles, was seither geschehen ist, fühlt sich an wie ein nicht enden wollender Albtraum, und ich wünschte, ich würde endlich daraus erwachen. Die Augen unter dem Baldachin meines Himmelbetts aufschlagen und mit Lisa beim Frühstück darüber kichern, was ich mir in meiner blühenden Fantasie nur diesmal wieder zusammengesponnen habe.

Das Läuten der fernen Kirchturmglocken reißt mich unsanft aus meiner Trance. Instinktiv werfe ich einen Blick zurück zur Schule. Ich muss hier weg, und zwar schnell. Tobias und Lisa kommen bestimmt jeden Moment durch diese Tür, und ich bin gerade nicht in der Verfassung, mich mit den beiden auseinanderzusetzen. Papa und Moritz werden die Sache schon regeln, da bin ich mir sicher, und mein Herz krampft sich zusammen bei dem Gedanken daran, wie gekränkt mein Bruder sein wird, wenn er erfährt, was sein bester Freund getan hat.

Verdammt, Tobi – was hast du dir nur dabei gedacht?

Überwältigt von den Ereignissen des Tages spüre ich auf einmal bleierne Müdigkeit in mir hochsteigen. Ich kann mich nicht erinnern, je zuvor so erschöpft gewesen zu sein. Alles, was ich jetzt noch will, ist, mich unter meiner Bettdecke verkriechen und versuchen zu vergessen, dass dieser Tag jemals existiert hat.

Endlich steige ich auf mein Fahrrad. Das Haus meiner Eltern liegt am anderen Ende des Dorfs, Luftlinie wären es nur fünf Minuten, doch die Straße schlängelt sich unnötig, führt um Wälder und Hügel herum, sodass mir eine gut zwanzigminütige Fahrt bevorsteht. Aber wenn ich die Abkürzung durch den Wald nehme, schaffe ich es in der Hälfte der Zeit. Also atme ich noch einmal tief durch und radle los.

Anstatt auf die Landstraße zu biegen, wende ich mich nach rechts, fahre auf den Trampelpfad zu, der hinter dem Schulgebäude beginnt. Die Lampe meines Fahrrads beleuchtet den unebenen Waldweg nur unzureichend, sodass ich achtgeben muss, um mit den Reifen nicht in einem Schlagloch stecken zu bleiben. Die Stille der Nacht wirkt bedrückend, dann und wann höre ich den Ruf einer Eule, das Rascheln kleiner Tierfüße im Unterholz. Irgendwo in der Ferne rauscht ein Bach. Fröstelnd beiße ich die Zähne zusammen, beschleunige mein Tempo.

Nach etwa zehn Minuten sehe ich zwischen den Baumstämmen endlich die Lichter der fernen Straßenlaternen aufblitzen, und ich atme auf. Jetzt bin ich gleich zu Hause – nur noch den Schotterweg entlang, zurück auf die Landstraße, dann die zweite Gasse rechts.

Gerade als ich auf die Schotterstraße biege, sehe ich auf einmal Scheinwerfer vor mir in der Dunkelheit aufleuchten. Sie gehören zu einem schwarzen SUV, der mit hoher Geschwindigkeit auf mich zuhält.

Scheiße. Sieht der denn nicht, dass hier jemand ist?

Doch der Wagen macht keine Anstalten, langsamer zu fahren. Der Schreck fährt mir in die Glieder, und von dem gleißenden Licht geblendet reiße ich den Arm hoch.

Ein dummer Fehler, wie sich sogleich herausstellt. Mein Fahrrad schlingert, als die Räder über das Geröll am Wegesrand fahren, dann kippt es zur Seite und ich mit ihm. Das alles geht so schnell, dass ich nicht mal Zeit finde, vor Schreck aufzuschreien.

Ein stechender Schmerz durchzuckt meine linke Schulter, als ich unsanft auf dem Boden aufpralle. Instinktiv rolle ich mich zur Seite, weg von der Fahrbahn, wo ich nach Luft japsend liegen bliebe.

Verdammt, was sollte das?

Vorsichtig taste ich meinen Körper nach Verletzungen ab. Ein langer Riss durchzieht mein Shirt nahe meiner Schulter, und ich zucke vor Schmerz zusammen, als meine Finger über die blutige Schürfwunde streichen.

Doch zumindest scheint nichts gebrochen zu sein – ich bin wohl mit ein paar blauen Flecken davongekommen. Der schwarze SUV hat einige Meter von mir entfernt angehalten, und aus dem Augenwinkel sehe ich, wie die Autotür aufgerissen wird. Kurz darauf höre ich das Knirschen von Schritten auf dem Kies. Obwohl ich das Gesicht des Mannes gegen das Scheinwerferlicht nicht genau erkennen kann, weiß ich sofort, wer es ist. *Mist. Der hat mir gerade noch gefehlt.*

»Alles okay?« Tobias' Stimme klingt panisch, als er auf mich zugeeilt kommt. »Bist du verletzt?«

»Es geht schon.« Ächzend rappele ich mich hoch, klopfe mir den Dreck von der Kleidung. »Was tust du überhaupt hier?«

»Ich wollte nur sichergehen, dass es dir gut geht.« Er scharrt nervös mit dem Fuß über den Boden, als er hinzufügt: »Und – nun ja – außerdem wollte ich mit dir reden.«

»Und worüber, wenn ich fragen darf?«

Tobias zuckt ob meines scharfen Tonfalls zusammen. »Ich denke, das weißt du.«

Ich nicke stumm, und der Funken Hoffnung in meiner Brust verpufft. Ich habe mich also nicht getäuscht. Vorhin an der Türschwelle zum Geräteraum – er hat mich tatsächlich erkannt. *Verdammt.*

»Nimm's mir nicht übel, Tobi, aber ich bin jetzt wirklich nicht in der Stimmung zu reden.« Ich werfe einen Blick auf mein Fahrrad, das unweit von mir neben dem Schotter liegt, und unterdrücke ein Fluchen. Die Kette ist abgesprungen, und eines der Räder ist verbogen. Sieht ganz danach aus, als würde ich es den Rest der Strecke schieben müssen.

»Du musst mir zuhören«, sagt Tobias und macht einen unsicheren Schritt auf mich zu. »Das, was du da eben gesehen hast – es ist nicht so, wie du denkst.«

»Das bezweifle ich.« Erneut spüre ich, wie Wut in mir hochsteigt. »Mein Gott, Tobi! Wie konntest du nur? Ausgerechnet Lisa – was hast du dir nur dabei gedacht?«

»Du verstehst das nicht.« Ein gequälter Ausdruck ziert sein attraktives Gesicht. »Ich hab nie geplant, dass das passiert. Aber Lisa und ich – es ist nicht so wie mit den anderen Frauen. Wir *lieben* uns.«

Bei diesen Worten stoße ich ein verächtliches Schnauben aus. »Hörst du überhaupt, was du da eigentlich sagst?« Zornfunkelnd starre ich zu ihm hoch. »Sie ist dreizehn, Tobi! Du bist ihr Coach, ihr Lehrer! Das ist so was von krank.«

»Bitte, Clara«, sagt er mit flehender Stimme. Er fasst mich am Handgelenk, zwingt mich, ihm in die Augen zu sehen. »Du darfst niemandem erzählen, was du gesehen hast. Wenn herauskommt, dass ...«

Seine Fingernägel bohren sich in meinen Unterarm, und ich stöhne vor Schmerz auf. »Lass mich los – du tust mir weh!«

Sofort lässt Tobias den Arm wieder sinken. »Entschuldige.« Sichtlich verzweifelt fährt er sich mit beiden Händen durchs Haar. »Aber ich flehe dich an, sag bloß nicht Mo...«

»Du erwartest ernsthaft von mir, dass ich das für mich behalte?«, unterbreche ich ihn. »Herrgott, Tobi!«

Tobias starrt mich einfach nur an. »Ich könnte meinen Job verlieren«, sagt er schließlich leise. »Dann wäre alles, wofür ich gearbeitet habe, umsonst.«

»Das hättest du dir überlegen sollen, bevor du mit meiner Schwester geschlafen hast.«

Tobias' Schultern sacken herab. »Wenn schon nicht für mich, dann tu es wenigstens für Lisa. Überleg doch mal, was das für sie bedeuten würde, was die Leute sagen werden. Das Leben, wie sie es kannte, wäre vorbei. Willst du das etwa? Ihr Leben zerstören?«

»Du meinst, ich wäre diejenige, die ihr Leben zerstört?«
Fassungslos schüttle ich den Kopf. Mein Blick gleitet
über sein zerzaustes Haar, das hinten leicht an den Schläfen absteht, die warmen Augen, die jetzt angstvoll aufgerissen sind, die Muskeln, die unter seinem T-Shirt hervortreten. Er sieht aus wie immer. Der beste Kumpel meines
Bruders, mein alter Freund und Vertrauter. Wie hatte ich
mich nur dermaßen in ihm täuschen können?
»Bitte, Clara«, versucht er es noch einmal. »Mach jetzt
nichts Dummes. Ich verspreche dir – ich mache Schluss
mit Lisa. Nur – bitte – lass uns das für uns behalten, ja?«
Ich zögere. Mein ganzes Leben lang war Tobias praktisch wie ein Bruder für mich. Er hat Moritz aus der Patsche geholfen, wenn der mal wieder eine Schlägerei angezettelt hatte, mir und Lisa Schlittschuhfahren beigebracht,
uns gratis Nachhilfe in Mathe gegeben. Seit ich ein kleines
Mädchen war, verging kaum eine Woche, in der er nicht
zumindest einmal bei uns zum Abendessen vorbeikam.
Meine Gedanken wandern weiter zu Moritz und zu
meinen Eltern, und ich stelle mir vor, wie entsetzt sie sein
werden, wenn sie von Tobias' Beziehung mit Lisa erfahren. Wenn ich ihn jetzt verrate, wird sich alles – einfach
alles – verändern. Ist es das, was ich will?
*Du könntest es für dich behalten. Tobi würde sich von
Lisa trennen, und wir alle könnten so tun, als wäre nie
etwas gewesen.*
Ich atme tief ein. Denn obwohl ich mir sehnlichst wünsche zu vergessen, was ich heute erlebt habe, so weiß ich
doch tief in meinem Herzen, dass mir das niemals gelingen wird. Niemand kann die Zeit zurück auf Anfang
stellen, auch ich nicht. Was meine Freundinnen und ich
Tim angetan haben, dass Tobias mit meiner minderjährigen Schwester geschlafen hat – dieses Wissen würde mich
den Rest meines Lebens verfolgen. Ich könnte mich selbst

nicht mehr im Spiegel ansehen, und die Geheimnisse – sie würden mich auffressen, Stück für Stück, bis von meiner Seele nichts übrig bliebe als ein schwarzer Ascheklumpen.

Die Wahrheit mag Tim zwar nicht wieder lebendig machen oder Lisa ihre Unschuld zurückbringen, aber zumindest wäre es gerecht. Das Richtige. Und auf einmal weiß ich, was ich tun muss. Im Grunde habe ich es von Anfang an gewusst.

Ich stoße den Atem wieder aus. »Tut mir leid, Tobi. Aber das kann ich nicht.«

Eine unheimliche Stille breitet sich zwischen uns aus, während wir einander schweigend taxieren. Tobias' Brauen sind plötzlich zusammengekniffen, seine Hände haben sich wie von selbst zu Fäusten geballt. Und da liegt auf einmal ein Ausdruck in seinem Gesicht, den ich noch nie zuvor bei ihm gesehen habe. Jäh wird mir bewusst, wie viel größer und stärker er ist als ich. Instinktiv weiche ich ein paar Schritte vor ihm zurück.

Am Rande meiner Wahrnehmungsschwelle dringt ein Geräusch an mein Ohr, ein kaum hörbares Knacken im nahen Unterholz, und ich werfe einen raschen Blick über die Schulter, zum Wald, aus dem ich gekommen bin, dann in Richtung Straße.

Ich bin vollkommen allein mit ihm, wie mir auf einmal klar wird, und ich spüre, wie sich mir die Nackenhaare sträuben. Außer Tobias und mir ist niemand hier, auf Kilometer keine Menschenseele in Sicht. Ich bezweifle, dass mich jemand hören würde, wenn ich um Hilfe rufen müsste. Ich erschauere.

Atme, Clara, beruhige dich. Das ist nur Tobi, du kennst ihn praktisch schon dein Leben lang. Er würde dir nichts antun – oder?

Mit einem Ruck wende ich mich ab. »Ich muss jetzt los«, presse ich hervor, versuche, die Angst niederzukämpfen, die in meinem Inneren immer weiter um sich greift. Ich spüre regelrecht Tobias' bohrenden Blick in meinem Nacken, und auf einmal will ich nur noch hier weg. Möglichst viel Distanz zwischen uns bringen, einfach nur nach Hause.

Doch als ich mich zu meinem Rucksack hinabbeuge, der beim Sturz heruntergefallen ist, nehme ich aus dem Augenwinkel eine Bewegung wahr. Die Hand, die sich über mir erhebt, die Umrisse eines Baseballschlägers im Scheinwerferlicht.

»Aber – was ...«

Ich komme nicht mehr dazu, meinen Satz zu vollenden. Der Schlag, der gleich darauf meinen Hinterkopf trifft, raubt mir die Luft zum Atmen, und ein ersticktes Keuchen entfährt meiner Kehle, als ich mit dem Gesicht voran zu Boden stürze. Ein hässliches Knacken ist zu hören, als Holz auf Knochen prallt.

Einmal. Noch einmal. Und schließlich ein drittes Mal.

Dann wird alles um mich herum finster.

KAPITEL 42

Miriam

Bilder wabern durch meinen Kopf. Ein wirbelnder Strom aus Farben, schemenhaft und flüchtig. Sie wechseln so schnell die Gestalt, dass es mir schwerfällt, eine davon zu fassen zu bekommen. Kurze Filmsequenzen, teils Erinnerungen, teils Auswüchse meiner Fantasie, doch deswegen nicht weniger verstörend.

Mamas gütiges Gesicht, das mir sorgenvoll zugewandt ist. Ihre tief in den Höhlen liegenden Augen, die Haut blass und wächsern. Ihre knöchernen Hände klammern sich an meine, ziehen mich hinab. Beinahe kann ich spüren, wie ihre Finger sanft über meine tränennassen Wangen streichen. Ich höre ihre belegte Stimme, die mir zuflüstert, dass alles gut werden wird. »Ich liebe dich so sehr, mein Schatz. Ich hätte alles für dich getan und mehr. Wirklich alles.«

Ich will die Hand nach ihr ausstrecken, sie näher zu mir ziehen, ein letztes Mal ihren tröstlichen Duft einatmen. Doch bevor ich die Arme um sie schlingen kann, krümmt sich ihr Nasenrücken, zieht sich in die Länge, und ihre Augen, eben noch ein warmer Braunton, werden heller, blauer, zu denen meines Vaters.

»Enttäuschend«, sagt er, die Miene kalt, herablassend. »Über alle Maßen enttäuschend. All die Hoffnungen, die ich in dich gesetzt habe, das viele Geld für deine Ausbildung – vergeudet. Im Ernst, ich hätte wirklich mehr von dir erwartet.«

Ich sinke unter dem Gewicht seiner Worte zusammen. *Das ist nicht fair*, will ich ihm entgegenhalten. *Ich hab doch getan, was du von mir verlangt hast. Ich habe die Uni besucht, die du ausgesucht hast, habe mir ein Jahrzehnt lang den Arsch abgerackert, um dich stolz zu machen. Wieso in aller Welt reicht das nur nicht?*

Mein Mund klappt auf, aber kein Laut dringt über meine Lippen, alles, was ich sehe, ist die Verachtung, die aus jeder seiner Poren trieft.

Noch während ich ihn anstarre, verschwimmen seine Züge vor meinen Augen, sein Haaransatz schiebt sich vor, die Falten auf seiner Stirn verblassen, kleine Grübchen erscheinen auf seine Wangen.

»Wieso, Miriam?«, wispert Moritz eindringlich. In seinen Augenwinkeln blitzen Tränen. »Wieso hast du mir denn nur nicht die Wahrheit gesagt? Ich hätte dir helfen können. Das alles hier«, er deutet mit ausholender Geste auf das Mauergewölbe, »hätte nicht passieren müssen. Du hättest mir vertrauen sollen. Aber das kannst du nicht, oder? Ich schätze, so bist du einfach.«

Ich will die Hände vors Gesicht schlagen, meine Ohren verschließen, um seine Vorwürfe nicht länger hören zu müssen. Ihn anflehen, wie leid es mir tut. Dass ich ihn liebe, so wie ich auch Clara aus tiefstem Herzen geliebt habe. Aber mein Körper gehorcht mir nicht, und so sitze ich einfach nur stumm da, während seine Worte wie Hagelkörner auf mich niederprasseln. Die Wahrheit, die ich mir nie eingestehen wollte und die doch all die Zeit über wie ein dunkler Schatten in meinem Inneren lauerte.

Claras Tod ist deine Schuld, Miriam. Mag sein, dass du nicht selbst die Hand gegen sie erhoben hast, aber das ändert nicht das Geringste. Du hättest wissen müssen, was geschehen würde. Deine Feigheit war es, die sie getötet hat, begreifst du das endlich?

Meine Welt kippt zur Seite, Moritz' Gesicht verschwindet. Raum und Zeit geraten aus ihrer gewohnten

Ordnung, der Keller vor mir rotiert so schnell, dass mir davon schwindlig wird. Und dann bin ich auf einmal wieder hier. Gleich neben dem Eingang der alten Fabrik. Ich blinzle und stelle erstaunt fest, wie klein meine Füße in den leuchtend roten Sneakers aussehen, in denen sie nun stecken. »... neunundvierzig, fünfzig – ich komme!« Meine Kinderstimme hallt von den Wänden wider.

Ein modriger Geruch liegt in der Luft, und mit einem mulmigen Gefühl im Magen laufe ich los. Das Geräusch meiner Schritte wird von den Steinwänden zurückgeworfen. *Was für eine bescheuerte Idee*, denke ich. Jeder in Eichgraben weiß doch, dass das alte Fabrikgelände tabu ist. Ein Relikt aus einer anderen Zeit, obendrein einsturzgefährdet. Aber Bea hat nun mal ein Faible für ausgefallene Orte, und Sarah und ich waren schon immer zu schwach, um uns gegen sie durchzusetzen.

Komm jetzt, Miriam, sei kein Frosch. Du hast doch nicht etwa Angst?

Ich will mir gar nicht ausmalen, wie wütend Mama wäre, wenn sie erführe, was wir hier treiben. Mein Herz pocht im Stakkato, und ärgerlich über meine Ängstlichkeit eile ich weiter, haste die labyrinthartigen Gänge entlang. Einer sieht aus wie der andere, und ich blicke in jeden Winkel, jede Ecke. Doch keine Spur von meinen Freundinnen. Meine Nerven sind zum Zerreißen gespannt, alles, was ich höre, ist das Pulsieren des Bluts in meinen Adern.

Auf einmal meine ich, am Ende des Gangs eine Bewegung wahrzunehmen. Eine schlanke Gestalt in einem auffallend gelben Shirt, die vor mir um die Ecke hüpft. Unwillkürlich beschleunigen sich meine Schritte, nehmen die Verfolgung auf. *Aber – so war das doch gar nicht*, schießt es mir durch den Kopf. Clara war an jenem Nachmittag gar nicht hier, sie lag mit einer Verkühlung im Bett, das weiß ich genau.

Doch meine Fantasie scheint ein Eigenleben entwickelt zu haben, hält sich nicht länger an das Drehbuch meiner Erinnerungen. Ebenso wenig wie meine Beine mir gehorchen, die trotz meines innerlichen Zögerns immer schneller laufen, entgegen jeder Logik, der Teenagerversion meiner Freundin hinterher.

Tap. Tap. Tap. Ich renne fast, als ich endlich die Treppe erreicht habe, die ins Souterrain führt, stolpere die Stufen hinunter. Erneut das Aufblitzen eines gelben Farbkleckses, dann das Knarren einer Türangel.

Gleich hab ich dich. Mit grimmiger Miene ziehe ich die schwere Eisentür auf, schlüpfe hindurch. Ein metallenes Geräusch ertönt, als sie hinter mir ins Schloss fällt und sich wie von Geisterhand verschließt.

Claras Anblick trifft mich mit voller Wucht, und ich taumle instinktiv einen Meter zurück. Ich presse eine Hand vor den Mund, um ein Wimmern zu unterdrücken, und reibe mir ungläubig die Augen. Schließe sie. Öffne sie wieder. Doch sie ist immer noch da, die Arme vor der Brust verschränkt, ein anklagender Ausdruck auf ihrem fast kindlichen Gesicht.

Clara sieht genauso aus wie in meinen Erinnerungen. Dieselbe Erscheinung, die mich unzählige Male in meinen Albträumen heimgesucht hat. Die großen blauen Augen, das fast weißblonde Haar, das ihre Wangen umrahmt, die abgekauten Fingernägel. Und schließlich – das gelbe Tanktop, das sie am Tag ihres Verschwindens getragen hat.

Ich hab völlig vergessen, wie verdammt jung wir waren. Und wie hübsch sie war.

Das ist es jedoch nicht, was mich nach Atem ringen lässt. Es ist die klaffende Wunde an ihrem Hinterkopf, das Blut, das durch ihr Haar sickert und ihr in den Nacken läuft.

»Clara«, bringe ich stammelnd hervor. »Passiert das hier gerade wirklich? Bist du – ich meine – bist du echt?« Clara lächelt traurig. »Spielt das eine Rolle?« Ich spüre, wie meine Knie unter meinem Gewicht nachgeben, und ich sinke zu Boden. Von Verzweiflung geplagt, schlinge ich die Arme um den Körper, den Blick immer noch unverwandt auf Clara gerichtet. Ganz allmählich kommt sie näher, betrachtet mich prüfend von oben herab.

Du hast Halluzinationen, das bildest du dir alles nur ein, sage ich mir wieder und wieder vor. Ich stöhne auf. Denn natürlich weiß ich, dass das gerade nicht wirklich passiert. Clara ist tot. Ich war bei ihrer Beerdigung, war dabei, als ihre Familie vor Trauer zerbarst, habe Blumen auf ihr Grab gelegt, Erde in die Grube geworfen, auf ihren Sarg. Und doch – sie hier vor mir zu sehen, real oder nicht, bringt mich um den Verstand. Tränen strömen mir unkontrolliert über die Wangen.

»Das tut mir alles so leid«, schluchze ich. »Einfach alles. Dass ich dich enttäuscht, dich von mir gestoßen habe. Noch heute vergeht kein Tag, an dem ich nicht an dich denke. An dem ich mich nicht frage, was aus uns geworden wäre, wenn ich unsere Verabredung nicht verpasst, wenn ich dir nur zugehört hätte. Was mit dir geschehen ist – es ist alles meine Schuld.«

Sie beugt sich zu mir herab, und ein trauriges Lächeln ziert ihre Mundwinkel, während sie mir zärtlich eine verschwitzte Strähne aus dem Gesicht streicht. Sie deutet auf ihre Wunde. Noch immer strömt Blut daraus hervor, es tropft von ihrem Haar und auf meinen Pullover, hinterlässt dunkelrote Kleckse auf dem hellen Stoff. »Das hier, das warst nicht du. Nicht du hast mich getötet.«

Ich will schon erleichtert aufatmen, doch Clara hebt mahnend den Zeigefinger, ihr Lächeln erstirbt. »Aber das bedeutet nicht, dass dich keine Schuld trifft. Du warst meine beste Freundin, ich hab dir vertraut. Darauf vertraut, dass du das Richtige tun würdest. Dass du sie aufhalten würdest. In gewisser Weise hast du also recht. Es ist auch deine Schuld.«

Ich schnappe nach Luft. Jedes ihrer Worte fühlt sich an wie ein Dolchstoß mitten ins Herz. »Nein, bitte – hör auf!«, wimmere ich. »Woher hätte ich denn wissen sollen, was ...«

Claras Miene verzieht sich zu einem grausamen Lächeln. Während sie fortfährt, verschwimmen ihre mädchenhaften Gesichtszüge, verzerren sich zu einer hässlichen Fratze. Verwandeln sich in ein abscheuliches Monster mit spitzen Zähnen und rot funkelnden Augen. Auf einmal hat sie keinerlei Ähnlichkeit mehr mit dem Mädchen aus meinen Erinnerungen.

»Bea und Sarah mögen opportunistisch und selbstsüchtig sein, aber du bist keinen Deut besser als sie. Gerade du hättest es besser wissen müssen. Aber du warst zu schwach. Das warst du schon immer. Du hast mich im Stich gelassen, mich gehen lassen, als ich dich am dringendsten gebraucht habe. Und am Ende – von all meinen Freundinnen – warst du die größte Enttäuschung von allen.«

»Aufhören!«, kreische ich. »Das ist nicht wahr. So bin ich doch überhaupt nicht!«

Ich presse die Hände auf die Ohren, um mir nicht länger anhören zu müssen, was sie wirklich über mich denkt. Aber tief in meinem Herzen weiß ich, dass sie recht hat. Ja – wir haben Tim nicht ermordet. Und auch Clara nicht. Trotzdem sind wir schuldig. Unsere Geheimnisse, unsere

Taten – sie haben uns an diesen Ort geführt. Sarah und ihre Naivität, Bea und die Drogen und natürlich meine eigene Familie. Mein nach Macht und Einfluss gierender Vater, der unerschütterliche Beschützerinstinkt meiner Mutter. Und letztlich ist es gleichgültig, ob ich jemals wieder heil hier rauskomme. Denn ich weiß nun, was wirklich passiert ist. Wer in Wahrheit für Claras Tod verantwortlich ist. Und ich begreife, dass meine Schuld niemals vergehen wird. Ich werde damit leben müssen. Bis ans Ende meiner Tage.

Es ist auch deine Schuld, hallen ihre Worte unbarmherzig durch meinen Kopf, und ihre Stimme vereint sich mit jenen von Papa und Moritz. *Deine Schuld! Deine Schuld! Deine Schuld!*

Heftiger Schwindel hat von mir Besitz ergriffen, und erneut gerät mein Sichtfeld ins Wanken. Ich spüre die Kälte auf meiner Wange, als ich zur Seite kippe und mein Gesicht auf dem Steinboden auftrifft. Dann hört das Schwanken plötzlich auf.

Ich blinzle. Einmal. Zweimal. Dreimal. Ganz langsam öffne ich die Augen, hieve mich wieder in eine aufrechte Position.

Clara – das Monster – ist verschwunden. Als wäre es nie da gewesen. Ein Teil von mir will ihr nachrufen, sie anflehen, zurückzukommen. Mich kein zweites Mal zu verlassen. Mir zu vergeben, was ich mir selbst nie vergeben habe.

Allmählich dringt die Realität wieder zu mir durch, und ich bin beinahe erstaunt, Bea und Sarah vor mir zu sehen. Zusammengekauert sitzen sie an der gegenüberliegenden Wand, wie ich scheinen sie völlig in ihre eigene Gedankenwelt abgetaucht zu sein. Beas Oberkörper schwankt rhythmisch vor und zurück, als würde sie zum Takt einer Musik wippen, die nur sie hören kann. Auch Sarah wirkt seltsam entrückt, ihre Lippen bewegen sich unablässig, halblautes Gebrabbel kommt daraus hervor. Doch ihre Worte ergeben keinen Sinn, oder zumindest erschließt er sich mir nicht.

»Bea? Sarah?« Meine Zunge fühlt sich merkwürdig pelzig und fremd in meinem Mund an, sodass ich ihre Namen kaum über die Lippen bringe. »Alles okay bei euch?« Doch sie antworten nicht, zucken mit keiner Wimper.

Ich kneife die Augen zusammen und blicke mich um. Alles um mich herum wirkt auf einmal seltsam intensiv auf mich, die Farben gestochen scharf. Das Grau des Steinbodens, das leuchtende Rot von Sarahs Pullover um Beas Handgelenk, selbst von dem Weiß des Zifferblatts meiner Armbanduhr fühle ich mich regelrecht geblendet. Überrascht stelle ich fest, dass kaum eine halbe Stunde vergangen ist, seit Bea sich den Arm gebrochen hat. Irritiert schüttle ich den Kopf.

Was zum Teufel läuft hier? Und wieso bin ich auf einmal so neben der Spur?

In diesem Moment höre ich ein Würgegeräusch. Meine Augen weiten sich, als mein Blick auf Sarah fällt, die sich mit auf den Bauch gepressten Händen auf den Steinboden übergibt.

»Was ist mit dir?« Es fällt mir schwer, die Worte zu formulieren. »Geht's dir nicht gut?«

»Mir ist auf einmal so – schlecht. Und schwindlig ist mir auch.« Röchelnd krümmt sich Sarah zusammen, während sie ein weiterer Brechanfall schüttelt.

»Wasser«, krächzt Bea. »Gib ihr Wasser. Sie ist bestimmt dehydriert.«

Ich greife nach dem Kübel und erhebe mich schwankend, wobei ich beinahe über meine eigenen Füße gestolpert wäre. Irgendwas stimmt nicht mit meinem Gleichgewichtssinn, und mit meiner Feinmotorik steht es auch nicht gerade zum Besten.

Meine Hände zittern so stark, dass Wasser über den Rand schwappt und Sarahs Shirt durchnässt, während ich ihr den Eimer an den Mund führe. Der säuerliche Geruch ihres Erbrochenen steigt mir in die Nase, und beinahe hätte ich es ihr gleichgetan.

»Nicht mehr lang«, flüstere ich, mehr zu mir selbst als zu ihr. »Jemand wird uns finden. Schon bald. Wir müssen nur noch ein klein wenig länger durchhalten.«

KAPITEL 43

Lisa

Tränen verschleiern mir die Sicht, während ich Mamas Wagen nach hinten setze, aus der Parklücke herausfahre. Wie in Trance biege ich auf die dunkle Straße, ohne recht zu wissen, was ich jetzt tun soll. Mein Gehirn hat auf Autopilot geschaltet, alles, was ich vor mir sehe, ist Tobias' zerschundenes Gesicht, das stumpfe Silber des Herzanhängers auf meiner Handfläche. Die Konturen des Armbands an meinem Hosenbein fühlen sich an, als würden sie ein Loch in meine Jeans brennen. Dazu die Frage aller Fragen, die in meinen Gedanken widerhallt.

Wieso in aller Welt ist Tobias im Besitz von Claras Kette?

Der Augenblick unserer Trennung fällt mir wieder ein. Es war gerade mal acht Uhr morgens, als er an meiner Tür klingelte, die Miene ungewohnt ernst. Ich wusste sofort, was er mir sagen wollte. Dass er genug hatte von unserer Beziehung, der Heimlichtuerei, von mir. Noch heute kann ich meine Verzweiflung von damals spüren, fühlen, wie mein Herz in tausend Einzelteile zersprang. Doch letztlich konnte ich ihm nicht mal einen Vorwurf machen. Tief in meinem Inneren hatte ich immer gewusst, dass das zwischen uns nicht von Dauer sein würde.

Und ich ließ ihn ziehen.

Meine Kiefermuskeln schmerzen, so fest beiße ich die Zähne zusammen. In all den Jahren hatte ich es für einen bloßen Zufall gehalten, dass er ausgerechnet jenen Tag für unsere Trennung auserkoren hatte – nur wenige Stunden, bevor wir erfuhren, dass Clara verschwunden war. Doch jetzt erscheinen die Ereignisse in einem völlig anderen Licht.

Unwillkürlich umklammern meine Finger das Lenkrad fester, während ich den Abend des siebzehnten Juni noch einmal Revue passieren lasse. Wie wir uns nach dem Training in den Geräteraum hinter der Schwimmhalle zurückzogen. Tobias' Hände auf meinem Rücken, an meinen Hüften. Seine forscher werdenden Küsse. Wie er plötzlich innehielt, aufschaute.

»Was ist?«, höre ich mich fragen. »Willst du nicht?«

»Das ist es nicht.« Ein merkwürdiger Ausdruck flackerte über sein Gesicht. »Ich dachte nur, ich hätte gerade ...« Er brach ab, schüttelte den Kopf. »Nichts weiter. Hab ich mir wohl nur eingebildet.«

Die Erinnerung jagt mir einen kalten Schauer über den Rücken. Die Person, die er zu sehen geglaubt hatte – ob das Clara gewesen war? *Ob er sie deswegen ...*

Mein Brustkorb ist plötzlich wie zugeschnürt. Und wie schon zuvor in Tobias' Wohnung beschleicht mich das Gefühl, einen schrecklichen Fehler begangen zu haben.

Mit zitternden Fingern hole ich mein Handy aus der Mittelkonsole und wähle Vanessas Nummer. Es läutet einige Male, dann geht die Mailbox an.

Mist. Was nun?

Ich weiß nicht mehr, was ich denken soll. Alles, was ich zu wissen glaubte, ist auf einmal konturlos und vage, als wäre die Wahrheit eines dieser Kippbilder. Die Wahrheit und die Fiktion – alles scheint miteinander verwoben, unmöglich auseinanderzuhalten, zu unterscheiden, was real ist und was nicht. Und obwohl ich vermutlich auf dem schnellsten Weg zur Polizei fahren sollte, zögere ich.

Die Erinnerung an Tobias verblasst, stattdessen sehe ich jetzt Vanessa vor mir, die Ellbogen auf den Tresen gestützt, das Gesicht meinem ganz nahe. In ihren Augen lag ein Ausdruck, den ich schon lange nicht mehr bei ihr gesehen hatte. Wut. Rachsucht. Verbitterung.

Ich hab es niemandem verraten, nicht einmal Moritz, aber an jenem Vormittag im Maddy's erzählte mir Vanessa, dass sie es war, die Claras Leiche gefunden hatte. Und sie erzählte mir von Claras Tagebuch. Dem kleinen, in Leder gebundenen Notizbuch, von dem alle glaubten, es wäre verschwunden. Ich war geschockt zu erfahren, wie viel Clara über ihre vermeintlichen Freundinnen gewusst und wie viel sie mir verschwiegen hatte, wo ich doch dachte, wir würden einander alles erzählen.

Schon damals war Vanessa überzeugt gewesen, Miriam und die anderen wären in den Tod ihres Bruders verwickelt. Tim war am siebzehnten Juni mit Bea verabredet, das bewiesen die Nachrichten auf seinem Handy. Aber die Mädchen schworen Stein und Bein, das Treffen wäre nicht zustande gekommen, dass sie den gesamten Nachmittag und Abend im Garten der Hallers verbracht hatten. Und als es der Polizei nicht gelang, den Gegenbeweis zu erbringen, sie nicht sicher sagen konnten, woher die Drogen stammten, die zu Tims Tod geführt hatten, wurden die Ermittlungen rasch wieder eingestellt.

Aber Claras Tagebuch änderte einfach alles. Bea hatte damals mit Marihuana gehandelt, das bewiesen ihre Einträge ganz eindeutig, und Vanessa war fest davon überzeugt, dass sie auch mit dem Übrigen richtig lag. Dass die vier dabei gewesen waren, als Tim starb, ihn allein auf dem Sportplatz zurückgelassen hatten, um sich selbst zu schützen. Dass Irene Bescheid gewusst, den Mädchen ein Alibi gegeben hatte. Und dann war da noch Clara. Sie war eine ehrliche Haut, hatte das Herz am rechten Fleck. Ich kannte meine Schwester gut genug, um zu wissen, dass sie sich niemals darauf eingelassen hätte, dass sie nicht damit hätte leben können, Tims Tod einfach unter den Teppich zu kehren. Und plötzlich begriff ich. Was Miriam und die anderen getan haben mussten. Was sie Clara angetan hatten. Dass Vanessa mitbekommen hatte, wie die drei etwas über einen Brief flüsterten, den Clara vor ihrem Tod geschrieben haben sollte, bestärkte mich nur in meinen schlimmsten Vermutungen.

Tränen brennen in meinen Augen. Wir wollten doch nur Gerechtigkeit! Für Clara, für Tim. Nichts als die Wahrheit. Aber Vanessa weigerte sich, mit ihrem Verdacht zur Polizei zu gehen, und ich verstand sie. Schon damals hatte Herr Wolfer ihr nicht geglaubt, hatte es vorgezogen, Tims Tod als Unfall zu bezeichnen. Und im Grunde hatten wir nichts gegen die drei in der Hand – nichts, nur unser Bauchgefühl und Claras Notizen. Nein, wenn wir erfahren wollten, was wirklich mit Tim und Clara geschehen war, mussten wir selbst tätig werden.

Und dann offenbarte Vanessa mir ihren Plan. Genauso perfide wie einfach. Claras Tagebuch war der Schlüssel, unser Ass im Ärmel. Dank ihm kannten wir alle ihre Geheimnisse, hatten genug in der Hand, um die drei so lange unter Druck zu setzen, sie gegeneinander aufzubringen, Zweifel zu säen, bis das schwächste Glied in der Kette nachgab und auspackte. Ich persönlich hatte ja auf Sarah gesetzt. Sie war immer schon eher ängstlich.

Doch ich habe mich getäuscht, habe die Hinweise völlig falsch gedeutet. Miriam und die anderen – sie haben Clara überhaupt nicht getötet. Es war Tobias.

Wieder wähle ich Vanessas Nummer, doch diesmal springt gleich die Mailbox an. Ich fluche lautlos. Sie muss ihr Telefon abgeschaltet haben. Es ist inzwischen fast Mitternacht, und wenn ich Vanessas Zeitplan richtig im Kopf habe, müsste sie längst bei der Fabrik sein. Erneut spüre ich Panik in mir aufsteigen.

Oh Gott, Lisa – was hast du getan?
Und auf einmal weiß ich, was ich zu tun habe. Ich muss mit Vanessa reden. Ihr erzählen, was ich herausgefunden habe. Sie davon abhalten, etwas zu tun, was wir beide bereuen könnten. Und gerade als das Polizeirevier vor mir in der Dunkelheit auftaucht, mache ich kehrt und brause in die entgegengesetzte Richtung davon.

Als ich die vertraute Schotterstraße erreicht habe, schalte ich die Wagenlichter aus. Ich bin nun praktisch im Blindflug unterwegs, einzige Orientierungshilfen sind der Asphalt, der im Mondlicht schimmert, und mein Gedächtnis. Kurz darauf ragt die alte Fabrik auch schon dunkel und furchteinflößend vor mir auf, nur im oberen Geschoss dringt ein schwacher bläulicher Lichtschein aus einem der Fenster. Im Schatten der Bäume erkenne ich mehrere Fahrzeuge – vermutlich die von Miriam und ihren Freundinnen –, und ich stelle Mamas Auto daneben ab.

Das Licht der Taschenlampe meines Handys tanzt vor mir über den Weg, während ich kurz darauf forschen Schrittes auf den Eingang zuhalte. Deutlich vorsichtiger passiere ich dann den Flur in Richtung Treppe, die ins obere Stockwerk führt, geradewegs auf Vanessas Geheimversteck zu.

Mit einem raschen Blick verschaffe ich mir einen Überblick über den Raum. Neben Vanessa liegen einige leere Chipspackungen auf dem Tisch. Dahinter ragen die teuren akkubetriebenen Monitore auf, die sie eigens für diesen Zweck gekauft hat.

Vanessa wirbelt herum, als ich eintrete. »Scheiße, hast du mich erschreckt. Was tust du hier? Wir hatten doch vereinbart ...«

»Lass sie gehen«, unterbreche ich sie atemlos. »Miriam und die anderen – sie waren es nicht. Sie haben Clara überhaupt nicht getötet. Es war Tobias.«

Vanessa wirkt wie vom Donner gerührt. »Was? Der – Lehrer? Dein ehemaliger Lover?«

»Genau.«

In kurzen Sätzen schildere ich ihr, was passiert ist. Von meinem Besuch bei Tobias, wie ich bei der Suche nach einer Kopfschmerztablette auf Claras Armband gestoßen bin. Und schließlich von jenem Abend im Geräteraum. Dass mir eben erst wieder eingefallen ist, wie Tobias meinte, jemand hätte uns beobachtet. Dass dieser jemand Clara gewesen sein muss.

Eine tiefe Falte bildet sich zwischen ihren Augenbrauen, während Vanessa meinen Erzählungen lauscht.

»Unmöglich. Das kann nicht sein.« Sie schüttelt den Kopf. »Bist du dir sicher?«

»Bin ich.« Mühsam schleppe ich mich näher heran und halte mich an der Tischkante fest. Meine Beine tragen mich nicht länger, und ich kann die Tränen nicht mehr zurückhalten. »Begreif doch – wir haben einen Fehler gemacht«, schluchze ich. »Wir haben uns die ganze Zeit über geirrt.«

Vanessa schweigt. Ihre Miene ist unergründlich, ihr Gesicht schaurig erhellt vom Licht der Monitore. Erst jetzt fällt mein Blick auf die Bildschirme. Und was ich dort sehe, reißt mir regelrecht den Boden unter den Füßen weg.

»Was zum Teufel ist da passiert?« Mit bebenden Fingern deute ich auf Bea, die in einer Ecke kauert, die rechte Hand in einer provisorischen Schlinge. »Du hast doch nicht ...«

»Gott bewahre! Sie ist gestürzt, als sie versucht haben, durch das Deckenfenster nach draußen zu gelangen.« Zu meiner Überraschung grinst Vanessa. »Ich hab mir gleich gedacht, dass das keine gute Idee ist.«

Ich presse die Lippen aufeinander und werfe ihr einen finsteren Blick zu. *So war das nicht abgemacht.* »Und was ist mit Sarah? Wo ist sie?«

Ich kneife die Augen zusammen, sehe genauer hin. Schließlich entdecke ich sie. Sie liegt zusammengekrümmt auf dem Betonboden, halb verdeckt von Miriam, die über sie gebeugt ist und an ihren Schultern rüttelt. Mein Magen verkrampft sich. Einen fürchterlichen Moment lang bin ich sicher, dass sie tot ist. Doch dann, auf den pixeligen Monitoren kaum zu erkennen, sehe ich, dass sich ihr Brustkorb langsam hebt und senkt.

»Was hast du getan?« Ich bin fassungslos. »Wir wollten ihnen doch nur einen Schreck einjagen! Sie einschüchtern, zum Reden bringen.« Anklagend deute ich auf Sarahs regungslose Gestalt. »Im Ernst, Vanessa. Wir müssen Hilfe holen. Einen Krankenwagen. Sarah und Bea brauchen einen Arzt. Versteh doch endlich: *Sie waren es nicht!* Sie haben nichts Böses getan.«

Bei diesen Worten blitzt Zorn in ihren Augen auf. »Vielleicht nicht, was Clara angeht. Sehr wohl aber bei Tim.«

»Aber ...«

»Vergiss es, Lisa«, zischt Vanessa. »Wir sind schon so weit gekommen, ich mache jetzt keinen Rückzieher. Gib ihnen noch ein paar Stunden, dann haben wir, was wir brauchen. Die rücken schon noch mit der Sprache heraus.«

Mit schreckgeweiteten Augen werde ich Zeugin, wie nun auch Miriam in sich zusammensackt. Neben Sarah zu Boden sinkt. Ich atme schneller.

»Scheiße – Vanessa! Ich frage dich noch einmal: Was hast du getan?«

Doch Vanessa zuckt nur ungerührt die Achseln. »Lass dich von ihrem Anblick nicht ins Bockshorn jagen. Die werden schon wieder. Das ist bloß Liquid Ecstasy. In ein paar Stunden sind sie wieder auf den Beinen.«

»Ecstasy? Du hast ihnen *Drogen* verabreicht?« Fassungslos starre ich meine Freundin an. »Hast du völlig den Verstand verloren?«

»Irgendwie musste ich sie ja zum Reden bringen.« Mit zuckenden Mundwinkeln deutet sie auf den Eimer neben Sarah. »Ich hab was davon ins Wasser getan.« Kaltes Entsetzen greift nach meinem Herzen. »Aber die Dosis«, hauche ich. »Woher willst du wissen, dass sie nicht zu viel erwischt haben? Sie könnten dabei draufgehen!«

Bei diesen Worten geht ein Ruck durch Vanessas Körper, ihre Augen haben sich zu Schlitzen verengt. »Wie kannst du auch nur eine Sekunde lang Mitleid mit ihnen haben?«, faucht sie. »Hast du etwa vergessen, was sie Tim angetan haben? Sie haben ihn sterben lassen, Lisa. Wenn es ihnen jetzt also genauso ergeht – es wäre nur gerecht.«

Ich schüttle den Kopf. Kann einfach nicht glauben, dass das hier gerade wirklich passiert. »Bitte, Vanessa. Das kannst du doch nicht ernst meinen.« Meine Stimme ist kaum mehr als ein Flüstern. »Wir dürfen das nicht tun, das geht zu weit. Ich flehe dich an, lass mich einen Krankenwagen rufen. Wir sind doch keine Mörder!«

Aber Vanessa schüttelt vehement den Kopf. Ihre Lippen sind zu einer schmalen Linie zusammengepresst. Starr vor Schreck sehe ich dabei zu, wie sie vor mir im Zimmer auf und ab läuft, sich immer weiter in Rage redet. »Vierzehn Jahre habe ich auf diesen Tag gewartet, und jetzt ist es endlich so weit. Die Stunde der Abrechnung, der Wahrheit ist endlich gekommen. Sie haben meinen Bruder auf dem Gewissen, begreifst du das nicht?«

»Das weißt du doch gar nicht mit Sicherheit«, sage ich matt. »Was, wenn du dich geirrt hast? Wenn es wirklich nur ein Unfall gewesen ist. Wenn Tim ...«

»Wage es nicht, seinen Namen in den Schmutz zu ziehen.« Ihr Blick fliegt wild hin und her, ihr geballter Zorn konzentriert sich auf einmal auf mich. »Ich war erst vierzehn, verdammt! Tim war alles, was ich noch hatte. Diese Frauen hier haben mein Leben zerstört. Nur ihretwegen musste ich zurück ins Waisenhaus!«

»Ich weiß«, sage ich leise. »Ich war da, hast du das etwa vergessen? Und ich verstehe, dass du deswegen zornig bist. Es ist unfair. Du hättest Tim nicht so früh verlieren dürfen. Ebenso wenig wie ich Clara.«

»Das ist doch nicht dasselbe.« Vanessa sieht mich entrüstet an. »Du hattest deine Eltern, Moritz. Aber ich – ich hatte niemanden! Hast du überhaupt eine Vorstellung, wie das für mich gewesen ist?«

»Du hattest mich.«

»Ach bitte.« Sie schnaubt. »Du bist doch bei der ersten Gelegenheit abgehauen und hast mich mit all dem Mist hier alleingelassen.«

Einmal mehr versuche ich, ihr den Ernst der Lage begreiflich zu machen. Flehe sie an, einen Krankenwagen zu rufen. Aber Vanessa hört mir gar nicht zu, wirkt völlig entrückt. Als hätte eine unsichtbare Macht von ihr Besitz ergriffen. Verschwunden ist die stets fröhliche und optimistische Frau aus meinen Erinnerungen. Diese hier, diese Wahnsinnige, kenne ich nicht. Und sie macht mir Angst.

Während ich auf sie einrede, greife ich heimlich in der Jackentasche nach meinem Handy. Doch ich muss versehentlich die Taschenlampe eingeschaltet haben. Geblendet von dem Lichtstrahl kneife ich die Augen zusammen. Vanessa wirbelt herum.

»Wag es ja nicht.«

»Es tut mir leid.« Ich schluchze laut auf. »Aber ich kann dich das nicht tun lassen. Ich kann nicht zulassen, dass du dein Leben so einfach wegwirfst.«

Meine Augen weiten sich, als sie plötzlich nach hinten greift und eine Waffe aus ihrem Hosenbund zieht. Auf meine Brust zielt.

»Du würdest doch nicht ...«

»Du hast keine Ahnung, was ich zu tun bereit bin«, erwidert Vanessa kalt und gestikuliert mit der Pistole in meine Richtung. »Ich mag dich, Lisa. In all den Jahren warst du wie eine Schwester für mich. Aber hör zu, ich meine es ernst: Steck das verdammte Telefon weg!«

KAPITEL 44

Miriam

S üße, bitte – so sag doch was! Was ist mit dir?«
Sarah gibt nur ein ersticktes Röcheln von sich. Ihre
Beine zucken, stoßen gegen den Eimer, der umkippt und
geräuschvoll über den Boden scheppert. Dann sackt sie
endgültig in sich zusammen, bleibt zitternd auf dem Rücken liegen, alle Gliedmaßen von sich gestreckt. Beinahe
kann ich spüren, wie sich ihr Herzschlag verlangsamt. Die
Kraft aus ihrem Körper entweicht.

Nein, bitte nicht. Ich ertrage das nicht noch einmal.
Tränen laufen mir über die Wangen, während ich sanft
ihren Oberkörper schüttele. Das alles fühlt sich an wie ein
grausiges Déjà-vu, und für den Bruchteil einer Sekunde
meine ich, Tim vor mir zu sehen. Bebend, röchelnd, dem
Tod schon ganz nah.

»Ich glaub, sie ist ohnmächtig«, rufe ich und blicke
hilfesuchend über die Schulter zu Bea. Auch sie ist erschreckend blass, kauert mit schmerzverzerrtem Gesicht
in einer Ecke, den gebrochenen Arm schützend an sich
gepresst.

»Wir müssen sie in die stabile Seitenlage bringen.«
Beas Stimme klingt gequält, als würde sie wie ich instink-
tiv an das imaginäre Drehbuch von damals anknüpfen.
»Warte – ich helf dir.«

Sie versucht sich aufzurichten, doch ihre Füße scheinen ihr nicht gehorchen zu wollen, und mit einem dumpfen Schlag fällt sie auf die Knie. »Verdammte Scheiße.
Irgendwas stimmt nicht mit meinen Beinen.«

»Ich weiß. Geht mir genauso.«

Jeder Zentimeter meiner Haut ist schweißbedeckt, und ich schüttle mir das feuchte Haar aus dem Gesicht, in dem verzweifelten Versuch, den Nebel aus meinem Kopf zu vertreiben. Meine Lider fühlen sich schwer an, als würden Steinklumpen sie nach unten ziehen. Ich kann kaum einen klaren Gedanken fassen.

Bea kriecht unterdessen in meine Richtung, wobei sie jedes Mal eine Grimasse zieht, wenn sie versehentlich an ihr kaputtes Handgelenk stößt. Endlich hat sie sich bis zu uns durchgekämpft, und gemeinsam rollen wir Sarah zur Seite, positionieren ihren Kopf so, dass der Speichel aus ihrem Mund fließen kann.

Mehr können wir im Augenblick nicht für sie tun.

Erneut spüre ich, wie meine Lider schwer werden, und ich zwicke mir in den Handrücken, um die Müdigkeit abzuschütteln. »Was stimmt nur nicht mit uns? Wieso sind wir so durcheinander?«

»Das Wasser«, stößt Bea hervor. »Irgendwas muss in dem Wasser gewesen sein.«

Ich reiße die Augen auf. »Drogen?«

»Vermutlich Ecstasy. MDMA. So was in der Art.«

»Aber – wieso? Was ...«

Bea hebt eine Augenbraue. »Kannst du dir das nicht denken?«

Die Erkenntnis trifft mich wie ein Blitz. »Tim«, hauche ich tonlos.

»Ganz genau.«

Eine Welle des Grauens überrollt mich, als ich begreife, dass Bea recht hat. Drogen – die einzig logische Erklärung für unseren Zustand. Ich fasse einfach nicht, dass wir so dumm sein konnten. Hatten es unsere Mütter uns nicht eigentlich besser beigebracht? *Trink niemals von einem Getränk, das du nicht selbst geöffnet oder eingeschenkt hast.*

Ich schüttle den Kopf, zermartere mir verzweifelt das Hirn nach einem Ausweg. Überlege, wie man im Fall einer möglichen Überdosis am besten vorgeht. Doch mein Verstand gehorcht mir nicht, weigert sich, der Müdigkeit noch länger zu trotzen. Die Dunkelheit greift mit gierigen Klauen nach mir, und alles, was ich plötzlich will, ist die Augen zumachen. Nur ein paar Minuten der Ruhe, des Friedens.

Dann höre ich auf einmal in der Ferne einen lauten Knall, dicht gefolgt von einem gedämpften Schmerzensschrei. Mit einem Schlag bin ich wieder hellwach, setze mich aufrecht hin. Mein Blick rast umher, bleibt an Bea hängen. Obwohl es fast völlig dunkel ist, erkenne ich, wie geweitet ihre Pupillen sind.

»Hast du das auch gehört?«

»Ich denke schon«, murmelt Bea undeutlich. Zu meinem Erstaunen stelle ich fest, dass sie grinst. »Aber ich sehe und höre die ganze Zeit irgendwelche Sachen, die gar nicht da sind. Manches davon ist gar nicht mal so übel.«

»Das war ein Schuss. Aus irgendeiner Waffe ganz hier in der Nähe abgefeuert. Wie kannst du das komisch finden?«

Doch Bea antwortet nicht. Ihre Lider zittern, schließen sich. Dann sackt ihr Kopf wie in Zeitlupe zur Seite auf ihre Schulter.

Sie hat das Bewusstsein verloren. Genau wie Sarah. Ich bin allein.

Ein ersticktes Glucksen bahnt sich den Weg durch meine Kehle, als ich mir der Ironie, der teuflischen Symmetrie meiner Situation bewusst werde.

Das ist das Ende. Wir kommen hier nie wieder raus.

Vielleicht, so denke ich, hat unser Entführer – wer auch immer das sein mag – ja vollkommen recht. Vielleicht haben wir es tatsächlich nicht anders verdient. Gerechtigkeit und all das. Vierzehn Jahre geborgte Zeit. Vierzehn Jahre, in denen das Wissen dessen, was wir getan haben, in einer Ecke meines Gedächtnisses lauerte, jederzeit im Begriff, mich in den Abgrund zu ziehen. Und ich bin es leid, noch länger dagegen anzukämpfen.

Plötzlich hat eine fast unheimliche Ruhe von mir Besitz ergriffen, als ich erkenne, dass sich die Welt – mein Schicksal – nicht meinem Willen unterwerfen wird. Denn so hat das noch nie funktioniert. Und heute wird es kaum anders sein. Was bleibt mir also übrig? Den Kopf gegen die Mauer lehnen, die Beine anziehen, die Augen schließen, mein Ende annehmen. Das, was unausweichlich kommen wird.

In meinen letzten wachen Momenten sehe ich noch einmal den Karton vor mir, den ich ganz hinten in Mamas Schrank gefunden habe, mit der alten Polaroidkamera darin. Sehe Clara, die nur leise nickt. Moritz, der es ihr gleichtut. Mama, die mir übers Haar streicht, mir zuflüstert, dass sie mich doch nur beschützen wollte.

Es tut mir so leid, denke ich. *Ich schwöre bei Gott – das hab ich nicht gewollt.*

Dann übermannt mich endgültig die Finsternis.

KAPITEL 45

Moritz

Atemlos starre ich den blinkenden Punkt auf dem Monitor an. Meine schlimmsten Befürchtungen haben sich soeben bestätigt. *Scheiße. Scheiße. Scheiße.* In meinem Kopf herrscht ein wirres Durcheinander. Wenn ich mit meinen Vermutungen richtig liege, schweben Miriam und die anderen in großer Gefahr. Ohne viel Hoffnung wähle ich erneut ihre Nummer, dann die von Bea und Sarah. Immer dasselbe Ergebnis – Mailbox. Wütend pfeffere ich mein Handy auf den Tisch. *Kann denn nicht einmal jemand an sein verdammtes Telefon gehen?* Ohne zu zögern, greife ich nach meinem Autoschlüssel und poltere die Treppe hinab. Es ist mir egal, ob ich Mama wecke, alles, was ich vor mir sehe, ist Miriams angstverzerrtes Gesicht. Ich könnte mich ohrfeigen. Wieso habe ich nur nicht auf sie gehört? Ihr geglaubt, als sie sagte, jemand wäre hinter ihr her?

Während ich den Audi auf die Dorfstraße lenke, wähle ich die Nummer von Herrn Wolfer, die ich inzwischen auswendig kenne. Er geht nicht ran – natürlich nicht, schließlich ist es fast Mitternacht –, also hinterlasse ich ihm eine Nachricht auf dem Anrufbeantworter.

Das Erste, was ich sehe, als ich kurz darauf das Fabrikgebäude erreiche, sind die vielen Autos, die hier parken. Meine Miene verdüstert sich beim Anblick des vertrauten Kennzeichens von Miriams Mietwagen, die anderen identifiziere ich als Beas, Sarahs und Vanessas Autos. Doch es ist das fünfte Fahrzeug, das mir ein Stöhnen entlockt. Ein etwas mitgenommen aussehender Honda – Mamas Wagen. Jäh spüre ich, wie Angst mir die Kehle zuschnürt. Mama hat tief und fest geschlafen, als ich das Haus verließ, ich habe sie durch die Zimmertür schnarchen gehört. Bleibt nur noch Lisa. Was zum Teufel hat die denn hier verloren?

Der Geruch nach abgestandener Luft, gemischt mit Rattenmist, dringt mir in die Nase, als ich die Tür zum Hauptgebäude aufstoße. Doch ich achte nicht weiter darauf, mein Blick irrt wild umher, während ich versuche, mich in der Dunkelheit zurechtzufinden.

Was jetzt? Wo sind sie?

Unwillkürlich halte ich den Atem an, lausche angestrengt in die Stille.

Dann höre ich sie. Die Stimme. Die Stimme meiner kleinen Schwester.

Gedämpft und leise dringt sie an meine Ohren, scheint geradewegs aus dem oberen Geschoß zu kommen. Ein Schauer kriecht mir den Rücken hinunter. Ich kann zwar nicht verstehen, was sie sagt, aber ihr Tonfall ist voller Panik.

Mein Herz hämmert wie wild in meiner Brust, während ich, immer zwei Stufen auf einmal nehmend, die Treppe hinauflaufe. Aus einem der Räume am Ende des Gangs dringt ein schwacher Lichtschein auf den Flur.

Hier muss es sein.

Ich lege noch etwas an Tempo zu, dann stoße ich die Tür auf.

Im Bruchteil einer Sekunde habe ich die Situation erfasst. Die Monitore, die den Raum in bläuliches Licht tauchen. Lisa, die mit dem Rücken zu mir steht, das Handy in der einen Hand, die andere abwehrend vor sich ausgestreckt. Und Vanessa mit der Waffe, deren Mündung auf meine Schwester zielt. Das schaurige Glimmen in ihren Augen. Vanessas Kopf schnellt zu mir herum. Für einen kurzen Moment sieht sie mich ungläubig an. Dann verkrampfen sich ihre Kiefermuskeln, und ein entschlossener Ausdruck zeigt sich auf ihrem Gesicht.

»Lisa!«, schreie ich. »Pass auf! Runter!«

Das Nächste, was ich fühle, ist ein stechender Schmerz in meiner Schulter. Von der Wucht der Kugel getroffen, taumele ich nach hinten, krache gegen den Türrahmen. Fassungslos starre ich auf den roten Fleck auf meinem Hemd, der sich immer weiter ausbreitet.

»Nein – Moritz!«

Ein Zittern durchläuft meinen Körper, bevor ich röchelnd in die Knie gehe. Verschwommen bekomme ich noch mit, wie Vanessa an mir vorbeistürmt, hinter mir im Treppenhaus verschwindet.

Dann – nichts mehr.

KAPITEL 46

Moritz

Das Erste, was ich sehe, als ich die Augen aufschlage, ist all das Weiß um mich herum. Weiße Laken, weiße kahle Wände, der weiße Verband um meinen Oberkörper. Ein metallischer Geruch, gepaart mit Desinfektionsmittel, liegt in der Luft, dazu die hellen Sonnenstrahlen, die durch das Fenster auf mein Bett fallen und glühende Schmerzenspfeile in meine Augen jagen. Von der plötzlichen Helligkeit geblendet, schließe ich sie rasch wieder.

»Moritz? Bitte – jetzt sag doch was!«

Ich blinzele erneut. Durch meine halbgeschlossenen Lider bemerke ich die medizinischen Geräte, die um das Bettgestell aufgebaut sind. Ihr monotones Piepsen geht mir durch Mark und Bein. Dann fällt mein Blick auf Lisa, die mit blutunterlaufenen Augen neben mir auf einem Besucherstuhl sitzt, das Gesicht schrecklich blass.

»Wo bin ich?«, murmele ich matt.

»Gott sei Dank, du bist wach. Ich hab mir ja solche Sorgen um dich gemacht!«

Mit einem Satz ist sie bei mir und umarmt mich ungestüm. Ein Stich durchzuckt meine linke Schulter, und ich stöhne vor Schmerz auf. Erschrocken weicht Lisa ein paar Zentimeter von mir zurück.

»Was ist passiert?«, bringe ich mühsam hervor. »Wie bin ich hierhergekommen?«

»Herr Wolfer. Er traf ein, kurz nachdem du angeschossen wurdest. Keine Ahnung, woher er wusste, wo wir waren.«

Ich nicke langsam, als mir wieder einfällt, wie ich ihn auf dem Weg zur Fabrik angerufen habe. Offenbar hat er meine Nachricht auf seiner Mailbox doch noch rechtzeitig abgehört.

»Miriam«, keuche ich dann, und mit einem Ruck sitze ich aufrecht im Bett. Ein Zittern überläuft meinen Körper, als die übrigen Erinnerungen einem Hagelsturm gleich auf mich einprasseln. »Wo ist sie? Geht es ihr gut?«

Lisa hebt beschwichtigend die Arme. »Bitte, Moritz, du wurdest eben erst operiert, leg dich wieder hin, ja?« Sie seufzt. »Was Miriam angeht – keine Sorge, sie ist okay. Die Sanitäter konnten sie gerade noch rechtzeitig ins Krankenhaus bringen. Miriam, Bea und Sarah – sie waren allesamt bewusstlos. Sie haben ihnen Infusionen gegeben und all das. Mein Gott, nicht auszudenken, wenn ...«

Ich bringe nur ein knappes Nicken zustande. Ich kann nicht klar denken, in meinem Kopf herrscht ein heilloses Durcheinander. Eine Million Fragen kommen mir in den Sinn.

»Was hattest du überhaupt dort zu suchen?«, frage ich schließlich, obwohl mir vor der Antwort graut. »In der alten Fabrik, meine ich – was in aller Welt wolltest du da?«

Lisa schluckt. Sie umklammert die Bettdecke so fest, dass ihre Fingerknöchel weiß hervortreten. Dann beginnt sie stockend zu berichten. Wie Vanessa ihr anvertraute, dass sie Claras Tagebuch in ihren Sachen gefunden hatte. Wie sie erfuhr, was darin stand. Sie erzählt von Vanessas Überzeugung, Miriam und die anderen wären verantwortlich für den Tod ihres Bruders gewesen. Ebenso wie für Claras Verschwinden. Und schließlich von dem Plan, den sie gemeinsam ausgeheckt hatten. Nur, dass Vanessa offenbar über das Ziel hinausgeschossen war, ihn zur Befriedigung ihrer Rachegelüste missbraucht hatte.

Fassungslosigkeit macht sich in mir breit, während ich ihrer haarsträubenden Geschichte lausche. »Was hast du dir nur dabei gedacht?«, frage ich kopfschüttelnd, nachdem sie geendet hat. »Wieso bist du damit denn nicht zu mir gekommen? Ich dachte, wir würden uns näherstehen.« Bei diesen Worten löst sich eine einsame Träne aus ihrem Augenwinkel. »Ich weiß. Es war ein Fehler. Aber ich schwöre dir – ich wusste nichts von den Drogen. Und als mir klar wurde, dass wir uns geirrt hatten, bin ich sofort hin, um sie aufzuhalten.« Sie stöhnt. »Oh, Moritz! Es tut mir ja so leid. Das hab ich nicht gewollt!«

Ihre Stimme versagt, dann bricht sie endgültig in Tränen aus, verbirgt das Gesicht in meiner Bettdecke. Ihr Körper wird unablässig von heftigen Schluchzern geschüttelt. Der Anblick ihrer Verzweiflung versetzt mir einen Stich.

»Das wird schon wieder«, murmele ich und streiche ihr hilflos übers Haar. »Alles okay, Winzling. Ich bin ja da.«

»Nein, nichts ist okay«, flüstert sie tonlos. »Du hattest recht. Die ganze Zeit über. Es waren nicht Miriam und ihre Freundinnen.« Sie schluckt sichtlich. »Moritz, wir müssen über Tobias reden.«

Ich spüre, wie sich meine Kiefermuskeln verkrampfen. »Ich weiß«, knurre ich, meinen Zorn mit aller Gewalt niederkämpfend. »Er ist ein Mistkerl. Aber glaub mir, Tobias wird nicht damit durchkommen. Er wird bezahlen für das, was er dir angetan hat. Ich versprech's dir.«

Bei diesen Worten hebt sie den Kopf. »Das meinte ich doch überhaupt nicht«, flüstert sie und beginnt noch heftiger zu weinen. »Es geht um Clara. Tobias – er war es, der sie getötet hat.«

»Wie bitte?« Ich will meinen Ohren nicht trauen. »Wovon zum Teufel redest du da?«

Widerstrebend löst sich Lisa von mir. Dann kramt sie in den Hosentaschen ihrer Jeans und zieht einen silbernen Gegenstand daraus hervor, den sie vor mir auf die Decke gleiten lässt.

Einen Augenblick lang starre ich wie vom Donner gerührt auf das Schmuckstück. Eine schreckliche Vorahnung überkommt mich.

»Woher hast du das?«, bringe ich gerade noch heraus. Ich packe ihr Handgelenk, zwinge sie, mir direkt in die Augen zu sehen. »Im Ernst – woher hast du das? Ist das deins? Bitte sag mir, dass das deins ist.«

Lisa senkt den Kopf, schweigt aber. Die Stille, die daraufhin den Raum erfüllt, legt sich wie eine enge Manschette um meinen Hals. Ich ringe nach Atem. »Nein. Das darf nicht wahr sein. Tobi, er hätte doch nie ...«

Lisa schluchzt noch einmal lauf auf. Mit bebender Stimme berichtet sie, wie sie, nachdem ich fort war, ebenfalls zu Tobias' Wohnung gefahren ist. Wie sie auf der Suche nach einer Kopfschmerztablette auf Claras Armband stieß. Und schließlich von jener Nacht. Der des siebzehnten Juni. Dass ihr erst dann wieder eingefallen sei, wie Tobias angedeutet habe, jemand hätte sie beobachtet. Dass dieser jemand aller Wahrscheinlichkeit nach Clara gewesen sein muss. Und dass Tobias sich am darauffolgenden Morgen von ihr getrennt hat.

Während ich ihrem wirren Bericht lausche, muss ich mich zusammenreißen, nicht laut aufzubrüllen. Das Blut rauscht in meinen Adern, jagt mir das Adrenalin durch den Körper. Ich balle die Hände zu Fäusten.

Dieser verdammte Mistkerl!

Mit grimmiger Miene versuche ich mich hochzustemmen. Doch mein linker Arm versagt mir den Dienst, der Schmerz in meiner Schulter bringt mich fast um den Verstand. Ich halte einen Augenblick inne, dann unternehme ich einen neuen Anlauf. Ein Schwindelgefühl steigt in mir auf, als ich die Beine aus dem Bett schwinge, und ich klammere mich mit der unverletzten Hand an den Bettpfosten.

»Was hast du vor?«

»Na, was wohl! Tobias in seinen verfickten Arsch treten!«

»Jetzt warte doch!« Mit sanfter Gewalt drückt Lisa mich zurück in die Kissen. »Du kannst jetzt nicht weg. Du bist doch eben erst operiert worden, hast du das etwa vergessen?« Sie sieht mich flehend an. »Bitte, Moritz. Lass das die Polizei übernehmen.« Sie deutet in Richtung Zimmertür. »Herr Wolfer ist draußen. Ich wollte nur sichergehen, dass du okay bist, dann rede ich mit ihm. Ich werde ihm alles erzählen. Einfach alles, ich versprech's dir. Nur bitte, tu jetzt nichts Unüberlegtes, ja?«

Widerwillig lasse ich zu, dass sie mich zurück ins Bett bugsiert. Ein heftiger Schmerz pulsiert hinter meiner Stirn, und ich presse die Hände an die Schläfen.

»Was ist eigentlich mit Vanessa?«, frage ich dann. »Wo ist sie jetzt?«

Lisa zuckt ratlos die Achseln. »Keine Ahnung«, sagt sie leise, meinem Blick ausweichend. »Sie muss Panik bekommen haben, als du aufgetaucht bist. Ist mit dem Auto auf und davon. Frau Dortmund hat die Verfolgung aufgenommen. Das ist alles, was ich weiß.«

KAPITEL 47

Vanessa

Der Motor des Toyotas heult auf, als ich das Gaspedal durchdrücke. Meine Hände umklammern fest das Lenkrad. *Verdammt. Verdammt. Verdammt. So hätte das einfach nicht laufen dürfen.* Wieder sehe ich sie vor mir: Miriam, Bea und Sarah, wie sie vor wenigen Tagen an einem der Tische im Maddy's saßen. Die Gleichgültigkeit in ihren Mienen, als sie ihre Bestellungen bei mir aufgaben. Beas herablassender Tonfall, als sie sich darüber beklagte, dass ihr Weinglas nicht ganz sauber sei. Meine Hände beben vor Zorn, als ich an ihre glücklichen Gesichter denken muss. Als wäre es ihnen völlig egal, was damals passiert ist. Was sie meinem Bruder angetan haben.

Sie haben dich nicht erkannt. Nach allem, was sie angerichtet haben, wissen sie noch nicht mal, wer du bist. Wessen Leben sie da zerstört haben.

Die Erinnerung an meine Kindheit droht mich zu überwältigen. Die bodenlose Verzweiflung, als ich erfuhr, dass Tim tot war. Eine Überdosis – so ein Unsinn! Die drei waren schuld, das hatte ich von Anfang an gewusst, spürte es mit jeder Faser meines Körpers. Nur, dass mir niemand glauben wollte. Die darauffolgenden Jahre ziehen wie dunkle Schemen vor meinem inneren Auge vorbei, die Einsamkeit, die Schmach, die Verbitterung. Ich war völlig auf mich allein gestellt. Selbst Lisa – meine einzige Freundin – hat das Weite gesucht, sobald sie die

Chance dazu hatte. Sie hat mich im Stich gelassen wie all die anderen auch.

Wütend lasse ich meine Faust aufs Lenkrad herabsausen. Ich begreife einfach nicht, wie alles nur so furchtbar schiefgehen konnte. Mein sorgsam ausgetüftelter Plan, all die Dinge, die ich auf mich genommen habe – vergebens. Das viele Geld für mein Equipment in der Fabrik. Die Drogen. Die nächtlichen Einbrüche in Miriams Haus. Die Waffe, die ich mir im Darknet besorgt habe, nur für alle Fälle. All die Stunden, die ich damit zugebracht habe, die Mädchen zu beobachten, ihnen überallhin zu folgen, jede auch noch so kleine Unterhaltung aufzuschnappen, um ihnen immer einen Schritt voraus zu sein.

Ich fasse es einfach nicht, dass sie tatsächlich nicht gestanden haben. Trotz der Drohungen, der Aussicht auf einen quälend langsamen Tod, trotz der Drogen. Ich war mir so sicher, dass ich sie dazu bringen könnte, endlich die Wahrheit über jene Nacht preiszugeben. Bestimmt hätten sie das auch noch getan. Aber manche Menschen, so begreife ich jetzt, haben einfach immer Glück im Leben. Miriam, Bea und Sarah – wie es scheint, ist das Glück immer auf ihrer Seite. Selbst jetzt noch.

Dabei war ich so nah dran!

Ich fluche leise. Mit Lisa allein wäre ich schon fertig geworden, aber dass Moritz aufgetaucht ist, veränderte einfach alles. Dieser dumme Wicht. Verzweifelt zermartere ich mir das Hirn, wie er mir auf die Schliche gekommen ist. Woher er gewusst hat, wo ich war und was ich vorhatte.

Aus der Ferne dringt plötzlich das Heulen von Polizeisirenen an mein Ohr, das immer näher kommt, und Entsetzen erfüllt mich, als ich das Blaulicht bemerke, das im Rückspiegel tanzt.

Verdammt. Sie sind mir also tatsächlich gefolgt.

Mit zusammengebissenen Zähnen konzentriere ich mich wieder auf die dunkle Fahrbahn. Der Toyota röhrt, seine Reifen quietschen, als ich die nächste Biegung eng nehme. Mein Flug nach Australien geht erst morgen Abend, bis dahin muss ich es irgendwie schaffen, ihnen zu entwischen. Unterm Radar bleiben. Ich muss das Auto loswerden, dann werde ich meinen Rucksack schnappen und in den erstbesten Zug nach Wien steigen.

Die Bäume am Wegesrand fliegen an mir vorbei, während ich mit halsbrecherischer Geschwindigkeit die kurvigen Straßen entlangjage. Das Blaulicht verschwindet wieder aus meinem Blickfeld, und ich beschleunige mein Tempo weiter. Da taucht auch schon die vertraute Ortstafel von Eichgraben vor mir auf.

Ich will gerade aufatmen, als ich auf einmal am Rande meines Gesichtsfelds eine Bewegung wahrnehme. Ein Reh, wie mir sogleich bewusst wird, das erstarrt vom Licht der Scheinwerfer mitten auf der Fahrbahn stehen geblieben ist.

Scheiße. Auch das noch!

Ich steige auf die Bremse. Der Wagen schlingert, bricht aus. Ich höre einen Schrei – es ist mein eigener –, während der Toyota auf die nahe gelegene Böschung zurast. Direkt auf die verbeulten Leitplanken, den hünenhaften Nussbaum zu, dessen Äste weit hinaus auf die Fahrbahn ragen. Ich reiße das Lenkrad herum, versuche, den Wagen wieder unter Kontrolle zu bringen.

Vergebens.

Ein trommelfellzerfetzendes Geräusch durchbricht die Stille, als das Fahrzeug gegen den Baumstamm prallt. Mir bleibt vor Schmerz die Luft weg, als sich der Motorraum wie eine Ziehharmonika zusammenschiebt und mir der Airbag ins Gesicht knallt.

Das Letzte, was ich vor mir sehe, ist mein Bruder, in gleißendes Licht gehüllt.

Oh, Tim, denke ich noch und spüre, wie mir die Kehle eng wird. *Gott ist mein Zeuge – ich hab das alles nur für dich getan. Und ich war so verdammt nah dran.*

KAPITEL 48

Miriam

Eine warme Brise streift mein Haar, als ich den schmalen Weg entlanggehe, der zum Haus der Schmidts führt. Auf der Türschwelle angekommen, halte ich einen Augenblick inne. Hibbelig von einem Bein aufs andere tretend, luge ich durch die zugezogenen Vorhänge, um einen Blick in den Innenraum zu erhaschen. Ich zögere, versuche meine Nervosität abzuschütteln.

Komm schon, Miriam. Sei jetzt bloß nicht feige. Denk daran, weshalb du hier bist.

Ich hole ein letztes Mal tief Luft, dann kratze ich all meinen Mut zusammen und drücke auf den Knopf.

Ich höre schlurfende Schritte im Flur, kurz darauf schwingt die Tür nach innen auf.

Moritz' Augen weiten sich, als er mich entdeckt. Schweigend starrt er mich an, als hätte es ihm die Sprache verschlagen. Mein Blick wandert von seinen Jogginghosen über sein ausgewaschenes Rudershirt und bleibt schließlich an dem Verband hängen, der seine linke Schulter ziert. Ich schlucke.

»Hi«, hauche ich. »Ich bin's.«

Ohne nachzudenken, stolpere ich einen Schritt vorwärts, und ehe ich michs versehe, habe ich auch schon die Arme um seinen Hals geschlungen. Moritz stöhnt vor Schmerz kurz auf, als ich sein verletztes Gelenk berühre, doch er erwidert meine Umarmung.

»Miriam«, flüstert er an meinem Haar. »Gott sei Dank, es geht dir gut.«

Eine ganze Weile stehen wir einfach nur so da. Der tröstende Geruch seines Shampoos, gepaart mit seinem unverwechselbaren Körperduft, dringt mir in die Nase, und ich muss mich zusammenreißen, um nicht in haltloses Schluchzen auszubrechen. Der bloße Gedanke, wie mir jetzt wohl zumute wäre, wenn Herr Wolfer nicht rechtzeitig den Notarzt gerufen hätte, schnürt mir die Kehle zu. *Ausgerechnet Moritz. Mein Retter.*

Nach einer Weile windet sich Moritz vorsichtig aus meiner Umklammerung. Ein Lächeln hat sich auf seinem Gesicht ausgebreitet. »Willst du nicht erst mal reinkommen?«

Mein Mund klappt auf, doch ich senke den Blick rasch wieder auf meine Schuhspitzen. Scharre unsicher mit dem Fuß über die Türmatte. Ich will mir gar nicht ausmalen, wie Margarete reagieren würde, wenn sie mich in ihrem Haus sieht. Dass sich ihr Sohn bei dem Versuch, mich zu retten, eine Kugel eingefangen hat, hat mir gewiss keine Sympathiepunkte eingebracht, so viel ist sicher.

»Keine Sorge, wir sind allein«, sagt Moritz, als hätte er meine Gedanken gelesen. »Mama und Lisa sind nicht da.«

Erleichtert atme ich auf und folge ihm in die Küche. Moritz bedeutet mir, am Küchentisch Platz zu nehmen, während er umständlich an der Teekanne hantiert. Kurz darauf stellt er ein Tablett mit zwei dampfenden Bechern vor uns ab.

Dankbar umschlinge ich meine Tasse mit beiden Händen. »Es tut mir so leid«, bricht es dann aus mir hervor. Mit bebenden Fingern deute ich auf den Verband. »So wahnsinnig leid. Ich hab nie gewollt, dass du in all das hineingezogen wirst.« Das Herz schlägt mir bis in die Kehle, und ich ringe nach Atem.

Moritz' Hand, die sich über meine legt, lässt mich aufblicken. In seiner Miene lesen ich nur Bedauern.

»Nein, mir tut es leid. Ich hätte auf dich hören sollen, als du sagtest, jemand wäre hinter dir her.« Er schüttelt den Kopf. »Ausgerechnet Vanessa, das Mädchen aus dem Maddy's. Ich hatte ja mit so einigem gerechnet, aber damit nicht.«

Ich nicke nur, nippe gedankenverloren an meinem Tee. Noch immer kann ich es kaum glauben, dass es Vanessa gewesen sein soll, der wir den Horrortrip der vergangenen Wochen zu verdanken haben. Tims Schwester. Und wie so oft seither frage ich mich, wieso ich nicht schon früher auf sie gekommen bin. Das Bild eines schmalen Mädchens schiebt sich in meine Gedanken, damals, auf Tims Beerdigung. Die viel zu großen Kleider, ihre zu Fäusten geballten Hände, das tränenüberströmte Gesicht. *Wie hatte ich das nur vergessen können? Wie hatte ich nur vergessen können, dass Tim eine Schwester hatte?*

Ich empfinde eine tiefe Betroffenheit, als mir wieder einfällt, dass auch sie nun nicht mehr unter uns ist. Eine ganze Familie – ausgelöscht. Noch ein Leben, das wir auf dem Gewissen haben. Auf die eine oder andere Art. Ich erschauere.

»Und es tut mir auch leid, dass ich an dir gezweifelt habe«, fährt Moritz fort und durchbricht damit meine düsteren Gedanken. Er sieht mich um Verzeihung heischend an. »Dass ich es auch nur in Erwägung zog, du hättest Clara etwas antun können. Wenn auch nur für kurze Zeit.« Er schüttelt sich, und auf einmal legt sich ein bitterer Zug um seinen Mund.

»Ich weiß nicht, ob du es schon gehört hast, aber allem Anschein nach war es Tobias. Er hat Clara umgebracht.« Er schnaubt verächtlich. »Und das alles nur, damit niemand von seiner Affäre mit Lisa erfährt. Mein Gott, ich begreife nicht, wie ich mich nur dermaßen in ihm täuschen konnte.«

»Tobias?« Mein Kopf ruckt nach oben. »Tobias Anschitz hatte eine Affäre mit Lisa?«

Er nickt. »Ich wollte es selbst erst nicht glauben, aber es ist wahr. Lisa hat mir alles erzählt. Die beiden hatten damals wohl schon eine Weile was am Laufen. Und als Clara sie per Zufall zusammen ertappte, ist er ihr hinterher, um sie zum Schweigen zu bringen.«

Meine Augen werden immer größer, während ich seinem Bericht lausche. Wie Lisa wieder eingefallen war, dass Tobias sich beobachtet gefühlt hatte, als sie miteinander zugange waren. Von ihrer Trennung am nächsten Morgen. Von Claras Armband, das sie versteckt in seinen Sachen gefunden hatte. Ich kann es nicht glauben.

»Herr Wolfer hat ihn erst mal in Untersuchungshaft gesteckt. Tobias schweigt zwar immer noch hartnäckig, aber es kann gar nicht anders gewesen sein. Ich weiß es.«

Mit wachsendem Entsetzen starre ich ihn an, während die Gedanken in meinem Kopf durcheinanderwirbeln. Tobias hatte also eine Affäre mit Lisa. Meine Brauen schieben sich zusammen, als ich wieder an die Kiste denken muss, die ich ganz hinten in Mamas Schrank gefunden habe. An Claras Handy und die alte Polaroidkamera. Und auf einmal fliegt ein weiteres Puzzlestück in dem Rätsel um Claras Ermordung an seinen Platz. Papa, der auf Mamas Bitte hin dafür gesorgt hat, dass Tobias die Stelle als Schulleiter bekommt, obwohl es doch viel aussichtsreichere Kandidaten gab. Ungläubig schüttle ich den Kopf. Eine schreckliche Ahnung überkommt mich.

Sie wussten es. Sie haben es die ganze Zeit über gewusst.

»Was ist?«, murmelt Moritz jetzt, dem meine Verwirrung nicht entgangen ist. »Stimmt was nicht?«

Sein forschender Blick lastet schwer auf mir, und auf einmal ist sie wieder da, die Stimme in meinem Kopf. *Du könntest die Sache einfach auf sich beruhen lassen.*

Ich lasse mir Zeit mit einer Antwort, während ich innerlich mit mir hadere. Wenn es stimmt, was Moritz mir da eben erzählt hat, hat Tobias etwas Unaussprechliches getan. Sex mit einer Minderjährigen, ausgerechnet mit einer seiner Schutzbefohlenen – abscheulich. Angewidert verziehe ich das Gesicht. Und ohne Zweifel, er steckt mit drin, was die Sache mit Clara angeht. Was auch immer die Polizei jetzt denken mag, er hat es nicht anders verdient. Doch da ist noch eine zweite Stimme in meinem Inneren. Drängend und leise, die mich an das Versprechen erinnert, das ich mir im Keller gegeben habe, kurz bevor ich das Bewusstsein verlor.

Wenn ich jemals hier rauskomme, mache ich reinen Tisch.

Mit einem resignierten Seufzer hebe ich den Kopf. Zärtlich schweift mein Blick über Moritz' Gesicht, und ich präge mir den liebevollen Ausdruck in seiner Miene, die Wärme und Zuneigung fest ein. Wenn ich ihm sage, was ich herausgefunden habe, wird er mich nie wieder auf diese Weise ansehen, das weiß ich, und bei diesem Gedanken wird mir das Herz ganz schwer.

Doch es wäre einfach nicht recht. Wenn mich die Erfahrungen der vergangenen Woche eines gelehrt haben, dann, dass ich nicht zulassen kann, dass jemand anders die Schuld auf sich nimmt für das, was wir getan haben. Was meine Mutter, was meine Familie getan hat.

Oh, Mama, denke ich und unterdrücke ein Schluchzen. *Ich weiß, du wolltest nur das Beste für mich. Bitte verzeih mir, aber ich ertrage die Lügen einfach nicht länger.*

»Ich muss dir was sagen«, bringe ich schließlich mühsam hervor. »Es geht um Clara.«

KAPITEL 49

Tobias. Damals

W as zum Teufel hast du getan?«
Mit einem Satz bin ich an Claras Seite, gehe neben
ihr in die Hocke. Doch ich brauche nicht erst nach ihrem
Puls zu fühlen, um zu wissen, dass es zu spät ist. Es gibt
nichts, was ich jetzt noch für sie tun könnte. Aus einer
Wunde an ihrem Hinterkopf sickert Blut, vermischt sich
mit den Geröllsteinen am Wegesrand. Ihre Augen starren
ausdruckslos ins Leere.
Unglaube und Panik kämpfen in meinem Inneren um
die Oberhand. Wie in Zeitlupe hebe ich den Kopf, sehe
Claras Mörderin direkt ins Gesicht. Ich begreife einfach
nicht, was da soeben passiert ist.
»Was hast du getan?«, wispere ich tonlos.
»Was getan werden musste.«
Fassungslos starre ich zu ihr empor. Auf den blut-
verschmierten Baseballschläger in Irene Hallers behand-
schuhter Hand, den Ausdruck von Bedauern und Entschlossenheit in ihrer Miene. Mühsam rappele ich mich
hoch, weiche langsam ein paar Schritte vor ihr zurück.
»Aber wieso?«
Ohne mich eines Blickes zu würdigen, bückt sie sich
zu Claras Rucksack hinab, zieht ihr Handy und auch ihren
Fotoapparat daraus hervor. Nachdem sie beides in ihrer Tasche verstaut hat, deutet sie mit einer unbestimmten Geste
auf Claras leblosen Körper. »Du wirst ihre Leiche für mich
wegschaffen. Am besten vergräbst du sie im Wald, irgendwo
nahe dem Bach. Da kommt praktisch nie wer vorbei.«

Ich will meinen Ohren erst nicht trauen. Ist das tatsächlich Irene Haller, die da vor mir steht? Die Leiterin des Veranstaltungskomitees, die Frau des künftigen Bürgermeisters von Eichgraben? Doch Irene hält die Arme vor dem Körper verschränkt, sie sieht nicht aus, als wäre sie zum Scherzen aufgelegt.

»Was – nein!«, bringe ich schließlich hervor.

»Ich fürchte, du hast keine Wahl, mein Lieber.« Mit unbewegter Miene lässt sie den Baseballschläger neben Clara zu Boden fallen. »Ich bin ihr gefolgt, weißt du? Stand die ganze Zeit dort drüben.« Sie deutet auf eine Baumgruppe am Waldrand, hinter der die Hinterachse eines Fahrrads hervorlugt. »Ich habe jedes Wort eurer kleinen Unterhaltung mitbekommen. So wie's aussieht, steckst du ziemlich in der Scheiße. Eine Affäre mit einer Minderjährigen?« Sie schüttelt missbilligend den Kopf. »Was für ein Schlamassel, nicht wahr? Das ist schwerer sexueller Missbrauch – darauf stehen bis zu zehn Jahre Gefängnis, wenn ich mich nicht irre.«

Meine Augen weiten sich vor Entsetzen, und für einen Augenblick bleibt mir die Luft weg. »Das – nein! Du würdest doch nicht ...«

»Dafür hab ich keine Zeit«, unterbricht Irene mich unwirsch. Sie deutet mit dem Kinn in Richtung der Blutspuren auf dem Kies, den Baseballschläger, schließlich auf Claras verbeultes Fahrrad ein paar Meter weiter. »Ich sage dir, was du jetzt tust: Du schaffst ihre Leiche fort, vernichtest alle Beweise. Dann, gleich morgen früh, wirst du mit Lisa Schluss machen, so wie du es Clara versprochen hast.« Sie greift in ihre Handtasche und zieht ein Kuvert daraus hervor, das sie mir hinhält. »Bei dieser Gelegenheit hinterlässt du diesen Brief in Claras Zimmer. Ach ja – und nimm ein paar ihrer Sachen mit. Ihren Reisepass, ein paar Kleider – so was eben.«

Erneut bleibt mir die Luft weg. »Du willst es so aussehen lassen, als wäre sie weggelaufen?«

»Richtig. Im Gegenzug verrate ich niemandem, was du mit Lisa Schmidt getrieben hast. Quid pro quo, sozusagen.« Ihre selbstgefällige Miene jagt mir einen eisigen Schauer über den Rücken. Voller Abscheu beäuge ich den Umschlag in Irenes Hand. »Vergiss es, da mach ich nicht mit. Wie kannst du auch nur einen Augenblick denken, ich würde dir helfen, einen Mord zu vertuschen? Du hast sie umgebracht.« Resolut schüttle ich den Kopf. »Ich werde zur Polizei gehen und alles beichten.«

»Natürlich – das könntest du. Aber wer würde dir schon glauben?« Ein unheimliches Lächeln ziert nun ihre Miene. »Betrachten wir doch mal die Faktenlage. Auf der einen Seite du – jung, gut aussehend, aussichtsreiche Lehrerkarriere, auf frischer Tat ertappt von Clara, wie du mit ihrer minderjährigen Schwester zugange bist. Und dann, kaum eine Stunde später, ist Clara tot. Vor deinen Augen ermordet.« Sie lässt eine dramatische Pause entstehen, um die Botschaft einsickern zu lassen. »Auf der anderen Seite ich – eine unbescholtene Bürgerin, Mutter, Ehefrau des künftigen Bürgermeisters. Eine Frau, die aussagen wird, wie sie dich und Clara beim Streiten erwischt, mitangesehen hat, wie du Clara im Affekt totgeschlagen hast. Zähl doch mal eins und eins zusammen, Tobias. Versetz dich in die Lage der Polizisten – wem werden sie wohl glauben?«

Ich spüre, wie sämtliche Farbe aus meinem Gesicht weicht. Zitternd sinke ich auf die Knie.

»Verstehst du es jetzt?« Irene streckt die Hand aus und tätschelt mitfühlend meinen Arm. Dann seufzt sie. »Ich weiß, es ist schwer. Aber es wird sich für dich lohnen. Du wolltest doch immer Rektor werden, nicht? Wenn Klaus erst mal Bürgermeister ist ...«

Sie vollendet den Satz nicht, aber ich weiß auch so, worauf sie hinauswill. Erst Mord, dann Erpressung – ich bin sicher, Amtsmissbrauch wäre ein Klacks dagegen. Diese Frau scheint echt zu allem fähig.

Die Sekunden verstreichen, während die Erkenntnis sich setzt. Die Gedanken wirbeln durch meinen Kopf und rasten schließlich ein. Und ich begreife, dass Irene recht hat. Ich habe keinerlei Beweise, nichts, was meine Version der Geschichte bestätigen könnte. Wie ich es auch drehe und wende – ich sitze in der Falle.

Deine Freiheit und deine Karriere oder die Wahrheit – wie entscheidest du dich, Mann?

Ich wimmere leise.

Was für eine Frage.

Mühsam rappele ich mich auf und mache ein paar Schritte auf Clara zu, die mit dem Gesicht nach unten am Straßenrand liegt. Ihr Hinterkopf wirkt seltsam verformt, ihr Haar ist blutverklebt. *Oh Gott!* Mein Magen rebelliert. Beinahe muss ich mich übergeben.

»Jetzt mach schon«, zischt Irene, und ich höre einen Anflug von Ungeduld in ihrer Stimme, als sie sich hektisch nach allen Seiten umsieht. »Ab in den Wagen mit ihr.«

Mit steinerner Miene sieht sie mir dabei zu, wie ich Clara auf den Rücken drehe und mit den Armen unter Hals und Kniekehlen fasse. Die schmale Gestalt wiegt erstaunlich schwer in meinen Armen, jetzt, wo sämtliche Körperspannung verschwunden ist.

Vorsichtig hieve ich Claras Körper auf die umgeklappte Rückbank, wobei ich darauf achte, ihr bloß nicht ins Gesicht zu sehen. Nicht darüber nachzudenken, wer das hier ist. Die Schwester meines besten Freundes. Das Mädchen, das ich schon kannte, als es noch in den Windeln lag.

Fuck, fuck, fuck!

Anschließend verstaue ich auch das Fahrrad im Kofferraum. Der verbogene Lenker verheddert sich im Sitzgurt
der Rückbank, sodass ich einige Versuche brauche, um
ihn freizubekommen. Als endlich alles an Ort und Stelle
ist, atme ich auf.

Ich will den Kofferraum gerade wieder schließen, da
sehe ich auf einmal etwas Silbernes im Innenraum aufblitzen, halb verborgen unter dem Beifahrersitz. Ich halte kurz
inne und werfe einen Blick hinter mich. Irene ist gerade
damit beschäftigt, die Stelle, wo das grausige Verbrechen
stattgefunden hat, von Spuren zu säubern und beachtet
mich nicht. Hastig laufe ich um das Fahrzeug herum, öffne
die Seitentür und greife nach dem silbernen Gegenstand
– ein schmales Armband mit dem Anhänger eines durch-
trennten Herzens. Lisas Armband. Sie muss es verloren
haben, als ich sie gestern im Auto mitgenommen habe.

Sofort spüre ich, wie mir die Tränen in die Augen
schießen, und ich schließe meine Finger fest um das
Schmuckstück.

Oh, Lisa. Süße, kleine Lisa.

Ich atme ein paarmal tief durch. Noch immer kann ich
nicht glauben, dass all das hier gerade wirklich geschieht.
Dass Clara tatsächlich tot ist. Dieses kluge, aufgeweckte
Mädchen, klüger und reifer als die meisten in ihrem Alter.
Ihre Leiche auf meiner Rückbank, Irene Haller, die dort
drüben die blutbesprenkelten Kieselsteine aufsammelt, all
das fühlt sich schrecklich unwirklich an. Bei der bloßen
Vorstellung, in wenigen Stunden vor ihr zu stehen, vor
Lisa, und ihr das Ende unserer Beziehung zu verkünden,
packt mich das Grauen. Egal, was Clara gedacht haben
mag – ich liebe sie. Von ganzem Herzen.

Reiß dich zusammen, Tobi! Sei ein Mann!

Mit einem schmerzhaften Druckgefühl im Magen lasse
ich das Kettchen in meine Hosentasche gleiten. Ich werde

es Lisa bei Gelegenheit zurückgeben. Dann straffe ich die Schultern und schließe Tür und Kofferraum.

Prüfend sehe ich mich um. Irene hat ganze Arbeit geleistet, nichts weist jetzt noch darauf hin, dass sich hier gerade ein Verbrechen ereignet hat. Das Blut ist verschwunden, fortgewaschen mit Wasser aus Flaschen, die Irene mitgebracht hat. Eine Gänsehaut kriecht mir den Rücken hinunter.

So – effizient. Als hätte sie sich all das hier genau zurechtgelegt.

Nur zu gerne würde ich wissen, was Clara getan hat, was sie da gerade das Leben gekostet hat, doch ich weiß, es wäre sinnlos, Irene danach zu fragen. Sie würde es mir ja doch nicht erzählen.

»Vergiss den Brief nicht«, sagt Irene in diesem Moment, und ich zucke zusammen. Ich habe nicht mal bemerkt, dass sie hinter mir steht. Erneut greift sie in ihre Handtasche und hält ihn mir vor die Nase. »Und denk auch an den Pass. Das ist wichtig, Tobias. Kann ich mich auf dich verlassen?«

Beinahe hätte ich laut aufgelacht. Als ob ich eine andere Wahl hätte. Widerwillig nehme ich den Umschlag entgegen, dann setze ich mich wortlos hinters Steuer.

»Es tut mir leid«, setzt Irene nach, bevor ich ihr die Autotür vor der Nase zuschlagen kann. Zu meinem Erstaunen höre ich Bedauern in ihrer Stimme. Fast so etwas wie Reue. »Ich hab nicht gewollt, dass es so weit kommt. Aber manchmal müssen wir eben schlimme Dinge tun, um uns selbst zu schützen oder die, die wir lieben – ob es uns nun gefällt oder nicht.«

KAPITEL 50

Miriam

Müde, aber zufrieden laufe ich die Stufen zum Eingang der Villa meiner Mutter empor. Oben angekommen lasse ich den Blick prüfend über die Schwelle gleiten, und ich verspüre einen Anflug von Erleichterung, als ich erkenne, dass sie leer ist. Kein Brief. Natürlich nicht. Bloß ein Post-it von Papa an der Tür, auf dem er mich bittet, ihn zurückzurufen.

Vanessa ist tot. Sie kann dir jetzt nichts mehr anhaben. Der Spuk hat endlich ein Ende.

Zu meiner Überraschung war mein Vater auf direktem Weg ins Krankenhaus gefahren, als er erfuhr, was auf dem Fabrikgelände passiert war. Seine Sorge, wo er mich doch mein halbes Leben lang mit Nichtbeachtung gestraft hatte, hat mich völlig unvorbereitet getroffen. Und als ihm klar war, was ich vorhatte, bestand er sogar darauf, mich bei meinem Gespräch mit Herrn Wolfer zu begleiten, und ließ nicht locker, bis er mir den besten Anwalt von ganz Österreich besorgt hatte. Ich schüttle den Kopf. Manchmal geschehen also doch noch Wunder.

Nachdem ich aufgesperrt habe, umrunde ich die sorgfältig aufgestapelten Kisten im Flur, all jene, die ich noch nicht zur Wohlfahrt gebracht habe, und gehe weiter in die Küche. Nur das leise Surren der reparierten Klimaanlage ist zu hören, ansonsten ist es vollkommen still.

Ein zufriedenes Lächeln breitet sich auf meinem Gesicht aus beim Anblick der glänzenden Arbeitsflächen. Die letzten Tage habe ich wie verrückt geschuftet, und es erfüllt mich mit Genugtuung zu sehen, dass sich die Mühe gelohnt hat. Jetzt klebt kein Staubkorn mehr am Boden, die Fliesen sind gewienert, die neuen Steckdosen erstrahlen in einem hellen Weiß, sogar der muffige Geruch hat sich endlich verzogen. Auch der Garten sieht deutlich ordentlicher aus, wie ich feststelle. Der Gärtner muss hier gewesen sein, während ich weg war, denn die Bäume, die das Grundstück säumen, sind nun gestutzt, selbst Mamas geliebtes Blumenbeet gleicht nicht länger einer Unkrautwüste.

All die Strapazen und kräfteraubenden Vernehmungen haben ihren Tribut gefordert, und plötzlich spüre ich, wie eine tiefe Erschöpfung von mir Besitz ergreift. Seufzend trete ich an den Herd, um die Kaffeemaschine anzuwerfen. Während das Wasser aufheizt, lasse ich die Ereignisse der vergangenen Tage noch einmal Revue passieren.

Nachdem ich Moritz' Haus verlassen hatte, bin ich direkt zum Polizeirevier gefahren, um meine Aussage zu machen. Dort habe ich Herrn Wolfer alles erzählt. Einfach alles. Von den Geschehnissen des siebzehnten Juni. Von den Drogen, von Tims Tod, von dem Pakt, den wir daraufhin geschlossen haben. Unseren Schweigepakt. Von den Drohbotschaften, die wir in den letzten Wochen bekommen haben, von Vanessa. Und schließlich von Mama. Wie ich bei meiner Aufräumaktion auf Claras Polaroidkamera gestoßen bin. Und auf ihr Handy. Von meiner Erkenntnis, was sie ohne unser Wissen getan haben musste.

Herr Wolfer war erst skeptisch, doch als Tobias meine Vermutungen bestätigte, dass es Mama war, die Clara getötet und ihn dazu gezwungen hat, die Leiche beiseitezuschaffen, schlugen seine Zweifel rasch in grimmige Gewissheit um. Wie es der Zufall wollte, hatte Tobias Claras Armband aus Nostalgie behalten, in dem Glauben, es gehöre Lisa. Und spätestens nachdem Mamas

Fingerabdrücke auf Claras Sachen sichergestellt werden konnten, war alles klar. Die Ergebnisse des zweiten grafologischen Gutachtens stehen zwar noch aus, aber ich bin mir ziemlich sicher, dass ihre Handschrift mit jener auf dem Abschiedsbrief übereinstimmt. Es kann gar nicht anders sein.

Nachdenklich lasse ich mich mit einer Tasse Kaffee auf einen Küchenstuhl sinken. Obwohl ich keine Ahnung habe, was mich erwartet, fühle ich mich seltsam ruhig. Denn ich habe endlich eine Entscheidung getroffen. Ich werde nicht nach London zurückkehren. Nie mehr. Mit dem Geld aus dem Verkauf meiner Wohnung dort kann ich mich lange genug über Wasser halten, um etwas Neues zu finden. Und danach? Nun, wir werden sehen, was die Zukunft bringt. Tief in meinem Herzen weiß ich, dass ich das Richtige getan habe, zumindest einmal in meinem Leben. Zum ersten Mal seit vierzehn Jahren fühle ich mich nicht mehr schuldig. Und ganz gleich, welche Konsequenzen die Wahrheit für mich haben wird, ich bin bereit dafür. Ich bin bereit, meine Strafe anzunehmen, wie auch immer die aussehen mag.

Völlig anders offenbar als Bea.

Meine Miene verdüstert sich beim Gedanken an meine Freundin. Seit jenem schicksalhaften Abend in der alten Fabrik haben wir nicht mehr miteinander gesprochen. Und obwohl ich mehrmals versucht habe, sie anzurufen, hat sie mich kein einziges Mal zurückgerufen. Von Sarah habe ich erfahren, dass sie eine ganze Armada von Anwälten hinter sich hat, die sie aus der Sache rausboxen sollen. Aber ungeachtet dessen, dass wir als unbescholten gelten und die Chancen nicht schlecht stehen, mit einer Anklage wegen unterlassener Hilfeleistung und Beweismittelunterschlagung davonzukommen, weiß ich, dass sie mir niemals verzeihen wird. Sie wird mir niemals vergeben,

355

dass ich unseren Pakt gebrochen habe. Ebenso wenig wie Moritz. Wie ich erwartet hatte, war er außer sich, als er erfuhr, was Mama getan hatte. Meinte, er brauche Zeit, um all das zu verdauen. Ich kann es ihm nicht verübeln. Das Klingeln an der Haustür lässt mich aufhorchen. Ich spitze die Ohren. Ob das Papa ist, der nach mir sehen will? Sofort fällt mir wieder ein, dass ich ihm versprochen hatte, ihn anzurufen, sobald ich vom Polizeirevier zurück bin. *Mist.* Mühsam rappele ich mich auf und mache mich auf den Weg zur Haustür.

Aber es ist nicht Papa.

Mein Herz schlägt bis zum Hals, als ich Moritz auf der Schwelle erblicke. »Was tust du denn hier?«, stammle ich.

Der Strauß Rosen in seiner rechten Hand sagt mehr als tausend Worte. Und bevor ich auch nur einen weiteren Mucks von mir geben kann, hat Moritz schon einen Schritt nach vorn gemacht und seine Lippen auf meine gepresst.

Und ich erwidere seinen Kuss, als würde mein Leben davon abhängen.

Gleich weiterlesen?

Das Schweigen der Geliebten

Thriller

Ein neuer Partner. Eine neue Familie. Eine alte Schuld.

Karolin steht vor den Trümmern ihrer Ehe. Dass Rolf jetzt in einem idyllisch gelegenen Haus im Wald mit ihren Kindern und seiner neuen Freundin Mischa Urlaub macht, besiegelt ihre persönliche Katastrophe. Als sie selbst durch eine unheilvolle Fügung ebenfalls in dem Ferienhaus landet, ist die Stimmung der Frauen zum Zerreißen gespannt.

Mischa ist überglücklich mit Rolf. Sie will alles dafür tun, damit diese Beziehung funktioniert, sich selbst mit Karolin arrangieren – bloß eines will sie nicht: Rolf eine alte Schuld beichten, die sie zunehmend mit dunklen Vorahnungen erfüllt. Ihre Angst bewahrheitet sich, als sie erkennt, dass die Dämonen ihrer Vergangenheit lebendiger sind als je zuvor und nicht nur ihr eigenes Leben bedrohen ...

Unter Schwestern

Thriller

Ihr dunkles Geheimnis wird dein Albtraum ...

»Nur ein paar Tage lang, bitte.« Franziska zögert nicht lange, als ihre Zwillingsschwester Amelie bei ihr auftaucht und sie anfleht, mit ihr die Rollen zu tauschen. Schließlich haben sie beide das ihr ganzes Leben lang getan – in der Schule, selbst in ihren Beziehungen mit Männern –, und niemand ist ihnen jemals auf die Schliche gekommen. Warum soll sie Amelie, die offenbar Probleme in ihrer Ehe hat und eine Auszeit braucht, also nicht diesen Gefallen tun?

Doch als eine gemeinsame Jugendfreundin der Schwestern ermordet aufgefunden wird, beschleicht Franziska der Verdacht, dass diesmal mehr hinter dem Identitätstausch steckt. Und dann verschwindet auch noch Amelie ...

Gefängnis einer Ehe

Thriller

Als Rebecca ihr Sommerpraktikum bei einem führenden Pharmaunternehmen antritt und dort auf Raphael trifft, ist sie entsetzt. Ihre Jugendliebe hat sich nämlich nicht nur zum dortigen Geschäftsführer hochgearbeitet, sondern ist inzwischen auch noch verheiratet. Trotzdem lässt sie sich auf eine Affäre mit ihm ein.

Alles läuft gut, bis Rebecca erfährt, dass seine Frau ausgerechnet Anette ist, ihre Tutorin, der sie den begehrten Praktikumsplatz verdankt und die sie sehr bewundert. Raphaels Beteuerungen, wie unglücklich er in seiner Ehe ist, dass seine Heirat ein Fehler war und Anette an psychischen Problemen leidet, kommen Rebecca zunehmend merkwürdig vor. Doch irgendwas stimmt mit dieser Ehe ganz gewaltig nicht. Und schon bald muss Rebecca sich fragen, auf was für ein gefährliches Spiel sie sich da eingelassen hat ...

Im Schatten deiner Schuld

Thriller

Als Lexi hört, dass ihre Jugendliebe Charlie nach Altenhofen zurückgekehrt ist, ist sie entsetzt. Zehn Jahre sind vergangen, seit er sie verlassen hat, zehn Jahre seit dem tragischen Feuertod ihrer Schwester Alice. Lexi ist fest entschlossen, die Vergangenheit hinter sich zu lassen, und in ihrer Zukunft gibt es für Charlie keinen Platz mehr. Doch die Auseinandersetzungen mit ihrem Verlobten häufen sich, und als Lexi ein Foto von Alice eingeklemmt hinter ihrer Windschutzscheibe findet, gerät ihr Leben gehörig aus den Fugen. Immer mehr merkwürdige Dinge geschehen, und obwohl alles mit Charlies Rückkehr zusammenzuhängen scheint, ist er der Einzige, der ihr zur Seite steht.

Aber Charlie hat Geheimnisse. Kann sie ihm wirklich vertrauen? Wer hat es auf Lexi abgesehen? Und was hat es mit Lexis neuer Patientin auf sich, deren Lebensgeschichte ihr so unter die Haut geht?

Komm *nicht* zurück

Roman

Als Lea nach einem schweren Autounfall im Krankenhaus zu sich kommt, findet sie sich in einem wahrgewordenen Albtraum wieder. Ihre Erinnerungen an die letzten dreizehn Jahre sind verschwunden. Mit Entsetzen erkennt sie, was aus ihrem Leben geworden ist: Christopher, Leas Ehemann und Vater ihrer neunjährigen Tochter, will nichts mehr von ihr wissen, denn sie hat die beiden vor Jahren verlassen und ihrer Heimatstadt Wien den Rücken gekehrt. Voller Reue ist Lea fest entschlossen, um ihre Familie zu kämpfen.

Anna hingegen ist endlich mit dem Mann ihrer Träume zusammen. Alles, was zu ihrem vollkommenen Glück noch fehlt, ist ein eigenes Kind. Das Leben ihrer Träume scheint zum Greifen nah. Doch all das verändert sich schlagartig, als Lea, Christophers verschollene und bildschöne Ehefrau, unvermutet wieder auftaucht.

Das perfekte Leben meiner Schwester

Roman

Als Emma herausfindet, dass sie adoptiert wurde und die uneheliche Tochter des vermögenden Wieners Ferdinand Lauderthal ist, sieht sie endlich einen Ausweg aus ihrem unglücklichen Leben. Doch ihre Erwartungen werden enttäuscht. Während ihre gleichaltrige Halbschwester Céline das Leben ihrer Träume führt, will ihr Vater nichts von ihr wissen. Voller Eifersucht beschließt Emma, die beiden büßen zu lassen. Als vermeintliche Studienkollegin von Céline dringt sie in deren Leben ein und stellt dieses gehörig auf den Kopf.

Doch schon bald muss Emma feststellen, dass sie sich in ihrer Halbschwester getäuscht hat. Hin und hergerissen zwischen ihrer wachsenden Zuneigung zu Céline und ihren Rachefantasien wird sie in einen Strudel aus Familienintrigen verstrickt, die ihr Verständnis von Gerechtigkeit auf eine harte Probe stellen. Denn alles im Leben hat seinen Preis ...

Die Autorin

Sophie Edenberg hat sich mit ihren spannenden Roman mit Schauplatz Österreich einen Namen gemacht. Der erste Roman der gebürtigen Wienerin erschien im Jahr 2020. Seitdem begeistert sie ihre Leserinnen und Leser mit vielschichten Figuren und überraschenden Wendungen. Im Jahr 2023 wurde sie für »Unter Schwestern« mit dem Kindle Storyteller Award ausgezeichnet.

Weitere Informationen über die Autorin finden Sie hier: